ANUNNAKI

Na

Via Giosuè Carducci, 37 - 46041 Asola (MN)
gilgameshedizioni@gmail.com - www.gilgameshedizioni.com
Tel. 0376/1586414

ISBN 978-88-6867-554-7

In copertina: Progetto grafico di Dario Bellini.

Alberto Costantini

DONNE AI CONFINI DELL'IMPERO

Il confine protegge (o almeno così si spera o si crede) dall'inatteso e dall'imprevedibile: dalle situazioni che ci spaventerebbero, ci paralizzerebbero e ci renderebbero incapaci di agire. Più i confini sono visibili e i segni di demarcazione sono chiari, più sono «ordinati» lo spazio e il tempo all'interno dei quali ci muoviamo. I confini danno sicurezza. Ci permettono di sapere come, dove e quando muoverci. Ci consentono di agire con fiducia. Per avere questo ruolo, per imporre ordine al caos, rendere il mondo comprensibile e vivibile, i confini devono essere concretamente tracciati.

Zygmunt Bauman

1. Io e mia cugina (anzi, mia cugina ed io...)

Uno dei miei primi ricordi d'infanzia, forse il primo in assoluto, è legato al desiderio di avere una sorellina.

Penso sia comprensibile, soprattutto per una bambina vissuta in una casa dove di maschi ne giravano sin troppi. Avevo le mie amichette, certo, le figlie delle vicine, e poi le schiave di casa, alcune della mia età; una sorella, però, è un'altra cosa: vedere il proprio volto nel volto di lei, crearsi delle piccole complicità, scambiarsi confidenze; anche le normali baruffe, perché no? Purtroppo, mia madre morì prima di potermi accontentare, e mio padre, che l'amava di un amore profondo e sincero, non si sposò più, quindi sfumò anche la possibilità di una sorellastra. Credo abbia avuto qualche storia di letto con una nostra schiava, non bella e non giovane; una relazione che comunque non diede frutti.

Non che possa lamentarmi di lui, pover'uomo, perché ha sempre fatto di tutto per rendere felice la sua unica figlia; persino troppo, oserei affermare a distanza di tempo: regali, giocattoli, vestitini, un pedagogo tutto per me, e soprattutto tanti libri. Qualche volta mi viene il dubbio che non fosse esattamente quello di cui avevo bisogno, ma torno a dire che è stato senz'altro un buon padre. Non so dove si trovi adesso: anche se nel frattempo sono diventata cristiana, ho le idee tuttora molto confuse sull'aldilà, ma non riesco a figurarmi che la sua pensosa incredulità gli abbia impedito di raggiungere le sue amatissime stelle, e soprattutto la sua adorata sposa.

Una sorellina, dicevo. Quando dunque zia Onorata rimase incinta, pregai gli dei che fosse una femmina; mio padre, dopo aver consultato con diligenza costellazioni e pianeti, confermò che il mio desiderio era stato esaudito. Fosse un caso, fosse esatta la sua previsione, alla fine nacque Valeria Donata Serena, e ovviamente fui la prima a essere invitata a renderle visita.

M'era già capitato di vedere bambini appena nati, e lo dico

sinceramente, mi avevano sempre fatto un po' di ribrezzo, tutti rossi, grinzosi, con quelle palpebre serrate e quella boccuccia urlante.

Valeria no. Non so, a me pareva già una bambola, con gli occhioni neri e le ciglia lunghissime, un bel po' di capelli in testa, era... era come uno si aspetta che dovrebbe essere la sua bambolina prediletta, tanto che venne spontaneo soprannominarla *pupa*. Inutile dire che tutti se la rubavano e la sbaciucchiavano, ed anche a me, benché avessi solo quattro anni, fu concesso di prenderla in braccio.

Naturalmente, divenimmo subito amiche, o meglio, ebbi il privilegio di poterla accudire. Fu così che imparai prima di chiunque altro, a parte forse le schiave che la servivano abitualmente, a conoscere un aspetto meno simpatico della piccola Valeria: la sua capacità di manipolare il prossimo, una dote che giudicai senz'altro innata, perché era impossibile che l'avesse già appresa in modo perfetto prima dei sei mesi.

Valeria non piangeva quasi mai, e questo suscitava una giustificata meraviglia, perché si sa che i bambini, anche i più amati e coccolati, quando si mettono d'impegno rischiano di diventare cordialmente antipatici persino alla donna che li ha partoriti. Lei no. Un visetto triste, pensieroso, un'aria amareggiata, come a dire "lo so che fate finta soltanto di volermi bene, ma in realtà nessuno mi ama"; così riusciva a ottenere tutto quello che desiderava.

Certo, se poi avesse saputo cosa esattamente voleva, accontentarla sarebbe risultato più facile per gli altri e gratificante per lei.

Quando giocavamo, ovviamente io facevo l'ancella e lei la padroncina, anzi, la principessa, perché per meno non si sprecava. Una volta s'incaponì a interpretare la parte della matrona severa, e tanto disse e tanto fece, che trovò il modo di punirmi. Io protestai che non avevo fatto nulla di male, ma lei mi prese da parte e mi spiegò che era un gioco, e io come al solito mi adattai di buon grado alle regole che imponeva.

La scena ricordava in modo inquietante quello che succedeva nelle famiglie vere quando si verificava qualche guaio di quelli grossi: convocò quanti più amichetti le fu possibile, schierati su due righe, e spiegò perché io dovevo subire il castigo.

Abbracciai l'albero e mentre due di loro mi tenevano ferme le mani, lei prese a frustarmi la schiena con dei ramoscelli. Era troppo piccola per farmi male, ma la rabbia, quella la percepivo distintamente, e ricordo che pensai con raccapriccio a cosa avrebbero dovuto patire le sue schiave quando fosse cresciuta. Mi chiesi anche se per caso quel gioco non fosse l'eco di quello che succedeva a casa sua, ma lei insisteva che mamma Onorata era l'essere più dolce dell'universo, e i suoi passavano per gente molto per bene, anche se mio padre, fra un'osservazione della volta celeste e lo studio di un vecchio papiro greco, mi diceva che non si sa mai veramente cosa succede nelle famiglie.

Tra una frustata e l'altra, la cuginetta spiegava agli astanti che si doveva dare l'esempio perché gli schiavi, ossia noi tutti, un giorno potessimo diventare dei bravi servitori dei nostri padroni, cioè lei.

A salvarmi fu il provvidenziale urlo di Arsinoe, la cuoca, che mi richiamava ai miei doveri veri, fra cui quello di arrivare puntuale per la cena.

La padroncina sembrò indispettita, ma il giorno dopo non volle ripetere il gioco, anzi, mi colmò di carezze e di baci, scusandosi di avermi trattata così, ma, diceva, era per il mio bene.

In quei rari momenti di tenerezza e di abbandono mi faceva promettere che sarei stata la sua sola amica, per sempre, e io, sapendo come reagiva agli attacchi di gelosia, promettevo.

Quando arrivavano i suoi cugini di parte paterna, però, la sua adorata quasi-sorella Velia veniva completamente dimenticata, perché lei doveva giocare alla reginetta della festa e alla padrona di casa.

La cosa non mi turbò, tutt'altro, anche perché uno di loro, un bel ragazzino moro e ricciolutο, di quasi tredici anni, era arrivato con una stupenda palla leggera e perfettamente rotonda, gonfia di piume leggerissime d'oca, e a me giocare alla *paganica* era sempre piaciuto, molto più delle stupide imitazioni fanciullesche del mondo adulto. Ci avrei passato l'intero pomeriggio, ma Valeria non accettava di essere soltanto una delle giocatrici, voleva restare il centro dell'attenzione, e allora proponeva di lasciar stare la palla e passare alla *mosca di rame*, offrendosi di farsi bendare.

«*Andrò a caccia della mosca di rame!*» annunciava, dopo di che, i cuginetti la facevano girare come una trottola e scappavano via.

«*La cercherai ma non la troverai!*» rispondevamo noi in coro, e poi le assestavamo piccole frustate con le cinture, e lei rideva come una pazza; diceva che provava un'ebbrezza particolare a sentirsi il mondo che le girava attorno.

Non ne dubitavo. Papà sosteneva peraltro che era una sciocchezza affermare che tutto ruotasse attorno alla Terra, era se mai la Terra a farlo attorno al Sole, assieme a tutti i pianeti e le costellazioni, anche se lui, per comodità, continuava a usare i calcoli di Tolomeo, molto più precisi di quelli di Aristarco. Ne dedussi che, se fosse stata dimostrata la teoria eliocentrica, Valeria sarebbe senz'altro diventata il Sole.

Il cuginetto ricciolutο di Valeria mi andava particolarmente a genio, e non solo per la sua palla: mi piaceva parlare con lui del più e del meno, e ricordo che arrivammo a scambiarci qualche piccola confidenza. Così, quando di punto in bianco mi chiese se avevo mai baciato un ragazzo, io risposi di no.

«E come farai quando sarai sposata?» domandò lui.

«Non so» confessai. Già, un bel problema, come avevo fatto a non pensarci?

«Se vuoi, ti insegno io» propose lui magnanimo.

Ero un po' perplessa, ma in fondo non c'era nulla di male:

dopo tutto, non giocavo ogni giorno alla mamma o alla schiava?

Non so dove avesse imparato tutte quelle cose: come ho detto, in fondo non avevo più di dodici anni, ma ricordo che passai un pomeriggio molto istruttivo sotto un gigantesco albero di *persicae* fiorito di rosa, a prendere lezioni e dar riscontro immediato di quello che andavo via via imparando.

Quando se ne andò, lo ringraziai.

Anche se avevo ormai l'età in cui non ci si confida con le bambine più piccole, mi sentii in dovere di riferirne alla piccola Valeria, che mi ascoltò con attenzione da donna adulta, facendomi ripetere alcune cose che non le risultavano chiare.

Alla fine, dopo averci pensato un poco su, decretò che avevo fatto peccato, e che ora dovevo pentirmi e accettare docilmente il castigo.

Le domandai perché, ma non seppe rispondermi, però era così sicura, che mi rassegnai a farmi rinchiudere nella legnaia. La punizione, diceva, doveva seguire subito la trasgressione, perché rimanesse più impressa.

Lo detestavo, quel postaccio, perché vi stazionava una puzza nauseante, pullulava di insetti e le pareti erano tutte un intreccio di ragnatele; non solo, ma stare lì dentro a far nulla sentendo tutto attorno i gridolini degli amichetti che giocavano, mi dava il magone.

Come gli dei immortali vollero, verso sera si degnò di venirmi ad aprire, mi abbracciò e disse che Dio mi aveva perdonata. Come facesse ad esserne così sicura, non lo sapevo, ma per quella sera mi bastava poter tornare a casa a farmi un bel bagno.

Ovviamente, fra noi bambine si giocava molto con le bambole, ma anche qui c'era qualcosa che mi sfuggiva: le sue restava inteso che erano sue e ci giocava solo lei, mentre quelle mie, con i vestitini preziosi cuciti da una serva di casa, dovevano servire per entrambe. Il bello è che, dopo qualche perplessità iniziale, arrivai a trovarlo persino normale.

2. Il sacrificio delle bambole

Un bel giorno – avrà avuto sette, otto anni – Valeria annunciò che non avrebbe mai più giocato con le bambole, e ne fui felice, pensando che mi avrebbe regalato le sue; invece no: fece erigere una pira da Getulia, la sua schiava personale, e le gettò una per una, con solenne distacco, nel fuoco, perché quello sarebbe stato il suo "sacrificio a Dio".

All'inizio la cosa mi sembrò bizzarra, anche perché poteva benissimo averle donate alle figlie delle schiave di casa, molte delle quali, sussurravano i maligni, era chiaro come il sole che avevano lo stesso genitore della piccola Valeria, ma secondo mio padre, in questa scelta così precoce c'era lo zampino della Signora Madre. In casa sua, me ne accorgevo da molti indizi, a comandare in tutto tranne forse nelle faccende di letto, era zia Onorata, una fervente cristiana che, in un momento di crisi di un parto peraltro normalissimo, aveva fatto voto di offrire il frutto del suo grembo a Dio e alla Chiesa.

Così, la stava indirizzando al suo futuro di vita consacrata.

A dire il vero, benché avessi solo dodici anni, me ne ero resa conto già da qualche tempo: quando giocavamo alle signore, lei non si pasticciava più la faccia con i colori, perché, diceva severamente, una donna deve apparire davanti a Dio e ai fratelli col suo volto vero, e così ci faceva anche sentire tutte in colpa. Adesso, al posto dei giochi, io e le sue amichette dovevamo recitare assieme a lei le preghiere cristiane, e la sua richiesta era formulata in modo talmente perentorio che sarebbe stato impossibile disobbedirle.

Si sa che da bambini ci piace impersonare parti diverse, scambiandoci anche i ruoli nei nostri giochi. Valeria, come dicevo, amava fare la padrona con la frusta in mano e una mela o due noci nell'altra, da elargire quando ci comportavamo bene, né era mai passato per la mente a nessuno, neanche a me e tanto meno a lei, che le parti si potessero invertire.

Un giorno, anzi, una sera d'inverno, col nevischio che si agitava al vento di febbraio, si presentò a casa mia con una delle sue ancelle, per farsi prestare un libro, disse, che le serviva con un'inspiegabile urgenza.

Mentre Flora si riscaldava al fuoco con le nostre serve, Valeria mi prese per mano e mi condusse nella mia cameretta. Mi aspettavo che mi chiedesse di tirare fuori le mie bambole: nonostante il voto e il sacrificio dei suoi giochi, ogni tanto cedeva alla tentazione di vestirle, cercando di convincersi che stava esercitando una delle opere di misericordia raccomandate dai Vangeli.

Invece, quando si tolse il mantello, vidi subito che s'era avvolta attorno alla vita, al posto della cintura di cuoio, una corda tutta a bitorzoli.

«Devi punirmi, Velia, perché ho peccato» disse svolgendosela. «E questa volta non dev'essere un gioco, picchia duro, e non ti preoccupare di farmi male: se ne avessi la forza e il coraggio, l'avrei fatto a casa mia, da sola. Ma con te so che posso fidarmi, e che non ne parlerai con nessuno, neanche con lo zio, vero?»

La rassicurai che avrei rispettato il segreto, ma la cosa un po' mi preoccupava, perché stavolta non si trattava di un gioco da bambini.

«Io… non so cosa dirti. Ma che peccato sarebbe, che ti rimorde così la coscienza?»

«Te lo dirò solo dopo che avrai fatto il tuo dovere» e si tolse la tunica, offrendomi le spalle nude.

E così, spinta anche dalla curiosità, le assestai qualche colpetto sulla schiena, ma lei non sembrava soddisfatta, e mi incoraggiò a farle veramente del male. «Venti colpi almeno.»

Va bene, se era quello che voleva…

Alla fine, non sembrò ancora paga delle frustate, che le avevano lasciato dei bei segni rossi, ma mi rifiutai di continuare: da un momento all'altro poteva entrare qualche serva o peggio papà, e allora avremmo avuto un bel po' di cose da spiegare.

Lei scosse la testa e si rivestì.

«Dai, cuginetta» dissi «siediti qui sul letto, che parliamo un poco fra noi donne.»

Benché non mostrasse molta voglia di confidarsi, la promessa che mi aveva fatto la obbligava ad aprirsi e descrivermi il "suo peccato".

«Ho visto qualcosa che non dovevo vedere e ho pensato a quello che non dovevo pensare» furono le sue parole.

Le spiegai che gli atti si possono frenare, con le parole è già più difficile, gli occhi si muovono a loro piacimento, ma i pensieri, che sono i più leggeri di tutti, vanno dove vogliono loro, e anzi più li cacci via, più ti si appiccicano addosso. Almeno così diceva mio padre.

Chiaramente, non la convinsi, perché mi replicò subito:

«Sta scritto: "se guardi una donna con desiderio, in cuor tuo hai già commesso il peccato"; io ho avuto sotto gli occhi quello che è male, e non li ho distolti; al contrario, da quel momento non riesco a pensare ad altro» e scoppiò a piangere.

Cercai di consolarla, ma come si sarà capito, la mia formazione era in tutto e per tutto pagana, se così si può dire, e mi mancavano degli argomenti solidi per ribattere alle sue furiose autoaccuse. Da quello che sentivo mormorare dai servi di casa sua e di casa nostra, soprattutto in merito a suo padre, m'ero fatta un'idea di cosa potesse aver visto mia cugina, e immaginai l'imbarazzo che provava, e anche come una cosa del genere potesse averle acceso la fantasia; ma che il suo fosse un peccato, qualsiasi cosa intendessero i cristiani con questa parola, mi sembrava poco probabile, e glielo dissi.

«Potrei parlarne con un presbitero, ce n'è qualcuno di giovane e saggio che mi saprebbe capire, ma troppa è la vergogna» disse senza togliersi le mani dal volto.

In quel momento, entrò Flora col libro che cercava avvolto in un telo impermeabile.

«Padrona, dobbiamo tornare a casa, se no la signora comincerà ad inquietarsi.»

Abbracciai la piccola peccatrice, e mentre mi congedavo, mi sussurrò un "grazie" all'orecchio.

«Adesso sto molto meglio» disse sorridendo, e sia mio padre che Flora pensarono che fosse contenta perché aveva trovato quel famoso volume.

Quando l'ostiario chiuse la porta, andai in biblioteca a prendere una copia del Vangelo in greco che mio padre teneva in casa assieme a tanti altri scritti di uomini saggi.

Mentre lo scorrevo, gli occhi si fermarono su una frase: *"Ascoltate e intendete! Non quello che entra nella bocca rende impuro l'uomo, ma quello che esce dalla bocca rende impuro l'uomo!"*, quindi, per analogia, non quello che le era entrato dagli occhi l'aveva fatta peccare, ma quello che sarebbe uscito da lei. Restava il dubbio se fosse da considerarsi peccato il tumulto di immagini e pensieri che si agitava furiosamente dentro quella giovane testolina, ma propendevo per il no; semplicemente, Valeria stava crescendo, e anch'io, di quei turbamenti, ne sapevo qualcosa.

Non so se poi parlò con quel presbitero, certo che, quando tornò fra noi, bandì un digiuno di penitenza, per tutti, facendo saltare la merenda anche chi, come la sottoscritta, cristiana non era. Poiché avevo già allora qualche problema di peso, la cosa mi disturbava, e anzi ne riconoscevo l'utilità. Diverso era il discorso per gli altri ragazzini, soprattutto i maschi, ma già allora Valeria mostrava una quasi incredibile capacità di condizionare in modo diverso e spesso opposto entrambi i sessi.

Il risultato fu che Ausilio, il figlio dello schiavo addetto agli orti, smise di giocare con noi con la scusa che ora doveva aiutare suo padre, e Wanthilde, la nipotina di un generale di origine vandala, rimase ostinatamente pagana per tutta la vita.

Da un punto di vista bassamente politico, quella di Onorata era stata una mossa azzeccata: l'Imperatore Costantino, fra una guerra e l'altra, stava favorendo l'elemento cristiano, e una bambina regalata alla Chiesa poteva essere considerata un buon investimento anche per la carriera politica di suo padre.

Di sicuro, il mio non si sarebbe mai abbassato a farlo. Lui era il classico intellettuale, stimato per la sua vastissima dottrina, ma del tutto alieno dalla politica e in genere dalle cose pratiche; con altre donne, come dicevo, non s'era voluto invischiare e si dedicava unicamente ai suoi studi di astronomia, filosofia, matematica, senza peraltro aderire a nessuna scuola riconosciuta. Se non fosse stato per la servitù, avrei rischiato di dover mendicare un pezzo di pane dai parenti e dai vicini, in particolare quando era imminente il passaggio nel firmamento di qualche pianeta; ma lo perdonavo volentieri, perché, come ho detto, era un buon papà. E poi, c'era Flavio Marciano Annibale, il liberto che gestiva la nostra casa, un bravissimo uomo e un accorto amministratore, ma solo per quello che riguardava l'economia domestica.

Insomma, sin da ragazzina dovetti imparare a gestire la mia vita da sola, il che può essere anche stimolante, ma assicuro eventuali giovani lettrici che non fu per nulla facile, tanto meno in una casa dove entravano e uscivano uomini di scienza, filosofi, ma anche tanti curiosi o persone comuni che apprezzavano la prodiga ospitalità di Sesto Paolo Velio.

E così, fra un litigio sulla natura dell'Universo e una discussione sull'immortalità dell'anima, mi trovavo spesso a dover badare a troppa gente, a un'età in cui sarebbe stato meglio che una ragazzina per bene fosse già maritata o almeno fidanzata. Non che mi dispiacessero quella libertà e quella domestica anarchia, lo ripeto: molti dei frequentatori erano persone simpatiche e affettuose, soprattutto verso la giovane padrona di casa.

Uno, in particolare.

3. Quando spiegai a mio padre che mi era successo “un guaio”

Fu così che, al compimento del sedicesimo anno, mi trovai nell’imbarazzante necessità di spiegare a papà che mi era successo “un guaio”.

Mi fa tenerezza e mi suscita ancora un sottile rimorso ricordare come lui, quella volta, pensasse a tutto, tranne a ciò che invece sarebbe stato normale immaginarsi. Soprattutto avendo in casa una figlia giovane e spigliata. Anche carina, se vogliamo.

Quando finalmente ebbe chiara la situazione, si inalberò, com’era giusto per un padre, ma ad umiliarmi più ancora di uno schiaffo in viso fu la sua domanda: «sai almeno chi è stato?»

Lo tranquillizzai che non era un poco di buono, e che comunque, di lì a sette mesi, se le teorie di Aristotele sulla generazione erano corrette, si sarebbe visto in modo inequivocabile di chi era figlio.

Gunderico, conosciuto col nome latino di Flavio Vindicio Gioviano, era figlio di un generale barbaro di origine germanica, ma sua madre era una concubina greca, tale Elena, di condizione libertina. A distanza di tanto tempo, non ricordo con esattezza le circostanze in cui maturò il pasticcio; di sicuro il ragazzo mi piaceva, era alto, capelli biondo scuri, occhi verdi e mobili, fisico da guerriero, e in effetti, era uno dei più promettenti *protectores*, i giovani ufficiali addestrati in attesa di assumere un comando.

Quando gli comunicai la notizia, Vindicio sembrò anch’egli meravigliarsi di quello che mi era accaduto, ma non ricusò di prendersi le sue responsabilità. Quanto a suo padre, che aveva comandato reparti di ausiliari nella campagna contro Massenzio, non gli mancavano i soldi per provvedere, né gli dispiaceva imparentarsi con una vecchia famiglia romana, provvista persino di qualche grado di nobiltà.

Versata la dote, presi gli accordi, celebrato un normale matrimonio pagano, mio padre poté tornare ai suoi studi sulle stelle e io mi trasferii a casa di mio suocero.

E così, mi trovai sposata ad un giovanotto che conoscevo appena, ma mi consolavo pensando che era la sorte comune delle ragazze della mia età che a dodici, tredici anni, si ritrovavano di punto in bianco in casa di un uomo che di anni ne aveva il doppio o il triplo e che non avevano veduto neanche in effigie. Almeno me l'ero portato io, non mio padre, nella mia camera da letto in una sera dolcissima d'autunno; di conseguenza, se c'era qualcuno con cui dovevo prendermela, bastava che mi guardassi allo specchio.

In effetti, fosse la nuova responsabilità di marito e futuro padre, o avessi sbagliato io nel valutarlo, dovetti ammettere con me stessa che non si stava rivelando quel giovane dio che m'ero immaginata. Non era cattivo, quello no, e la Natura l'aveva provvisto di un temperamento deciso e franco, ma ahimè abbinato ad un carattere chiuso, un po' musone, scarsamente disponibile a confidenze anche con le persone care, e di questo ne soffrivo, perché si sarà ormai capito che io ero molto estroversa, e tante volte, quando cenavamo, avevo l'impressione di parlare con me stessa o con le figure dipinte sulle pareti.

Quanto poi alle vecchie amicizie, fummo oggetto, di infiniti pettegolezzi, io soprattutto, perché Vindicio restava comunque un "barbaro", da cui ci si poteva aspettare qualunque cosa, e quanto a mio padre, era solo un poveraccio con la testa perpetuamente tra le nuvole.

Per fortuna erano anni strani, in cui i cristiani, dopo essere sopravvissuti alle persecuzioni, passavano la maggior parte del tempo a litigare fra loro su questioni ancora più astruse di quelle che appassionavano mio padre, mentre il primo Imperatore della nuova Fede ammazzava i suoi parenti stretti uno dopo l'altro, con una cadenza superiore a quella del tanto deprecato Nerone. Insomma, con quello che capitava a Roma e nell'Impero, non rimasi per più di qualche settimana la notizia del giorno: e poi, mica l'avevano dovuta tirar fuori loro, la dote.

Vedendo le cose in positivo, ora avevo un marito di belle speranze che, sia pure a modo suo, si faceva in quattro per dimostrarmi il suo amore, un suocero orgoglioso della sua bella nuora e la dolce vice-mamma Elena che mi chiedeva ogni mezz'ora se avessi bisogno di qualcosa.

Ciò nonostante, mi capitava spesso di sentirmi sola e triste: la mia casa era sempre stata un porto di mare, e il silenzio di quella villa appena fuori delle mura aureliane mi suonava strano. Non si poteva definire lussuosa, ma era elegante e soprattutto molto funzionale; mia suocera la teneva bene e organizzava le attività quotidiane della servitù in modo eccellente, anche troppo, perché letteralmente non mi lasciava toccare un lavoro, fosse pure infilare un ago, io che a casa mia ero abituata a spignattare in cucina con le cuoche e a tagliare le siepi in giardino.

Ora poi, con l'arrivo dell'inverno, me ne stavo rintanata con le ancelle a godermi il tepore che emanavano i pavimenti riscaldati, senza le correnti d'aria delle finestre mal riparate di casa mia. Avevo addirittura una grande vasca da bagno tutta per me, così non avrei avuto bisogno di andare alle terme, e un letto di piume morbidissimo.

Sembrava un sogno, e forse lo sarebbe stato per un'altra, ma non per me. Mia suocera Elena, poveretta, mi raccontava di tante cose della sua vita, tristi e divertenti, e gliene ero grata, anche perché mi aiutava a tener ripassato il greco, ma non era esattamente il tipo di compagnia di cui aveva bisogno una ragazza della mia età. Ecco, se mai era Polifemo, il gatto di casa, ad aiutarmi a passare il tempo; almeno lui amava giocare.

Insomma, mi annoiavo tremendamente.

Fu così che, per una sorta di fluido nell'aria, quasi obbedendo a un misterioso richiamo, venne a farmi visita Valeria.

La premessa non fu delle più incoraggianti, perché le sue

continue "povera cugina di qua" "povera cara di là", facevano pensare che si fosse degnata, per puro spirito cristiano, di varcare la soglia della peccatrice, la sciagurata che aveva disonorato la famiglia.

La cuginetta, per avere neanche tredici anni, s'era fatta proprio una bella signorina; non aveva ancora messo su un seno importante come il mio alla sua età, ma era avviata bene; soprattutto, si apprestava a saltare in un balzo quel terribile periodo chiamato adolescenza, passando da un giorno all'altro dal ruolo di bella bambina a quello, che già le si addiceva, di donna affascinante.

Beata lei.

Poi però, una volta trascorsi i primi convenevoli, la musica cambiò bruscamente di tono, passando dall'elegia al compianto:

«Beata te che hai un marito e con l'aiuto di Dio avrai un figlio» aleggiò come un refolo gelido nella mia stanza.

All'inizio pensai di non aver capito.

«Un po' strano sentirlo dire da te» osservai; «non avevi scelto la vita consacrata?»

E qui esplose la *monodìa* tragica, con accorati richiami all'acerbo destino di vuoto e gelo, allo struggimento di non avere un uomo al suo fianco da amare, consolare, incoraggiare sui sentieri della vita. Il tutto diluito in fiumi di lacrime.

Confesso che mi commossi, e ammetto di aver provato, nel contempo, un sentimento di maligna superiorità: io almeno, sia pure in modo un po' fortunoso, un giovane maschio l'avevo accalappiato.

Lei, invece, con le ciglia lunghe, gli occhioni neri e le labbra perfette, se ne stava a casa a recitare le preghiere con mamma Onorata.

Forse qualcuno ascoltò la sua muta preghiera, forse le stelle avevano deciso altrimenti del suo percorso di vita, ma la zia ebbe un coccolone, e poté godere del più bel funerale cristiano dalla promulgazione dell'Editto di Milano.

Lo zio la pianse, credo sinceramente, perché era una brava donna e lui le voleva bene, ma trovò rapida consolazione tra le braccia di una schiava giudea, la mite Anna, che già aveva messo al mondo due bambini di dubbia paternità, prontamente riconosciuti dallo zio il giorno stesso del funerale di sua moglie. E dopo pochi giorni, arrivò puntuale anche l'affrancamento della schiava davanti al vescovo.

"Per onorare la memoria di Onorata" aveva detto fra le lacrime con un felice gioco di parole.

Ebbe lodi unanimi per questo, almeno in certi ambienti, e ancor più fu elogiato quando sposò la sua ex schiava, consentendole peraltro di conservare e praticare, sia pure in forma riservata, la sua fede, dimostrando così di essere uomo tollerante e dalla mentalità aperta; certamente più della sua ex consorte.

Devo dire che Anna fu una delle poche signore a rendermi visita quando nacque il mio Marco Amalo Vindicio Flaviano; la ricordo come una bella donna, dai capelli castani lunghi e mossi e un viso dolcissimo, molto umana; insomma, tutt'altro che un'arrampicatrice sociale.

Fu lei a riferirmi dell'intenzione dello zio di fidanzare Valeria quanto prima.

Mi congratulai che avessero corretto una scelta forse prematura, ma lei sospirò:

«Grazie, figliola mia, ma è una ragazza così difficile da accontentare...»

Riavvolgendo il rotolo della memoria, qualche settimana prima avevo messo al mondo quel benedetto bambino, non senza qualche fatica; la prima cosa che chiesi fu se somigliava al padre, e fui rassicurata. Non che avessi dei dubbi, sia chiaro, ma in queste faccende le chiacchiere fanno presto a girare. Quando poi riuscii a strappare a mia suocera le misure esatte e il peso del bambino alla nascita, ricordo che ebbi un mancamento. La stessa levatrice e il medico Filocrate che mi avevano assistito avrebbero dichiarato in seguito di non aver mai aiutato a nascere un essere più robusto del mio Marco, tranne la volta che avevano sostituito il veterinario per il parto di una mucca.

Il piccolo – per modo di dire – mi succhiava le energie, e non era affatto una metafora: quale che ne fosse la causa, aveva sempre fame; l'avrei affidato volentieri alla balia, e mi avevano anche trovato un donnone adatto alla bisogna, ma mio suocero e anche il mio adorato marito erano convinti che solo il latte di una donna nobile potesse dar forza al giovane Eroe. Per mia buona sorte, il piccolo Marco dimostrò di voler passare molto presto a cibi più sostanziosi.

Mio padre, quando venne a vederlo, mi mostrò soddisfatto una lettera sigillata scritta di suo pugno tre mesi prima, in cui aveva pronosticato il giorno esatto della nascita e il sesso.

«Vedi, se non penso sempre a te» disse accarezzandomi.

Si crede che le donne subiscano un picco di esaltazione al momento della nascita, seguito rapidamente da un crollo dell'umore. Non posso accusare il mio Marco anche di questo, ma non ero di sicuro nella mia forma migliore quando venne a trovarmi mia cugina.

S'era fatta annunciare da un'ancella a suo servizio, una ragazzina nuova, comperata da pochi giorni solo per occuparsi di lei, una bambolina graziosa e ben pettinata, anche educata a puntino, da quanto potevo giudicare.

Io feci il possibile perché mi trovasse in ordine, ma il piccolo aveva pianto tutta la notte, e perché almeno qualcuno riuscisse a dormire in casa, me l'ero dovuto cullare in braccio personalmente.

Appena Fortunato, il portiere, la fece entrare, salutò con uno dei suoi radiosi sorrisi mia suocera, mi abbracciò con calore e si lasciò portare per mano allo studiolo che Vindicio mi aveva riservato.

E qui, come per il tocco della Medusa, divenne una statua di marmo o un blocco di ghiaccio, salvo sciogliersi in lacrime quando la feci accomodare:

«Ecco, tu sei a posto, hai un marito, ora anche un figlio tuo, una famiglia che ti adora; io invece sono in procinto di essere cacciata di casa, dalla mia casa, e presto mi daranno in pasto a un mostro.»

Dopo aver interpretato la scena della vittima sacrificale e dopo non poca insistenza da parte mia, finalmente le uscì dalle labbra socchiuse il nome dell'uomo in questione: «Livio... Crasso... Feliciano...» rantolò.

Soffiai forte.

A quanto ne sapevo, non era esattamente il marito capace di suscitare l'entusiasmo di una tredicenne, ma proprio per questo mi sembrava impossibile che una donna come Anna fosse stata così meschina da imporle un matrimonio con un individuo dai costumi tanto discussi, che aveva come unica virtù quella di essere ben introdotto a Corte e scandalosamente ricco.

Devo riconoscere però che questo giudizio si basava più su quanto si sussurrava in giro che su un'esperienza diretta. Quando poi ebbi modo di conoscerlo di persona, mi parve un uomo disinvolto, gentile, anche spiritoso, di una certa cultura e, per la sua età più vicina ai cinquanta che ai quaranta, per nulla decrepito, anzi.

Cercai di spostare il discorso su qualcos'altro:

«Bella, la collana...»

«Zaffiri d'oriente e quello al centro è uno smeraldo» disse con indifferenza: «*lui* crede di comprarmi con i suoi doni, così come ha abbagliato la mia famiglia col suo denaro. Ma è solo la catena con cui mi imprigiona.»

Notai in effetti che anche ai polsi e alle caviglie recava i simboli della sua schiavitù, in oro e pietre varie. Ma più ancora dei gioielli, mi impressionò la stola che portava sopra la tunica: era seta, seta pura della miglior qualità, colorata di porpora e trapunta di fili aurei.

Nonostante da bambina avesse deplorato i belletti, era truccata in maniera perfetta, anzi, persino eccessiva per una ragazza così giovane; forse voleva apparire più vecchia di quello che era o forse quella maschera celava qualcosa che doveva rimanere occulto a tutti, anche alla sua cuginetta preferita. Quando poi fece cadere dal capo il velo finissimo, rimasi incantata dal lavoro delle ancelle che le avevano acconciato i capelli; dovevano averci perso non meno di un'ora o due, e non le invidiavo: impaziente e perennemente insoddisfatta com'era, si erano di sicuro beccate un raffreddore a furia di soffi e sbuffi.

Tutto questo per recarsi in chiesa a fare le sue devozioni, in occasione di una festa cristiana. Chissà come doveva presentarsi quando il mostro di suo marito l'avrebbe trascinata in catene ai ricevimenti e ai banchetti.

Si dovette accorgere che la stavo vagliando, e la bocca perfetta sottolineata da un rosso carico diede una smorfia:

«Tu guardi queste… queste cose» disse afferrando con disprezzo un lembo della stola e mettendomelo davanti al naso. «Sì, Velia, cose, cose, cose, mi capisci? mentre io avrei bisogno di altro: forse solo di un po' d'umanità. Di amicizia.»

La rassicurai che, anche se ora avevo un marito e un figlio, lei restava sempre la mia migliore amica.

Lei sembrò rinfrancata, ma non del tutto.

«Io morirò prima di arrivare a conoscere la vita, Velia, ma dici bene: tu sola, a questo mondo, puoi capirmi, mia dolce cugina e unica amica. Veramente, quando nacqui, una stella nera brillava sopra il cielo di Roma.»

Avrei voluto risponderle che papà aveva fatto per lei un oroscopo molto meno sfavorevole, ma di sicuro la sua fede ardente le impediva di credere in queste sciocchezze da pagani.

In qualche modo, mia cugina riuscì a non morire, tanto che si sposò e mise al mondo addirittura due gemelli, un maschio e una femmina; il suo feroce tiranno poté così aggiungere una nuova catena al suo giogo. Stavolta di diamanti.

La sua matrigna mi riferì che la povera nuora, giovane com'era, aveva sofferto l'inferno; certo fu un castigo doloroso ma privo di conseguenze, perché a neppure una settimana dal parto era tornata a sculettare nel bel mondo romano.

Intanto, io, fra alti e bassi, stavo cominciando ad abituarmi alla nuova condizione di sposa e mamma, al punto da riuscire a trovarla quasi naturale.

Ora poi che avevo senza ombra di dubbio un marito, barbaro sì, ma con un padre importante, avevo un figlio legittimo, qualche soldo da parte, ero tornata pienamente rispettabile e le amiche avevano ripreso a farmi visita. Alcune di loro nel frattempo s'erano sposate e aspettavano bambini.

Mi piaceva sentirmi la saggia matrona che dava consigli su allattamento, pappine e conduzione della casa.

Ma anche quando non ricevevo, almeno per quel poco che mi consentiva la suocera-chioccia, ora che non ero più gravata dal peso del bambino, riuscivo almeno a dare gli ordini per il pranzo. E poi la passeggiata pomeridiana, la visita a papà, qualche occasione speciale per le feste pagane che ancora si celebravano.

Ora potevo frequentare le terme, soprattutto per giocare a palla con le amiche, un'attività che mi aiutava a rientrare delle libbre acquistate nella gravidanza e a restituirmi il buonumore.

Mio marito non amava molto le occasioni di divertimento, a parte le corse del circo e gli spettacoli di gladiatori, mentre detestava assistere alle esecuzioni di condannati e alle cacce delle belve perché, diceva, non c'era gusto a veder ammazzare chi non riusciva a difendersi. Quando poi avevamo ospiti, non era raro che si assopisse o si chiudesse nei suoi pensieri, ma ormai gli amici lo conoscevano, e comunque c'ero io a sostituirlo come padrona di casa.

Mio padre diceva sorridendo che era un orso del Settentrione portato di forza in una villa signorile; ed era vero, perché Vindicio riusciva ad essere tanto impacciato con gli altri, quanto goffo nei momenti di intimità fra di noi. A posto si sentiva solo quando la mattina lo aiutavo ad indossare l'armatura.

Una cosa però mi piaceva di lui: amava giocare e ridere col piccolo Marco Amalo, ed anzi mi aiutava quando era ora di fargli il bagnetto, come scriveva Plutarco di Catone il Censore.

Concludendo, se questa era la vita che il destino mi aveva assegnato, potevo brontolare, ma non lamentarmi, soprattutto perché, nella mia giovanile ingenuità, non immaginavo ancora quello che invece dovrebbe aspettarsi qualunque donna sposi un militare.

4. Una scelta di vita

E infatti, puntuale come il passaggio di una stella, arrivò anche per me il momento di fare una scelta di vita: mio marito doveva raggiungere suo zio Gesimundo di stanza in una remota provincia da qualche parte ai confini del Danubio. Qui avrebbe assunto il comando di un reparto di *limitanei* ed altra truppa, dispersi in un territorio appena conquistato e pullulante di barbari, chiamato un po' pretenziosamente Gothia.

Inutile dire che lo scongiurai, in nome del nostro ancor giovane amore, di non lasciarmi a Roma da sola. Lui mi prese in parola, e tanto disse e tanto fece, che ottenne di portarmi con sé.

Altrettanto inutile sarebbe stato, a quel punto, spiegargli l'equivoco, ossia che la preghiera verteva su quel "da sola", non sul "lasciarmi a Roma".

Così salutai la parentela e le amiche, e cominciai a preparare i bagagli.

Un paio di sere prima della partenza, mi recai a casa mia, la vecchia villa alle pendici del Celio. Non ricordavo di avere qualcosa di particolare da recuperare, anche perché mi era stato raccomandato di portare con me solo l'essenziale. Forse volevo soltanto ritrovare dei ricordi. Finsi così di cercare tra i vestiti della mamma se c'era qualcosa che mi poteva andare bene. Lei era così diversa da me, alta, magra, sempre elegantissima, sembrava una regina; io invece ero grassottella fin da piccola, e avevo dovuto lottare con la mia naturale goffaggine, e correggermi era stato quasi un omaggio alla mamma. Niente, non mi andavano bene; e poi, era meglio che se ne restassero al loro posto. La cassetta delle bambole, quelle con cui giocavo assieme alla mia cugina-padrona. Ce n'era una, con le braccia e le gambe snodate, che adoravo.

«Pòrtatele via. Non serviranno a te, ma alla mia nipotina di sicuro.»

Quasi mi aveva spaventato.

«Padre...»

«Fai, fai pure. Ma ricorda che la parte più importante del tuo passato la conservi qui dentro» e mi batté leggermente le nocche sulla testa.

Lo abbracciai ed egli mi strinse.

«Ho paura, papà, tanta paura di quello che mi aspetta; io... sono sicura che non ritornerò» e scoppiai a piangere come una lattante.

«Non dire sciocchezze: sarà l'avventura della tua vita, invece, e se le stelle non mentono, quando tornerai terrai per mano anche una bellissima ragazza. Ma soprattutto sarai felice, almeno quanto è lecito esserlo a chi non è un dio.»

Sopirai: «Vindicio è un buon uomo, padre, ma nonostante siamo marito e moglie, posso dire di non conoscerlo ancora: lui parla poco, è sempre preso da mille cose. Qui almeno ho le mie amiche, ho te; ma quando sarò nelle pianure dei Sarmati, con chi mi confiderò?»

«Velia, bambina mia, hai tutto quello che ti serve per essere appagata, dipende solo da te. Ricordi?»

«*Vivas ut possis, quando nec quis ut velis*. Vivi come puoi, dal momento che, come vuoi, non puoi...»

«Esatto. Se quello che hai e che fai non ti soddisfa, non ti resta che fartelo piacere. E poi, ricordati che il sistema postale romano è il migliore che l'umanità abbia inventato fino ad oggi. Soprattutto se hai dei parenti importanti.»

Già, non ci avevo pensato.

«E rammenta ancora un'ultima cosa, ma non la meno importante: non cercare di adattare il mondo a te, sforzati piuttosto di adattare te stessa al mondo che ti troverai ad affrontare. E soprattutto alle persone.»

«Hai ragione. Solo, una cosa mi chiedo: qual è il senso di tutto questo, padre? Soddisfare l'ambizione di uno dei tanti imperatori allargando il dominio romano di qualche altra zolla barbarica? Ma se è così, ne vale la pena?»

Ci pensò un poco, prima di rispondermi.

«Un giorno Roma sarà assediata, e dentro la città si rantolerà dalla fame. Matrone rispettabili si venderanno per due mele marce e fanciulle di nobile famiglia cercheranno nelle immondizie qualcosa da masticare. E quando infine la città si arrenderà o verranno violate le sue porte, l'ira degli dei immortali si scatenerà su chi la abita.»

«Questo dicono le stelle?» domandai spaventata «e quando accadrà?»

«Non serve consultare il cielo notturno, è scritto nel destino di ogni città, non vedo perché non di Roma. Resta da decidere quando, e questo dipende da uomini come tuo marito e quei quattro disgraziati barbari, ubriaconi, malfattori e ambiziosi, che stazionano di guardia al *limes*. Assieme a qualche idealista, che crede ancora di arrestare la corsa delle cose verso la distruzione. Ma sono loro a stornare dal nostro capo, rimandandole di anno in anno, le sciagure che ci attendono.»

«Padre… non riesco neanche a figurarmi cosa mi potrebbe capitare: possiamo guardare il cielo stellato? Un'ultima volta insieme.»

Mi prese la spalla e me la strinse, con quella confidenza che difficilmente un estraneo sarebbe riuscito a comprendere. Ci trasferimmo in giardino.

Era una notte senza luna, e le mobili lucciole parevano aver portato sulla terra un frammento della lontana luce astrale.

«La Vergine, la mia costellazione» dissi subito indicando una stella luminosissima. «Mi porterà fortuna essere nata sotto questo segno?»

«Su questo ci puoi giurare. La chiamano Astrea, ma per i greci era anche Dike, la dea della giustizia, e tu sei nata nel suo regno.»

«È quella che tornerà alla fine dei giorni, di cui parla Virgilio?»

«Sì, figliola: un tempo viveva fra gli uomini, ma quando l'età dell'oro degenerò in epoche di crescente violenza e sopraffazione, se ne tornò in cielo, con le costellazioni sorelle, e ora si limita a mostrarci il suo volto e la spiga che tiene in mano.»

«Eppure, non è questa la stagione della mietitura» osservai.

«È un segno antichissimo... lo sai che il cielo ruota, vero?»

«Sì, è il Grande anno di Platone» dissi sicura.

«Brava. Seimila anni fa o giù di lì, il sole sorgeva in Vergine al tempo della mietitura. Almeno, penso che sia così.»

«Seimila anni... e ci paiono un tempo infinito i mille del nostro Impero.»

«I ritmi del cielo e quelli della storia sono diversi, piccola mia. Ma ora è meglio che rientriamo, non vorrei che ti pigliassi un raffreddore per aver seguito i vaneggiamenti di un padre chiacchierone.»

«Non hai idea di quanto mi mancheranno queste nostre chiacchierate. Ma la Vergine quali doni porta, oltre alla spiga?»

«La Vergine simboleggia la logica, il pensiero razionale, e questa sei tu, ma se ci mettono lo zampino altri pianeti più effervescenti, l'impulsività diventa difficile da dominare, come è nel tuo caso. E spiega, per favore, a quel barbaro di tuo marito che le collane più adatte per una come te sono quelle di corniola e di agata, le pietre della Vergine.»

«Non mancherò.»

Il giorno dopo ebbi una lunga conversazione anche con Valeria, che mi confessò di invidiarmi: i gemelli la facevano impazzire, suo marito diventava ogni giorno più ripugnante, suo padre l'aveva abbandonata, perso nell'amore di quella schiava giudea. E la sua vita era solo una sequenza di dolori e umiliazioni.

Pensare che ebbi anche il coraggio di compiangerla, ma non avevo ancora un'idea esatta di quali fossero i compiti della moglie di un ufficiale romano in un accampamento sulle rive del Danubio.

Anzi, *oltre* il Danubio.

5. La fortezza in mezzo al nulla

Ed eccomi qui, in un baraccamento di legno protetto da un vallo di terra battuta e una recinzione di pali confitti al suolo spalmati di argilla, in una regione desolata di pianure a perdita d'occhio e immense paludi solcata dalle acque maestose del Danubio, ma col grande fiume alle spalle anziché davanti a proteggermi; ed era questo, soprattutto, a preoccuparmi. Molte miglia alle spalle, aggiungo.

Costantino, fra le molte cose buone che si ascrivevano a suo merito, aveva pensato bene di allargare il territorio controllato da Roma, per impedire le scorrerie dei barbari, creando una specie di area di protezione a beneficio delle province a sud del Danubio. L'idea in sé era valida, il problema stava nel fatto che quel territorio doveva essere presidiato.

A quanto mi avevano riferito a Roma, vi si trovava già stanziata una parte della Legione V *Macedonica*, un'ottima unità, a dire di tutti, che costituiva la base avanzata della penetrazione romana. Erano stati loro a costruire il ponte di pietra, un vero capolavoro di ingegneria, che consentiva all'Imperatore di compiere le sue incursioni contro i goti.

Ecco, se loro costituivano la base avanzata, noi eravamo un po' più avanzati, se così si può dire, rispetto ai camerati della *Macedonica*. Oltre tutto, era previsto che il nostro campo si svuotasse di buona parte della guarnigione quando l'Imperatore compiva le sue spedizioni punitive, cosa che capitò per ben tre volte in cinque anni, senza contare i normali avvicendamenti della truppa.

Il posto in sé non era male, perché i comandanti avevano sempre l'accortezza di costruire gli insediamenti per le truppe in luoghi salubri, non troppo vicini a paludi, foreste, o ai piedi delle colline, da cui i nemici facilmente avrebbero potuto spiarci o addirittura colpirci con frecce e pietre.

Anche Vindicio, benché eccitato dall'idea di assumere un

comando in zona d'operazioni militari, si rendeva conto che non era esattamente il posto dove portare una giovane sposa di buona famiglia con bambino; poi però pensava che un mio lontano antenato aveva partecipato come ufficiale alla conquista della Dacia con Traiano, e questo gli bastava a sentirsi meno in colpa.

Il *dux* Gesimundo ci ricevette nel *Praetorium* che sarebbe stata anche la mia prossima dimora, almeno fino a quando mio marito non avesse ottenuto una promozione o un trasferimento.

Lo zio di Vindicio, forse l'unico barbaro che avessi conosciuto fino ad allora di corporatura minuta, addirittura più basso di me, ma con un fisico asciutto, senza un filo di grasso, da vero atleta della guerra, ci aveva accolti veramente come figli. I soldati più vecchi si erano commossi fino alle lacrime vedendo mio marito: sembrava, dicevano, che gli dei avessero restituito loro suo padre; molti di quegli uomini infatti servivano da vent'anni sotto mio suocero e suo fratello.

«Mio nipote ha avuto veramente l'occhio attento, per essere riuscito a scoprire un fiore così speciale in una città tanto grande» disse dopo avermi valutata dalla testa agli alluci, come si farebbe con una giovane recluta o una giumenta acquistata al mercato.

La cosa, lo ammetto, mi imbarazzò un poco, ma fui comunque contenta di aver superato con lode l'esame.

«Non sarà facile, per una ragazza bella e raffinata come te adattarsi a vivere in un postaccio del genere, ma una volta fattaci l'abitudine, ne vedrai i lati positivi» assicurò dandomi un leggero schiaffo sulla gota.

I primi giorni ero troppo presa dalla novità, oltre che distrutta dal viaggio, ma col passare dei giorni cominciai a sentirmi pervadere da un duplice sentimento, strano e ambiguo. Da un lato mi pareva di soffocare nello spazio ristretto che mi era stato assegnato: abituata com'ero ad una casa ampia dove, quando gli ospiti se ne andavano, restavamo soltanto io, mio padre e non più di cinque o sei servi, potevo starmene appartata a leggere con la certezza di non essere disturbata; se ero triste o avevo litigato con Valeria, mi ritiravo in un cubicolo da schiavi disabitato da anni, che facevo tenere pulito a questo scopo, oppure mi nascondevo in un angolo del giardino, che l'ombra del grande melo e la fitta siepe occultavano agli occhi altrui.

In quella caserma pomposamente battezzata *Castra Herculea*, fatta di legno marcio e fango, rinchiusa come una prigioniera nei pochi piedi quadrati della mia camera da letto, la cucina in comune con altri ufficiali e la sala da pranzo quasi sempre occupata dalle riunioni dei comandanti, mi pareva che mi mancasse l'aria.

Se poi trovavo il coraggio di avventurarmi fuori dalla cinta, soprattutto i primi anni quando ancora l'abitato che si sarebbe sviluppata in seguito non contava che poche baracche, il cuore mi sobbalzava e mi sentivo tagliare il respiro, più che per il pericolo di essere aggredita, per l'angoscia di quel vuoto, quelle terre immense, senza fine, che soltanto alcune lontane collinette movimentavano un poco.

Avevano un bel dire mio padre e il mio signor zio che dovessi adattarmi ai posti dove l'onnipotenza del Destino mi aveva accompagnato: papà da Roma si era allontanato solo due volte, per non più di cinquanta miglia, e zio Gesimundo dava l'impressione di riuscire a dormire anche su una lastra di ghiaccio.

Pazienza, Velia: se quella sera io e il padre di mio figlio avessimo giocato a palla anziché… va be', inutile agitare il pugnale nella ferita.

Quand'ero a Roma, lo confesso, non mi interessavo molto alle attività di quel marito mezzo barbaro che la Fortuna mi aveva fatto incontrare: avevo le amiche, la suocera, mio padre, oltre ad un bambino da crescere, ma qui, nell'appartamentino ricavato dal *Praetorium*, era come se fossi diventata mio malgrado la sua ombra; salutavo chi entrava e chi usciva, ascoltavo i discorsi che si tenevano, spesso dovevo recuperare mio figlio nascosto sotto i mantelli dei centurioni, tanto che uno di loro disse ridendo che sarebbe diventato un ottimo agente segreto.

Io mi scusavo, mi ritiravo nella mia stanza, ma allora ero obbligata ad ascoltare le urla belluine provenienti dalla finestra che dava sul piazzale, dell'*optio* o del centurione di turno, che addestravano i loro uomini. Il lettore addentro alle cose di guerra mi riprenderà per non aver usato il corretto termine *centenario* e sorridendo giustificherà con il mio sesso la scarsa precisione nella terminologia militare, ma posso assicurare che, nonostante le riforme degli ultimi anni, nella conversazione comune si continuavano a usare tranquillamente i vecchi gradi della tradizione repubblicana e imperiale.

Una cosa però la capii subito: Vindicio già al suo arrivo si era dimostrato un vice di polso; l'avevo sempre sospettato, ma ora ne avevo la conferma.

Come spesso capita, ogni nuovo comandante, soprattutto se giovane, viene messo alla prova dalle popolazioni civili, dai barbari dei dintorni ma in particolare dai suoi uomini, più che altro per capire fin dove ci si può spingere a tirare la corda. Con lui, i limiti furono subito chiari a tutti; non che fosse un fanatico dell'osservanza dei regolamenti, ma sulle questioni importanti non cedeva di un pollice.

Nel periodo immediatamente successivo alla costruzione del forte, quando effettivamente tutti i soldati avevano lavorato come schiavi a segare alberi, inchiodare tavole e scavare fosse, la disciplina s'era un po' allentata nonostante le maniere rudi dei centurioni, ma il mio signore e padrone nonché sposo non impiegò molto a far capire chi comandava. In verità, quel ragazzo dimostrava già allora qualche anno più della sua età, e per accrescere l'aria da duro, s'era fatto crescere la barba, che era uscita rosso-fuoco, e anche questo, diceva, contribuiva a trasmettere un'immagine di feroce intransigenza. Non mi piaceva molto, perché mi grattava la mia pelle delicata, ma poi mi abituai.

Come per tante altre cose.

Anch'io inizialmente cercavo di sembrare più vecchia, ma proprio non ci riuscivo, e alla fine conclusi che, a differenza del mio Vindicio, ottenevo molto di più a mostrarmi per quel che ero, ed anzi a farmi passare per la bambina della compagnia, sperduta, spaventata e bisognosa di tutto. Anche un po' ingenua, ma questo mi riusciva perfettamente.

Tornando a mio marito, nei giorni successivi all'arrivo, per far capire che l'aria era cambiata, promosse lunghe ispezioni a cavallo con una buona scorta, armature lucide, le bestie bardate e le piume al vento, come se dovessero andare in guerra.

Tre volte al mese faceva uscire l'intera guarnigione con l'armamento completo e il bagaglio in spalla, percorrendo dieci e anche quindici miglia, attraverso paludi e zone boscose, il tutto a passo di marcia; il ritorno lo effettuavano a passo veloce. Talvolta si fermava due o tre giorni in aperta campagna, obbligando i soldati a costruire un accampamento come da manuale, cosa che i più giovani sembravano aver dimenticato; dopo il secondo mese, avevano imparato a montarlo in metà tempo e anche sotto il tiro delle frecce, ovviamente spuntate, scagliate su di loro dagli arcieri.

L'unica ragione per cui non lo uccidevano, diceva ridendo lo zio, era che durante la marcia Vindicio procedeva a piedi e con lo stesso peso dei suoi uomini in spalla.

Anche se vivevano in una zona operativa, mi raccontava mio marito a tavola, s'erano insediati i tipici vizi di chi da troppo tempo non scendeva in campo, se non per piccole scaramucce.

Una volta avuta mano libera dallo zio, si fece e consegnare i nominativi degli esenti dalle attività e dai servizi, fece una bella ramanzina al medico, il quale, oltre tutto, era solo uno scrivano dell'ufficio che di medicina ne sapeva meno di me, rispedendolo nei ranghi con una proposta di punizione, e facendo arrivare da oltre Danubio un medico vero, una iena incorruttibile che ottenne guarigioni più miracolose di un santo cristiano.

Ogni giorno i centurioni dovevano effettuare un'ispezione completa delle armi e dell'equipaggiamento dei loro uomini, ed anche verificare la pulizia dell'alloggio e delle persone. Con le prime nevicate, Vindicio volle che tutti avessero sciarpe, calzettoni e guanti pesanti, a costo di imporre a veterani e reclute di farseli a ferri.

«Devono arrivare al punto di desiderare che scoppi una guerra, come gli spartani, che partivano contenti per il fronte perché persino la morte sul campo era preferibile alla loro vita in caserma» ripeteva ai suoi sottoposti.

Ogni settimana, venivano promosse gare di corsa, salto, velocità, con le armi o senza, proponendo piccoli premi in denaro, in viveri o permessi speciali ai vincitori.

A sperimentare nel bene e nel male il cambiamento furono anche i disgraziati confinati in guarnigioni ancora più piccole e isolate della nostra, i quali finalmente seppero che adesso c'era chi vegliava su di loro; ma il giovane *protector* voleva farsi vedere anche dai civili romanizzati, dai barbari domestici che bazzicavano le aree controllate da noi, e se era il caso, pure dai barbari selvatici.

Col tempo, e migliorando le condizioni di *Castra Herculea*, anche qualche capo goto venne a renderci omaggio, e per la prima volta potei rendermi conto della differenza che corre fra un barbaro a Roma e uno nel suo ambiente naturale.

Questa era la vita di mio marito.

Quanto a mio figlio, sembrava entusiasta, ma quando uno ha tre anni e uno spirito avventuroso, un puzzolente accampamento pieno di soldati è meglio della più ricca stanza dei giochi a Roma.

6. Le donne del limes

Venendo alle donne, scoprii ben presto che ero una delle poche mogli autorizzate, il che non aveva impedito un'esuberante vita sentimentale agli ufficiali: quasi tutti si erano fatti un'amante, una provinciale romanizzata se andava bene, più spesso una donna barbara. Benché qualcuna di loro fosse più giovane di me, mi presero subito sotto la loro protezione, come una bambina portata da un mago dispettoso in una terra lontana e desolata, e a loro mi aggrappai come un naufrago allo scoglio. Spesso ci si fa un'idea sbagliata di noi donne del *limes*: ci considerano barbare o barbarizzate, e in parte è vero, perché alcune si lasciano andare abbrutendosi nell'ozio inerte e nel vino; altre vengono prese dalla nostalgia di casa e non è raro che ne muoiano. Si tratta solo di superare i primi mesi, di disorientamento e adattamento; poi, si cerca di organizzarsi la vita come si farebbe non dico in una città, ma almeno in un paesino di qualche centinaio di abitanti, uno degli infiniti sparsi per tutto l'Impero dalle cateratte del Nilo al Vallo di Adriano: si piantano dei fiori, si mandano inviti a pranzo in occasione di qualche compleanno, ci si rende visita al pomeriggio, se passa qualche mercante lo si costringe a tirar fuori ed esporre tutta la mercanzia.

Oltre tutto, io avevo la responsabilità di tenere in ordine il *praetorium* e di svolgere qualche funzione di rappresentanza, cose entrambe a cui non ero stata preparata dalla mia ancor breve esperienza matrimoniale, ma che avevo svolto dignitosamente a casa mia, fin da quando avevo dodici anni.

Poi, si sa, ogni posto ha i suoi inconvenienti. Ad esempio, a Roma ero stata criticata dalle solite lingue pettegole per la mia gravidanza e per qualche libbra di troppo che non avevo smaltito, ma non mi era mai capitato di essere scortata da due ausiliari armati fino ai denti solo per andare a stendere il bucato assieme alla serva, o di dover prendere lezioni di uso del coltello, e non esattamente per affettare l'arrosto.

Il fatto era che l'intero sistema di protezione del presidio e di chi ci gravitava attorno si basava più su una perfetta conoscenza del territorio, che sul vallo difensivo in sé. E ancor di più sulla capacità di fiutare in anticipo i pericoli. In questo era maestro il centurione Rufo Lolliano Secondo, un uomo già avanti con gli anni, venuto su dalla gavetta, tipo serio e poco propenso alle chiacchiere, gran lavoratore e dedito anima e corpo all'Impero, anche lui legato a una schiava, Delia, più o meno della mia età, una ragazzina vivace e piena di voglia di vivere, con cui feci subito amicizia. Fu lui, più ancora che lo zio, spesso obbligato ad assentarsi, a fare da guida e da precettore a mio marito, che ebbe il buon senso di ascoltarlo e fidarsi dei suoi pareri.

Un'altra donna, che si faceva chiamare Etna, come il vulcano siciliano per il suo carattere fiero, era a mezzo servizio fra *Castra Herculea* e i villaggi che vi gravitavano attorno, svolgendo una molteplicità di funzioni indispensabili a un insediamento militare: ostessa, affittacamere, tenutaria di un paio di bordelli, mediatrice nelle dispute fra soldati, che spesso risolveva personalmente a suon di ceffoni. A parte gli alti ufficiali, dal centurione in giù chi non la rispettava almeno la temeva. Rossa di capelli, di una testa buona più alta di me, un corpo da guerriera, mi aveva sempre fatto un po' di paura quando la incontravo per via.

La conobbi mentre frugavamo nelle ceste di un mercante. Avevamo messo le mani sulla stessa pezza di stoffa, e ci guardammo dritte negli occhi. Fui io a cedere per prima e lei, una volta ristabilite le gerarchie, mi chiese se mi andava di bere qualcosa assieme.

A Roma ero abituata a farmi versare vino leggero e molto annacquato e ad appoggiare appena le labbra sul bordo del bicchiere, ma qui, complice il freddo, la noia e le esigenze sociali, avevo dovuto mollare qualche punto sui principi morali e salutisti inculcati da mio padre.

Per evitare di doversi sorbire le lamentele e le richieste dei clienti, e anche per rispetto verso la giovane moglie del Capo, mi fece passare dal retro. «Dai, andiamo a casa mia.»

Casa sua era una grande camera con un tavolo e alcune sedie, un letto, peraltro rifatto con cura; ma in genere tutto trasmetteva un'idea di pulito, ordinato, per cui quando dissi "bello qui dentro" lo feci con convinzione.

«Vino o birra?» mi chiese.

«Quello che prendi tu.»

Anche questa era una risposta che suonava in modo molto diverso sull'Esquilino o in un accampamento della Gothia.

Lei guardò alcune anforette, forse pensò a cosa poteva bere una sposina arrivata fresca da Roma, infine fece la sua scelta.

«È un succo di frutti di bosco col miele. È buono, rinfresca e non dà alla testa. Anche perché se no chi ci arriva a stasera?»

In breve le raccontai come e perché m'ero ritrovata sbattuta dalla mia *domus*, con le ancelle che mi accudivano e il padre astronomo che mi dava buoni consigli, a quel fetido buco dell'universo.

«A me è andata anche peggio» disse.

In breve, perché fra un capitolo della sua vita e il successivo mi dovetti sorbire oltre al succo di frutta anche un dolce al formaggio, due fette sottili di lardo sul pane caldo di forno, cervella impanate fritte, polpette, e altri assaggini, tanto che fui costretta a chiedere io che mi versasse un po' di vino; in breve, dicevo, raccontò che un tempo era stata Eithna, e a suo dire era figlia felice di un capo dell'Ibernia, almeno fino a quando il suo villaggio era stato raso al suolo dai pirati e lei venduta come schiava a otto anni.

Il mercante britanno che l'aveva comperata l'aveva rivenduta assieme ad altre un po' più grandi di lei a un oste del Vallo di Adriano, ed era lì che aveva imparato il lavoro, prima facendo la sguattera, poi servendo ai tavoli. A dieci anni il padrone le aveva dato la benvenuta nel mondo delle donne adulte, e un anno dopo era già esperta del terzo mestiere: la guarnigione romana era un serbatoio inesauribile di clientela, e le ragazze non bastavano mai a soddisfare la richiesta.

«Mi dispiace, è tutto così ingiusto» dissi stupidamente, come se ignorassi che anche le ragazze che gestiva lei avevano più o meno la sua stessa storia alle spalle, solo che, invece di un villaggio nebbioso sulla costa di un mare schiumante, si trattava di una tenda di beduini o dei sobborghi di una grande città.

«Mah, a parte quand'ero bambina, non avevo conosciuto altra vita che quella, e mi sembrava normale. Non hai idea, bella mia, di cosa si arriva a considerare normale. Un giorno però servii al tavolo un ufficiale romano. Era un bel giovanotto, io avevo diciotto anni ed ero ancora passabile. Cercai di essere gentile, e anche lui mi sorrise. "È fatta" mi dissi. E in effetti, mi prenotò per tutta la notte pagando in anticipo, ma anziché lasciami lavorare in pace, mi riempì di domande. Non amavo raccontare le mie disgrazie, ma insomma, quando uno ti mette i soldini sul palmo della mano, cerchi di accontentarlo. Pensavo che fosse solo un balordo o un cristiano, che è più o meno la stessa cosa. Beh, non mi sbagliavo, perché era sul serio cristiano, anche se non lo ostentava. Credici o no, il giorno dopo ero diventata sua proprietà. Aveva sborsato l'equivalente di seimila denari per comprarmi.»

«Così cambiasti padrone» dissi.

«Per sei anni fui sua concubina, poi mi liberò e mi sposò. Fui con lui in Germania, in Africa, in Oriente, gli diedi anche due figlie che ora sono sposate da qualche parte. Purtroppo» e qui sospirò, scolò una coppa e schioccò la lingua «due anni prima del congedo in uno scontro di confine coi persiani rimase ferito e dopo un mese di agonia tirò le cuoia.»

«So che non ti può consolare, ma è questo anche il mio terrore, per cui ti capisco.»

«E hai ragione ad aver paura, però pensa che sei giovane, che hai i parenti tuoi e di tuo marito, e quindi un piatto di minestra lo troverai sempre, anche senza dover litigare coi clienti che ti infastidiscono le ragazze. Ti tratta bene il nostro Capo?»

«Io… non posso lamentarmi. Non mi fa mancare niente, nei limiti del possibile. Sì, sarei un'ingrata se dicessi il contrario.»

Che età poteva avere? Non molto più di quarant'anni, ma alcuni di questi dovevano esserle pesati come un'eternità.

Lei terminò la birra e depose la ciotola.

«Tienitelo stretto, il tuo uomo, che la vita è breve e piena di guai» fu la morale della favola.

Avrei voluto chiederle se adesso c'era qualcuno anche nella sua vita, ma immaginai che, se fosse stato così, me l'avrebbe detto: non era certo il tipo da farsi riguardi.

Me ne tornai a casa non proprio triste, perché mi ero fatta un'altra amica; pensosa, piuttosto, ecco, quello sì.

Certo che, se avessi sofferto di malinconia, probabilmente certe giornate sarei morta in quella terra desolata, al cui confronto il celebre esilio di Ovidio sul Ponto era l'Atene di Pericle. Ne ebbi la riprova quando un giorno visitai proprio la città di Tomi, resa celebre dall'illustre esule, ribattezzata *Constantina* in onore della famiglia imperiale, e fui invitata per i festeggiamenti: trovai che era una dignitosissima cittadina di provincia, dove sarei vissuta più che volentieri, caro il mio bell'Ovidio.

Come dicevo, il nostro accampamento invece era solo un puntino nel nulla. Vedendo però mio marito contento per il comando sotto suo zio e mio figlio che sembrava un maialino scappato dal porcile, mi rassegnai. Cos'altro può e deve fare una buona moglie? E così, trascorrevo il mio tempo a chiacchierare con le altre donne, a dirigere i lavori di casa, e a pensare al senso della mia vita.

Le giornate si susseguivano uguali l'una all'altra, secondo il mutare delle stagioni. Il peggio era d'inverno, quando la neve ricopriva la campagna e una parte dei soldati veniva ritirata in zone sicure.

Il primo anno, per non dare l'impressione di operare favoritismi, lo zio ci consegnò, di fatto, in uno degli ultimi avamposti, forse proprio l'ultimo in assoluto, che sarebbe rimasto isolato da metà dicembre a inizio marzo.

Marco lo lasciai alla cura delle ancelle, non senza un profluvio di raccomandazioni e qualche lacrima, nonché un bagaglio di pentimenti, apprensioni e recriminazioni.

Però, alla fine, da brava sposa romana, seguii mio marito.

Quando, tra la nebbia bassa, vidi stagliarsi sulla neve il fortino che ci avrebbe ospitato, ebbi un colpo al cuore.

Era una specie di torre di legno circondata da un muretto a secco, con le baracche per i soldati addossate all'interno della cinta e una camera all'ultimo piano del torrione per la sposina.

Fuori, solo una prateria desolata con un'unica casa nel raggio di dieci miglia. Il centurione, un veterano mezzo barbaro, ossuto e scavato in viso, che accompagnava ogni parola con un accesso di una tosse, ci spiegò che era una fattoria abitata da un contadino romanizzato che ci vendeva la carne fresca, le uova delle sue galline e, quando la guarnigione ne aveva bisogno per qualche trasporto, ci prestava i buoi, il carro e i muli, oltre alle sue quattro figlie per la consolazione mercenaria dei soldati. Quando la richiesta aumentava, ad esempio ai cambi di turno, metteva a disposizione anche sua moglie.

Mi dispiacque di aver fatto amicizia con quelle donne solo gli ultimi giorni della mia permanenza, perché la loro compagnia mi avrebbe aiutato a vincere l'*atrabile* che mi stava lentamente avvelenando il cuore e il cervello.

Brutta bestia, quella: ti fa perdere la voglia di vivere, cominci a vedere tutto nero, ti chiedi cosa ci stai a fare al mondo e ti poni un mucchio di altre domande filosofiche. L'ultima inquilina donna, la concubina di un ufficiale, dopo aver resistito un mese s'era suicidata per la disperazione di quella solitudine. E di sicuro non veniva, come la sottoscritta, dal centro del mondo.

Fu dunque una buona lezione: mai, Velia, mai, per nessun motivo restare sole. Che fosse una schiava, una prostituta, una barbara, o anche tutte e tre le cose insieme nella stessa persona, ma guai, per noi donne del *limes*, a non avere un'amica. E a non avere qualcosa da fare.

Come gli dei vollero, anche quell'inverno passò, tornò la primavera coi fiori e gli uccellini, e potei far ritorno al campo principale.

Che il Dio dei cristiani mi perdoni, ma la prima cosa che feci, dopo aver deposto i bagagli e riabbracciato il mio Marco, che peraltro aveva approfittato della mia assenza per crescere di un buon mezzo pollice e imparare sei nuove parolacce, fu di recarmi alla taverna di Etna e offrire da bere a tutte le sue allegre ragazze.

Quando il mio signor marito, nonché padre di mio figlio, mi venne a recuperare, era trascorsa da un pezzo la mezzanotte e io non riuscivo neanche a mettere i piedi uno davanti all'altro, ma non si azzardò a muovermi osservazioni.

Il giorno dopo, mi alzai che era quasi mezzogiorno con la testa che mi scoppiava e sorbii soltanto una tazza di brodo tiepido.

All'uscita del Praetorium mi aspettava lo zio; seduto su una panca, stava intagliando un ramo d'albero col suo coltellino.

«Vieni» disse semplicemente, e mi condusse nel suo alloggio.

Non l'aveva mai fatto fino ad allora, e già sulla soglia capii perché: nonostante ci lavorassero a tempo pieno due schiavi, un giovanotto e una vecchina, sembrava l'antro di Polifemo.

«Mio buon padre, io...»

«Siediti» disse cacciando via una gallina dalla seggiola; «la vedi questa signorina? doveva finire in pentola» spiegò, «ma quando ha capito cosa la aspettava, si è messa a fare uova grandi come il pugno di tuo marito, che non so neanche come riesca a farsele uscire dal culo.»

«Mio padre aveva spesso sulle labbra la sentenza di Publilio Siro: *necessitati quodlibet telum utile est*, "ogni arma è buona in caso di necessità".»

«Ti manca tanto Roma, vero?»

Negarlo sarebbe stato, oltre che inutile, profondamente stupido, ma aggiunsi subito che il mio posto era dove si trovava mio marito, e l'avevo dimostrato seguendolo nella sua avventura.»

Il *dux* sospirò.

«Ho avuto due mogli e un bel po' di concubine: alcune di loro mi sono state vicino anche in momenti difficili; per questo credo che mio nipote sia stato saggio a volerti con sé, e ora che ti conosco ne sono sicuro. Per quello che posso, farò in modo che ti siano risparmiate esperienze come quella che hai dovuto passare, ma era importante che anche tu ti rendessi conto di quali erano i tuoi limiti.»

«A proposito di limiti...» accennai arrossendo.

Lui mi mise la mano sul braccio.

«Etna mi ha riferito che avete fatto bisboccia fra voialtre femmine, e questo mi sta bene. Sicuramente, con un goccio di vino in corpo avrete malignato sui vostri mariti, ma tanto lo fareste anche se il Dio dei cristiani vi rendesse mute, per cui veditela con tuo marito, ma per quello che mi riguarda, non è successo niente.»

Quando uscii, mi sentii insieme sollevata ma anche un po' mortificata: quasi quasi avrei preferito che si fosse arrabbiato con me, e mi ripromisi di non trovarmi mai più in una situazione così spiacevole.

Vindicio, a cena, non tornò sull'argomento, e gliene fui grata, tanto che, nonostante cascassi dal sonno, rimasi ad ascoltare con gli occhi spalancati d'ammirazione il racconto della sua giornata.

Per Vindicio, come ufficiale superiore della guarnigione, il servizio iniziava all'alba e non terminava mai, neanche quando tenebre fittissime ricoprivano l'immensa pianura. Come dicevo, i soldati dovevano essere mantenuti in allenamento, perché, se li si lasciava a far niente, sarebbero caduti nell'indisciplina o nella malinconia, com'era successo a me nella torre. Non solo, ma alcuni di loro erano reclute ramazzate dalle regioni a sud del Danubio, terre di buoni soldati, ma bisognosi di essere sgrezzati prima di poterli schierare in campo. Con loro, i centurioni mostravano una singolare pazienza, ma erano capaci di farli esercitare per intere giornate a compiere lo stesso movimento del braccio per sollevare lo scudo, e il giorno dopo il medesimo lavoro con la spada da addestramento, di legno appesantito per rinforzare i muscoli.

Dalla mia camera sentivo il picchiare duro delle armi sui pali piantati nel terreno, e mio marito che gridava:

«Colpire i piedi; ora le ginocchia; adesso la testa; di punta sul collo; di punta, ho detto; niente ferite di taglio, quella è roba da barbari: chi ha addosso anche solo una corazza di cuoio, se la cava con un graffio e poi ammazza voi, e comunque sotto la pelle ci sono le ossa, che sono più dure del ferro. Un colpo di punta, invece, ben assestato nel posto giusto e quello è fottuto.»

Gli stessi pali servivano anche agli arcieri: da troppo tempo, diceva, la nobile arte di Apollo e Diana cacciatrice era stata accantonata, e Vindicio pretese che almeno un quarto delle reclute che affluivano, oltre a tutti quelli che l'avevano già praticata da civili, venissero addestrate a lanciare frecce.

«Lo so che l'armatura non è più di moda, e che a voi ragazzi di città piace girare con le vostre belle tuniche colorate per farvi ammirare dalle signorine, ma gli dei detestano gli idioti, e ancor più quelli che non sanno proteggersi in modo efficace. Quindi, mano a mano che i fabbri le ripareranno, esigo che in servizio torniate a portare la corazza e l'elmo in testa.»

Fra i nuovi arrivati c'era sempre qualcuno che non era semplicemente lo scemo del villaggio o un vagabondo arruolatosi per disperazione: nelle maglie della coscrizione incappava talvolta anche qualche falegname e fabbro. A loro, Vindicio aveva riservato la cura e l'addestramento all'uso delle macchine da guerra: a disposizione c'erano alcuni *scorpioni* e delle baliste, ma giacevano abbandonati alle intemperie e mezzi marci.

«Lo sapete che queste armi sono l'unica cosa che fa paura ai barbari? E fanno paura perché a questi ferri da calza» e dicendo così mostrava un dardo dalla punta di ferro «a questi signorini, dicevo, nessuno scudo e nessuna armatura può resistere; anche se arriva da lontano, può bucare tre uomini uno dietro l'altro, e piantarsi in un olmo, che poi per cavarlo via bisogna segare l'asta.»

Il mio signor marito promise che, alla fine del suo ciclo di lezioni, sarebbero diventati dei maestri nell'arte di correre più veloci degli atleti di Olimpia, perché, diceva, quando si attraversa un tratto di terreno battuto da frecce e giavellotti, ogni istante di indugio è un rischio di vita.

«E quando inseguite un nemico sconfitto, anche se ha combattuto sei ore di seguito e ha perso tutto il sangue che aveva in corpo, la paura gli darà ali ai piedi come Mercurio, quindi dovrete essere più veloci di lui per ammazzarlo come si deve. E prima dell'estate, avrete tutti imparato a nuotare, perché dovrete essere in grado di attraversare il Danubio senza annegare e con i barbari che vi pungono il culo.»

Io naturalmente non volevo entrarci in queste faccende da uomini, ma un po' di pena me la facevano, quei ragazzotti simili a passeri finiti nelle mani del falco.

D'inverno si curava principalmente l'istruzione individuale, ma come arrivava la primavera, si abituavano a muoversi in sincronia coi compagni, con evoluzioni che parevano quelle dei ballerini di teatro, per la complicata coreografia che disegnavano. Vindicio mi diceva che, senza quegli automatismi, non si sarebbe mai riusciti a sostituire i combattenti della prima linea coi loro rincalzi, né a farli convergere sul fianco per parare un improvviso attacco nemico.

Come dicevo, spesso mio marito doveva condurre personalmente le ispezioni ai fortini minori, soprattutto per imparare a conoscere il territorio dove avrebbe dovuto operare in caso di guerra: a fidarsi solo delle mappe, c'era il rischio di smarrirsi tra boschi non segnati o sprofondare in qualche stagno creatosi con l'ultima piena.

In certe giornate nelle quali pioveva senza interruzione dalla sera alla sera del giorno dopo, trascorrevo quasi tutto il tempo a letto o aiutando le schiave a tenere pulito l'appartamento di tre stanze del *Praetorium* dove era confinata la mia vita.

Non volendo rattristare mio marito con vane querimonie, mi sfogavo in lunghe lettere, a mio padre, alle amiche, e soprattutto a Valeria, o almeno lo feci fino a quando non terminai anche la pergamena, ma l'addetto alle comunicazioni mi insegnò a utilizzare materiali di fortuna, come facevano loro in ufficio.

Ecco, questa era una cosa che non mi aspettavo: bene o male, molti dei soldati sapevano scrivere, forse uno su cinque, e chi era in grado di farlo, in cambio di una bevuta o anche solo per amicizia, si prestava a stendere una lettera per la famiglia del suo compagno. A volte mi offrivo di farlo io, cercando di trasformare in frasi con un senso compiuto le labirintiche riflessioni di quei disgraziati; quasi tutti temevano di perdere definitivamente il contatto con le loro famiglie, e volevano essere rassicurati che almeno i genitori e i fratelli non li consideravano come morti. Era commovente come mantenessero i rapporti con i loro vecchi camerati trasferiti in guarnigioni all'altro capo dell'Impero: una volta scrissi una lettera ad un cavaliere di stanza in Britannia e un'altra a un legionario finito tra i monti dell'Atlante, e il bello fu che, a distanza di qualche mese, arrivò da entrambi la risposta.

Quanto ai pochi libri che ero riuscita a portare con me, li avevo ormai imparati a memoria, e fino a quando non arrivò un medico vero, non ebbi nessuno con cui scambiarli.

Poi però tornava la primavera, gli uccellini cantavano i loro lai amorosi, le donne si spogliavano dei pesanti mantelli di lana e le ragazzine iniziavano a mostrare le loro bellezze ai giovanotti nelle feste di villaggio.

Aveva ragione papà, tutto sta ad adattarsi.

Solo che, con l'arrivo dell'estate, iniziava il tormento delle zanzare e la calura continentale ci spremeva ogni goccia di sudore. Poi l'autunno, coi suoi colori e le sue malinconie, un nuovo inverno e un altro anno era passato.

7. Una signora tra i barbari

Quando ero partita, avevo con me due ancelle, che mi servivano da tempo e che avrebbero dovuto tenermi compagnia; purtroppo, una s'era sentita male prima che lasciassimo l'Italia, l'altra era morta di malattia durante il viaggio. Al mio arrivo, dunque, lo zio mi aveva assegnato una schiava, Tamura, di nazione sarmata; era lei che si occupava di Marco, una bravissima donna, ma purtroppo il latino lo parlava così male che la pregai di non rivolgersi mai al piccolo in quella lingua. Aggiungendo i servi e i contatti quotidiani coi barbari che bazzicavano l'accampamento, il risultato fu che mio figlio arrivò a parlare meglio il germanico o il sarmatico di quella che doveva essere la sua lingua madre.

A sei anni, Marco aveva già il suo cavallo, un animale di piccola taglia, di quelli che allevano i barbari delle steppe; da quando aveva iniziato a camminare con sicurezza, usava l'arco e lanciava il giavellotto come se non avesse fatto altro in tutta la sua vita; se suo padre o lo zio o qualcuno degli ufficiali uscivano a cacciare con i cani, non c'era modo di tenerlo a casa, neanche se minacciavi di bastonarlo. I primi regali della legione per il suo compleanno furono delle scarpine militari e un'armatura fatta apposta per lui dal fabbro.

Purtroppo, quando era ora della lezione di grammatica dovevo sguinzagliare tutto il personale a disposizione per scovarlo, anche perché la sua abilità e fantasia nel trovare sempre nuovi nascondigli aveva qualcosa di soprannaturale: se un giorno per disgrazia i goti o i sarmati avessero conquistato il forte, dicevo a Vindicio, l'unico a salvarsi sarebbe stato suo figlio. Anche perché non gli sarebbe stato difficile farsi passare per un goto.

A stento riuscii ad insegnargli l'alfabeto, e solo con le minacce lo costringevo a imparare un po' di letteratura latina; lo zio era contento di come veniva su e suo padre pure. Ma non io.

Nella mia disperazione ricorsi al consiglio di Etna.

«Tuo figlio è un maschio, no?» fu la premessa.

«Sì, maschio e pure barbaro.»

La rossa iberniana mi guardò con compatimento, scuotendo la testa: «Mi stupisco che non l'abbia ancora imparato, bimba mia: se vuoi che un maschio faccia qualcosa per te, devi lasciargli credere che è esattamente quello che vuol fare lui.»

«Io...»

«Provaci: ha sempre funzionato.»

Una volta a casa, mi bastò guardarmi intorno e individuai subito quello che faceva al caso mio.

La sera stessa, al posto della solita favola di Fedro con annessa morale, gli raccontai del duello di Enea e Turno, di come l'eroe troiano avrebbe voluto risparmiare il suo avversario, ma vedendo che indossava la cinta strappata al cadavere del suo giovanissimo amico Pallante, lo uccise.

«Ma a te chi l'ha raccontata?» mi chiese ammirato.

«Oh, se ne trovano di continuo in quel libro, con scritto sopra *Eneide*. Ci sono anche gli incontri con i ciclopi, la magia nera dei cartaginesi, le gare sportive e molto altro.»

«Per gli dei...»

«Naturalmente, per leggerle bisogna conoscere molto latino, di quello delle persone colte, però.»

«Lo immaginavo» sospirò mio figlio: «ma tu lo sai, vero?» mi chiese speranzoso.

Il giorno dopo, quando Lelio, il cavaliere che gli insegnava a montare, si presentò per la lezione di equitazione, Marco fece rispondere che si scusava, ma per quel pomeriggio era impegnato con gli esercizi di grammatica.

A onore di verità, devo dire che negli anni del mio soggiorno a *Castra Herculea* vidi cambiare molte cose, ed ebbi persino la soddisfazione di assistere all'arrivo di un maestro vero, per i bambini romani e barbari.

Alla sistemazione precaria in edifici di legno sarebbero subentrate, nel corso degli anni in cui rimasi al campo, case vere e proprie, in laterizio o in pietra, e la mia fu la prima ad essere edificata. Anche le palizzate furono in seguito sostituite da muri che, oltre a presentare maggior resistenza agli urti, non potevano essere incendiate o strappate via da eventuali incursori.

La vita austera dei primi tempi andò così ingentilendosi con la costruzione delle terme, e se inizialmente dovevo aspettare il turno delle donne, alla fine della nostra permanenza ebbi il privilegio di uno stanzino tutto per me; però ne approfittavo raramente, perché preferivo di gran lunga avere qualcuna che mi tenesse compagnia mentre il vapore mi avvolgeva: una delle donne degli ufficiali, o altrimenti mi andava bene anche Etna o qualcuna delle mie serve.

Anche fuori delle mura, le capanne, le tende e le baracche dei civili vennero progressivamente abbattute e fu data la possibilità di edificare case vere e proprie affacciate sulle vie di comunicazione, secondo un piano edilizio preciso, per evitare il pericolo degli incendi. Insomma, il nostro piccolo nulla in mezzo al grande nulla si sarebbe trasformato in un surrogato di città.

Detto ciò, i primi tempi mi sembrava veramente di vivere in un accampamento di barbari; questo almeno fino a quando non ne vidi di persona uno, e ciò mi aiutò ad apprezzare quel poco che, nonostante tutto, mi avevano messo a disposizione.

Come dicevo, l'Imperatore Costantino aveva condotto una serie di campagne contro i goti e contro i sarmati. Per chi non conosce la storia, occorre una breve premessa. Prima che arrivassimo noi romani, questa terra apparteneva ai daci, che avevano tormentato i nostri confini fino a quando Traiano non aveva perso la pazienza e aveva conquistato l'intera regione, e bene o male quelle genti s'erano convertite ai benefici della civiltà. Purtroppo, negli anni bui dell'Impero, s'era dovuta evacuare la Dacia per le continue incursioni dei carpi, un popolo affine ai daci, ma rimasto indipendente, a loro volta pressati da sarmati e goti. Alla fine, Diocleziano ne aveva rastrellato una buona parte, stanziandoli a sud del Danubio. Ne avevo conosciuto alcuni, che vivevano nei loro villaggi, romanizzati alla bell'e meglio, ma almeno fattisi più pacifici. Nelle loro terre adesso si trovavano gli insediamenti sarmati e goti, tuttavia alcuni gruppi di indigeni erano sopravvissuti, ed altri s'erano arrischiati a tornare nelle terre ancestrali. A questi si andavano aggiungendo le nuove fattorie di proprietà imperiale, coltivate da schiavi o lavoratori semiliberi. Se non altro, a differenza dei barbari-barbari, parlavano la *lingua romana*, una forma di latino molto semplificato e dalla grammatica decisamente non conforme alle regole codificate, ma comunque comprensibile.

Lo so che per chi vive a Roma sembrano tutti barbari allo stesso modo, ma io ho avuto la ventura di conoscerli da presso e frequentarli per un bel po' di tempo, e posso assicurare che si tratta di genti diversissime, per aspetto fisico, costumi e lingua. Quella dei sarmati, in particolare, differisce da quella dei goti quanto il latino dal greco. Non so per quale ragione o per quali misteriose parentele primordiali, quando ebbi a che fare coi persiani, anni dopo, trovai una curiosa somiglianza fra i loro idiomi, che ci rese più facile l'apprendimento della lingua. I sarmati, diversamente dai goti, sono abili soprattutto nei colpi di mano e nelle razzie, molto più che nelle battaglie ordinate, e vantano una capacità quasi incredibile nel tallonare i nemici o sottrarsi al combattimento sui loro cavalli veloci e obbedienti. Non ignorano peraltro l'arte di caricare a testa bassa con i loro animali corazzati come testuggini, in cui superano gli stessi *catafratti* persiani. Negli anni precedenti, erano stati sconfitti varie volte, e Costantino aveva rafforzato il *limes* soprattutto contro di loro.

Ma se, come diceva nostro zio, troppi imperatori romani avevano ricevuto l'epiteto di *Sarmatico*, questo significava che le vittorie erano sempre state precarie e inconcludenti.

I goti invece erano i nostri vicini diretti, alquanto molesti, perché alcuni anni prima avevano varcato in massa il Danubio devastando la Mesia e la Tracia, ma all'arrivo di Costantino s'erano ritirati nei loro territori; lui aveva attraversato il fiume sconfiggendoli e distribuendo i prigionieri catturati ai proprietari terrieri di tutte le campagne dell'Impero. Fu anche per questo che, dopo aver piegato il rivale Licinio, aveva stabilito alcuni accampamenti a settentrione del grande fiume, e addirittura costruito dei ponti di pietra e legno, per dimostrare ai barbari che non solo non aveva paura di loro, ma poteva tornare a colpirli in qualunque momento.

In teoria, e nella titolatura ufficiale, affermava di aver rioccupato la Dacia, e in effetti, era stato costruito un nuovo *limes* a settentrione del Danubio, ma in verità la nostra era una presenza sporadica, fatta di piccoli fortini isolati in un mare di barbarie, straniera ed anche nostrana, più qualche fortezza appena un po' più robusta, come la nostra.

Per fortuna, per un bel pezzo, fra minacce di ritorsioni e promesse di doni, i goti se ne stettero buoni e tranquilli. Un paio di volte all'anno, navi romane cariche di frumento risalivano il grande fiume o lo scendevano dalla Pannonia, e distribuivano il carico gratuitamente o sottocosto, per evitare che la fame inducesse in tentazione i barbari. Naturalmente, i capi non si contentavano di una pagnotta e una pacca sulle spalle, ma per loro c'erano pensioni, donativi, regali, titoli altisonanti concessi con i sigilli dell'Imperatore. Tutta roba che costava all'erario dello Stato molto meno di una guerra.

Quanto ai sarmati, negli anni della mia presenza vennero spesso alle mani, ma per lo più tra di loro, e quasi sempre la fazione sconfitta implorava di essere accolta entro il *limes*. L'ordine dall'alto era di favorire l'afflusso di profughi, ma possibilmente trasferirli in terre lontane dai confini e dalla tentazione di prendere le armi contro il governo imperiale.

Nel periodo in cui rimanemmo di stanza oltre il Danubio, Costantino fu spesso impegnato, di persona o tramite i suoi legati, a controllare il comportamento dei nostri vicini barbari.

In seguito a una guerra tra i sarmati e i loro "schiavi", probabilmente un gruppo di tribù ribelli a quella dominante, ci trovammo a dover gestire l'ingresso nei confini imperiali di trecentomila individui, donne e bambini, ma anche guerrieri e altri uomini armati.

Io non ne fui coinvolta direttamente, ma contando le condizioni difficilissime in cui si svolse, fu un'operazione da manuale: l'Imperatore li distribuì non solo presso di noi, ma anche in Tracia, Macedonia e persino in Italia. In quell'occasione fece in modo che venissero restaurate e ripristinate alcune delle antiche vie romane della Dacia, con grande sollievo dei nostri rifornimenti, e stanziò denari e risorse per sistemare le fortificazioni più malandate o precarie.

Insomma, la nostra posizione, in senso politico e geografico, ci obbligava a considerare il confine più come una linea immaginaria che come un vero *limes*, per cui, se non è del tutto vero che rioccupammo per intero la Dacia, come declamavano i retori, il cognome *Dacicus Maximus* Costantino se lo meritò tutto.

Questa politica obbligava le guarnigioni a trascorrere periodi anche lunghi in *castra* molto distanti e a stabilire contatti quasi quotidiani coi barbari, e non solo con quelli stanziali, ma spesso anche con tribù nomadi e scarsamente civilizzate che si affacciavano alla ribalta. In questi casi, imparai presto che bisognava fare la faccia gentile con la feccia dell'umanità. Non che mi dispiacesse in sé, intendiamoci: mio padre era un convinto fautore dell'uguaglianza assoluta fra gli esseri umani, e fin da bambina mi ero assuefatta ad andare d'accordo con le persone più diverse; e poi, ero sempre stata, per natura, curiosa di tutto, soprattutto delle persone. Certo, mi ci volle un po' di tempo per ambientarmi, quello sì.

Era il caso, ad esempio, dei banchetti.

Era una tradizione introdotta dal comandante precedente e mantenuta da Gesimundo, quella di organizzare cene e conviti ammettendo le donne della guarnigione, quale che fosse il loro ruolo e rango, ed anche i capi barbari col loro seguito. Spesso si creavano circostanze imbarazzanti, ma grazie all'impegno e a un po' di naturale buon senso, imparai ben presto a padroneggiare le usanze e le lingue degli ospiti, abbastanza da evitare situazioni incresciose.

Il giorno della mia partenza da Roma, con i bagagli già sui carri e il vestito da viaggio addosso, mia suocera mi aveva presa da parte, immaginai per le ultime raccomandazioni, e così era, infatti.

Per far durare un matrimonio e conservare un marito, mi aveva detto tenendomi stretti i polsi con affetto materno, erano fondamentali due cose, due soltanto: la seconda era fargli sempre trovare sul piatto qualcosa di gradevole e di nuovo, e non affidarsi troppo alla servitù, perché solo una moglie conosceva veramente ciò che mandava in estasi suo marito.

E questo valeva anche per la *prima* cosa.

Non per vantarmi, ma me n'ero fatta un punto d'onore, a mettere in tavola roba buona, e anche quando in dispensa c'erano solo farina, carne salata, selvaggina e un po' di miele, in qualche modo riuscivo a destreggiarmi. Dalle donne, e soprattutto da Etna, avevo imparato ricette tanto barbare come romane, e uno dei pochi libri che ero riuscita a portarmi dietro era il *De re coquinaria* di Apicio. Naturalmente, non disponevo di tutto quello che si poteva comperare al mercato a Roma, ma avevo imparato che molte vivande, anche pregiate, avevano dei naturali sostituti reperibili persino in un buco come il nostro.

Se il piccolo Marco adorava le focacce di farina, ricotta di pecora, sale, e un pizzico di pepe, Vindicio andava matto per i cibi pesanti, tipo zuppe di cipolla o minestroni di legumi insaporiti da abbondante lardo, ove intingere le fette di pane tostato. Se poi c'erano gli ospiti, mi sbizzarrivo con la servitù a inventare ricette nostre. Senza falsa modestia, credo che dietro molti buoni accordi stipulati fra noi e i barbari e dietro riconciliazioni fra mortali nemici ci siano stati anche i miei piatti.

Le cose si facevano più complicate quando eravamo noi a

dover rendere omaggio a qualche capo goto o sarmata, a casa sua; in questi casi, le scene da taverna della Suburra e anche peggio erano la normalità.

Durante un epico banchetto notturno, dopo che dal brindisi di benvenuto fino all'alba erano volate frasi allusive, insulti, coppe di vino, coltelli da portata, mi ritrovai sul tavolo, davanti al piatto, una testa barbuta. Senza il resto del corpo. Quello che mi stupì fu che la allontanai e ripresi a mangiare le costine d'agnello, con la veste spruzzata di sangue come un macellaio. Va detto che io stessa ero un po' brilla, anzi, decisamente ubriaca, e quando si ha del vino in corpo, molto vino, anche le faccende più imbarazzanti tendono ad alleggerirsi fino a sfumare.

Forse era una delle ragioni per le quali tutti, là in mezzo, mi volevano bene, e si sa, anche per una ragazza di buona famiglia, la gratificazione da parte delle anime semplici è sempre benaccetta.

8. Cara cugina...

Di tanto in tanto, mi venivano recate da qualche ufficiale di passaggio le lettere di Valeria, in cui mia cugina mi descriveva l'orrore quotidiano che stava vivendo nella Capitale del mondo.

Una, in particolare, mi colpì: era datata a poche settimane dal giorno in cui la ricevetti, e non riuscivo neanche a figurarmi come avesse fatto ad arrivare così in fretta da Roma. Probabilmente quel suo abominevole marito era sul serio un pezzo grosso, e usava il servizio postale a proprio piacimento e a beneficio della sua giovane sposa.

All'amata, dolcissima sorella Velia

Se stai bene, ne sono felice; spero che anche i tuoi adorati Vindicio e Marco godano di ottima salute.

Anch'io sto bene.

No, mento, a me stessa e a te: non sto bene. Cara, cara sorella, sorella dell'anima mia, vita della mia vita, non puoi nemmeno immaginare quanto questa tua lontananza mi pesi. A maggior ragione perché, mentre io consumo il calamo, intingendolo nelle mie lacrime, tu non mi rispondi.

Ti sei fatta dunque barbara nel cuore, come sostengono le donne che incontro e che ti hanno conosciuto?

Mi fermai sollevando gli occhi.

Come si permetteva quella coorte di oche smorfiose di chiamarmi barbara? Io qui ero la signora e la principessa del castello, altro che barbara, *kuni nadre*![1].

Andai avanti con la lettura: ero troppo curiosa di sapere cosa succedeva a Roma, e almeno in questo Valeria non mi deluse.

Qui a Roma il clima si fa ogni giorno più soffocante: i pagani tentano di rialzare la testa, sussurrano tra di loro che Co-

[1] "*Razza di vipere!*" (in gotico...)

stantino è ormai vecchio, e i suoi figli troppo deboli per reggere l'eredità di un uomo così grande: in tre, poi, di sicuro litigheranno fra di loro per il potere. Sarà l'occasione buona – è quanto eruttano dalle loro bocche blasfeme - per vedere rinascere i templi e celebrare ancora gli antichi sacrifici, come un tempo. Per questo, la nostra comunità prega incessantemente per la salute dell'Imperatore.

Eppure, anche in seno alla fede cristiana alcuni diffondono false scritture e autentiche dottrine eretiche, che spargono il mal seme del dubbio persino sui punti più consolidati della Fede.

Ecco, questa non l'avevo mai capita, sicuramente per colpa della mia testa di coccio, impenetrabile a ragionamenti sottili. Noi, cosiddetti "pagani", a proposito degli dei immortali e della loro natura avevamo elaborato le teorie più diverse e discusso per secoli, senza mai dover mandare nessuno al rogo o in esilio. I cristiani, a pochi anni dall'editto che concedeva loro la libertà, già smaniavano per limitare quella degli altri.

Ma io, io sono la prima ipocrita, sorella mia, colei che distribuisce il cibo ai poveri vestita di seta e carica di gioielli. Io, che dovrei essere di esempio alle giovani vergini, mentre nel buio complice della notte l'uomo che ho sposato mi costringe... basta, basta così, mi tremano le dita e il calamo mi cade. Posso soltanto dirti, asciugando le lacrime, che alcuni giorni fa è arrivato a pagarmi, capisci? Pagarmi, come una donna di mestiere: mio marito comprava i miei servizi. A caro prezzo, dovrei aggiungere se per un istante soccombessi ad un miserabile femminile orgoglio.

Basta, basta.

Mi chiedevi dei miei figli. Dovevano essere la mia consolazione e sono il mio tormento, crescono viziati, arroganti, ribelli e lamentosi insieme.

Orsù, dammi un consiglio tu o mia sorella, te lo imploro in nome di ciò che più ami al mondo. Io non ho che te.

Cerca di star bene, e saluta il tuo sposo, che difende le lontane frontiere dell'Impero, e tanti, tanti baci al piccolo Marco.

Valeria

Una volta scremata dai fiori che la adornavano, mi chiesi cosa volesse veramente e come potevo rispondere a una lettera così. Oltre tutto, dovevo sbrigarmi, perché l'ausiliario che me l'aveva recata era fuori in attesa, e la colonna militare che riportava oltre il Danubio la truppa al termine del turno in frontiera aspettava con impazienza solo lui per partire.

Iniziai col solito formulario:

Prego giorno e notte che voi godiate di buona salute, e invoco sempre tutti gli dei che conosco e il Dio ignoto per questo.

Come vedi, anch'io faccio la mia parte scrivendoti e non smettendo mai di stare vicino a te con la mente e con il cuore...

Senza entrare in dettagli, le consigliai di affidare la cura quotidiana dei bambini a una delle dodici o quindici ancelle che le erano state riservate, pensando intanto a un buon pedagogo per la loro istruzione, e quanto al resto, si poteva sempre dividere il peso di un uomo con un'altra donna, o volendo anche più donne. Di sicuro, le candidate non sarebbero mancate, a un uomo così potente e fantasioso.

La risposta mi giunse dopo diversi mesi.

Dolce sorella, ma sei proprio tu a scrivere?

O qualcuno imita la tua mano falsando, assieme alla scrittura, anche il tuo cuore?

O qualche spirito immondo si è impadronito del tuo essere?

Come può una signora per bene come te propormi di venir meno alla mia grave responsabilità di sposa e di madre? Il sacrificio che mi impone il mio crudele padrone deve gravare solo su di me e su nessun'altra.

All'infelice Valeria non resta che soffrire e sopportare, sce-

gliendo tra peccato e peccato. Agli spettacoli ci vado per le esigenze di rappresentanza di mio marito, perché mi dà il voltastomaco ascoltare un attore che si pavoneggia per qualche ora sul palco pargoleggiando con le sue favole pagane, o distinguere nella polvere sollevata dagli zoccoli i cavalli che furiosamente galoppano trascinando i carri dalle fervide ruote, o assistere dal palco delle autorità al crudele macello di gladiatori sudati e nobili animali, e come tutti i buoni cristiani attendo con ansia che un imperatore ponga fine a queste oscene esibizioni.

Deposi il foglio, chiusi gli occhi e provai ad immaginarmi a Roma, al Circo, vestita da grande dama e carica di gioielli rilucenti al sole come un prato alla rugiada del mattino, circondata da nobili donne e alti funzionari, a fare il tifo per la squadra di corse prediletta, e viceversa, per magia, trasportare la bella Valeria a *Castra Herculea*, con i calzari ridotti a un ammasso di fango argilloso e i soldati che facevano la fila al postribolo di Etna...

Sorella, io sono come un'isola solitaria, che la corrente marina erode lentamente ma incessantemente. Con orrore vedo sciogliersi tutte le mie certezze, quando coloro che erano state le migliori e più fedeli amiche della mia famiglia e di mia madre si lasciano andare allo spirito di questo mondo. Amantia Seconda, la ricordi? La prima a portare la nostra famiglia nella famiglia di Cristo, madrina al battesimo di mia madre e mia: ebbene, quella stessa donna, a quarant'anni, si è separata dal marito, ma non per seguire una via di perfezione nella santa castità, ma per un nuovo matrimonio. Dicono che aspettasse un figlio da un altro uomo che poi non sarebbe neppure quello che sta sposando. Ed Elia Vittorina? La casta figlia del Vescovo che mi ha battezzato, ha avuto un figlio bello, sano, con un capo coperto di riccioli, ma così scuro che solo uno sciocco come suo padre può pensare che sia suo. Mi taccio di quello che si sussurra a proposito della famiglia imperiale, a cominciare dal giovane Costante, per non parlare delle donne, ma tutta Roma è diventata una sentina di vizio e di pettegolezzo.

Istintivamente mi volsi verso la lucerna di terracotta che illuminava il foglio: no, la buffa scena dipinta a vivaci colori ritratta sul disco superiore non le sarebbe piaciuta proprio, imbarazzava pure me, ma pazienza, erano queste che si trovavano in commercio.

Proseguii nella lettura.

Per combattere la tentazione di adeguarmi alla dilagante immoralità, mi impongo penitenze segrete, al fine di espiare la superbia in cui mi induce la mia sciagurata bellezza e la lussuria che mi viene imposta nel talamo. Una giovane pia e ardente di sacro amore mi ha donato un cinto che strazia la pelle, da portare sotto gli abiti, ma ho pensato subito che mio marito se ne accorgerebbe e mi farebbe rinchiudere in una stanza come pazza, sottraendomi i miei figli.

Dunque non aveva perso l'abitudine di farsi del male. Quella volta che avevo dovuto flagellarla era riuscita a nascondere i segni, ma poco prima del matrimonio, una schiava l'aveva sorpresa a tagliuzzarsi una gamba, e solo la minaccia di renderle la vita un inferno l'aveva convinta a non denunciarla a suo padre.

Ricordai che da bambina ci faceva raccapricciare raccontandoci che i barbari torturavano le donne romane prigioniere infilando delle schegge di legno sotto le unghie.

Quando il sonno mi vince, sono afflitta da sogni indecifrabili, carichi di un misterioso simbolismo di morte. La mia morte, forse?

La matrigna trama per avvelenarmi, lo so, ne ho le prove e vorrei parlarne con un avvocato, ma il mio sposo dice che sono solo fantasie mie, e che mi impedirà in ogni modo di rendermi ridicola. Sciocco o complice?

A volte, mia adorata Velia, mi sento così tesa che resto giornate intere senza riuscire a inghiottire un boccone, e ormai mi si possono contare le ossa. E nessuno nella comunità cristiana offre un po' di conforto a una giovane sposa infelice, solo la lontana cugina pagana, in mezzo ai feroci barbari; in esilio, certo, ma forse l'esilio del corpo è meno insopportabile dell'esilio dello spirito.

Tua Valeria

Stavolta ebbi il tempo di elaborare una risposta più articolata. Certo, se avessi scritto che non le invidiavo il clima di Roma, le terme, gli spettacoli, le bancarelle del mercato, i lussi e le piccole comodità, sarei stata insincera. Per non parlare della nostalgia di mio padre e delle mie amiche. Eppure, leggendo e rileggendo le sue lettere, arrivavo quasi a convincermi che anch'io ero felice e fortunata, nel mio angolo dimenticato dagli uomini e dagli dei.

Dei che, peraltro, hanno sempre qualche sorpresa in serbo per chi si lascia andare a simili considerazioni, come si vedrà in seguito.

Non fu lei comunque, ma un comune amico di passaggio ad informarmi della morte improvvisa di quel suo impossibile marito.

Chi lo conosceva non poté non lasciarsi scappare qualche feroce malignità su un uomo vigoroso ma un po' troppo avanti negli anni per una sposina così giovane, fresca e appetitosa. Da buona amica, dirottavo subito le cattiverie indirizzandole sulla vita sregolata dell'uomo prima e forse anche dopo il matrimonio, e mettendo l'accento sull'alimentazione disordinata e l'eccesso nel bere. Si sa, in genere preferiamo pensare che a farci male sia quello che non ci tocca, per cui chi conduce un'esistenza ritirata cercherà la causa della morte dell'amico nei suoi troppi impegni e chi ama la vita all'aperto la imputerà ad una condotta troppo sedentaria.

Un mese dopo, arrivò la sua lettera, listata a lutto.

Lo stile sembrava quello di Seneca o di un profeta biblico. Un uomo che lei aveva amato come se stessa, a cui aveva dedicato la sua giovane vita l'aveva lasciata; fra le righe, faceva intendere che forse si sarebbe lasciata morire, se non l'avessero sorretta la Fede e la Speranza.

Gran cosa, almeno nel suo caso, saper guardare avanti: a un anno esatto dalla morte del povero Feliciano, era già risposata con un uomo ricchissimo e nuovamente in dolce attesa.

A proposito di dei vecchi e nuovi, zio Gesimundo era rimasto a lungo in dubbio se fosse il caso di offrire i prescritti sacrifici a Giove Ottimo Massimo e alla Sacra Divinità dell'Imperatore. Gli ordini erano generici e contraddittori, segno che anche gli alti Comandi non sapevano più se Roma fosse ancora sotto la protezione degli dei tradizionali o avesse cambiato giurisdizione. Alla fine aveva sentenziato che ogni comandante in seconda si regolasse come meglio credeva, adeguandosi alla situazione.

Quindi la carota calda passava a mio marito.

Vindicio non di rado mi interpellava nelle questioni riguardanti l'aspetto umano della gestione del campo, e qui una sposa con almeno un'infarinatura culturale poteva venirgli utile.

Gli chiesi qualche giorno per pensarci, consultai alcuni dei libri che avevo portato con me, con scarso profitto salvo il *De Natura Deorum* di Cicerone, scambiai qualche parola con le altre donne del campo, e alla fine scrissi una relazione di un paio di fogli, su cortecce di betulla, perché la pergamena si stava ormai esaurendo. Lui la approvò senza riserve, e ci mise perfino la firma sotto, trasmettendola al suo superiore.

Ascoltati i centurioni, il *dux* dichiarò di aver valutato che la cosa migliore era permettere ai fedeli delle diverse religioni di praticare i loro riti in privato, nelle ore di libera uscita, mentre nelle occasioni ufficiali avrebbero gettato alcuni grani di incenso nel fuoco, invocando la protezione celeste, senza particolari specificazioni di quali dei, sulla sacra persona dell'Imperatore e su Roma immortale.

Quanto al giuramento delle reclute, che si teneva dopo l'operazione di tatuaggio sulla pelle delle indicazioni per riportare all'ovile chi si fosse perso per strada, il nuovo formulario imponeva di giurare "*per Deum et Christum et sanctum Spiritum et per maiestatem imperatoris*", ma se i nuovi soldati sussurravano di farlo per il Sole, per Giove, per Wuodan, o *per deum invictum Mithram*, nessuno andava a sottilizzare. L'importante era che si impegnavano a essere coraggiosi, a obbedire ai loro superiori e a non disertare.

9. Tasse e malinconie

Essere la moglie del capo, col passare dei mesi e degli anni, divenne un fatto così normale, quasi ovvio, che non avrei potuto neanche figurarmi di impersonare un ruolo differente, che so? la sposa di un cortigiano, di un mercante o di un ricco proprietario terriero: io ero *Velia Vindicii*, anzi, *domina Velia*, la donna più importante nel raggio di 26 miglia, e come diceva il grande Cesare, meglio essere primo nel più scalcagnato villaggio di barbari, che secondo a Roma.

No, mentivo: la nostalgia mi spremeva ancora qualche lacrima, soprattutto quando scendeva la sera, e avvolta in una coperta militare guardavo da una torretta il paesaggio immobile verso la pianura e poi, dalla parte opposta, la strada che portava al Danubio e di là, a miglia e miglia di distanza, la casa di mio padre.

In questa situazione, qualunque occasione mi si offrisse di fare qualcosa di diverso dal consueto, di rendermi utile in qualche modo e nel contempo impedirmi di cadere tra le spire della terribile dea Murcia, colei che aveva il potere di prostrare e deprimere gli animi, era come la pioggia d'autunno per una terra assetata.

E l'occasione si presentò dove meno me lo sarei attesa.

Uno dei compiti che pesavano di più a Vindicio era quello di supportare gli esattori delle tasse che giravano per i villaggi e le fattorie a riscuotere i vari tributi e balzelli imposti da Roma ai suoi sudditi vecchi e nuovi, fornendo loro la scorta armata.

Razionalmente mi rendevo conto che, senza quegli ambigui personaggi, non si sarebbe potuto pagare neanche lo stipendio di mio marito nonché delle altre centinaia di migliaia di soldati che proteggevano la pace dell'Impero, ma insomma, anche del dentista abbiamo bisogno, ma non per questo smaniamo per la voglia di vederlo.

Già gli agenti del fisco s'erano presentati male la prima volta, quando il losco siriano che capeggiava la squadra di funzionari incaricati dell'esazione s'era permesso di offrire a mio marito una tangente sulle quote riscosse, e questo durante una cena, alla mia presenza. Il funzionario, munito di tutti i sigilli e le firme che l'autorizzavano a utilizzare i nostri soldati per qualunque cosa di cui necessitava, ad ogni buon conto s'era fatto accompagnare da due liberti figli di chissà quale connubio di schiavi e da un paio di ex gladiatori incaricati di convincere gli abitanti a fare il loro dovere di bravi contribuenti,

Vindicio doveva essere di buon umore, quella sera, perché, anziché cacciarli fuori a pedate, si limitò a ribadire che lui mangiava solo il pane dell'Imperatore, non quello delle pulci che succhiavano il sangue ai suoi sudditi.

E a proposito di pulci, benché Vindicio non fosse un fulmine d'intuito, la faccenda delle bustarelle ai soldati gli mise la pulce all'orecchio. Non gli occorse molto per accorgersi che, quando tornavano i cavalieri incaricati di scortare gli esattori, un servizio a cui tutti sembravano aspirare con un entusiasmo sospetto, per qualche giorno quei ragazzi intasavano i postriboli e le taverne e ripagavano come per miracolo i debiti di gioco e di osteria contratti negli ultimi mesi.

Non era mia intenzione origliare, ma non potei fare a meno di ascoltare l'interrogatorio di questi infelici, un *redde rationem* di quelli da cavare la pelle: le pareti del *praetorium* vecchio erano sottili, e comunque Vindicio me ne avrebbe riferito a cena.

«E così, l'*optio* Longino Fabiano Barbato, con vent'anni di onorato servizio nella Legione, si fa pagare per coprire le spalle alle porcherie di quegli asiatici.»

L'uomo, perché ormai veleggiava tranquillamente oltre i quarant'anni, con una vocina flebile cercò di spiegare che lui aveva fatto semplicemente il suo dovere, e che quanto aveva ricevuto era solo frutto di liberalità.

«Liberalità?» urlò Vindicio. «E io secondo te dovrei credere che un furfante levantino regala dei soldi al primo imbecille senza averne niente in cambio? Mi prendi per un idiota, Longino? Guardami in faccia: sono un idiota?»

Confesso che mi spaventai un poco.

Forse, anzi, sicuramente c'era una parte di scena in questa esplosione di collera, ma quel mio marito faceva proprio paura.

«E voi?» Evidentemente si stava rivolgendo ai due commilitoni, beccati anch'essi con le dita nel vasetto di miele.

Nessuno aprì bocca, o forse lo fecero a voce talmente bassa che non udii la risposta.

«La vedete questa? È la vostra *honesta missio*» lo sentii ringhiare. «Se sento ancora una lamentela su di voi, anche piccola così, ve la faccio stracciare da mio zio, e in questo porcile ci restate fino al giorno in cui renderete l'anima. Chiaro?»

Stavolta udii distintamente il "sissignore".

«Per questa volta, mi sento buono: domani mattina col cambio partirete per la "torre": dopo tanti anni, conoscete senz'altro le quattro ragazze della fattoria; bene, cercate di farvele amiche, perché il loro lupanare sarà l'unico posto dove potrete spendere le vostre paghe nei prossimi sei mesi. E ora sparite dalla mia vista.»

Quando entrò il centurione a recuperare i tre infelici, sentii Vindicio brontolare che la prossima volta ci sarebbe andato di persona a controllare come stavano le cose.

Come donna romana di specchiata moralità, avrei dovuto complimentarmi per la sua decisione, ma come moglie e madre, lontana dalla civiltà e bisognosa di tutto, lo scongiurai di non intromettersi in faccende da cui poteva uscire male, anche con un coltello piantato tra le scapole o avvelenato da un piatto di minestra, ma Vindicio, com'era giusto, mi mise in riga: non era pagato soltanto per tenere a bada i barbari, lui era l'unico rappresentante della giustizia romana, anche se non aveva frequentato nessun celebre maestro del diritto.

Tornò al forte dopo un mese, ossia una decina di giorni più tardi di quanto programmato, e dovette trovarmi veramente in condizioni pietose, se sentì il bisogno di scusarsi con me per aver fatto il suo dovere.

«Non ci vedo chiaro» disse quando fummo sotto le coperte; «per recuperare le quote dovute, siamo stati costretti a trattare villaggi e persone come nemici di Roma; quel porco asiatico faceva sequestrare asini e aratri per piccoli debiti non pagati e confiscava fattorie e terreni per qualche multa o un ritardo nel versamento. Ma dico, noi soldati campiamo grazie al frumento e alla carne di maiale che ci vendono quei disgraziati; se i contadini perdono la pazienza e se ne vanno a vivere nelle terre dei barbari, o peggio impugnano le armi contro di noi, non siamo fregati tutti, erario dello Stato compreso?»

Naturalmente gli diedi ragione, e si addormentò bofonchiando qualcosa contro le tasse, i burocrati, gli esattori, e tutti quelli che congiuravano a rendergli difficile la vita.

Una delle molte cose che ho capito col matrimonio, è che per mandarlo avanti una moglie deve inventarsi molti mestieri, compresi quelli che non si aspetterebbe mai di fare, e a volte deve prendere l'iniziativa senza essere imboccata.

Mentre dormiva mi alzai, accesi la lampada e andai nel suo ufficio. Come mi aspettavo, il tavolo era ingombro di pergamene con firme e sigilli, fogli, tavolette cerate con appunti rabbiosamente cancellati. Povero Vindicio, addestrato a usare tutte le armi conosciute, esperto di tattiche e di regolamenti, ma disarmato come una vergine in mezzo ai barbari quando il nemico si presentava sotto forma di carte protocollate. Ma era il destino comune dei comandanti di fortini isolati in territorio barbaro.

Alla luce della lampada, nel silenzio della notte scandito solo dal richiamo delle sentinelle, non mi occorse molto a scoprire che qualcosa, anzi, più di qualcosa non andava. Non era necessario neanche conoscere le leggi emanate dall'Imperatore, bastava aver studiato un po' di aritmetica, e mio padre aveva sviluppato in me una certa pratica di numeri, a dimostrazione che una donna può imparare qualunque cosa come e meglio di un maschio.

«Se hai intenzione di rubare o di bruciare quelle maledette carte dimmelo, che torno a letto, così posso giurare di non aver visto niente.»

Non sobbalzai, ormai ero abituata al fatto che, se lui non sentiva il mio corpo aderente al suo, si agitava, si rigirava e infine si svegliava.

«Quel siriano... non è neanche bravo a imbrogliare. Guarda queste tabelle» dissi mettendogli sotto il naso una lista di contribuenti, con le quote pagate e il saldo.

«I numeri... mi viene il mal di testa solo a guardarli;» ciò nonostante passò il dito su due colonne che avevo affiancato; «per gli dei antichi e nuovi... questi disgraziati avevano già estinto due anni fa il debito!»

«Esatto. Quella volpe ha sommato le quote che dovevano quest'anno a degli interessi da usuraio imposti di testa sua, ma su somme già completamente saldate. Capisci?»

«E non si sono accorti i contribuenti di essere stati fregati?»

«È difficile per un contadino analfabeta far valere le proprie ragioni quando il funzionario che valuta i ricorsi e colui che da quelle piccole incongruenze ricava tutti i vantaggi sono la stessa persona.»

«Ho capito» brontolò Vindicio, e stavolta fui sicura che diceva il vero; «adesso però» proseguì «tu che sai di retorica e hai una bella grafia, scrivimi una relazione su quel gaglioffo, e ti giuro che domani partirà per l'ufficio di mio zio col primo corriere.»

Abbassai la testa in segno di rispettosa obbedienza. «Posso chiederti qualcosa in cambio?» domandai.

«Quello che desideri» disse lui con una luce che ormai mi era famigliare negli occhi, tanto che quasi mi vergognai a deluderlo.

«Intendevo… le carte che non ti servono più… è pergamena di buona qualità, e ho visto che grattando l'inchiostro si può riutilizzare. Vorrei scrivere una lettera a Valeria e un'altra a mio padre.»

Approfittando di un normale avvicendamento, riuscii a far recapitare le lettere ai destinatari in un tempo sorprendentemente breve; non solo, ma quando i due nuovi centurioni comandati al servizio di frontiera si presentarono allo zio, gli consegnarono una *capsa* di cuoio, di quelle che il babbo usava per i rotoli di papiro della biblioteca, contenente un fascio di lettere di risposta sue e una di Valeria.

Per tutto il giorno arsi d'impazienza, ma avevo ospiti gli ufficiali arrivati da Roma, e dovetti fare la brava *domina* e sovrintendere le operazioni di alimentazione della mensa, che veniva vuotata con una rapidità quasi incredibile da quei cinque lupi affamati. Oltre tutto, erano militari tetragoni ad ogni argomento che non fossero regolamenti, disposizioni imperiali e burocrazia varia; delle corse al Circo Massimo, delle feste date dalle grandi famiglie e dalla Corte, di qualche lettura pubblica di nuovi libri, ne sapevano quanto io dell'India o della Persia. Per non parlare delle ultime tendenze della moda femminile.

Quando potei constatare che erano troppo ubriachi per notare la mia assenza, mi ritirai in cucina e slacciai i cordoni della *capsa*.

Chiesi mentalmente perdono a papà e aprii subito il sigillo impresso con l'anello da mia cugina alla sua lettera. Una sola, ma lunga come un trattato.

Finalmente buone notizie. Le cose sembravano essersi aggiustate nella sua vita, anche se a dire il vero non faceva parola di suo marito, e ai figli accennava solo di sfuggita per garantirmi che erano i più belli e fortunati tra tutti i pargoli dell'Urbe. In compenso, abbondava di pettegolezzi su donne che conoscevo personalmente, di vista o di fama, ma in quel buco desolato avrei assorbito come una spugna anche lo scandaletto di un gladiatore che se la faceva con una cameriera. E qui, altro che di cameriere si parlava!

«*Domina*, non abbiamo più vino» annunciò un affranto servitore interrompendo la lettura.

«Beh, di' al tuo Maestro che trasformi l'acqua di queste anfore» risposi di malagrazia. Poi però me ne pentii e mi corressi: «scherzavo; perdonami, non volevo offendere le tue convinzioni. Comunque, in cantina dovrebbero esserci due anfore di vino nuovo: non è un gran che, ma nelle condizioni in cui sono i nostri ospiti, potremmo servire anche aceto e nemmeno se ne accorgerebbero.»

Il ragazzo rise e mi restituì un cenno d'intesa.

Dovevo essere più prudente, perché erano brutti tempi; però, buoni dei, certe volte ti tiravano proprio per i capelli. Neanche il tempo di riprendere la lettura, e arrivò quella smorfiosa della nuova ragazzina barbara, a riferirmi che il padrone mi voleva a tavola.

Sbuffai, rimisi a posto le lettere e le affidai alla bambina:

«Portale in camera mia, Iris, ma non lasciarle in vista, mettile sotto le coperte. Ci siamo capiti?»

«Sì, padrona.»

Chissà cosa aveva da ridere.

Per tutta la notte mi dovetti sorbire storielle da caserma e aneddoti su spietati centurioni o su *lupe* da accampamento. Tentai col mal di testa, ma Vindicio mi guardò così male che finsi di bere una tisana e tornai sorridendo alla tavolata.

Quando infine Aurora-dita di rosa apportò il nuovo giorno, il mal di testa l'avevo sul serio.

Constatato che Vindicio non era tornato da me neanche per cambiarsi, ed era partito direttamente per la visita guidata agli avamposti, tirai fuori la lettera e me la sorbii con la voluttà di un'innamorata.

Scorsi velocemente le sue recriminazioni anche su questo nuovo marito, così come i suoi contorcimenti religiosi, e passai alla parte che più mi interessava, quella dedicata alle pettinature che stava sperimentando, ai gioielli che sfoggiava, agli spettacoli ai quali la invitavano quasi ogni sera. Lo so, avrei dovuto trovarla scioccamente fatua, ma gli occhi ci si soffermavano e vi ritornavano, con una sospetta voluttà. Quella era Roma, con i suoi palazzi, l'acqua corrente in casa, le serve che parlavano latino e non qualche idioma barbarico, le serate a discutere di filosofia e di scienza anziché di soldati puniti e di briganti catturati in campagna, la biblioteca di mio padre con centinaia di volumi e non le annotazioni su pezzi di cuoio o di corteccia. Avevo un bel ripetermi che ero felice, ed era vero, rispetto a tante altre donne che mi stavano attorno, ma era difficile sfuggire alla sensazione di una vita sprecata: una cultura che non serviva a nulla, un'educazione compita fra le urla dei barbari e le imprecazioni dei soldati, una bellezza inutile, salvo a suscitare commenti volgari a mezza bocca tra i barbari non meno che tra le giovani reclute. Un marito che riusciva a stento, e solo nei momenti di intimità, a biascicare un "sei proprio bella, sai?"

Era dura, dura, maledettamente dura.

Per fortuna, ci avrebbe pensato papà con le sue lettere a ricondurmi sulla retta via.

E un incontro a riportarmi coi piedi per terra.

10. Un ospite un po' troppo intraprendente

Il siriano delle tasse non s'era più fatto vedere e, a quanto mi diceva Vindicio, l'avevano sostituito con uno più onesto, o forse solo più bravo a imbrogliare le carte, che da quel momento risultarono magicamente in ordine.

Io cercavo di sottrarmi a queste occupazioni da maschio, e maschio d'ufficio: dopo tutto, ero solo la moglie del comandante di una guarnigione, e una donna nella mia condizione, tanto più una madre, aveva lo stesso un bel po' da fare.

Ad esempio, organizzare i ricevimenti in occasione del passaggio di grossi burocrati di Stato, che erano cosa diversa da quattro bestioni avvinazzati.

Avevo sentito parlare di un tale Fausto Armodio, il funzionario contabile responsabile della riscossione dei tributi per l'intera Prefettura, un signore di quelli importanti, che quasi mai si spostava dal suo ufficio di Costantinopoli; tuttavia, considerati i pasticci combinati dai suoi subordinati, aveva deciso di schiodarsi dalla sua comoda sede e venire nelle nuove province a vedere se si poteva spremere dell'altro denaro a contadini e artigiani. Di lui si diceva che fosse di casa a Corte, ma se ne parlava anche come di un uomo di mondo, colto, garbato e, secondo quanto raccontavano le donne che l'avevano conosciuto, affascinante. Molto affascinante.

Quando fui avvisata del suo arrivo, cercai di procurarmi per tempo animali vivi e ben ingrassati, cacciagione, vino, farina, miele, ed anche qualche spezia per servirgli una cena degna del suo rango.

Mancando lo spazio, feci preparare il triclinio soltanto per lui: gli altri, io compresa, si sarebbero accontentati di seggiole e sgabelli. Non era stato per nulla facile procurarmi dei teli puliti di qualità almeno decente con cui ricoprire il triclinio e le poltroncine, ma la buona Etna aveva provveduto.

Armodio invece capitò a sorpresa poco dopo mezzogiorno, con tutto ancora sottosopra e niente sul fuoco, e dovetti mettere sotto le serve di casa per fargli trovare qualcosa in tavola.

Il bell'Armodio fece il suo ingresso a passo deciso, come se il nostro *praetorium* fosse un ambiente che praticava da sempre; avevo conosciuto altri funzionari, più a Roma che nel mio eremitaggio in terra barbarica, e non aveva affatto l'aspetto del greculo o del semita, a meno che non fosse discendente di Leonida o di Sansone. Già come si presentava trasmetteva un'immagine di sicurezza e fiducia: i muscoli sciolti, le braccia si muovevano senza imbarazzo, da padrone del luogo e della situazione.

Mi scusai ripetutamente dell'assenza di Vindicio, e lo pregai di perdonarmi per la miseria del pranzo che ero riuscita a mettere insieme: il pane tostato col formaggio, le olive ripiene di pesce di fiume, la frittatina con le erbe non erano esattamente quello che richiedeva un ospite importante, ma lui molto cortesemente disse che adorava i formaggi; risposi che ne facevo arrivare dai pastori dei dintorni, sia di pecora come di mucca, e dall'appetito con cui spazzolava la tavola, mi convinsi che era sincero, e tirai un sospiro di sollievo.

Il suo seguito, essendo di condizione inferiore, si accontentò di uova, formaggio, carne salata e un otre di birra consumati nel cortile.

A tavola aveva portato con sé soltanto una donna, che si presentò come Esperia, liberta di famiglia e, secondo ogni verosimiglianza, sua concubina; nonostante gli abiti da viaggio e la stanchezza impressa nei tratti del viso, notai che era una ragazza molto bella, dai lineamenti fini, forse di origine celtica o germanica; doveva essere non solo timida di natura, ma completamente sottomessa al personaggio.

Certo che soggiogata da quell'uomo lo sarebbe stata anche una grande dama dell'aristocrazia romana: alto, robusto, capelli neri fittissimi, occhi scuri, vivi, mobili e indagatori, tratti marcati ma armoniosi, pareva, se non temessi di esagerare, una di quelle statue di divinità che si vedono a Roma. Al collo portava una collana d'oro con un medaglione, e un dito ogni due era cinto da anelli.

Non so perché, ma pensai a mia cugina Valeria: chissà se almeno questo sarebbe risultato di suo gradimento.

Sorridendo al mio indirizzo, l'ospite si complimentò con la giovane, bella e coraggiosa sposa del Vice-comandante; io lo ringraziai nel modo più gentile che mi avevano insegnato e tornai a rammaricarmi di non aver predisposto se non un pasto molto modesto, ma assicurai che per la cena mi sarei riscattata.

«Allora sarà meglio tenerci leggeri» disse addentando un crostino.

Pure i denti aveva perfetti...

Anche a tavola doveva sentirsi a suo agio, perché dopo i primi assaggi, già pendevamo dalle sue labbra ad ascoltarlo.

«Questa è una supplica di una comunità dell'Illiria, arrivata non più tardi di un mese fa» disse mostrandoci una lettera; «si rivolgono all'Imperatore, e non chiedetemi come ha fatto a pervenire sino al trono del nostro Signore Costantino, ma qualche volta capita persino che le missive dei poveracci giungano a destinazione.»

I presenti, ossia, io, la sua donna e Rufo, ridemmo della battuta.

«Scrivono di essere stati oppressi e angariati da mezzo mondo: ufficiali, soldati, i potenti delle città, magistrati, funzionari, ci siamo dentro tutti, a parte il vescovo. Lamentano che questo sciame di cavallette viene nel loro villaggio, li tormenta, sequestra buoi, asini e muli, si porta via tutto quello che trova, esige quello che non è dovuto e li lascia nella miseria più squallida per volare in un'altra regione.»

«Ingrati» brontolò Rufo: «noi li proteggiamo dai barbari, e loro hanno il coraggio di piangersi addosso. A quello che raccontano le mie reclute, soprattutto quelle che arrivano dalle province orientali, tutti si lamentano, ma nessuno muore di fame.»

L'uomo ebbe una strana reazione: ignorò la battuta di Rufo,

si avvicinò a me, anzi, al mio orecchio e sussurrò «è tutto vero, mia signora.»

«In che senso?» chiesi io un po' confusa.

«Nel senso che quei poveracci hanno ragione: è esattamente quello che facciamo quando arriviamo qui, solo che il mio amico Eliodoro ha rubato per se stesso, e ora si trova in un carcere di Costantinopoli a rispondere di concussione, io dovrò procedere secondo la legge e nel modo più onesto, ma il risultato per quei disgraziati dei contribuenti non cambierà di molto. Il Governo centrale può inviare tutti gli *agentes in rebus* che vuole, per sorvegliarci e inchiodarci su un numero o un documento, ma resta il fatto che la macchina dello Stato sta erodendo la ricchezza dell'Impero come fa il mare in tempesta con la spiaggia. Ormai non raccogliamo più nemmeno monete, tanto, pastori, contadini e artigiani non ne hanno, e sequestriamo generi alimentari, materie prime, manufatti, qualunque cosa abbia valore.»

La schiettezza dell'uomo mi colpì favorevolmente, ma anche quando prese a parlare di altro, lo faceva come se tenesse veramente al nostro giudizio, al mio in particolare. Avevano proprio ragione quelle signore: l'uomo possedeva il fascino particolare dei filosofi e anche dei santi cristiani; soprattutto la voce, calda e insieme musicale, ammaliava e induceva nel contempo un sottile disagio.

«Bene, ora però liberiamo la padrona di casa dalla nostra presenza» disse vedendo che mi alzavo per servire i dolci. «Per me basta così, puoi tornare ai tuoi molti impegni, dolcissima Velia; io devo visionare alcuni documenti. Se non ti dispiace, uso l'ufficio di tuo marito.»

Velia. Perché mi aveva chiamata per nome? E perché "dolcissima"?

«Posso venire con te?» mi domandò Esperia.

«Certo, ci mancherebbe.»

Lasciai alle ragazze il compito di sparecchiare e raccomandai di cominciare a lavorare attorno agli arrosti.

Della giovane ospite mi occupai io; la aiutai personalmente a ripulirsi, lavarsi e sistemarsi un poco i capelli, spazzolandoglieli di persona. Lo so, erano lavori da schiava, ma ci tenevo a saperne di più sulla nostra ospite, ed anche sul suo uomo. Lei inizialmente sembrò schermirsi; poi però si lasciò andare alla voglia di chiacchierare con un'altra donna. Era da due settimane, confessò, che non parlava con un altro essere femminile, a parte le serve delle osterie dove s'erano fermati durante il viaggio.

Come avevo immaginato, era la concubina del suo ex padrone, così come prima lo era stata del padre di lui, da quando aveva solo quattordici anni. La cosa le era ripugnata, ma solo perché aveva il dubbio, vicino alla certezza, che sua madre, lei pure una schiava di casa, l'avesse avuta dal padrone: dover andare a letto con un fratellastro, anziché con il proprio padre, era già meno peggio. Forse anche per quello l'aveva liberata, pur continuando a tenerla legata a sé. Di maritarla non se ne parlava, ma a lei andava bene così; certo, prima o poi il suo signore si sarebbe trovato una sposa degna di lui, ma come compagna nei suoi frequenti viaggi poteva sperare che, ancora per qualche anno, si sarebbe servito di lei.

Vedendo che aveva un crocifisso appeso alla collana, le chiesi se era cristiana.

No, non lo era, lo faceva solo per rispetto all'autorità imperiale; come i suoi ex padroni, del resto.

«Non credo esistano dei né in cielo, né tanto meno sulla terra, troppe prove li smentiscono. Noi siamo qui, figli del caso, a goderci un breve spazio di sole per i più fortunati, a soffrire l'inferno sulla terra per l'immensa schiera di tutti gli altri; poi scenderà la notte, e sarà per sempre.»

Ricordo che rabbrividii: sin da quando ero bambina, avevo incontrato bestemmiatori, eretici, filosofi stravaganti e fautori di strane teorie, martiri e carnefici di tutte le sette, e più ancora ne avrei trovati in seguito, ma credo sia stata l'unica persona totalmente, perfettamente e assolutamente atea che abbia mai conosciuto.

Parlammo molto fra di noi, e con piacere reciproco, ma quando notò che guardavo con impazienza la cucina, si congedò, dandomi appuntamento per l'ora di cena.

«Mi dispiace non poterti fare compagnia» le dissi: «se vuoi approfittare del nostro appartamento, è libero.»

Esperia mi ringraziò:

«Sei una vera amica. Sì, vorrei stendermi almeno un poco. Non è stato uno scherzo viaggiare a dorso di mulo per tutte quelle ore.»

Vindicio aveva lasciato detto che, se non fosse rientrato per tempo, mi occupassi io degli ospiti e della cena, e con mio enorme disappunto, il suo attendente mi riferì che era rimasto bloccato da una grana con il *dux* di una banda di germani.

«Mi dispiace che non ci sia mio marito» annunciai agli ospiti riuniti nella saletta dove s'era apparecchiato per la cena «temo che ritarderà, ma siamo autorizzati a iniziare senza di lui. Mi rincresce, sul serio.»

Armodio invece non sembrava affatto dispiaciuto, anzi riprese e moltiplicò i complimenti nei miei confronti, e modestia a parte, ne aveva motivo: prima di presentarmi, guardandomi allo specchio che Tamura mi reggeva, con i capelli acconciati, un po' di trucco e un leggero sorriso, non ero proprio niente male, e avrei dimostrato all'ospite che anche tra i barbari e i soldati poteva allignare il buon gusto.

«Prendi posto vicino a me, che possa contemplare da vicino questo capolavoro d'arte e di natura» mi disse invitandomi nel suo triclinio. Gli occhi gli brillavano, e non ero sicura che fosse soltanto il riflesso delle candele di cera d'api che avevo fatto accendere.

Esitai un poco, lo ammetto, tentata com'ero di assecondarlo, ma alla fine scelsi un posto a sedere, peraltro quasi a contatto col suo braccio. Insomma, non era colpa mia se ero finita in un accampamento di frontiera dove non si riusciva nemmeno a mangiare senza darsi di gomito.

Come era successo a pranzo, Armodio tenne banco, e curiosamente insistette con le sue critiche al sistema, di cui era lui stesso parte:

«Non è solo questione dei tributi troppo alti, è che l'intera attività economica è paralizzata dalla certezza che, se anche uno dovesse aver successo e migliorare la sua condizione, non farebbe altro che veder aumentare il prelievo fiscale sulle sue spalle, per cui, a conti fatti, a nessuno conviene uscire dal suo stato. Mi intendi?»

«Sì» dissi con una sottile gioia, che fra tutti i presenti si fosse rivolto a proprio a me.

«Quello che sta uccidendo l'Impero non sono i barbari, è la rassegnazione: è inutile lottare, lavorare, vegliare la notte per guadagnare, meglio sottomettersi e accettare silenziosamente i pesi della vita. Magari, chissà, dopo la morte ci attende qualcosa di meglio.»

Guardai Esperia, che mi restituì solo un'occhiata carica di scetticismo. Ma forse non ci credeva molto neanche lui.

«Il rapporto che abbiamo coi contribuenti non è molto diverso da una rapina, se è metodico, da un saccheggio quando invece di uno come me, passabilmente onesto, arriva un furfante avido e arraffatore come quel siriano: lavori forzati, prestazioni forzate, prestiti o donativi forzati. E sapete perché diventiamo sempre più rapaci? Perché dentro di noi sentiamo che l'Impero sta scricchiolando, e vogliamo addentare gli ultimi bocconi prima che la nave affondi.»

Pensai a mio padre e alla sua profezia; certo, dai tempi dell'anarchia, con gli imperatori che spuntavano come erbacce dopo la pioggia, molte cose erano cambiate, e cambiate in meglio, ma persino Vindicio a volte mi confidava che "non sarebbe durata".

Sentii il mio braccio nudo sfiorato dalla sua tunica dalle

ampie maniche. Di solito odiavo che mi si desse troppa confidenza, soprattutto da parte degli uomini; persino lo zio sapeva di non potermi abbracciare o baciare, e se qualche barbaro ubriaco si faceva troppo ardito, ci pensava Vindicio a rimetterlo in riga, e comunque avevo imparato che un sorriso sufficientemente gelido può paralizzare anche un cacciatore di bisonti, senza bisogno di usare la lingua di Cicerone.

Con quell'uomo era diverso: con la scusa di confidarmi qualcosa all'orecchio, mi obbligava ad abbassare il viso fino a sfiorare la sua bocca; se mi si avvicinava con le labbra, e lo faceva spesso, non sentivo il solito odore rivoltante di denti marci e cibo mal digerito che schiavi e legionari mi sputacchiavano con la saliva. Non riuscivo a immaginare come, visto che non aveva un barbiere a seguito, ma il nostro ospite s'era rasato alla perfezione; o forse era anche quella una delle virtù nascoste della sua amante, certo che la pelle del viso sembrava quella di un bambino, da accarezzare e pizzicare. I maschi che si profumavano non m'erano mai piaciuti, ma la fragranza che emanava quell'uomo aveva qualcosa di fresco, che curiosamente ricordava il boschetto di casa mia.

Lo spazio era quello che era, e mi scusai ancora una volta per non aver predisposto il triclinio per tutti; la confidenza con la padrona di casa si stava facendo sempre più imbarazzante, ma eravamo così schiacciati da giustificare la situazione e tacitare, almeno per il momento, la mia coscienza di pagana.

Sussultai un poco solo quando la sua mano scese a terra per cercare qualcosa che gli era scivolato, non senza aver prima percorso lentamente la mia gamba sinistra.

«Ho conosciuto un contadino dell'Illiria» riprese lui deponendo sul piatto un osso d'agnello, «un piccolo proprietario come tanti; era riuscito a introdurre migliorie nel suo fondo e ad accrescere la produzione. Ebbene, quando ha saputo che, se raggiungeva un certo censo, lo Stato lo avrebbe inchiodato ad assumere la funzione di *curiale*, e quindi pagare di tasca propria le spese correnti dell'amministrazione del suo distretto, sapete cos'ha fatto? Ha preferito allagare i suoi campi e far crescere le erbacce nel suo orto. E dal suo punto di vista non so dargli torto. Mi intendete?»

«Beh, allora stiamo meglio noi soldati» osservò Rufo: «almeno nell'esercito una recluta può diventare ufficiale e con un po' di fortuna anche qualcosa di più.»

L'argomento portò l'ospite a considerazioni più generali sullo Stato, sul ruolo di Roma, sulla politica, sul potere.

Veramente incantava ascoltarlo, ma non solo: sollecitava con lo sguardo il mio parere, mi interrogava sulla vita che conducevo al forte, e ad un certo punto smise di parlare dell'Impero e mi chiese quasi brutalmente se non mi sentivo sprecata qui, in capo al mondo, lontana da ogni raffinatezza di civiltà.

Naturalmente risposi che il mio posto era dove stava mio marito.

«Oh, certo, certo» disse lui guardandosi attorno «ed è proprio un peccato che quel tuo marito non sia qui» sospirò; «ma forse non tutto il male vien per nuocere».

La battuta fu pronunciata a fil di labbra, e solo io ed Esperia la intendemmo. La ragazza impallidì; io arrossii.

Passandomi la lingua sul labbro inferiore, mi accorsi che aveva iniziato a sanguinare, e misi davanti alla bocca una salvietta. Non era stata la punta aguzza di un ossicino: fra una pietanza e l'altra non avevo fatto altro che tormentarlo coi denti.

Sì, lo ammetto, ero irritata per l'assenza di Vindicio e anche imbarazzata per quei discorsi e quella vicinanza, ma nel contempo devo essere sincera: quando mi si avvicinava e mi sfiorava le dita con le sue o quando il piede si sovrapponeva al mio, provavo un sottile brivido di piacere. Forse dipendeva dal vino che s'era portato dietro e aveva generosamente offerto alla tavolata: non avevo mai assaggiato in vita mia, neanche in occasione delle feste, qualcosa che fosse insieme così dolce ed inebriante. Ero in imbarazzo, e nel contempo stavo bene, mi sentivo rilassata e avrei desiderato che quella notte non finisse mai; si sa, i complimenti piacciono sempre, soprattutto alle donne, e lui ci sapeva fare. Oh, se ci sapeva fare.

«Un bell'anello» disse fermandomi la mano molle di sudore e stringendolo fra le sue dita; «dev'essere prezioso ai tuoi occhi.»

«Era di mia madre» spiegai «il suo valore è soprattutto affettivo.»

«Doveva essere una donna di grande fascino e di straordinario buon gusto.»

Per Giove, Venere e per tutti gli dei e le dee dell'Olimpo e degli Inferi: Vindicio, la prima volta che gliel'avevo mostrato, se l'era cavata con un "bello; deve averlo pagato molto, tuo padre".

Mentre insisteva a giocherellare con il mio anello e le mie dita, nella mia fantasia arrivai a pensare che, se mi avesse dato un cenno d'intesa con quei suoi occhi ardenti, l'avrei seguito; dove non so, ma avrei fatto qualche pazzia. O forse mi sarei fermata per tempo, perché, anche volendo, in quel formicaio non c'era neppure lo spazio fisico per un adulterio come si deve, ma non era quello l'importante, quanto il fatto indubitabile che, anche solo crogiolarmi in questi pensieri mi regalava un gusto ignoto, dolce e piccante insieme.

Sarei rimasta appesa alle sue labbra di miele, ma avevo un bisogno impellente di pisciare, mi si perdoni l'espressione triviale; eppure, non riuscivo a staccarmi da quella tavolata; quando però Tamura mi chiamò per chiedermi se doveva aspettare a servire il maiale, voglia o non voglia fui costretta ad alzarmi.

«Scusatemi, il mio dovere di padrona mi chiama.»

Con le serve fui particolarmente comprensiva, proprio per celare l'irritazione che mi aveva invaso. I funghi erano pronti, e pure l'arrosto di maiale con le mele. «Il tempo di ritornare, e potete pure servire.»

Mi affrettai verso l'angolo della cucina dove era collocato il gabinetto, tirai la tenda che fungeva da paravento e mi assisi sul grande vaso di cotto.

Ci sarei andata a letto, con quello sconosciuto?

Sì.

Perché?

Perché ero ancora giovane, e mio marito si dimenticava troppo spesso di dirmi che ero ancora bellissima, e non solo quando si eccitava, ma alla mattina, al risveglio, o quando tornava a mangiare un boccone con la testa all'addestramento delle reclute, e non capiva quanto ne avessi bisogno. L'avrei tradito per rompere l'abitudine, la routine della donna di casa, per fare qualcosa di cui pentirmi, ma che mi facesse vivere. Mi sarei accontentata anche di civettare un poco con un uomo potente e bellissimo: mi sarebbe bastato attirarlo e poi respingerlo sospirando, con le solite manfrine della moglie devota e fedele. No, persino di meno: immaginare, sognare nel mio letto di sposa di averlo fatto con lui mi avrebbe regalato una sensazione nuova e piacevole, come quando accarezzavo il pelo di Polifemo il gatto.

Bene, era ora di tornare.

«Come sono?» domandai a una delle ragazze che stavano disponendo la verdura e i vasetti con le salse nei vassoi.

«Il trucco è un po' sbavato negli occhi» disse; «se vuoi, ti aiuto, *domina*» aggiunse speranzosa la giovane Emalia, il nuovo acquisto della casa.

«No, continua col tuo lavoro, piccola, mi arrangio da sola.»

Nella mia stanza c'era Esperia, intenta anche lei a ridipingersi occhi e labbra.

Non so perché, ma provai un moto insieme di stizza e di vergogna.

«Beata te che hai un fisico perfetto» buttai lì tanto per dire qualcosa di carino: «io devo controllare anche le briciole di pane che mangio. Posso aiutarti?»

«No, sono a posto; ma se vuoi ti sistemo io. Sono brava, sai?»

Rimanemmo in silenzio, fino a quando non ebbe terminato.

Mi guardai allo specchio. Sì, ci sapeva fare, forse aveva un po' ecceduto, ma mi andava benissimo così.

«*Domina*» buttò fuori: «non spetta a me suggerirti quello che devi o non devi fare, tu sei padrona qui e io sono meno di nulla. Di una sola cosa ti prego: sta' attenta. Perdonami l'impertinenza.»

La mia reazione scattò come il morso di una vipera:

«Se il tuo padrone vuole una notte speciale, conosco diverse ragazze che lavorano da Etna, la tenutaria del bordello; ce n'è una in particolare che non ha mai deluso chi si è rivolto a lei.»

«Ho capito. Ti ringrazio, Velia, e scusami ancora.»

«E di che?» dissi ridendo; «l'avrai capito che scherzavo.»

Le diedi la mano e ci avviammo alla sala del banchetto.

«Vedo che siete diventate amiche» esclamò l'ospite, ma mi sembrò di cogliere un tono di disappunto nella sua voce. «Làsciatelo dire, padrona, sei un fiore esotico che miracolosamente cresce in questa terra desolata.»

«E tu sei un ospite perfetto, mio buon Armodio. Ti prego, raccontami ancora di Roma e dell'Impero» gli dissi. Mi accostai a lui e gli sorrisi, ma, da uomo intelligente qual era, aveva capito che il momento magico era sfumato, e Velia era tornata la moglie devota del suo signore e marito.

Nonostante la delusione, riprese con foga la sua narrazione, e parlò del desiderio di pace e di ordine presente in tutti gli strati sociali, persino nei soldati; tutti erano ormai disposti a rinunciare anche a quel poco di libertà che il Principato aveva concesso in cambio della sicurezza. «L'Imperatore...»

«Chi parla male del nostro Imperatore?» tuonò una voce stentorea dietro di me.

Mio marito. Lo abbracciai con un trasporto autentico, che un po' lo sorprese; forse si domandò se fosse successo qualcosa, ma se lo pensò, fu affare di un attimo, e mi baciò sulle labbra, incurante dell'etichetta.

Senza diffidenze porse i saluti all'ospite e si scusò del suo imperdonabile ritardo.

Armodio, da parte sua, somigliava al giocatore di professione che capisce di aver perso la partita, anche se solo per un pelo, ma sa anche che si rifarà alla prossima. Dopo di che, gli uscì una frase che trovai ambigua: «la corsa finisce solo quando si è all'ultimo giro.»

«Il tempo di farmi lavare i piedi e sono da voi» disse mio marito. Poi aggiunse, in modo alquanto sorprendente, perché non era il tipo che faceva battute o che capiva quelle degli altri: «spesso però è la biga uscita fuori per ultima a vincere la corsa.»

Quando finalmente potei stendermi sul mio letto, a mezzanotte passata, non mi pulii neanche il viso. In malora anche le lenzuola, le avrebbero lavate le serve.

«Simpatico, vero?» disse lui.

«Sì. Ma non mi piacciono molto i simpatici» mentii. Ma fino a un certo punto.

«Hai ragione, tendono a credersi furbi. Comunque, lo tengo d'occhio: ho diversi veterani stabilitisi qui e conosco i parenti delle reclute appena arrivate, per cui se anche questo signorino sgarra e cerca di imbrogliare la mia gente, lo considero un affronto che fa a me, e sta' sicura che non perdo tempo a denunciarlo: se si beccherà una coltellata nella pancia, sarà solo colpa sua.»

«Sei spigoloso come un cubo, stasera» lo rimproverai: «dai, vieni qua tra le braccia della tua donna, che vediamo se ti ammorbidisci un poco.»

Lui si stese, ma aspettò ancora un poco ad accogliere il mio invito.

«Ho visto che hai una certa confidenza con la donna che si è portato dietro. Ebbene, raccomandale che quell'Armodio si comporti come si deve, perché io non vado a rischiare una rivolta per riempire le tasche di uno scarafaggio come lui, e parlo seriamente; si ricordi che l'esercito romano è un esercito di contadini, e di contadini poveri: barbari, mezzi barbari e quel poco di miserabili romani che rimangono. Ecco, uomo avvisato...»

«Provvederò ad informarla, ma adesso vieni qui; mi sei mancato, lo sai?»

Non so se l'ospite seguì il mio consiglio, ma Etna mi riferì che aveva occupato tre camere della locanda, la più costosa per sé, una per la liberta e un'altra per la scorta.

11. Una giornata particolare

Non era successo niente, continuavo a ripetermi, e non dovevo incolparmi di ciò che non avevo fatto, era assurdo, ridicolo, contrario ad ogni logica... Poi però mi ripetevo quello che dicevano i filosofi sui quali mi ero formata, con quel dannatissimo Seneca sempre in agguato: *innocentes sumus, quia non successit*, e poi Valeria, nel suo periodo di massimo fervore religioso, che mi rimproverava quando sospiravo parlandole di un bel ragazzo conosciuto "chi guarda una donna con desiderio, ha già peccato in cuor suo"; a maggior ragione un uomo, aggiungeva malignamente. Chissà perché pensai a lei: come direttore di coscienza era alquanto improbabile. Forse gliene avrei parlato nella prossima lettera.

Alla fine arrivai alla conclusione che era meglio rimuovere tutto: non era successo, non sarebbe comunque successo niente, quell'uomo e quelle sensazioni non erano mai esistite, e avrei fatto meglio a dedicarmi a mio marito.

Trascorreremo così dei buoni giorni, io e Vindicio, in armonia, ma si sa, gli dei sono esseri capricciosi quanto invidiosi dell'altrui felicità, e Mercurio in persona recapitò al *praetorium* una lettera con un minaccioso sigillo.

«Grosso sigillo, grossi guai.»

E infatti, quella sera tornò in camera scuro in volto di tristezza e di umiliazione.

«Che c'è di nuovo?» domandai paventando già qualche nuovo garbuglio politico o un imminente diluvio barbarico oltre confine.

«Mi hanno comandato al *castrum* dove presta servizio Artemio Livino, lo ricordi?»

«Sì, quel giovane di Cirene, simpatico. Ma che gli è successo?»

«Uno stupido incidente: una tegola in testa mentre passava

sotto una torretta in riparazione, assieme al capomastro. Erano così impegnati a studiare il progetto, che non si sono neanche accorti che i muratori stavano liberando il tetto dalla vecchia copertura.»

Povero Artemio. Pensai all'assurdità di quella morte: me lo ricordavo bene, a cena da noi: a tavola aveva richiamato alla memoria tante battaglie in cui aveva condotto attacchi disperati contro i barbari africani che lo circondavano, e ne era uscito con qualche graffio appena. «Ma cosa c'entri tu?»

«C'entro, perché non c'è nessuno che abbia il grado per sostituirlo. So che nostro zio te l'aveva promesso, di non allontanarmi più per un bel pezzo e invece...»

«Te l'ha riferito?»

«Sì, ma sia chiaro: si offre di farti accompagnare a Tomi od ovunque tu voglia andare, naturalmente con il piccolo Marco; oppure, se te la senti, puoi aspettarmi qui, sotto la sua protezione, dimmi tu cosa preferisci...»

«Quanto starai via?» sospirai.

«Non lo so, minimo un mese, massimo sei; capisco che non è la stessa cosa, ma è quello che ti posso dire in questo momento. Molto dipenderà dalla nomina del prossimo comandante.»

«E quando partiresti?»

«Domani: non possiamo lasciare scoperta più a lungo una postazione così importante e vicina all'ultima frontiera.»

«Dammi il tempo di prepararmi» lo interruppi. «È come la torre di legno? domandai con indifferenza.»

«No, no» assicurò lui: «è un accampamento ampio, che ospita trecento fra ausiliari e uomini nostri. Ma sei sicura di voler rimanere lì per dei mesi?»

«Signor *protector*, io non ti lascio andare da solo ai confini del mondo, perché ti goda qualche bella fanciulla del Settentrione dagli occhi azzurri e dai fluenti capelli biondi, capito? Dove va mio marito vado io» conclusi incrociando le braccia. «E mio figlio, naturalmente.»

Non obiettò nulla, e di sicuro era un buon segno, perché significava che, se anche fossimo stati scomodi, di rischi non ce n'erano, almeno non più di quelli che ci accompagnavano quotidianamente a *Castra Herculea*, altrimenti non avrebbe mai acconsentito a mettere in pericolo la vita mia e di Marco.

«Sei... una buona moglie» fu tutto quello che riuscì a dirmi.

Ma ormai avevo imparato a non aspettarmi di più.

Il viaggio durò quasi una settimana, perché le strade erano pessime e avevamo molto bagaglio; dieci cavalieri ausiliari ci scortavano, ma io avevo trovato posto a bordo del carro che conteneva i bagagli, con mio figlio e la nostra serva.

In molti punti dovemmo attraversare macchie di foresta; gli alberi erano gialli e marrone perché ormai l'autunno era avanzato sin quasi alle soglie dell'inverno. Nei tratti di pianura si vedevano sciamare armenti e greggi che facevano ritorno agli stalli invernali e anche una mandria di cavalli allo stato brado.

Pernottavamo di solito in stazioni militari o altre piccole installazioni, ma una notte dovemmo fermarci in una vecchia villa romana, adattata a porcile o poco più. Nonostante la pioggia battente, preferii dormire sul carro.

Il giorno dopo, un gruppo di mandriani barbari ci chiese di fare un pezzo di strada insieme, per paura dei razziatori: stavano accompagnando un grosso branco di cavalli, ma non capii bene verso dove.

L'impressione che mi diede il fortino dove eravamo stati comandati fu nettamente migliore, rispetto alla torre di legno: la cinta era solidamente piantata su un rialzo naturale, e a fianco vi scorreva un fiume che, con una complessa canalizzazione, alimentava il fossato di protezione e consentiva di espellere i rifiuti della guarnigione.

Ci accolsero due centurioni che ci accompagnarono al nostro alloggio, ma dovevano essere informati della mia presenza, perché trovai una giovane schiava sorridente, poco più che una bambina, che mi accompagnò alle terme dove potei farmi lavare.

Scoprii di essere una delle poche femmine presenti al campo, a parte le solite donne di mestiere, ma stavolta non feci la schizzinosa e cercai subito la loro amicizia.

Conobbi anche Irmina, la sventurata compagna del nostro povero amico; era una donna barbara, che stava con lui ormai da molti anni e gli aveva dato un paio di bambine. Ormai me la cavavo discretamente con il gotico, ma lei apparteneva a una tribù diversa, di quelle che dalla frontiera del Reno minacciavano il confine gallico; era stata data in ostaggio ai Romani dalla sua gente a garanzia di un trattato, poi si erano dimenticati di venirsela a riprendere e Artemio se l'era portata dietro nelle sue campagne, fino al trasferimento sul Danubio.

La invitai a pranzo quel giorno stesso e anche la sera successiva; volevo a tutti i costi fare qualcosa per lei e mio marito promise che se ne sarebbe occupato. Poteva farlo tranquillamente, perché di problemi veri ce n'erano pochi: l'amministrazione era precisa e se qualcuno rubava, lo faceva con singolare discrezione.

Persino il clima pareva accettabile, o almeno lo rimase fino a quando, verso metà dicembre cadde una nevicata come non ne avevo mai viste, che ci isolò per settimane.

Pazienza: tanto, non avrei comunque potuto recarmi alle Terme di Caracalla o agli spettacoli di teatro.

Marco non ci mise molto a fare amicizia con le figlie di Irmina. Non credo fosse soltanto mancanza di alternative, ma dopo essere cresciuto per tanti anni in mezzo a maschi adulti, nostro figlio sentiva il bisogno di esplorare l'altra metà del mondo, quello femminile: assisteva ai loro elaborati rituali nella vestizione delle bambole, assumeva pazientemente il ruolo del *pater familias* nei giochi di vita famigliare, ascoltava con interesse i racconti e le fiabe. A sua volta, riusciva a calamitare l'attenzione delle bambine con le storie di eroi mitologici e di antichi dei, spodestati dalla religione, ma non dall'universo favolistico.

Da parte mia, avevo trovato nella piccola biblioteca del nostro amico alcuni libri; erano soprattutto storici, quindi non tali da esaltarmi, comunque me li feci bastare. Ma soprattutto, la fureria mi mise a disposizione ciò che desideravo di più: un pacco di pergamene mai usate, un vasetto di inchiostro e molte penne.

L'inverno era feroce, in quella terra così lontana dalla nostra tiepida Italia, ma un giorno in quel fortino in mezzo alla neve, accadde una specie di miracolo, come direbbero i cristiani.

Approfittando di un leggero miglioramento del tempo, era arrivato un carro con dei rifornimenti; con una colletta fra gli ufficiali, eravamo riusciti a farci arrivare carne fresca di manzo e agnello, vino greco, spezie orientali e perfino il prezioso *garum*.

Così, assieme ai centurioni e alle loro donne più o meno prezzolate, festeggiammo in un bizzarro sincretismo il Natale di Gesù e la celebrazione del *Sol Invictus*

alme Sol, curru nitido diem qui
promis et celas aliusque et idem
nasceris, possis nihil urbe Roma
visere maius.

«Almo Sole, che tu non possa vedere nulla più grande di Roma!» recitai con voce ispirata, e confesso che quelle parole, pronunciate all'ultimo confine del mondo, mi suscitarono una profonda commozione, al punto di strapparmi qualche lacrima.

L'applauso convinto degli invitati mi incoraggiò ad esibirmi nell'interpretazione di altri brani di autori latini e greci, guadagnandomi il favore anche di quelli che non avevano capito molto i riferimenti mitologici e storici.

Insomma, una bella serata.

Quando rientrammo nelle nostre stanze, ero preoccupata che

Vindicio mi rimproverasse un eccesso di confidenza con i suoi subordinati, che ancora non ci conoscevano bene, e invece mi fece capire che era rimasto molto soddisfatto, e chiese di potermi dimostrare la sua gratitudine.

Non era affatto un cattivo modo per terminare una bella giornata, per cui affidai il piccolo Marco alla bambinaia, e per quella notte mi sforzai di dimenticare il sibilo del vento e il vorticare della neve. Era proprio vero, quello che dicevano le serve di casa, pensai mentre mi scioglievo i capelli: gli impegni di una donna non finiscono mai, anche quando è la padrona di casa.

«Coraggio, mio signore, preparati all'ultimo cimento della giornata» gli sussurrai infilandomi sotto le coperte. Accidenti, però, che freddo faceva in quel dannato paese…

«Vieni qui vicino, che ti scaldo io come si deve» promise lui leggendomi il pensiero.

Mah, checché ne dicano cristiani, manichei e arcigni filosofi pagani, avere un altro essere umano sotto le coperte è proprio una bella sensazione, soprattutto quando si hanno i piedi gelati.

Di solito, lui crollava subito dopo per il sonno, e quella giornata era stata più lunga delle altre; eppure questa volta fu diverso, sentivo che aveva un impellente desiderio di parlarmi, ma quando non si trattava di questioni pratiche, era insieme reticente e prolisso, e spesso si perdeva in discorsi senza capo né coda.

«Sai che i germani si sposano giovani, e di solito arrivano vergini al matrimonio?» mi domandò.

Gli risposi che avevo letto qualcosa del genere nella *Germania* di Tacito proprio il giorno prima.

«Io credo ci sia della saggezza in questo» proseguì lui. «È vero, quando un uomo adulto si porta a casa una ragazza giovane, vi trasferisce tutta la sua esperienza, e spesso la sposa gliene è grata; ma quando due giovani si sposano, sono più portati ad accettarsi, con tutti i difetti e le goffaggini, proprio perché si plasmano a vicenda. Fin che si è giovani, si può migliorare, ma da una certa età in poi, si diventa abitudinari, i difetti si radicano, i caratteri si induriscono. Cosa te ne pare?»

Non gli risposi esattamente quello che pensavo, ossia che in tanti anni ormai di matrimonio, non ero ancora riuscita a strappargli un ragionamento come questo. Preferii dirgli che condividevo in pieno la sua opinione; aggiunsi che a quaranta, cinquanta, sessant'anni, quanti ce ne avrebbero riservati i fati, avremmo ancora camminato di pari passo, con i nostri due anni di differenza.

Stremato dal ragionamento, mi abbracciò, mi baciò e si addormentò.

Buona notte: già avevo il sonno leggero, e ora non avrei dormito neanche mezz'ora. Ne approfittai per pensare.

Quella volta che avevo saltato il mese, mi ero sentita morire, e ne avevo motivo, perché mi pareva di aver perduto, assieme alla verginità, tutto quello che per una brava ragazza doveva contare. A ripensarci, però, mi ero risparmiata il trauma della prima notte di nozze, come succedeva a quasi tutte le spose romane per bene; non era stata un'esplosione di lampi e tuoni, quello no, ma neanche un'esperienza da cancellare perché "troppo orribile da ricordare" come severamente affermava zia Onorata. Almeno, l'avevo fatto con uno che mi piaceva.

Sì, aveva ragione papà: di quello che veramente serviva, non mi mancava proprio nulla; avevo un uomo al mio fianco, un figlio nel lettino accanto a quello della mia schiava, un tetto sopra la testa, una stanza riscaldata, e pazienza se il fumo del braciere mi arrossava gli occhi; c'era sempre chi mi preparava una zuppa di cereali e un po' di stufato; e poi ero giovane, non avevo nessuna malattia così grave da farmi preoccupare, nessun rimorso per aver fatto del male, e quanto ai rimpianti, ne avrei avuti altrettanti restando a Roma.

Potevo dire che stavo meglio della maggior parte degli abitanti della Terra?

Il giorno prima, a un ausiliario erano state amputate quasi tutte le dita dei piedi, congelate durante il turno di guardia.

Una donna barbara era stata trovata da una pattuglia mentre vagava dispersa sulla neve, e i cavalieri della *turma* l'avevano raccolta, scaldata accanto a un fuoco di stecchi, rifocillata con vino mielato, finché s'era ripresa; dopo di che, avevano disteso i mantelli su uno spiazzo privo di neve riparato dal vento e l'avevano stuprata a turno, due volte ciascuno.

Nel piccolo *valetudinarium* del campo, un ragazzo di neanche vent'anni era morto dopo aver vomitato il suo sangue.

A un vecchio legionario era arrivata con l'ultimo avvicendamento la notizia che sua moglie e i figli erano periti in un incendio, a milleduecento miglia di distanza da dove lui faceva la guardia al nulla.

Come potevo arrogarmi il diritto di lamentarmi?

Tornammo a *Castra Herculea* ai primi di marzo, e potei riabbracciare le amiche e le schiave che avevano tenuto in ordine il nostro alloggio.

Anche Etna, naturalmente, ma stavolta riuscii a percorrere la strada di casa coi miei piedi.

Casa… tutto sta a intendersi.

Con la primavera, ci raggiunse un nuovo contingente, formato per lo più da reclute. Di solito ci arrivavano dopo aver completato i primi quattro mesi di addestramento, per cui venivano smistati nei loro alloggi e mescolati ai "vecchi", ma sin dal suo arrivo, il mio noioso, impossibile marito aveva preteso che venissero sottoposti ugualmente ad una visita supplementare, e devo ammettere che anche questa volta non aveva avuto torto a pretenderla.

Quel giorno, una settimana prima della Pasqua dei cristiani, i giovanotti erano tutti allineati, a torso nudo e scalzi, e già il medico aveva diagnosticato due casi di piedi piatti, uno di scabbia e tre toraci così scarsi da sembrare incavati.

Emalia, la schiava gota, si stava godendo la scena dalla finestra sospirando, e dopo aver provato inutilmente a richiamarla al dovere, minacciando anche di frustarla davanti a tutti quei bei maschioni, rinunciai e tornai alla lettera per Valeria. Ne avevo di cose da raccontare…

«Padrona, credo che il *Protector* nostro signore abbia bisogno di te.»

Non mi sembrava molto probabile, ma qualcosa di vero doveva esserci, perché la ragazzina smise di occhieggiare e finse di rimettersi a spazzare il pavimento.

«*Domina*, abbiamo un problema» annunciò Rufo un po' imbarazzato.

Mi chiesi in che modo una come me avrebbe potuto aiutare l'Impero dei Cesari, ma ormai ero entrata nel sistema e anch'io obbedivo senza far domande. Accennai soltanto che aspettasse, infilai il mantello, indossai un velo e uscii. Mio marito stava interrogando le reclute che avevano passato la visita medica.

Al mio arrivo, si alzarono tutti in piedi, compreso Vindicio.

«*Domina*» rabbrividii sentendomi chiamare così da mio marito «stiamo interrogando questi bravi giovani: alcuni hanno difficoltà con la lingua latina, ma ce la caviamo con gli interpreti; qui però c'è un caso particolare... illustra tu la situazione, Caninio.»

Era il cugino di Rufo, un uomo ormai avanti con gli anni, ma soprattutto arrivato alla sua età male: la pelle grigia di chi prende poco sole, la bocca atteggiata ad amarezza di una vita che forse non era mai stata la sua, lo sguardo triste, faticava a guardarmi negli occhi e anche il sorriso regalava una stretta al cuore. Mi ricordava un cane fedele e malinconico perché dimenticato dal padroncino a beneficio di una nuova cucciolata. Da tempo, lo zio l'aveva relegato a compiti d'ufficio, ma sinceramente non riuscivo a immaginare che, in qualche momento della sua vita, fosse stato un guerriero.

«Mia signora, questa recluta parla solo greco» disse semplicemente; «ce l'hanno spedito senza neppure passare il periodo di prova.»

Mi preoccupai, perché temevo che fra il suo dialettaccio ellenico e il mio greco scolastico avremmo avuto difficoltà a intenderci, invece no, parlava una lingua discreta.

«Brava, chiedi da dover viene» mi esortò Vindicio.

Mi feci raccontare la sua storia, ma dovette ripetermela due volte, perché ero sicura di aver inteso male; no, era proprio come l'avevo capita. Si chiamava Archimede, come il grande scienziato, ed era figlio di una donna greca del Regno del Bosforo, rapita dai sarmati durante un'incursione, e s'era guadagnato la libertà combattendo per loro. Conosceva perfettamente la lingua dei suoi padroni, ma aveva giurato davanti al Dio dei Cristiani che, dopo quello che avevano fatto passare a lui e a sua madre, non l'avrebbe mai più parlata per il resto della vita. Il latino, ovviamente, ancora non lo sapeva.

Caninio e Vindicio si guardarono in faccia, pensando probabilmente che fosse un po' tocco, ma il discorso aveva un senso.

«Dimmi, soldato: almeno quello che ti hanno insegnato i barbari, l'hai conservato?» domandai.

«Ad ammazzare, dici? È come per camminare, *domina*: una volta imparato, è imparato per sempre. So usare lo spadone, la daga, la lancia, combatto altrettanto bene a piedi e a cavallo, mangio qualsiasi cosa e non so cosa sia la paura.»

Rufo soffiò forte e guardò mio marito.

«Bene, una volta appreso il latino, sarà un acquisto prezioso» tagliò corto.

Feci cenno di andarmene, ma Vindicio mi pregò di restare. Così, mi sedetti su un vecchio cuscino appoggiato alla panca e rimasi ad assistere alle operazioni di selezione.

Per lo più i nuovi arrivati erano barbari, di oltre confine ma anche arruolati fra quelli che vivevano da generazioni all'interno; alcuni erano stati scelti dalle comunità di villaggio e dai padroni in seguito agli ordini di coscrizione; poi c'erano i volontari, spesso vagabondi e spostati, senza arte né parte, attirati dalla possibilità di guadagnare qualcosa nei saccheggi.

«Qui ci sarà da usare il bastone» sibilò Rufo.

Mentre l'esame dei nuovi arrivati proseguiva, arrivò anche l'ora della pausa di mezzogiorno e feci servire un pranzo freddo per tutti gli ufficiali su una grande tavolata all'aperto.

Naturalmente si parlò delle reclute e del deplorevole livello del materiale umano che l'Impero forniva:

«I migliori, i più robusti e abili nel lavoro se li tengono stretti i proprietari; da noi mandano solo gli scarti, e così, siamo costretti a prenderci in corpo sempre più barbari. Almeno loro sono forti.»

Lo zio, di ritorno da un giro d'ispezione, s'era unito a noi:

«Signori miei, l'esperienza mi dice che di buoni soldati ne nascono dappertutto, e nessun popolo ha il privilegio di partorire solo giovanotti atti alla guerra. I romani, soprattutto quelli di una volta, erano piccoletti, ma ben piantati, e i loro legionari hanno conquistato il mondo.»

«È vero, vanno bene anche piccoli, purché siano ben proporzionati» confermò Rufo, «ma la gente che ci fornisce l'esercito non andrebbe bene neanche per spolverare i mobili: corpicini smilzi, gambe magre, toraci incassati, gli occhi spenti...»

«È la fame» spiegò il medico «o meglio, la mancanza di cibi nutrienti. E le malattie si avventano come sciacalli sui corpi indeboliti.»

«Comunque, meglio dei goti non c'è niente» disse un ufficiale barbaro: «i sarmati quando salgono a cavallo sanno il fatto loro, ma appena smontano, non c'è gente più vile e inetta.»

«Io ho visto all'opera gli alani» si aggiunse un altro ufficiale, distaccato da un accampamento vicino: «sono quasi tutti alti di statura, bei ragazzi con le chiome bionde, anche se parlano dei dialetti simili a quelli dei sarmati, e sono eccellenti soldati. Da loro è considerato felice chi muore in battaglia, mentre insultano chiamandoli degeneri e vigliacchi quelli che invecchiano e muoiono di morte naturale. L'opera più meritoria nella loro vita è l'uccisione di un uomo, uno qualsiasi; quando poi hanno un cadavere di un nemico, gli strappano la pelle dalla testa e la conciano per fare ornamenti ai cavalli da guerra.»

«Selvaggi» commentò Rufo disgustato: «io preferisco ancora i romani che abbiano conservato almeno qualcosa del loro passato di guerrieri.»

«Sì, ma non romani di Roma, gente di città» lo corresse nostro zio: «da qualsiasi parte li prenda, i contadini sono soldati nati, gente abituata a una vita dura di suo, lavorano anche sotto il sole ardente, non sanno cosa siano le terme e gli spettacoli del circo, sanno come scavare un fossato senza faticare troppo e senza farsi venire le vesciche alle mani, e ammazzano un maiale senza tremare come femminucce.»

«Anche i pastori non sono male» osservò Vindicio.

«Dite quello che volete, ma un esercito senza degli specialisti è solo un'orda barbarica» si intromise il *praefectus fabrum*: «io mi sono accaparrato chiunque avesse esperienza di fucina, e lo stesso ha fatto il macellaio con chi aveva pratica di squartare bestie… oh, perdonami, *domina*.»

«Non fa niente, ci sono abituata» lo rassicurai.

«Ormai, la bella moglie di mio nipote è diventata una di noi» scherzò lo zio.

«Per l'amor di Dio, ci mancherebbe altro!» esclamai ridendo.

12. In missione per conto di Roma

Quando un nuovo gruppo di nomadi della steppa fece la sua apparizione ai confini dei nostri alleati barbari, cominciammo subito a preoccuparci: da quello che raccontavano gli amici goti, non era neanche un popolo, ma piuttosto una grossa banda formata, come spesso capitava, da sarmati di una fazione sconfitta in una recente guerra intestina, rinforzati da sbandati di varie nazioni, avventurieri, proscritti, disperati in fuga perseguitati da popolazioni più forti o alla ricerca di nuove terre.

Non era affatto una situazione nuova: quegli aggregati di popoli si disfacevano e tornavano a coagularsi in composti instabili, per poi disperdersi di nuovo e ripartire con le loro carovane di carri carichi di bambini e donne, verso le steppe, quando andava bene, o verso i confini dell'Impero, quando avevano voglia di menare le mani e fare bottino.

Era dunque il momento peggiore per allontanarsi dalla difesa delle frontiere, in modo particolare di quella ancora liquida e instabile creata da Costantino, e questo Vindicio lo capiva bene; ma di fronte ad una convocazione a Sirmio per giurare fedeltà al nuovo imperatore, anzi, ai nuovi imperatori, tre per l'esattezza, non c'era molto da discutere. Costantino, Costanzo e Costante. Più la figlia Costantina. Chissà se quando erano piccoli il loro padre si confondeva, chiamandoli a tavola...

«Vi lascerò in buone mani, te e il nostro piccolo guerriero» mi assicurò mio marito stringendomi al suo forte petto.

Mi piaceva quando faceva così.

«Vai pure, qui sono più sicura che a casa mia» dissi versando qualche lacrimuccia di prammatica.

La notizia della morte del nostro imperatore, avvenuta a maggio, ci era stata recata da un messaggero, assieme alle indicazioni per le cerimonie commemorative e alcuni suggerimenti per i discorsi celebrativi da tenere davanti ai soldati. Se le giovani reclute rispettavano il loro Principe ed erano ansiose di mettersi in mostra davanti a lui, i veterani provavano una vera e propria venerazione, e avevano accolto la morte di Costantino con le lacrime agli occhi.

Lo zio, dunque, arrivò a *Castra Herculea* per recuperare almeno i veterani, fra cui ovviamente Vindicio e si fermò a cena da noi, com'era solito fare. Benché gli anni cominciassero a pesare, aveva conservato il suo solito appetito da barbaro.

L'argomento fu ovviamente la morte del grande Imperatore.

«Potete credere a uno che ne ha viste tante: Costantino è stato uno dei migliori» disse dopo aver vuotato una coppa colma fino all'orlo di vino, «ha rafforzato lo Stato e posto fine a quelle stupide persecuzioni che mettevano un romano contro l'altro, anche se… beh, non è il momento questo di muovere critiche. Ha chiuso ermeticamente i confini dell'Impero, e i suoi guai famigliari non li ha mai scaricati sullo Stato.»

«Ora però non c'è più, zio…» lo stuzzicò Vindicio.

«No, ora lui è morto, e non vorrei mai dover combattere contro altri romani per qualche o contro qualche usurpatore.»

«C'è questo pericolo?» domandai preoccupata.

«Per ora, no. Mi risulta che il potere sarà suddiviso fra i figli Costantino, Costanzo e Costante, e Dalmazio, che è uno di famiglia.»

«Noi a chi apparterremo? Intendo, la nostra parte con la Dacia.»

«Non è ancora stato deciso, e questo mi preoccupa: l'ultima volta che abbiamo avuto quattro imperatori, ero un ragazzo, e abbiamo visto com'è andata a finire. L'esercito starà comunque dalla parte dei figli, quindi finché questi andranno d'accordo, non ci saranno rivolte o usurpatori.»

Il mattino dopo, seguii con gli occhi la colonna che usciva in perfetto ordine dalla porta principale, con le armature lucenti e i pennacchi al vento. Davanti a tutti lo zio, e il mio sposo a guidare la retroguardia.

«Coraggio, donne» dissi alle spose e compagne degli ufficiali «oggi siete tutte invitate a casa mia. Almeno, se dobbiamo piangere, che nessuno ci veda.»

Ad agosto, si diffuse anche nel nostro eremo la notizia dell'uccisione da parte dei soldati di Dalmazio: a quanto si raccontava, con l'eliminazione del cugino, il giovane Costante avrebbe ottenuto il controllo sull'Italia, l'Africa e le Pannonie, più la Dacia e la Macedonia. L'acclamazione da parte dell'esercito, molto più importante di quella del senato, era prevista per l'inizio di settembre, e contando festeggiamenti, incontri, più i tempi per il rientro, calcolai che il mio letto sarebbe rimasto vuoto ancora per un bel po'.

La vita, ai *Castra Herculea*, scorreva tranquilla, anche se di tanto in tanto arrivavano notizie di scontri fra i nuovi arrivati e i Goti, e la guarnigione era sempre in preallarme. Dopo il completamento dei lavori alle mura, con i magazzini pieni di viveri, le truppe appena rafforzate da un nuovo contingente fatto affluire dalla Tracia, si poteva ragionevolmente sperare di resistere ad un eventuale assedio dei barbari fino all'arrivo dei rinforzi o al ritorno dei nostri.

Purtroppo, quando le cose decidono di andare male, lo fanno e basta, qualunque riparo tu possa escogitare.

I nostri alleati goti avevano sostenuto un duro scontro con i nuovi arrivati, con parecchie centinaia di morti per parte, ma grazie anche alla mediazione di Rufo, erano addivenuti a un accordo provvisorio. Si trattava solo di ratificarlo alla presenza di un rappresentante di Roma, che avrebbe dovuto essere Vindicio o addirittura lo zio.

Sia pure a denti stretti e non senza il sospetto di qualche imbroglio, alla fine i barbari delle due parti accettarono che Rufo rimpiazzasse i capi assenti; quando però un'epidemia di dissenteria si diffuse nell'accampamento e anche lui ne fu contagiato, si dovette per forza rimandare. Qui però si poneva un altro problema: i nuovi arrivati avevano fretta di chiudere la faccenda, e c'era il rischio che scambiassero il rinvio per una scusa al fine di guadagnare tempo e richiamare altre legioni, unirsi ai goti e schiacciarli a tradimento.

Io ero preoccupata per il piccolo Marco, ovviamente, ma anche per i militari e i civili di *Herculea Castra*, dove le donne come Etna avrebbero potuto rifugiarsi in caso di pericolo. Se i barbari avessero preso l'iniziativa di debordare dai loro confini, sarebbe stato un gioco da ragazzi saccheggiare l'intera regione e isolarci. E le mie ansie erano condivise da tutte le donne che avevano i loro compagni lontani, e venivano in processione da me, sotto i più diversi pretesti, per sentirsi dire una parola di conforto.

Naturalmente, furono mandati messaggeri con la richiesta di un intervento urgente dei *comitatenses*, i reparti di pronto intervento stanziati nelle retrovie, ma non era ragionevole attendersi che si muovessero prima di un mese e forse più, e comunque, non prima dell'acclamazione dei nuovi *Augusti*.

«Devi andarci tu» mi disse infine Rufo, rantolando per i dolori al ventre.

Ormai passavo tutti i giorni a fargli visita, rischiando anche di contagiarmi, ma dovevo pur dare l'esempio alle donne che assistevano i malati.

«So che ti chiedo molto» riprese «ma i barbari non si accontentano di cartacce firmate e delegati con le credenziali in regola, li conosci, ormai, loro vogliono trattare con delle persone in carne ed ossa.»

Questo lo sapevo da sempre, forse era stata la prima cosa che avevo imparato al mio arrivo. Avrei potuto sottrarmi facilmente alla richiesta, facendogli notare che non era nelle tradizioni romane che una moglie rappresentasse un marito funzionario dell'Imperatore, ma era altresì vero che in quel periodo di incertezza e in posti come quello, non sarebbe neanche parso così strano. Inoltre, la mia era solo una presenza fisica, giusto per offrire una garanzia ulteriore.

Non so perché accettai; ero ancora giovane e incosciente, mi sentivo la responsabilità di essere la moglie del Capo e di dover provvedere alle infelici che trepidavano attorno al forte; o forse volevo dimostrare qualcosa a me stessa.

E poi, dai: cosa poteva andare male?

Ad accompagnarmi c'era solo una *turma* di ausiliari armeni, e già questo mi dava fastidio: erano buoni soldati, ma un po' troppo avidi di denaro e con un concetto alquanto vago della fedeltà; purtroppo, erano fra i pochi a non essere stati contagiati, e qui aveva ragione Rufo: se avessimo sparso l'epidemia tra i barbari, nessuno gli avrebbe tolto dalla testa che l'avevamo fatto di proposito.

Oltre tutto, non potei neanche portarmi dietro Tamura, la mia ancella sarmata, malata pure lei, e mi dovetti affidare alla ragazzina di nazione gotica, Emalia, una bellissima fanciulla con due enormi occhi azzurri e un musetto che attirava i baci, ma con cui non avevo ancora molta confidenza.

Quando salutai il piccolo Marco, non gli rivelai lo scopo della missione, perché avrebbe fatto il diavolo a quattro per venire anche lui. Ripiegai sulla bugia di una "cosa da donne", che per un ragazzino è uno sbarramento più efficace di una selva di lance aguzze.

Non lo svegliai, il mattino della partenza, ma gli diedi un bacio, pensando a tante cose. Non so perché, mi venne in mente mia cugina: chissà con quali dubbi si stava macerando, adesso. Povera donna anche lei, mi dissi salendo sul mulo che mi avevano preparato, forse entrambe eravamo nate per soffrire.

Il villaggio in cui doveva avvenire l'incontro era più lontano di quello che ci avevano detto, ma era anche logico: i nuovi arrivati non dovevano fidarsi troppo di noi romani e ancora meno dei loro vicini goti.

A capo della delegazione era il centurione Caninio Faustiniano, ormai giunto a pochi giorni dal congedo, quindi fornito di discreta esperienza in queste faccende, più uno scriba per redigere il testo scritto dei patti e tre interpreti: Flavio Vandalario e suo fratello Gaudo, per i goti, ed Elvio Gadas per il sarmatico; la piccola Emalia sembrava più eccitata per l'avventura che preoccupata.

"Beati i sedici anni" pensai. Forse però sarebbe stato bene, al ritorno, pensare per lei a un marito o qualcosa di simile.

Il viaggio andò bene, pernottammo in un accampamento di goti che ci accolsero come se fosse arrivato l'Imperatore, al punto che quasi mi commossi: c'ero già stata e conoscevo i personaggi più importanti, ed anche le loro donne; alle più ragguardevoli distribuii un po' di doni. Qui ci raggiunsero Walia ed Ermanarico, i personaggi più influenti, vicinissimi al Re, con il loro seguito di dodici guerrieri armati fino ai denti, chiamati "discepoli". Mi era stato riferito che alcuni missionari stavano diffondendo il Vangelo dei cristiani, naturalmente adattato alla mentalità dei barbari. Non sono sicura che zia Onorata avrebbe approvato una simile interpretazione, ma il fatto che fossero apostoli con elmo, scudo e spadone mi rassicurava.

Come spesso accade quando si intraprende un incarico di responsabilità, mano a mano che il tempo passa, i dubbi si diradano: un giorno ancora di viaggio e saremmo arrivati a destinazione e già cominciavo a pianificare le fasi del ritorno.

Giungemmo che il sole era tramontato da un pezzo; i cavalieri goti mandati in avanscoperta riferirono che i *barbari* erano stati avvertiti e ci aspettavano. Dal che dedussi che c'è sempre qualcuno più barbaro di noi. Chissà, magari anche noi greci e romani lo eravamo per qualcuno.

Non potei vedere molto del villaggio, perché una fitta nebbia era calata all'improvviso, e da quelle parti sapevo per esperienza che può durare un bel pezzo.

Fin dal primo momento, non mi fece un'impressione favorevole: le case vere e proprie erano pochissime e del tutto precarie, costruite in legno e col tetto di canne; in compenso, erano disseminati ovunque grossi carri coperti di tela, dentro i quali forse dormivano donne e bambini, più alcune grandi tende di feltro.

La gente ci guardava storto, qualcuno restituiva ai nostri saluti gesti che non riuscivo a interpretare come amichevoli. Quasi tutti i maschi indossavano le loro corazze, ma erano diverse da quelle cui ero abituata, sembravano formate da frammenti di corna raschiati e levigati, che le facevano assomigliare a pelli di drago.

«Benvenuta, signora» disse Abragos, l'uomo che aveva trattato con noi.

Non so perché, le sue parole mi suonarono infide, quasi canzonatorie. Ma in genere le facce non mi ispiravano fiducia: di barbari ormai ne avevo conosciuti un bel po', ma questi erano diversi dai nostri; anche gli abiti romani che alcuni di loro portavano, li vestivano in maniera sciatta, scorretta, come se non avessero mai frequentato gente civile.

Mi aspettavo un alloggio se non sontuoso, almeno dignitoso, invece ci accompagnarono in una semplice tenda, io ed Emalia. C'erano a disposizione due paglierici con una coperta stesa sopra e un'altra arrotolata. Ci guardammo e poi prendemmo di comune accordo la decisione di stenderla a terra e tenerci lontane dalla paglia dell'imbottitura, pullulante di vita in movimento.

Per la prima volta la vidi preoccupata.

«Mia signora, spero tu sappia cosa stai facendo...»

«Lo spero anch'io» mi scappò, ma poi la rassicurai e le raccontai di Roma, dei giochi del circo, di tante cose, fino a che si addormentò con la testa nel mio grembo.

"Beata te, bambina."

Al mattino, la nebbia ancora non s'era alzata, e solo dopo mezzogiorno un sole pallido e velato fece capolino.

Avevamo appena terminato di vestirci, quando vennero a

farmi visita i goti e i membri della nostra delegazione:

«Dunque, pare ci sia qualche intoppo» spiegò Caninio; «forse non abbiamo negoziato con le persone giuste, ma ormai siamo scesi nell'arena e dobbiamo affrontare le belve. Ora, mia signora, durante le trattative, tu non devi dire o fare assolutamente nulla, chiaro? Sorridi, di' qualche parolina gentile di circostanza, ma attieniti a quello che abbiamo concordato. Non per mancanza di fiducia, ma con questa gente bisogna avere tatto e pazienza.»

Risposi che non chiedevo di meglio.

Rimanemmo la maggior parte del tempo nella tenda, salvo qualche breve uscita per guardarci attorno. A mezzogiorno una schiava ci portò una ciotola con dei pezzi di carne, ma la assaggiammo appena.

13. Come finii in una tenda sarmata con una catena alla caviglia

Era quasi l'ora del tramonto, quando si presentò una delegazione di donne del villaggio, con due vestiti e dei cofanetti.

Mi ci volle un po' di tempo a capire, ma quando iniziarono a spogliarci, compresi le loro intenzioni. Emalia era spaventata, e cercai di prenderla in ridere:

«Dai, è il loro modo di mostrarsi ospitali. Fa' conto di trovarti sul palcoscenico di un teatro.»

Non sembrò del tutto persuasa, ma si convinse e le lasciò fare.

Devo essere sincera: l'abito, quantunque barbarico, era splendido: una specie di tunica rossa con fregi e ricami in oro, morbidissima, che metteva in risalto le mie forme, forse persino troppo. Dovevano averci lavorato per anni. Quanto ai gioielli, erano straordinari per fattura, e sarebbero stati bene addosso anche a un'elegantona come mia cugina. Per fortuna, la collana di grosse pietre compensava a sufficienza l'abbondante scollatura.

Avendo compreso che capivo discretamente il sarmatico, la più vecchia di loro mi precisò che erano solo in prestito, e appartenevano alla moglie del capo. Risposi che non ne avevo mai dubitato.

Risero, e non capivo perché; forse dipendeva da come pronunciavo la loro lingua.

Poi ci pettinarono e truccarono secondo la loro moda barbarica, segnando in modo assurdo le palpebre e spalmando una pasta nera sulle ciglia; con un pennello mi resero le gote rosse come quelle di un avvinazzato e le labbra, cariche di scarlatto, diventarono più grosse di quelle di un'etiope. Quando mi vidi allo specchio, feci giurare Emalia che non avrebbe rivelato a nessuno quello che aveva visto, pena la sua vendita al primo mercante in partenza per la Nubia. Anche questo però migliorò il clima, e alla fine, senza una ragione particolare, cominciammo a ridere tutte quante.

Quando feci la mia comparsa nella grande sala preparata sotto una gigantesca tenda, suscitai un coro di meraviglia. Insomma, dai, a ventisette anni una donna è al culmine del suo fascino, e poi il vestito e tutto il resto conterà poco, come diceva sempre papà, ma qualcosa vuol dire.

A cena non successe niente di particolare, salvo che tutti, ospiti e ospitanti, bevvero parecchio e si scambiarono occhiate tese.

Caninio mi rassicurò che stava andando tutto bene, e che era abitudine dei barbari ubriacarsi prima di prendere decisioni importanti.

Si piccava di conoscere il loro mondo, ma qualcosa avevo visto anch'io, e comunque dubitavo che lui si fosse mai visto schizzare una testa davanti al piatto della carne.

Fu verso il mattino che le cose degenerarono in modo drammatico quanto rapido e inspiegabile: i padroni di casa e gli amici goti parlavano così fitto tra loro, alternando le due lingue, che non riuscivo a seguire la conversazione, e anche gli interpreti si trovavano in difficoltà, ma era chiaro che qualcuno aveva offeso qualcun altro e nonostante l'impegno dei missionari cristiani, da quelle parti il precetto "porgi l'altra guancia" stentava ancora ad affermarsi.

Ignorando i segni di diniego di Caninio, mi alzai in piedi, aprii la bocca nel più cordiale sorriso che mi riuscì di formare, e proposi un brindisi alla salute dei nuovi *Augusti* di Roma; Caninio mi guardò malissimo, ma la frase e soprattutto il tono che ero riuscita a darle bloccò almeno per il momento il ribollire della contesa. Anche perché, quando si tratta di bere, i barbari interrompono qualunque cosa stiano facendo o preparando, persino una bella gazzarra. Non c'era stato scambio di doni, non era previsto dal cerimoniale, ma avevo fatto portare da Emalia e da una delle loro donne un grosso otre di ottimo vino; per provare che non era avvelenato, lo assaggiai per prima, trangugiandone un intero corno in un unico sorso. Qualunque donna per bene sarebbe schiattata all'istante, ma in una guarnigione di frontiera, o si impara a bere o non si sopravvive a lungo.

L'applauso sincero mi fece guadagnare un po' di rispetto, e non escludo che abbia contribuito anche a salvarmi la vita.

Il leggero offuscamento provocato dal brindisi mi impedì di seguire l'evolversi delle trattative, ma avevo imparato abbastanza delle due lingue per riconoscere gli insulti rivolti alla moralità delle rispettive madri, che erano ripresi come un temporale dopo la breve pausa che ci aveva illuso.

Il povero Caninio cercò di intromettersi per riportare la trattativa sulla strada giusta, ma il suo intervento ebbe l'unico risultato di accendere ancora di più gli animi.

Non so dire se la lite fosse stata organizzata in anticipo o se qualcuno in quell'occasione abbia detto o fatto qualcosa di sbagliato, ma capii che la mediazione di Roma era arrivata a un punto morto quando un tirapiedi del Capo villaggio, un bestione alto sette piedi e mezzo, spaccò in due con un colpo di spada il cranio del povero Caninio. Questa volta ebbi la fortuna di avere fra me e lui due notabili goti che si presero la maggior parte degli schizzi di sangue; inoltre, Emalia si stava piegando verso di me per sistemarmi la salvietta, così fu lei a intercettare i frammenti di cervello del buon Caninio. Benché sostenesse di essere di antica nobiltà guerriera, la ragazza crollò a terra svenuta.

Fu il segnale che diede l'avvio alla risalita dell'Inferno sulla Terra; se i cristiani hanno ragione, quel posto è di sicuro qualcosa di molto simile a quello che vidi. I miei amici goti gridarono al tradimento ed estrassero le spade; gli interpreti cercarono di farmi da scudo, ma non riuscirono a raggiungermi prima che due coltellate alla schiena mettessero fine al loro generoso intento.

Non so se fu una sorta di istinto materno o un fulmineo pensiero, ma mi alzai dal tappeto dove eravamo seduti, afferrai Emalia per le ascelle e la trascinai fuori dalla mischia.

Il rumore della battaglia aveva attirato i guerrieri di Abragos di guardia, ma anche i nostri goti della scorta erano entrati in azione, iniziando subito a menare colpi alla disperata mano a mano che si affacciavano; alcune lampade s'erano spente, ma altre avevano attaccato il fuoco alle tovaglie e al feltro della tenda. Una fiammella vagante si apprese anche al mio vestito, e dovetti strapparmelo via per non venire arsa viva.

In mezzo a quel caos riuscivo a pensare solo che erano dei pazzi, tutti quanti, ma soprattutto lo ero stata io ad essermi infilata in quella maledetta faccenda. Beato papà, che scrutava le stelle immortali dalla sua villa sul Celio.

Intanto, il clima dentro il grande padiglione stava cambiando in tutti i sensi, perché le fiamme avevano sprigionato un calore da fondere il bronzo.

Era chiaro che i nostri ospiti stavano avendo la meglio, ma al momento la cosa più importante per me era portarmi fuori di lì. Spruzzai dell'acqua sul viso di Emalia, e quella rinvenne abbastanza da essere in grado di camminare col mio sostegno. Schivammo di un niente il volo di un vaso d'argento e la rovinosa caduta di un guerriero trafitto, crollato con tutto il peso della sua armatura, e approfittando di un momento in cui la battaglia imperversava dalla parte opposta, ci portammo fuori.

«Vieni piccola, veloce: dobbiamo sparire.» Se fossi riuscita almeno a raggiungere la scorta degli armeni...

«Dove credi di andare, Regina dei Romani?» mi disse un guerriero sarmata puntandomi la spada al petto.

«Cerco di salvarmi la pelle» spiegai «e aspetto un uomo d'onore che difenda una donna sua ospite.»

Il Sarmata non si attendeva una risposta del genere, oltre tutto nella sua lingua, e abbassò l'arma. «State qui con me» disse rinfoderando la spada «e non vi succederà nulla.»

La battaglia non si interruppe neppure quando la grande tenda fu completamente bruciata; un lezzo di cadaveri arrostiti aleggiava sul villaggio, ma pian piano le grida e il clangore delle spade si placarono.

Come gli dei vollero, alla fine spuntò anche una pallida luce da oriente.

Guardai la povera Emalia, immaginando che il suo aspetto non doveva essere molto diverso dal mio: faccia annerita, vesti stracciate, occhi che lacrimavano, una stanchezza mortale e una testa che si preparava a scoppiare come un tuono.

Il guerriero era rimasto a farci la guardia, e nessun altro sembrava ricordarsi della nostra esistenza, amico o nemico.

Decisi di tentarlo, anche se in verità senza molte speranze:

«Senti, amico, io sono una nobile romana, sposa del comandante Gunderich e nuora del fratello del grande Gesimundo. Non so cosa sia successo là dentro, ma sono vostra ospite e credo di avere il diritto di essere protetta e ricondotta a casa. Portami o fammi portare al primo posto di guardia romano o al primo villaggio gotico. Avrai la tua ricompensa.»

L'uomo si grattò la zazzera e con un dito indicò Emalia:

«Voglio lei, in cambio.»

«No, mi dispiace, non se ne parla: lei è stata affidata al mio onore, come io al vostro, e lei ritorna a casa con me.»

Neppure questo era il tipo di risposta che uno si aspetterebbe da una donna inginocchiata ai suoi piedi; anche perché, se l'avesse voluto, avrebbe potuto prendersi Emalia come, quando e quante volte voleva.

«Allora lei va e tu resti» disse con indifferenza.

La guardai. Anche lei mi guardò angosciata. Non ce l'avrebbe mai fatta ad arrivare al primo presidio romano, ma dovevamo almeno tentare:

«Va bene, accetto il patto.»

Non speravo che avesse sul serio l'intenzione di mantenere la parola, tanto meno quando lo vidi avvicinarsi al suo cavallo e levare dall'arcione una fune lunga e sottile; mi fece stendere a terra a faccia in giù e mi legò stretti i polsi dietro la schiena, quindi mi fece piegare le gambe e avvolse attorno alle caviglie il resto della corda.

«Scusa se starai scomoda, porta pazienza ma non vorrei che

mi scivolassi via come hai fatto dalla tenda.»

Poi prese per mano Emalia, che si voltava di continuo a guardarmi terrorizzata, e la condusse all'abbeveratoio; legati ad una sbarra, c'erano alcuni cavalli dei nostri poveri compagni; la sollevò per le ascelle e la mise in groppa all'animale più robusto, lo liberò e le diede le briglie da stringere.

«Padrona...» disse lei con gli occhi bagnati di lacrime, passandomi vicino col cavallo.

«Non pensare a me, riferisci a Rufo quello che è successo» le dissi in latino.

Tra nebbia e fumo, nessuno fece caso a un cavallo che si allontanava.

«Eccoci qui...» disse lui incrociando le braccia.

«Eccoci qua: fai quello che devi e non parliamone più» dissi con voce rassegnata.

L'uomo scosse la testa ridacchiando.

«Non credevi che avrei accettato lo scambio, vero?» ripresi «dai, qualsiasi cosa tu voglia fare di me, sbrighiamoci, prima che arrivi qualcuno di importante. Che almeno nessuno veda la moglie del Comandante in queste condizioni o veda te approfittarsi di una donna sua ospite.»

«È già qui qualcuno di importante» disse mentre mi liberava le gambe: «io sono Morzos, il figlio di Cartamo, il capo, e con me puoi considerarti al sicuro, per il momento. Seguimi» disse; quindi mi aiutò ad alzarmi e mi ripulì alla meglio la pancia e le gambe dal fango e dal ghiaino incrostato.

«Grazie.»

L'arrivo alla mia tenda, con i polsi stretti, scalza, i capelli scomposti, senza uno straccio di stoffa a coprirmi, sembrava più quello di una miserabile schiava scappata alla padrona, che di una nobile romana, ma cercai di mantenere un contegno dignitoso. Forse anche le Sabine del famoso ratto erano state portate a Roma in modo non molto diverso, da Romolo e dai suoi compagni, eppure da quelle donne discendevano tutti gli Scipioni, le Cornelie e i Catoni della nostra storia.

I servi e gli altri guerrieri impegnati a raccogliere morti e feriti si voltarono appena al nostro passaggio e nessuno si azzardò a lanciare frizzi o battute oscene.

«Occupatevi di lei» disse rivolto alle donne che lo aspettavano all'ingresso della tenda.

Le ancelle barbare erano più o meno le stesse della sera prima.

«Mi dispiace per il vestito» dissi mentre mi slegavano le mani «ma vi assicuro che non è stata colpa mia.»

Le donne mi offrirono da bere, mi ripulirono del resto del trucco colato lungo il viso, del nerofumo e degli schizzi di sangue, mi lavarono con cura dai capelli ai piedi, tornarono a profumarmi, mi pettinarono e infine mi infilarono in un vestito nuovo, bruno, molto semplice. Lo interpretai come un pessimo segnale, di lutto o peggio. Stavolta niente gioielli, e un po' mi sorprendeva, perché quelle nazioni hanno il culto dell'oreficeria; inutile dire che anche questo mi sembrò un indizio poco incoraggiante.

Quando entrò Morzos, le donne si ritrassero, uscendo dalla tenda.

Il giovane si accomodò sul mio cuscino, quello più imbottito. Notai che non doveva aver partecipato al combattimento notturno, perché non presentava segni di ferite o bruciature. E sarebbe stato un vero peccato, se fosse successo: fossi stata in grado di apprezzarlo, l'avrei trovato proprio un bel ragazzo, coi lineamenti un po' da uomo della steppa, ma gli occhi chiari e i lunghi capelli biondi, fermati in due grandi ciocche da anelli d'oro.

Ci guardammo per un lungo tratto; poi fu lui a prendere la parola: «Ti stai chiedendo perché ho lasciato andare la tua schiava, vero?»

«In verità, sì: ci avevi in tuo potere, quindi non eri obbligato a liberare una di noi. Oltre tutto, avresti fatto un figurone con due capre alla cavezza invece di una.»

Non era una gran battuta, ma dovevo pur sfogare l'irritazione che avevo in corpo; ero furiosa con Rufo, con i goti, con la guardia personale degli armeni, con questi barbari perfidi e privi di onore. Anche con me stessa, certo.

Lui però non ci fece caso.

«Il privilegio di essere figlio di un capo consente di togliersi qualche sfizio» spiegò: «una schiava in più o in meno non farà differenza; quando avremo sconfitto i goti e occupato le loro terre, non sapremo neanche dove metterle.»

«Non hai pensato che Emalia potrebbe avvisare la guarnigione romana?»

«Avvisare di che? Immagino che, non vedendovi tornare, siano già in allarme.»

Non dissi nulla. Avevo solo tanta voglia di piangere, ma una donna romana non lo fa se non per gravissime ragioni, ben codificate dalla tradizione. E trovarsi da sola in una tenda barbara, in balia di un selvaggio senza parola e senza onore, col marito lontano, non era ancora un motivo sufficiente. O magari lo era?

«Hai passato buona parte del viaggio con la testa immersa nei tuoi pensieri, vero?» riprese lui sempre con quel sorriso beffardo sulle labbra; «sì, immagino di sì. Vedi, donna, in questa stagione, fra noi e le terre dei goti si formano non meno di quindici paludi: con questa nebbia farebbe fatica ad attraversarle anche uno del posto.»

«Quindi l'ho mandata a morire...»

«No, le hai dato una possibilità. O almeno era quello che credevi in buona fede. A gettarla in bocca alle sabbie mobili, sono stato io» disse come se si fosse trattato di un'azione meritoria. «E comunque, con tutti quei morti che aspettano di traghettare all'altra sponda, avremmo in ogni caso dovuto sacrificare una donna, annegandola in uno stagno o bruciandola viva. Mandandola a perdersi nella Grande Palude, ho adempiuto a quanto richiesto dalla Tradizione, e non rischi di doverlo fare tu.»

Insomma, mi aveva fatto un favore. Meglio non pensarci, perché a seguire la logica dei barbari uno finisce per dare di matto. «Cosa volete da me, allora?» domandai.

«Non lo so, donna, dobbiamo ancora decidere. Forse ti tortureremo a morte in onore dei nostri caduti, o magari ti lasceremo libera di tornartene a casa.»

«Presumo che sia più probabile una via di mezzo» azzardai preoccupata.

«Molto dipenderà da quello che ci racconterai» disse lui con fare misterioso; «ora ti lascio sola.»

Ne avevo proprio bisogno; era stata una notte spaventosa, e il giorno non si annunciava molto migliore. Sarebbe stato il momento ideale per intonare un lamento sulle mie sventure, ora che non avevo necessità di dimostrare eroismo e sprezzo della morte, ma non sapevo quanto tempo avessi a disposizione, per cui mi concentrai sull'essenziale.

Zia Onorata aveva le idee molto chiare su quali dovevano essere le priorità di una donna per bene.

In primo luogo, diceva, veniva Dio. Qui andavo bene, perché in quel periodo ero agnostica, anche se preferivo definirmi "alla ricerca". Quindi, non avevo nulla o nessuno da rinnegare o su cui spergiurare.

Poi veniva l'Impero, perché zia Onorata era molto patriottica. Anche se ero al campo dei Sarmati in rappresentanza di Roma, non avevo segreti militari da svelare né piani bellici custoditi nella mia testa, e questo i barbari lo sapevano.

Poi l'onore della famiglia. Beh, era chiaro che se quel Morzos avesse deciso di passare a riscuotere, non avrei potuto farci nulla, se non cercare di tenerlo sulla corda e guadagnare tempo, anche se era più probabile che sulla corda mi ci attaccasse lui, se non lo obbedivo; probabilmente per il collo. Quindi, la parola d'ordine era: limitare i danni.

Cos'altro veniva? Ah, sì: il dovere di conservarsi in vita. Ecco, questo mi interessava, e dovevo escogitare la strategia migliore per riuscirci.

14. Un tribunale barbarico

Quando venni condotta davanti a quel sinedrio di selvaggi, mi sembrò di essere stata convocata al tribunale di Minosse, il giudice infernale.

Per l'occasione, s'erano vestiti con armature, decorazioni d'oro, mantelli preziosi, addirittura seta d'Oriente. Non pensavo di essere così importante, neanche avessero catturato l'Imperatrice.

La tenda era di feltro, l'avevo sentita al tatto quando avevo spostato il lembo per entrare. Benché fossi abituata da anni ormai agli odori di un campo romano, la puzza che emanavano quei guerrieri era orrenda: dovevano essersi impiastricciati i capelli con qualche loro lozione particolare.

Non era stato preparato niente da mangiare; in compenso, ognuno di loro aveva a fianco un vaso di qualche bevanda inebriante, pessima birra o idromele, da cui attingeva con una ciotola.

Mi inquietavano un poco tre streghe dai capelli bianchi arruffati, vestite di abiti che un tempo dovevano essere stati di pregio, e che non cessavano di parlottare fra di loro e fulminarmi con occhiate feroci.

«Signori...» dissi abbassando il capo in segno di rispetto.

«Dunque, tu sei la nuora dell'Imperatore.»

Ecco, primo dubbio: raccontare la verità?

«Non mi onoro di un ruolo così ragguardevole, ma è altresì vero che il nobile Gesimundo è il rappresentante di Roma con maggiore autorità fra i due mari.»

Gli uomini mi restituirono cenni di assenso, come a congratularsi fra loro: "avete visto che abbiamo fatto bene a risparmiarla?".

Ora era il momento di forzare un poco, per vedere fin dove potevo spingermi:

«Signori, io mi ero affidata al vostro onore» e qui mi interruppi, sollevando la testa; sguardi carichi di avversione avevano accolto le mie parole «...e vedo che, anche nell'attuale congiuntura, il mio onore è stato rispettato» mi corressi subito con un'improvvisa virata, degna di una quadriga del Circo.

La precisazione incontrò il loro gradimento:

«Noi rispettiamo le donne» proclamò solennemente un giovane alzandosi dal suo posto.

Anche se avrei avuto non poche perplessità in proposito, riconobbi che era sostanzialmente vero: «sono in mano vostra e a voi mi affido. Potete considerarmi prigioniera, schiava, ostaggio od ospite. In qualunque caso, vi raccomando la mia vita e il mio onore.»

Anche questa risposta sembrò soddisfare il Consiglio.

«Se giuri sugli dei di non tentare la fuga» propose uno dei capi, un vecchio dall'aria saggia «ti possiamo anche concedere un po' di libertà.»

Non mi sarebbe costato molto accontentarli, visto che non avevo né la possibilità e neppure l'intenzione di allontanarmi, magari per finire annegata in qualche palude, oltre al fatto che non credevo in nessun dio, ma ormai avevo iniziato a interpretare il personaggio dell'eroica matrona romana e non potevo smentirmi già alle prime battute della commedia.

«Questo non ve lo posso promettere» dichiarai, suscitando commenti in parte stizziti, in parte d'ammirazione.

«Va bene, provvederemo in qualche modo» ribatté lui accomodante.

Il modo scelto risultò abbastanza umano: la serva che mi avevano assegnato, una giovane donna, mi aspettava nella tenda con in mano una striscia di cuoio spessa un dito, nella quale era innestato il primo anello di una lunga catena, che terminava con l'altro estremo al palo centrale della tenda, cui era fissata con una serratura a chiave. Mi sollevò la gonna e avvolse alla caviglia sinistra la striscia di cuoio, quindi iniziò a cucire i lembi fra loro con un filo finissimo ma resistente. Rimasi a guardarla, senza dir niente, lasciandola lavorare, ed anzi aiutandola a tenere uniti i bordi mentre lei infilava l'ago.

«Ecco fatto» annunciò soddisfatta del lavoro.

«Ecco fatto» risposi sorridendo.

Vedendo la cosa in positivo, la catena era abbastanza lunga perché potessi muovermi in tutto lo spazio della tenda e raggiungere il lettuccio, il vaso da notte e il tavolino dove immaginai che mi avrebbero servito i pasti. Il cuoio era morbido e non mi dava particolare fastidio; la catena d'acciaio era robusta e piuttosto pesante, ma imparai a non farci troppo caso.

La serva mi annunciò che sarebbe rimasta lì con me per tutte le esigenze.

"Una guardiana" pensai, ma non replicai nulla e la ringraziai.

Quando servirono il pasto, lo divisi con lei: aveva l'acquolina in bocca, poveretta, chissà da quando non mangiava. Per darle la scusa di spartire il cibo, dissi che avrebbe dovuto assaggiarlo prima lei, per accertarmi che non fosse avvelenato, altrimenti non l'avrei toccato, a costo di morire di fame; la donna fu ben felice di dimostrarmi che non c'era pericolo.

Quella notte, complice la mortale stanchezza che mi aveva invaso, dormii come un sasso. Non so spiegarmi il perché di quella strana tranquillità, era come se avessi seguito un percorso già segnato in tutte le tappe, senza possibilità di cambiar strada o invertire la marcia.

Il mattino, Mada, così si chiamava la serva, mi aiutò a lavarmi e a cambiarmi la biancheria. Da questo punto di vista, devo riconoscere che i miei catturatori si dimostrarono attenti e solleciti, e non mi mancò mai un ricambio di vestiti e di lenzuola pulite.

Mi restavano altre dodici ore almeno, prima di un'altra notte, e si poneva il problema di come trascorrerle.

Una volta, a undici anni, mi ero ammalata e il medico mi aveva prescritto due mesi di convalescenza a letto; passato il primo momento di sonnolente incoscienza, avevo cominciato ad annoiarmi, ma in quell'occasione mio padre mi spiegò che i periodi neri sono l'ideale per imparare qualcosa di nuovo, e per dimostrarlo, mi riempì il letto di esercizi di greco inventati da lui. Inizialmente mi morsi la mia lingua imprudente, ma alla fine di quei due mesi, ero progredita di un bel po' nello studio.

Così, cominciai a intrattenere la mia ancella-sorvegliante in discorsi e chiacchiere su qualsiasi argomento, pregandola di correggermi ogni volta che sbagliavo qualcosa nella pronuncia o nella grammatica.

Quella sera non venne nessuno dei capoccioni, ma la mattina dopo si presentò Morzos, di ritorno da una battuta di caccia.

Si sedette sui cuscini e iniziò a raccontarmi di come avesse inseguito e catturato un cinghiale. «Mi dispiace che tu sia finita in questo guaio, mi dispiace veramente» disse a un tratto, e pareva sincero.

«Cose che capitano quando si è la moglie di un Capo» sospirai.

«È una buona risposta. Se posso fare qualcosa per te, parla pure.»

«No, non mi serve niente... anzi, sì: se potessi mettere una buona parola in Consiglio, te ne sarei grata.»

«Non è facile come sembra: le Tre Signore vanno sostenendo che la tua presenza è funesta; io non credo alle superstizioni, ma quelle donne sono in contatto con dei e spiriti e quindi molto influenti.»

«Devo iniziare a preoccuparmi?»

Non rispose nulla.

La sera fui invitata a cena. Mi fecero indossare un abito di una certa raffinatezza, e avrei fatto un ingresso più solenne se non mi avesse intralciato e resa un po' ridicola la catena che Mada provvedeva a tener sollevata.

A tavola cercai di essere spiritosa o almeno brillante, raccontai di Roma, dei monumenti, delle terme, del Circo.

«Mi piacerebbe vedere uno spettacolo di gladiatori» sospirò Sarakos, un ragazzo che sedeva a due posti da me.

Avrei voluto dirgli che uno spettacolo simile era avvenuto esattamente dentro una tenda uguale a quella dove ci trovavamo, non più tardi di tre giorni prima, ma me lo risparmiai.

La cena mi parve eccellente, almeno per i gusti barbarici. In mancanza del vino, dovetti ripetere il numero del corno, stavolta con della birra tiepida. Anche se me ne uscì un po' dai bordi della bocca, ottenni un applauso convinto per l'impegno che ci avevo messo.

Da quello che capivo, non accennarono minimamente alla strage di tre giorni prima, al pericolo di una rappresaglia dei romani o dei goti, tanto meno, figurarsi, a cosa diavolo ci stavo a fare in mezzo a loro.

Ero così frustrata che, quando a tarda notte mi riportarono alla tenda e Mada riattaccò la catena al palo, mi prese una crisi di pianto, ma riuscii a nasconderla fino a quando le guardie non se ne furono andate con le chiavi.

La povera donna però se ne accorse subito e mi prese tra le sue braccia:

«Povera piccola. Stai pensando a tuo marito e ai figli, vero?»

Già, mio marito. Chissà cosa stava facendo di bello.

15. La mia vita da prigioniera

La mia vita di prigioniera trascorreva sempre uguale: lunghe conversazioni con Mada, dormire quanto più possibile, alla sera interminabili banchetti coi barbari. Ero considerata una specie di reginetta delle feste, e questo mi confortava, anche se Morzos mi aveva rivelato che le tre streghe insistevano perché fossi annegata nella palude con una pietra al collo.

Mia cugina Valeria mi accusava spesso di essere un'inguaribile ottimista, ma credo che anche lei avrebbe ammesso che, nella situazione in cui mi trovavo, sarebbe stato molto più normale e in fondo semplice lasciarsi andare alla disperazione.

Una sera però ebbi più di una semplice impressione, anche se non ancora una certezza, che qualcosa di positivo sarebbe accaduto, che forse addirittura mi avrebbero lasciata andare, benché non osassi sperarlo.

Al banchetto tutti si mostravano cordiali, mi sorridevano e spesso li sentivo dire "...quando tornerai a Roma", o "quando tuo marito ti chiederà...", insomma, se avessero veramente deciso di dar retta alle tre streghe, non si sarebbero espressi così, no?

Il mio desiderio di assecondarli quella sera arrivò al punto che, quando vennero introdotte le danzatrici, chiesi di potermi unire a loro. C'erano naturalmente alcuni limiti, il primo era dato dalla catena, ma una ragazzina si offrì subito di sostenerla accompagnando i miei movimenti. L'altro problema, più serio, era che da quando ero bambina non avevo più ballato.

Sempre accompagnata dalla ragazza della catena, lasciai che mi spogliassero e mi truccassero al solito modo loro, dietro una sorta di paravento; la prima ballerina mi spiegò in modo molto semplice ma anche molto chiaro quali erano i passi da compiere, e per il resto mi assicurò che a guidarmi ci avrebbero pensato le due che mi tenevano per mano.

Il mio ingresso suscitò dei commenti ammirati, e anche se

la catena mi impacciava, mi impegnai fino allo spasimo per seguire i passi delle danzatrici.

Mi sembrava di essere un'attrice di mimo: sorridevo a tutti, ammiccavo, agitavo il didietro... lo so, ora un poco mi vergogno ad ammetterlo, ma capitemi, ero ancora giovane e stavo lottando per salvarmi, e in tanti anni ho imparato che si fa qualsiasi eroismo per sopravvivere, come qualsiasi infamia, e ballare mezza nuda davanti a trenta ubriachi non era neanche il peggio a cui una donna di buona famiglia poteva arrivare. Dopo tutto, il libro dei Cristiani non diceva che il santo re e profeta Davide aveva danzato davanti all'Arca dell'Alleanza?

Doveva essere ormai notte inoltrata, forse era già l'alba, e stavo compiendo un ulteriore passo verso la mia degradazione: ogni tanto uno dei convitati si alzava, mi trascinava al suo posto e mi ficcava in bocca una gamba di pollo o la bocchetta di un otre. Io non potevo far altro che inghiottire e bere.

Tempo dopo, ma qui anticipo un poco, mi fu spiegato che quella danza aveva un preciso significato rituale, religioso, che gli uomini non potevano capire perché era "cosa da donne": a quei bietoloni di maschi interessavano solo i movimenti del didietro, dei fianchi e di tutto il resto, e non sarebbero mai arrivati a capire il valore mistico di quella danza, le cui origini si perdevano, come siamo soliti dire, nella notte dei tempi.

Insomma, quella notte avevo partecipato senza saperlo ai riti della fecondità e al culto della Gran Madre.

Come gli dei vollero, qualcuno, non so chi, mi riportò nella mia tenda.

«Cos'hai fatto, mia signora?» chiese spaventata la mia serva guardiana.

«Non lo so e non voglio saperlo.»

Sospirando e scuotendo la testa, mi lavò la faccia con uno straccio umido e mi accompagnò fino al giaciglio, sorreggendomi la catena perché non inciampassi.

Non presi sonno immediatamente, nonostante fossi annientata dalla fatica e dalla tensione. Una parte del mio cervello, quella che non era ancora naufragata nel vino, mi accusava di essermi comportata come una laida prostituta, ma un'altra parte, non meno vigile, della mia ragione, le ribatteva che avevo fatto troppo la sostenuta fino ad allora, e quei barbari mi preferivano di gran lunga nel ruolo di buffone di corte.

Ero ormai nel dormiveglia, quando udii il gridolino di Mada, subito soffocato.

«Chi è?» domandai stropicciandomi gli occhi.

Sentii una punta metallica sul collo.

«L'ho visto come mi guardavi, romana, mi guardavi con desiderio: poi hai fatto gli occhi dolci anche a quel porco di mio zio, ma io non mi faccio prendere in giro, hai capito?»

«Cosa vuoi?»

Domanda abbastanza incoerente, anzi, decisamente stupida. Avevo imparato come comportarmi in queste circostanze, me l'avevano insegnato appena arrivata al campo, ma con una catena alla caviglia, un otre di vino nella testa e circondata da barbari armati fino ai denti, anche i migliori insegnamenti servivano a poco. Posso dire però che lasciai il segno dei miei lunghi artigli sul faccino di quel bellimbusto dalla fronte fino a dove iniziava la barba, e anche oltre, perché mi ritrovai dei peli neri sotto le unghie.

Il selvaggio mi mise le mani attorno al collo e le strinse, nonostante i miei tentativi di staccare le dita dalla presa. Cercai anche di infilargli un'unghia nell'occhio, ma abbrancai solo l'aria.

Se la cosa non finì male, il merito fu di Mada, sgattaiolata fuori della tenda per tempo, e soprattutto di Morzos. Il mio catturatore-protettore arrivò con soltanto i calzari ai piedi e uno spadone in mano, ma bastarono per cacciar fuori a pedate l'intruso.

«Non ti darà più fastidio» mi assicurò quando fu di ritorno, con addosso i pantaloni del giovanotto.

Non potei fare a meno di ridere: «il mio debito nei tuoi confronti aumenta di giorno in giorno» dissi riprendendo finalmente a respirare.

«Beh, non ti ho risparmiata io perché ti prendesse una bestia come mio cugino.»

«Ah era pure tuo parente.»

Morzos sbadigliò. Non gli chiesi dove si trovasse quando era venuta a cercarlo la mia serva: una gentildonna evita di porre certe domande.

«Grazie ancora, mio signore, ma adesso torna a dormire, o comunque a quello che stavi facendo. Con te in giro, mi sento più sicura.»

Inutile dire che il giorno dopo quei barbari avevano già cambiato idea. Nessuno mi invitò, nessuno mi mandò a chiamare, nessuno mi rivolse parola, nulla. Tanto meno si parlò di liberarmi, e meno ancora si scusarono dell'incidente.

"Non pensiamo a niente, che è meglio" mi dissi rassegnata.

Senza una qualsiasi altra ragione plausibile, che non fosse lo stato di perpetua ebbrezza o di folle eccitazione di quei capi improvvisati, esattamente una settimana dopo la strage della tenda, fui condotta davanti a una sorta di tribunale per un simulacro di processo.

L'accusa era di essermi introdotta nel campo per "spiare".

Obiettai che ci ero arrivata su loro invito, e un giovinastro esagitato, lo stesso che aveva attentato alla mia virtù, se dovevo giudicare dalla cicatrice sul volto, si alzò in piedi sbraitando contro la slealtà romana, e dimostrando al di là di ogni dubbio che mi ero approfittata della loro fiducia, e quindi ero meritevole di morte.

Quella sera dovevano aver digerito male, perché anche i più ragionevoli si schierarono contro di me, e quando provai a replicare, mi sbatterono fuori della tenda, facendomi riportare nei miei alloggiamenti, dove mi aspettava la mia cameriera-custode.

«Com'è andata?» chiese ansiosamente.
«Male, temo.»

Quella notte non dormii molto, e se prima ero solo preoccupata, adesso mi vedevo veramente la spada della Morte puntata alla gola.

Quando venne a farmi visita Morzos, il mattino dopo, confermò la sentenza, ma aggiunse che sarebbe stata eseguita solo con la luna nuova.

«E quanto manca?» domandai iniziando a contare freneticamente i giorni.

«Una settimana» sospirò. «Mi dispiace.»

«E mi annegheranno nella palude?»

«Così vuole la tradizione» disse lui con fare ormai rassegnato.

Non mi piaceva, non mi piaceva per niente. Morire annegati non era una bella morte, e lasciare il mondo con la gola ingorgata dalla fanghiglia rappresa faceva proprio schifo. Un ospite di mio padre ci aveva raccontato di un cadavere trovato in una torbiera, in Germania, perfettamente conservato, probabilmente per la particolare natura delle acque. Era diventato nero come il carbone ma i tratti del viso si erano mantenuti integri, meglio di qualunque mummia egiziana. Non avevo dormito per due notti, a pensarci. E ora, sarei diventata anch'io una statua di carbone, o magari mi avrebbero mangiato le bestioline che popolavano gli acquitrini. Basta. «Ci puoi fare qualcosa?» domandai.

«Non so, sono il figlio del capo, ma non onnipotente, e quelle tre vecchiacce ne hanno fatto una questione personale.»

Morzos… anche quando portava brutte notizie, si dimostrava un uomo affabile e cordiale, e ci parlavo volentieri assieme. Se non altro, mi aiutava a passare il tempo senza pensare troppo alla prossima luna nuova. Inizialmente mi figuravo che stesse cercando un modo onorevole per riscuotere il famoso pagamento, ma quando iniziò a parlarmi della sua Arite, mi rilassai: era innamorato, e gli innamorati grazie agli dei hanno soltanto una cosa per la testa, e dalle altre donne cercano solo di essere rassicurati nelle loro certezze.

Sempre alla ricerca di appigli, quantunque improbabili, mi feci raccontare nei dettagli la storia delle sue vicissitudini, e devo ammettere che la trovai appassionante come un romanzo alla moda.

16. A passeggio nel campo dei Sarmati

«Hai voglia di fare una passeggiata?» mi domandò una mattina.

Credevo di aver perso la capacità di provare stupore per averle viste tutte ormai: una passeggiata? «sì» risposi prontamente «ci sono le bancarelle del mercato?»

Morzos scosse la testa. Non so se mi trovasse simpatica o se ammirasse il sangue freddo che dimostravo anche in quella circostanza, ma se avesse visto bene dentro il mio animo, ci avrebbe trovato tanto amaro da fargli sputare anche un vasetto di miele.

«Fuori è una bella giornata, finalmente, e ormai sono due settimane che non esci di qui se non per andare a far bisboccia coi capi. Hai bisogno di vedere il sole.»

La frase poteva essere intesa in molti modi, anche come un preannuncio che il sole non l'avrei mai più visto.

«E con questa, come facciamo?» domandai sollevando la catena e mostrandogliela.

«E come hai fatto a danzare al convito?» replicò lui.

«Ah, quindi l'hai saputo...» dissi piano abbassando gli occhi.

«Le voci circolano» rise lui: «Mada, vieni qui.» Con due giri di chiave aprì l'anello che la fissava al palo e lo strinse attorno al collo della mia guardiana. «Fatto. Se provi scappare, dovrai spezzare il collo alla signorina. Contenta?»

Confesso che mi vergognai ad andare in giro come un orso addomesticato, anche se il pubblico non era esattamente quello del Foro e sul serio era una splendida giornata di sole. Che poi, a pensarci, quegli uomini, donne e bambini erano gli stessi che mi avevano vista nuda e con i polsi legati dietro la schiena. Mada, poveretta, faceva del suo meglio per facilitarmi i movimenti, reggendo quella catena da ottanta libbre come se fosse lo strascico della Regina.

Senza fretta, adeguandosi al mio passo breve e goffo, Morzos mi condusse ad un recinto dove un ragazzo faceva correre in cerchio un cavallo, una bellissima bestia, e di questo ne ero sicura, visto che qualcosa me ne intendevo pure io, dopo tanti anni al campo.

«Diventerà un bel campione, quel moretto» disse soddisfatto Morzos.

«È tuo?»

«No, o meglio, non so ancora a chi andrà, dovrà prima dimostrare di essere obbediente, capire i comandi a voce e abituarsi a rispondere agli ordini del suo padrone anche senza le redini, perché in battaglia le mani sono da usare tutte e due.»

«E se non dovesse imparare?» chiesi.

«In questo caso, mi dispiacerà per lui, ma lo dovremo castrare, affinché non metta al mondo dei puledri stupidi come il loro padre.»

«Non è un cattivo sistema» commentai: «se lo usassero anche per i maschi umani, il mondo sarebbe senz'altro un posto migliore.»

Il nobile Morzos rise.

«Sto bene con te, romana, dico sul serio. Credo che piaceresti alla mia Arite, saresti una buona schiava.»

«Lo penso anch'io. Sono piuttosto brava a fare i lavori di casa, e se quelle tre signore dovessero cambiare idea e risparmiarmi, mi offro, nel caso sia rimasto un posto libero come cameriera.»

«Una nobile romana?» finse di stupirsi.

«Amico, per salvarsi la pelle, questo e altro. Piuttosto, che cavalli sono quelli là» chiesi indicando delle bestie basse e tozze, quasi tutte di pelo rossiccio.

«Vedi, noi abbiamo due tipi di cavalli, quelli più robusti, adatti alle cariche con sopra un guerriero corazzato e indossando loro stessi una gualdrappa di metallo; gli altri, sono buoni per il volteggio e la caccia. Servono tutti e due, a loro modo. Come le donne.»

«Posso provarne uno?» domandai; «mi piace cavalcare.»
«Ne sarei onorato, ma c'è quel problema che sai.»
«Giusto, la catena: qualche volta me ne dimentico.»

Percorrendo la via principale, una donna si commosse a vedermi trascinare il piede, e mi offrì dell'acqua in un mestolo.

«Mia figlia è stata portata via dai goti quand'era bambina» sospirò con gli occhi lucidi «magari in questo momento nel loro villaggio ci sarà una brava donna che le porgerà un bicchiere d'acqua mentre torna dal lavatoio.»

«I benefici, anche quelli fatti agli sconosciuti, fruttano sempre una ricompensa» dissi evitando di riferirmi a qualche dio particolare, e contando sul fatto che tutte le divinità, più o meno, sono solite ripagare le persone buone.

La bottega del fabbro era l'ultima casa del villaggio, anzi, per la verità si trovava all'esterno del recinto dei carri che delimitava il confine della zona abitata. Era una loro tradizione, diceva la mia guida, perché chi lavora il ferro ha a che fare con tutti gli elementi del Creato: la terra da cui lo si estrae, il fuoco per arroventare la lama, l'aria per alimentarlo, l'acqua per la tempra. Insomma, il fabbro era un po' anche uno stregone, tanto che un proverbio della steppa diceva "il fabbro e il mago provengono dallo stesso nido".

«Come va, Hunimund?»

L'uomo, un gigante alto otto piedi, a torso nudo nonostante il freddo, stava immergendo una spada nell'acqua per temprare l'acciaio.

«Ti piace, nobile Mozos?» sono sei giorni che lavoro dietro questa signorina a doppio filo. Ci avrei messo di meno a fare la corte all'ultima arrivata delle concubine reali e portarmela a letto.»

«Dai, non scherzare su queste cose. Lo sai quanto è geloso mio padre. Falle vedere il tuo capolavoro, invece» disse Morzos.

«Mi sembra una buona arma, almeno per quanto ne può capire una donna» osservai ammirata.

«Grazie, romana. Posso dire che mi dispiace di quello che ti sta capitando? Quelle tre megere sostengono di parlare a nome degli dei, ma è solo la bile di essere vecchie decrepite, mentre tu, lasciatelo dire, sei una gran bella figliola.»

«Non è che puoi mettere una buona parola in mio favore?» dissi subito.

L'uomo scosse il capo tristemente:

«Anche se sono il signore del fuoco, qui nelle cose di religione comandano le donne. Io un tempo ero un goto, della tribù di Attawulf; purtroppo, non andavo molto d'accordo con chi comandava, e qui avevano bisogno di un bravo fabbro.»

«Se vuoi che ti raccomandi a mio marito, da noi gli artigiani guadagnano bene» lo stuzzicai.

«Ah, i romani...» disse con disprezzo «per quella banda di cialtroni, "spada" vuol dire solo un ferro con la punta. Di acciaio ne capiscono meno di te, che almeno adesso hai veduto come lavora un vero artista. Aspetta...» e rientrò nella sua bottega, uscendo dopo poco con uno spadone.

«È... bellissima» dissi.

«Lo è; il suo nome è *Figlia del Sangue*, perché l'ho temprata in una fossa riempita del sangue di guerrieri morti in battaglia. Permettimi» e mi strappò una delle nappe ornamentali della gonna, mettendomela nella mano. Si allontanò di qualche passo, accucciandosi sulla riva del torrente che scorreva vicino. «Quando te lo dico io, lasciala andare.»

Abbandonai il fiocco nell'acqua limpida. Il fabbro affondò l'arma nella sabbia fine del torrente con il taglio rivolto nella mia direzione. Quando la spinta leggera della corrente lo portò sul filo della lama, il fiocco si tagliò a metà, di netto.

«Quella di prima mi sembrava una buona spada» dissi «ma questa lo è senz'altro molto di più.»

«Prendila» mi disse lanciandomela.

Mi aspettavo che mi sfiancasse il braccio, ma no, era leggera, tanto che potevo brandirla senza difficoltà.

«Ehi, attenta con quell'affare» disse Morzos. «Non vorrei che ti venissero idee strane. Anzi, forse è meglio che tu ora la restituisca a mastro Hunimund. Che ne dici?»

«Sarebbe molto stupido da parte mia ammazzare l'unico amico che ho al campo» osservai; «eccoti la tua arma, mago.»

Prima che me ne andassi, il goto mi fece dono di un amuleto ricavato da una pietra che si diceva essere caduta dal cielo. «Non so se servirà contro quelle tre pazze; caso mai, tienilo come ricordo.»

«Contenta della passeggiata?» domandò quando fummo rientrati alla tenda.

La catena era stata riattaccata al palo, e la povera Mada poté massaggiarsi il collo.

«Sì, mio signore, sono stata bene» dissi stringendogli la mano: «almeno per un paio di ore ho evitato di pensare a quella sola cosa, e nelle circostanze attuali lo considero un dono prezioso.»

Passarono altri giorni, e del mio destino nessuno aveva più parlato, né io mi azzardavo a domandare alcunché in proposito, perché la pietra al collo che mi avrebbe portato al fondo della palude mi pendeva come la famosa spada di Damocle.

Per distrarmi, mi ero fatta portare da Mada delle cortecce di betulla su cui scrivevo le parole nuove che imparavo, ma vi segnavo anche i giorni dal mio malaugurato arrivo; quindici esatti ne erano trascorsi, e alla luna nuova mancavano solo due giorni, forse addirittura uno. Benché mi fossi imposta di non pensare a niente, tornavo sempre più spesso con la testa all'accampamento, dove c'era il mio piccolo Marco, che probabilmente non cessava di chiedere della sua mamma, ma anche a Roma, a mio padre, alle persone care.

Chissà cosa avrebbe detto e fatto Valeria al posto mio.

17. Libera!

Nonostante il sonno pesante, un fastidioso mugolio mi teneva nel dormiveglia. Non sapevo da quanto, ma s'era fatto insopportabile: «Mada, per favore, mi lasci almeno dormire?» le chiesi infastidita.

Nessuna risposta ed era strano, perché di solito si mostrava sollecita ad accorrere. «Mada?»

Una mano si posò sulla bocca, ma senza tapparmela. Spalancai gli occhi terrorizzata. Rufo? «che ci fai tu qui?» domandai abbassando il più possibile la voce.

«Sono venuto a portarti a casa. Anzi, siamo venuti.»

La tenda era piena di soldati romani e goti. La povera Mada era stesa a terra, con le mani legate e la bocca sigillata. Un ampio squarcio nella tela indicava da dove erano entrati.

«Mi spiegate cos'è successo?»

«Non c'era praticamente vigilanza; questi imbecilli contano sulla protezione delle paludi. Ma prima di entrare in azione dovevamo sapere esattamente dov'eri.»

«Per curiosità, da quanto mi sorvegliate?»

«Da quando ti hanno arrestata. Ricordi i dieci armeni?» disse terminando di recidere il cuoio che mi stringeva la caviglia.

«Certo. Quei galantuomini che dovevano provvedere alla mia sicurezza e che sono stati i primi a svignarsela.»

«Esatto. Hanno fatto esattamente quello che andava fatto. Intercettata Emala, all'uscita dal villaggio, hanno saputo cos'era successo e anche capito come agire: cinque di loro sono tornati alla base, gli altri si sono dati il cambio studiando il villaggio e sorvegliando i guerrieri. La prima cosa che hanno accertato è stata la tenda dove ti tenevano.»

«Beh, in questo caso, ringraziali da parte mia. Ma adesso cosa succederà?»

«Adesso tu uscirai con questi ragazzi, e ti porteranno al sicuro. Quello che accadrà dopo è meglio che una signora non lo veda.»

«Capisco...» mi interruppi: «lei però la porto con me. Altrimenti, non mi muovo» dissi indicando Mada.

Non ebbero difficoltà ad accontentarmi, e la trascinarono fuori, caricandosela in spalla. Lei mugolò e si dibatté, ma poi dovette capire che quello che si preparava per gli altri era molto peggio, e si acquietò.

Era vero, nessuno che facesse la guardia, o almeno nella brodaglia semiliquida di quella notte caliginosa, non distinguevo nulla.

Quando fummo arrivati al punto di raccolta, una macchia di alberi e sterpi a mezzo miglio dal centro del villaggio, rividi finalmente la luna, che s'era fatta largo tra due banchi di nebbia; il bosco era tutto un luccichio di armature, spade, lance, umboni di scudi.

«Non è stato difficile convincere i goti a darci una mano, dopo il racconto di Emala» spiegò Rufo.

«Non so come ringraziarti...»

«No, invece, devo ringraziare te per essere rimasta in vita: con te viva, posso sperare che tuo marito si limiti degradarmi e cacciarmi a pedate. Se ti avessimo trovata morta, sarei stato buono solo per i leoni dell'arena.»

«Ah...»

Mi rivolsi alla mia povera schiava guardiana, che ancora dava qualche guizzo terrorizzata: «Mada, amica mia, meglio se non guardi neanche tu, ma per favore sta' zitta» e le tolsi il bavaglio annodandolo pietosamente a coprirle la vista.

Quello che successe al campo non posso testimoniarlo in modo diretto, perché vedevo solo ombre che si muovevano e fiamme che squarciavano la foschia; sentivo urla di guerrieri, pianti di donne e bambini, crepitio di incendi, crolli di edifici.

I capi morirono quasi tutti in combattimento, molti furono trapassati da una spada o sgozzati da un pugnale nei loro stessi letti, accanto alle loro compagne. I pochi maschi sopravvissuti andarono a ingrossare la fila di schiavi che già iniziava ad infoltirsi. Solo quando l'ultimo difensore fu messo in condizioni di non nuocere, mi permisero di ritornare al villaggio.

Passando, diedi un cenno di saluto alle donne che mi avevano accudito, e loro tesero le braccia verso di me, ma non potei fare altro che raccomandare a Rufo di risparmiare loro almeno la vita.

I dieci guerrieri più forti sopravvissuti erano già prenotati per una scuola di gladiatori, e con qualche soddisfazione notai che fra loro c'era anche Sarakos, che al momento appariva un po' abbacchiato, ma avrebbe senz'altro avuto l'occasione della sua vita di dare spettacolo.

A riprova di quello che diceva mio padre sulle stelle e sull'irrevocabile destino degli uomini, trent'anni dopo, a Roma, venne a farmi visita un ex gladiatore, diventato lanista tra i più apprezzati. Non ricordavo di aver mai avuto a che fare con quel tipo di gente, e fu solo per un lampo nella mente che il nome si propagò dalla memoria alle labbra: "Sarakos!"

L'uomo aveva incontrato per caso una mia schiava, si erano parlati, ed era venuto a ringraziarmi: dopo aver vinto un numero incredibile di combattimenti e aver massacrato decine di uomini, aveva avuto una crisi di coscienza e s'era fatto cristiano. Ora girava per le comunità a ricordare il suo passato di barbaro e di uccisore prezzolato di esseri umani. Ne era stato ricavato anche un libro di successo.

Personaggi a loro modo da epopea greca erano anche le Tre Signore; a parere dei goti, dovevano essere bruciate vive a fuoco lento. Io chiesi sommessamente se era possibile annegarle nella palude con una pietra al collo: come si dice, chi la fa l'aspetti, ma alla fine fu Rufo a decidere, e vennero crocifisse assieme ai loro famigliari, esclusi i bambini, inchiodate mani e piedi a ciò che restava delle pareti delle case incendiate.

«Gli imperatori cristiani non amano che si elevino croci» si giustificò «dicono che non è bene usare il simbolo cristiano come strumento di pena. Ma qui di croci non se ne vedono. Giusto?»

Quando mi chiese se volessi scegliermi qualcosa dal bottino, prima che venisse spartito fra i soldati, mi feci assegnare Mada e le due più giovani fra le ancelle che mi avevano servito, anche per preservarle dalle attenzioni della soldataglia, più la collana della moglie del capo, che mi stava così bene, e il vestito più sfarzoso fra quelli che si adattavano alla mia misura.

«Ecco fatto. Anzi no» mi corressi; «avete trovato fra i vivi o fra i morti un guerriero di alta statura, sui venticinque anni, con una barbetta corta a punta?»

Un goto annuì e mi fece segno di seguirlo.

Morzos giaceva a terra, tra gli edifici che i goti si apprestavano a incendiare, in una pozzanghera rosso scuro. Aggrappata al corpo, una giovanissima ragazza lo stringeva a sé come se volesse ridargli il respiro.

«Sei Arite, vero?»

«Come... come mi conosci?» disse guardandomi fra le lacrime.

Sventurata donna anche lei, aveva il viso tutto chiazzato di sangue, sperabilmente del suo amato, ma la veste era squarciata in più punti, e dei rivoletti purpurei le segnavano l'abito bianco.

«Cosa le avete fatto?» domandai al goto.

«Appena qualche puntura di lancia nelle parti molli, per vedere se si spostava da lì. Ma adesso diamo fuoco a tutto, e vedrai se non si muove.»

Mi chinai e le feci una carezza in viso:

«Arite, io ho conosciuto il tuo uomo, e solo io posso raccontarti quanto ti amava. Se però ti farai bruciare, nessuno al mondo lo saprà mai, neppure tu. Vieni con me, ti prego.»

La ragazza mi guardò ancora, guardò il corpo del suo Morzos, ma quando la feci alzare non oppose resistenza. Era decisamente giovane, anche se quando si tratta di barbari è abbastanza difficile assegnare un'età, ed anche molto bella, coi capelli neri lunghissimi e un volto dai lineamenti perfetti. Aveva scelto bene, il mio povero amico.

«Dai» dissi dandole la mano. Poi, rivolta al goto: «nessuno

si azzardi a toccarla, lei è mia. E che nessuno profani il corpo di questo valoroso.»

Mentre passavamo accanto ai maschi tutti seduti a terra e legati, riconobbi Hunimund, il fabbro. Era piuttosto malconcio, ma non sembrava aver subito gravi ferite.

«Fermatevi un momento» dissi al goto e alla mia nuova schiava «devo parlare con quest'uomo.»

Il cavaliere che lo sorvegliava lo fece alzare assestandogli due colpi col legno della lancia.

«Lo sai cosa voglio, vero?» gli chiesi.

Lui sorrise. Aveva capito.

«Bene, dimmi dove l'hai nascosta, e giuro che il tuo destino sarà separato dalla sorte degli altri disgraziati.»

«È un buon accordo» disse semplicemente.

Con la scorta del goto e di un cavaliere romano mi feci accompagnare alla sua capanna, o meglio a ciò che ne restava.

«Scavate qui» disse il fabbro indicando un tratto di orto coltivato a cavoli.

Sotto uno strato di terra, alla profondità di un piede circa, c'era una cassa di legno; all'interno, avvolta in drappi morbidi come una bambina appena nata, lei: la *Figlia del Sangue*. Un raggio di sole la colpì, facendola lampeggiare.

«Veramente questa è una spada degna di un dio» disse il Goto, che evidentemente se ne intendeva.

«Hai ragione; e a un giovane dio sarà donata. Lui, il fabbro, tenetelo d'occhio, ma senza fargli del male, perché è anch'egli sotto la mia protezione.»

Durante il viaggio di ritorno e nelle numerose soste, ebbi il mio da fare a offrire conforto ad un mucchio di gente: le mie nuove schiave, in particolare, anche se il fatto di essere separate dalle altre dava loro qualche motivo di speranza. Ma quello più difficile da convincere era Rufo, che ancora si rosolava nelle sue ansie.

«Senti, amico, non ti preoccupare per avermi mandato in

bocca al lupo, mi prendo io tutta la responsabilità, d'accordo? Dirò a mio marito che tu eri malato, incosciente, moribondo, e che siamo stati io e Caninio ad aver avuto questa pensata. Tanto, mica può smentirti.»

Ma lui scosse la testa:

«Non funzionerà, tuo marito è un uomo limpido, non stupido. E poi non è giusto, non meriti di essere punita per una colpa che non è tua.»

Più che un gesto di indifferenza, quello che gli restituii fu uno sguardo sinceramente stupito:

«Ma figurati! Quando mai mancheranno a una donna appena un po' sveglia gli strumenti per farsi perdonare dal suo uomo?»

Il viaggio fu lungo, procedevamo con una lentezza esasperante, rallentati dalla massa dei prigionieri e dal fango onnipresente, ma finalmente, dopo tanti giorni di alternanza fra nebbie e piogge, uscì fuori un bellissimo sole, che asciugò le piste e potemmo prepararci per l'ingresso trionfale.

Già ci avevano avvistato dagli avamposti di *Herculea Castra*, e i messaggeri ci avevano informato della presenza di Vindicio, arrivato appena poche ore prima con il seguito. Confesso che, nonostante desiderassi vederlo, un po' di timore lo avevo, perché probabilmente mi avrebbe rimproverata, e non ero poi così sicura di riuscire ad ammansirlo.

Suggerii a Rufo di fare un'ultima sosta a due miglia dall'accampamento "per organizzare l'ingresso".

Lui accettò immediatamente; convenne che era il caso di dare la maggior solennità possibile; o più semplicemente, si illudeva di ritardare il momento della verità. Ai soldati, goti come romani, fu ordinato di ripulirsi accuratamente, di tirar fuori i pennacchi degli elmi e di lucidare le armi; i prigionieri anch'essi sistemati alla meglio, rifocillati, suddivisi tra guerrieri, donne giovani e madri con figli, vennero disposti in bell'ordine, sotto la sorveglianza dei guardiani. Poi i carri col bottino, gli animali razziati, infine la cavalleria, che scortava Rufo e me.

«Che il Dio dei Cristiani ce la mandi buona» sospirò.

Vindicio ci aspettava al centro dell'accampamento, assiso su una specie di tribuna. Osservò con aria compiaciuta il passaggio marziale dei soldati perfettamente allineati, il folclore barbarico dei goti, il mesto sfilare dei prigionieri, con le donne che tendevano le mani e mostravano i lattanti per impietosirlo.

Infine, noi.

Non appena mi vide, si alzò dal suo seggio e scese rapido gli scalini. Non lo vedevo solo da qualche mese, eppure non so perché ma mi sembrava più vecchio, maturo.

Gli gettai le braccia al collo, lasciandomi travolgere dalla commozione. Ed ero commossa sul serio, per tante ragioni; per non parlare poi di quando spuntò Marco.

«Mamma!»

«Bimbo mio!»

La famiglia al completo. Mi misi a piangere come la fontana del giardino di casa, e il Grande Capo mi accarezzò:

«Basta, è finita.» Poi si rivolse a Rufo con volto sereno: «grazie di avermela riportata.»

Dopo un breve discorso ai suoi uomini, sciolse le fila e diede gli ordini per gli schiavi e per i non molti feriti. Io presi subito in consegna le mie donne, e le affidai a Tamura, completamente ristabilita.

A casa mi aspettava anche Emalia. Mi complimentai del suo coraggio e lei mi ringraziò di aver accettato di prendere il suo posto: nessuna padrona, disse, l'avrebbe fatto, anzi neppure una sorella.

Ed ecco casa mia, anche se erano solo quattro assi di legno e quattro pietre malamente squadrate; ma dentro c'erano le mie cose, mio figlio, mio marito. Come potevo essere stata così pazza da vederla come un luogo straniero?

Mi gettai con brama sul letto. Un letto vero, finalmente!

Vindicio rientrò dopo un paio d'ore; immaginai che avesse

messo Rufo e gli altri ufficiali a rapporto, incontrato i capi goti, preso le decisioni per i prigionieri e lasciato gli ordini per il giorno dopo. Insomma, quello che fa un vero capo.

Mi lasciò perplessa quando fece uscire tutti, compresa Emalia e Marco.

"Ecco la tempesta..."

A parte prendermi a sberle, perché in tanti anni di matrimonio mai, neppure una volta, mi sfiorò con le sue mani se non per accarezzarmi, posso dire che mi rovesciò addosso di tutto: ero stata un'incosciente, avevo messo in pericolo la mia vita, non avevo pensato a mio figlio e neanche al padre di quel povero bambino, e una moglie che fa di testa sua manda in rovina la casa.

Io balbettai qualche giustificazione, ma poi scoppiai a piangere.

Lui mi lasciò sfogare, scosse la testa e mi afferrò per mano indicandomi la gamba del tavolo:

«Mi hanno detto che ti hanno tenuta incatenata per due settimane al palo della tenda, è vero?»

Accennai di sì e mi ripulii il naso che gocciolava.

«Bene, fa' conto che per i prossimi sei mesi, di avercela ancora quella catena alla caviglia. Ci siamo capiti?»

Provai con un'altra giustificazione delle molte che mi ero preparata:

«L'ho fatto per te, Vindicio, per l'onore tuo e di Roma...»

«Neanche Roma valeva il rischio di perderti» e qui dovette voltarsi per non farmi vedere che s'era commosso. Oh, dei...

Credo che quel giorno sia accaduto qualcosa di importante per le nostre vite. Insomma, Vindicio era un marito come un altro, non peggiore di altri, un bel ragazzotto un po' ingenuo, finito in un comando di provincia per il solo fatto di avere un padre e uno zio importanti, e sposato perché in una lontana sera di settembre una ragazzina quasi sedicenne aveva giocato a fare la donna. Avevo sospettato che ci fosse qualcosa di più, ma ora mi accorgevo di avere sempre avuto al mio fianco un uomo che mi amava, e soprattutto che anche io amavo lui, e non solo perché era mio dovere di moglie; arrivai a pensare che, se l'avessi conosciuto come lo conoscevo ora, quella ragazzina sedicenne l'avrebbe scelto fra cento candidati, più nobili, ricchi e belli di lui. Non so se accadde quella notte stessa, ma certamente non trascorsero più di una o due settimane, e già una minuscola Sabina s'era scavata una impercettibile nicchia nel caldo ventre di sua madre.

Quando lo seppe, Vindicio quasi impazzì per la felicità, certo più dell'annuncio di quel lontano, fortuito concepimento di Marco.

18. Una figlia, due schiave e un uro di duemila libbre

Seguendo la dottrina di non so quale filosofo greco o santone barbaro, Vindicio s'era convinto che per ottenere un maschio forte e coraggioso, doveva essere molto assiduo con la madre, onde rinvigorire il seme che aveva appena deposto. Pensai al mio Cicerone, secondo cui non c'è teoria abbastanza balorda che non sia stata sostenuta da qualche filosofo.

Se lui aspettava un secondo legionario, io invece ero sicura che sarebbe stata una bambina; mio padre, interpellato per lettera, riferì che le stelle avevano dato un responso ambiguo: femmina, sicuramente, ma con un carattere molto virile. Quello che mi ci voleva per movimentarmi l'esistenza.

Anche questa volta, fui fortunata che la bimba somigliasse a suo padre persino più di Marco, altrimenti qualcuno avrebbe di sicuro malignato sul mio soggiorno presso i barbari.

Non fu un caso però che le mie ancelle sarmate avessero cucito per lei di nascosto un vestitino da amazzone, con pantaloni attillati, berretto rosso a punta e pantofole.

Dopo il parto, quando tornai in grado di camminare, mi feci recare da Arite a cui l'avevo affidata la *Figlia del Sangue*, e sul fossato dell'accampamento mostrai al mio signor marito l'esperimento del fiocco reciso in due.

«È il regalo per la figlia che mi hai dato» gli dissi; «ma soprattutto, è un'ottima spada.»

Anche lui mi sorprese qualche tempo dopo, quando arrivò con una coppia di gatti in una gabbietta; e la gatta pareva in attesa.

«Vengono dalla Grecia, e sono specialisti nella caccia ai topi» spiegò: «con l'ultimo raccolto di frumento se ne sono infiltrati a centinaia nel magazzino.»

Così, quando nacquero i gattini, ebbi il sostituto greco di Polifemo con cui giocare; Fiocco Nero rimase con me per tutto il periodo in cui fummo di stanza ad *Herculea Castra*, alternando la funzione di cacciatore di topi con quella di scaldino per i miei piedi. Una settimana prima del nostro trasferimento, quando ancora lo ignoravamo sia io che mio marito, seguendo un suo misterioso istinto premonitore, Fiocco Nero scelse la libertà e si dileguò nei boschi.

La metaforica catena che il mio marito e signore mi aveva imposto mi fu staccata quando Sabina compì sei mesi, ma anche dopo, per muovermi con la piccola in braccio, dovevo essere accompagnata da un'ancella e una guardia armata.

Le donne del campo e dei villaggi attorno all'inizio mi compiangevano per quel marito geloso, ma poi i loro uomini a casa raccontavano com'erano andate le cose all'accampamento dei sarmati, e allora davano ragione a Vindicio: ero stata una bella incosciente, con un bambino piccolo e un'altra in arrivo.

Alla fine concludevano che ero un tipo strano, ma per essere una donna di città, che sapeva leggere e scrivere, non ero neanche male.

I barbari in particolare mi avevano preso a benvolere ancor più di prima, e quando mi facevano raccontare la mia avventura, ossia ogni volta che ero invitata a un banchetto o a un incontro coi rappresentanti di Roma, mi chiedevano di ripetere l'episodio in cui offrivo la mia vita in cambio della mia schiava gota, e si commuovevano fino alle lacrime. In alternativa, anche il battibecco nella tenda dei Sarmati, con i pezzi di cervello che volavano e gli schizzi di sangue che sprizzavano da tutte le parti incontrava il loro gradimento, tanto che iniziavano a battere con pomi delle spade sul tavolo. Ho anche il dubbio che il mio racconto sia stato inserito in qualche narrazione epica, perché molti anni dopo, in Oriente, sentii cantare da un soldato alemanno alcuni versi che senza ombra di dubbio mi riguardavano, anche se per i bardi ero diventata, bontà loro, la *Regina Wellja*.

Le parti più frizzanti della mia avventura, ad esempio quelle della danza, le riservavo ad un pubblico esclusivamente femminile, romano o barbaro che fosse, e anche su quello le donne ci ricamavano a non finire. D'altra parte, non c'era molto altro che si potesse fare e in giro non succedeva quasi mai nulla.

Io però, prima di addormentarmi, non mancavo di ringraziare gli dei per tutti i giorni in cui mi sarei annoiata.

Ogni tanto, se il tempo era buono, Vindicio ci portava con lui in visita agli avamposti o ai villaggi barbari più vicini. Io rendevo omaggio alle signore bionde dei Goti e loro a me, e intanto i miei figli giocavano e si azzuffavano con quelli dei barbari, rotolandosi nel fango e nello sterco di capra.

"Parto con due gigli e torno a casa con due porci."

Eppure, nonostante le precauzioni di mio marito, la volta in cui rischiai la pelle sul serio, peggio della palude delle tre streghe, fu proprio durante una di quelle gite di piacere.

Eravamo in sei, noi tre – per fortuna Sabina l'avevo lasciata al campo – e tre ufficiali romani appena arrivati da Viminacium, il capoluogo della Moesia, dove s'era tenuta una nuova riunione di famiglia, che peraltro non aveva risolto tutti i problemi di convivenza tra i fratelli: Costante aveva conseguito da poco una vittoria sui soliti sarmati, da cui il consueto appellativo di *Sarmaticus Maximus*, ma neanche il tempo di festeggiare, ed era scoppiato un conflitto con fratello, Costantino II.

In quell'occasione, i *Castra Herculea* erano stati svuotati, e i soldati distribuiti lungo il *limes* per sostituire i contingenti impegnati nella guerra civile. Per fortuna, il giovane Costantino era morto ammazzato da qualche parte vicino ad Aquileia, e la carta geografica dell'Impero si era ulteriormente semplificata.

Durante tutta la cena, gli ospiti ci avevano raccontato di rivalità e intrighi, ma per il giorno successivo era prevista un'uscita, per trovare buona selvaggina e mostrare agli ospiti qualcosa di diverso dalla pianura.

Ci inoltrammo così nella zona collinare, dove di recente era stata impiantata una piccola stazione di osservazione, ai margini della selva.

Era un ambiente selvaggio: se qualcuno l'aveva coltivato in passato, certo la foresta si era ripresa tutto con gli interessi.

Fu Marco ad avvistare per primo il branco di uri.

Per chi non li conoscesse, sono dei tori selvatici, solo molto più grandi dei nostri, tanto che Cesare, esagerando ma neanche troppo, li riteneva poco più piccoli di un elefante. Mi era capitato di vederne, ma mai così da vicino.

Forse il capobranco fu attirato dalle grida di ammirazione di Marco, o forse fu colpa nostra di esserci appressati troppo; più tardi, gli indigeni ci spiegarono che era la stagione degli amori, e i maschi erano ancora più intrattabili del solito. Certo è che l'animale, un ammasso di muscoli alto sei piedi almeno, puntò subito il mio cavallo, che aveva lanciato un nitrito di paura.

Il bestione fece due passi indietro, come volesse prendere la rincorsa, grattò il terreno e partì con la velocità delle bighe al Circo Massimo quando il pretore dà il segnale del via.

Forse esitai un istante di troppo, o forse la giumenta che cavalcavo era più tranquilla e obbediente che pronta di riflessi, ma me lo vidi arrivare addosso, con le corna enormi abbassate.

A salvarmi fu Marco, che gli tagliò la strada passandogli davanti e agitando il mantello.

L'uro rimase disorientato, il tempo sufficiente perché la mia cavalla si riavesse dallo spavento e seguisse gli altri nella fuga.

Vindicio aveva la sua lancia e si preparava a caricarlo, ma l'animale, verificato che nessuno attentava alla sua supremazia sull'harem, tornò a vigilare sulle femmine.

«Tutti uguali i maschi, quando ci sono vacche di mezzo, perdono la testa» dissi guadagnandomi i complimenti dei tre ospiti per il solo fatto di non essere morta dallo spavento.

«Certo che qui si devono avere gli occhi anche dietro la testa» commentò uno di loro.

«Anche a Roma, se è per questo» aggiunse il più vecchio del gruppo «solo che i tori in confronto ai politici di laggiù sono vitellini da latte.»

Quando, la mattina dopo, si seppe che avevo rischiato di venire incornata dall'uro, Mada e Arite arrivarono a rimproverarmi: sì, rimproverare me, la loro padrona e signora, quella che le aveva salvate e che manteneva il diritto di farle giustiziare se solo le fosse saltato il ghiribizzo: non dovevo illuderle su una vita più umana, mi disse Arite fra i singulti, per poi abbandonarle al loro destino.

Cercai di rassicurarla che avrei redatto quanto prima un testamento dando disposizioni su di loro e su tutta la servitù, ma la giovane quasi mi aggredì: io ero l'unica cosa che le fosse rimasta al mondo, e se non ero disposta a tenerla sempre con me e a proteggerla, tanto valeva che l'avessi lasciata infilzare dalla lancia del Goto.

Le feci sfogare senza avere il coraggio di punirle, mentre mi inzuppavano la veste del loro pianto; lo so, una buona *mater familias* non avrebbe dovuto consentire queste scenate da teatro, ma mio padre mi diceva sempre: "prima di giudicare il tuo prossimo, Velia, infilati i suoi vestiti e cammina per un miglio con i suoi calzari", e questo non l'avevo ancora fatto, anche se ero stata schiava pure io.

Mandai Arite a sciacquarsi il viso e le diedi il borsellino per fare un po' di spesa al mercato, così intanto si sarebbe calmata, e mi portai Maida in camera, per tenerle un discorso.

La feci sedere sul mio letto e mi posi al suo fianco:

«Maida, nella vita umana può capitare di tutto, e l'hai ben visto: io, la sposa del Comandante, romana di antica famiglia, istruita nelle migliori arti e nelle lettere, sono finita a ballare nuda sotto una tenda di feltro per una banda di barbari ubriachi, e se i miei compatrioti non mi avessero afferrata per i capelli, ora sarei uno scheletro piantato sul fondo di una palude.»

«Lo so, padrona» disse lei abbassando il capo.

Le misi la mano sulla spalla e le feci posare la testa sulla mia.

«Quando ero a Roma e passeggiavo con le mie ancelle nei fori costruiti dai nostri imperatori, sognando un nobile romano giovane e bellissimo che mi introducesse nei circoli più esclusivi dell'antica capitale, pensi che mi aspettassi di finire qui, in capo al mondo, in mezzo a una banda di barbari, sposa io stessa...» e qui mi trattenni, perché sarei stata ingiusta a proseguire.

«Mia signora, Vindicio è un uomo severo, ma ti vuole bene, io...» e fu la volta sua di doversi mordere il labbro.

«C'è qualcosa che dovrei sapere?» le chiesi accarezzandole i capelli; «parla pure liberamente, lo sai che con me puoi dire tutto.»

Lei però taceva.

«Maida...» insistetti.

«Mia signora, perdonami, ma ho taciuto solo perché avevo giurato di farlo. Vindicio...»

«Cos'ha fatto mio marito?» le chiesi prendendole la testa tra le palme delle mani e appoggiando la mia fronte alla sua.

«Mi ha interrogata. Non con i tormenti, ma mi ha incalzato per sapere tutto della tua prigionia.»

La lasciai, e le dissi che non aveva fatto nulla di male nel tenermelo nascosto, e ora non aveva nulla da temere se era stata sincera. Riuscii a dirglielo tranquillamente, tanto che lei tornò ad appoggiare la sua testa al mio petto, e io tornai ad accarezzarla; dentro però stavo male, come se qualcosa mi si fosse spezzato. Quel mio marito non s'era dunque fidato della parola di sua moglie? Dopo tanti anni di confidenza e di devozione assoluta?

Poi però tornarono le parole di mio padre, a chiedermi se per caso avevo indossato anche le *caligae* di Vindicio.

Dai, Velia, ammettilo: sarebbe stato disumano pretendere che si fosse fidato ciecamente della versione di una moglie rimasta prigioniera dei barbari per settimane, senza almeno un'altra testimonianza esterna.

«Ormai puoi raccontarmi tutto. In nessun caso lascerò intendere a mio marito che tu hai parlato con me, questo te lo posso promettere.»

Ricordai che per ordine di Vindicio, i primi giorni Mada era rimasta chiusa in una stanza del magazzino viveri, separata dagli altri prigionieri: avevo insistito molto su questo punto, ed ora era chiaro come anche lui avesse le sue ragioni per acconsentire.

«Dai, racconta» la incoraggiai «fa' conto di essere ancora sotto la tenda, quando mi facevi imparare i proverbi sarmati.»

Finalmente sorrise sollevata, e iniziò il suo racconto.

«Il cigolio della porta mi aveva già riscosso dall'assopimento, ma pensavo si trattasse della ragazzina incaricata di recarmi il cibo; immagina la sorpresa di trovarmi di fronte il Comandante. Mi gettai ai suoi piedi e lo implorai di non prendersi la mia vita. Lui disse, ricordo le parole: "molto dipenderà dalle risposte che mi darai; io sono disposto a lasciarti vivere, ma dovrai essere sincera con me: una bugia, anche piccola, una sola bugia, e finirai nel mucchio delle altre. E ti assicuro che non se la stanno passando bene come te. Mi hai inteso?" Giurai sui miei antenati che avrei detto solo la verità.»

«Cosa ti chiese, per primo?»

Maida sorrise:

«Lui parlava poco e male la mia lingua, ma non aveva chiesto interpreti; tuttavia, questo lo capii subito, non voleva farmi pensare che non si fidasse della parola di sua moglie. Però temeva che, per risparmiargli un dolore, tu avessi mentito o taciuto qualcosa. Mi intendi, padrona?»

Intesi bene, e a mia vergogna dovetti ammettere con me stessa che era stata una schiava barbara a farmici arrivare. Povero marito: a tormentalo non era il dubbio sulla paternità di Sabina; se pure fosse stata figlia di una violenza, avrebbe capito e accettato anche questo; no, la verità era un'altra, ed era dettata unicamente dal suo amore per me: sapere da un'altra voce quanto avevo sofferto sarebbe servito a sostenermi ed aiutarmi a dimenticare. Dei buoni, come mi ero sbagliata…

«Gli dissi» proseguì Maida «che ero stata per tutti i giorni della prigionia al tuo fianco, che avevo ricevuto l'ordine di non abbandonarti mai, nemmeno un istante, che avevamo parlato, ti avevo lavata ogni giorno, e ti aiutavo a cambiarti, reggevo persino la catena quando venivi condotta dai principi. L'anello di cuoio che serrava la caviglia l'avevo realizzato io, scegliendolo robusto ma morbido, e avevo imbottito la parte interna di stoffa.»

«È vero. E non eri obbligata a farlo.»

«Spesso eri triste, per te stessa, ma anche perché ti mancavano tanto tuo marito e tuo figlio. "Ma la tua sposa è una donna coraggiosa" lo assicurai, "e posso dire che ha fatto tutto quello che poteva per salvarsi, senza tirarsi indietro di fronte a umiliazioni di ogni genere, ma te lo giuro, senza mai perdere il suo onore. Arrivò al punto di mettersi a danzare per loro, e io mi meravigliai come una donna giovane con l'ombra della morte che la ricopriva, riuscisse a mostrarsi allegra e serena, almeno nel volto, perché il cuore lo vedono solo gli dei". E qui, padrona, successe qualcosa che non avrei mai immaginato.»

Ebbi quasi paura a domandarglielo.

«Cosa successe, mia buona Maida?»

«Il tuo Comandante piangeva e sorrideva insieme. Mi ha ringraziato ed è scappato fuori.»

Dei buoni, dei buoni..., buoni dei... «sai cosa facciamo Maida? Adesso raggiungi di corsa Arite al mercato e dille che non stia a lesinare sulle spese, e che porti a casa qualcosa di veramente buono, perché stasera qui si fa festa grande. E se il nostro padrone mi chiede perché, gli dirò che una matrona romana si farebbe incornare da un uro, piuttosto che permettere agli ospiti di suo marito di mangiare all'osteria.»

«Padrona, c'è un banco, in fondo alla strada, dove vendono lingue e costate di bisonte e credo anche di uro. E io so come cucinarle.»

"Dei buoni..."

19. La battaglia della strada romana

Una delle occupazioni che i legionari detestavano cordialmente, quasi più dell'addestramento formale, era la costruzione di strade decenti per il traffico militare e civile, che sostituissero i tratturi e i sentieri mal segnati della nuova provincia; ma quantunque fosse un lavoro da schiavi più che da soldati, sapevano prima e meglio di ogni altro che in caso di pericolo la rapidità nel ricevere aiuto e la sicurezza dei rifornimenti erano essenziali.

Nel corso degli anni, erano stati avviati anche lavori di canalizzazione, bonifiche, valorizzazione delle aree contigue agli accampamenti, ma per avere la possibilità di un approvvigionamento adeguato e regolare di derrate senza la necessità di importarle, sarebbero occorsi ancora decenni, senza contare il rischio che i barbari con una fortunata incursione si portassero via i prodotti della terra e gli animali.

E se il frumento giungeva via fiume, dal nord, quasi tutto quello che serviva in pace e in guerra arrivava da oltre Danubio; io stessa avevo sperimentato cosa voleva dire trovarsi isolati in mezzo alla grande pianura, tra paludi insondabili, foreste sconosciute e sconfinate brughiere.

Va detto che in qualche caso si riusciva a sfruttare le vecchie vie abbandonate da Roma dopo la ritirata dalla Dacia al tempo di Aureliano, ma qui si trattava di collegare due fortificazioni costruite ex novo, quindi il lavoro doveva essere condotto partendo dal nulla, ossia dal tracciamento, per arrivare fino al selciato. L'ingegnere militare che ci avevano prestato era un pignolo insopportabile, ma sapeva il fatto suo: mentre i soldati scavavano il profondo fossato che sarebbe stato riempito di pietre, già una fila interminabile di carri portava da una cava lontana i grandi massi che avrebbero costituito il primo strato; al ritorno, avrebbero trasportato i ciottoli per il livello superiore, mentre per i pezzi d'argilla si sarebbero usate le anfore rotte e i mattoni scartati o sostituiti dell'accampamento.

A una trentina di miglia di distanza, stava avanzando nella nostra direzione un altro gruppo di soldati-operai, dipendente dalle fortificazioni che facevano capo al *castrum* di Marco Allenio Atanasio, un collega di Vindicio che avevo avuto a pranzo un paio di volte. Secondo l'ingegnere, le due strade si sarebbero congiunte prima dell'arrivo delle piogge autunnali e, aggiunse, se avessero seguito scrupolosamente le sue indicazioni, il margine di errore nel punto d'incontro non avrebbe superato il mezzo piede.

I goti che vivevano nei dintorni a volte guardavano i nostri come se stessero profanando qualcosa di sacro, altre volte ci aiutavano, soprattutto quelli dei villaggi più minacciati.

Purtroppo, non furono abbastanza rapidi nel segnalarci la banda di barbari che aveva dato l'assalto ad un agglomerato di case isolato, nel territorio controllato da Allenio, uccidendo o portando via gli abitanti e le loro greggi, romani, indigeni o barbari che fossero. Preoccupati della reazione congiunta dei goti e dei romani, carichi di bottino, schiavi e bestie, gli aggressori avevano optato per un lungo giro, arrivando così per puro caso nella zona dove erano accampati i lavoratori di Allenio impegnati a tracciare la strada.

Mio marito si trovava in perlustrazione con una squadra di venticinque cavalieri, come al suo solito, quando si faceva largo la bella stagione e si allungavano le giornate. Fu una guida locale mandata in avanscoperta, il fratello più giovane di un mercante che frequentava il nostro villaggio, a notarlo: secondo gli ordini, non si avvicinò ma tornò a riferire; parlò di un cavallo, che sembrava incoraggiare col muso a rialzarsi un uomo steso a terra.

Vindicio accorse sul posto, non prima di essersi assicurato che non ci fossero presenze sospette attorno, ma era un tratto libero da alberi, la visibilità era ottima e l'occhio spaziava lontano. I primi arrivati l'avevano sollevato e cercavano di farlo tornare in sé, infilandogli la borraccia tra le labbra.

«Piano. Ha ferite all'addome? Perché i medici dicono che è pericoloso dar da bere a chi ha la pancia bucata.»

«No, *domine*, ma è conciato male lo stesso» disse Claudiano, una recluta arrivata di recente dalla Tracia con altri dodici cavalieri.

Vindicio scese da cavallo e si inginocchiò a fianco del ferito.

«Riesci a parlare?» domandò.

L'uomo annuì. Anche se non presentava ferite importanti, aveva tagli profondi sulle braccia e sulle gambe ed una botta rossa sulla fronte.

«Mi chiamo… mi chiamo Ermogene; ero l'attendente di Marco Festo Aquilino, il centurione che comandava la squadra di lavoro alla strada.»

«Dipendi da Marco Allenio?»

L'uomo, piuttosto avanti negli anni, annuì e assaggiò un cucchiaio di miele faticando a deglutirlo.

«Marco Festo era il miglior comandante che avessimo mai avuto.»

«Ha ragione, lo conosco» disse l'*optio* Ponzio Valerio Scauro, un volontario italico: «era un buon cristiano, ma anche un combattente nato.»

«Eravamo impegnati nei lavori alla strada. Avevamo con noi un centinaio di civili e altrettanti schiavi, che Allenio aveva reclutato per affrettare i lavori. Ma ieri… era domenica, ed erano rimasti a casa, per via della festa cristiana. Poco prima del tramonto» e qui si interruppe «poco prima… una pattuglia di esploratori… ci riferirono di aver sentito nitriti di cavalli e ragli, e belare di pecore.»

«Gente in movimento» brontolò Vindicio «quanti, più o meno?»

«Festo ci ordinò di circondare le tende con una protezione di tronchi e con le pietre che stavamo usando per la strada. Non c'eravamo più abituati da tempo, ma sapevamo tutti come fare; c'era lì vicino un boschetto di betulle ancora giovani, ed è bastato mondarle e appuntirle. Avevamo sfruttato l'argine della strada e una fossetta di scolo. Gli esploratori dissero di non aver più visto o sentito nulla; forse era solo un falso allarme, ma comunque aveva ragione il Capo, ora dormivamo più tranquilli. Lui però vigilava, e più volte mandò fuori delle pattuglie; era una notte di luna piena e l'ultima squadra riferì che si vedevano bagliori strani tutto attorno al campo.»

Vindicio si chiese cosa avrebbe fatto lui al posto di quel centurione. Forse quella di fortificarsi e non di ritirarsi verso la base di partenza fin che erano in tempo non era stata la scelta migliore, o forse sì.

Ermogene sembrò leggere il muto pensiero:

«So che furono mandati cavalieri a cercare aiuto, verso i *castra* più vicini, ma non ho idea di che fine abbiano fatto; forse sono rimasti uccisi, forse passati dalla parte dei barbari. Festo non si faceva illusioni in proposito: ricordo di averlo sentito dire che dovevamo contare solo su noi stessi: "tenete a mente quello che vi dico, fratelli, qui ci porteremo a casa una decorazione o il martirio", e per lui è stato così. Di sicuro nessuno intendeva cadere prigioniero da vivo: avevamo visto come erano stati trattati i nostri finiti in mano ai barbari. Ci dispose sugli spalti formati dal terreno di riporto; lui scelse una posizione protetta, da dove poteva inviare ordini e spostare i soldati.»

Uno sbocco improvviso di sangue lo costrinse al silenzio.

Vindicio era solito portarsi dietro l'assistente del medico, un liberto di nome Palladio, ma qui sarebbe occorsa l'arte del divino Esculapio o l'intervento di un Santo taumaturgo; infatti, l'infermiere scosse la testa rassegnato.

Ma l'uomo sembrò riprendersi:

«Sentimmo le urla arrivare dalla vicina foresta, e sotto la luna apparvero già divisi per squadre, brandendo degli enormi spadoni...»

«Quanto saranno stati? È importante, prova a darmi un numero, anche approssimativo» insistette Vindicio.

L'uomo fece una specie di conto con le dita, ma poi lasciò cadere le braccia.

«Cinquecento, seicento… avevamo con noi alcuni arcieri e una macchina lancia-dardi, ma ci voleva altro. Riuscimmo a ributtarli giù dagli spalti, due, tre, cinque volte, ma loro tornavano in forze e rinnovavano l'assalto. Chissà cosa speravano di trovare sotto le nostre tende, o forse temevano che andassimo ad avvisare le guarnigioni romane del loro passaggio. Il buio si faceva più fitto, perché la luna s'era nascosta dietro le nubi; Festo non vedeva più nulla, e non riusciva a coordinare la difesa, così raggiunse il punto più minacciato, e la sua presenza bastò a bloccarli per un bel tratto; credo che molti di quei barbari si siano ammazzati fra loro» e qui sorrise.

«Festo…» riprese «è una sventura che solo un morto che cammina come me abbia visto i prodigi di valore che compì il nostro comandante; quando fummo ridotti a una decina in grado di reggere la spada, ci portammo attorno ai *signa* stringendoci a lui, senza mai smettere di combattere. Ormai albeggiava, e la vista del macello mi colpì al cuore: morti sugli spalti, infilzati, decine di barbari sparsi sul terreno dell'accampamento. Di ottanta, eravamo rimasti forse una ventina, compresi i feriti. "Seguiamo il destino dei nostri compagni" fu l'ultima cosa che gli sentii dire. Anche ferito e coperto di sangue infliggeva danni e morte ai barbari, come un gladiatore provetto; io ricevetti otto o dieci ferite, e persi il conto; una botta di mazza in testa fece pensare a tutti che fossi morto, anche a me. Ve lo giuro, fratelli, se fossi rimasto cosciente, avrei dato l'ultima goccia di sangue per il mio comandante e per i miei compagni, ma rinvenni quando stavano saccheggiando il campo e dando il colpo di grazia ai morenti.»

«Come sei riuscito a salvarti?» chiese una delle giovane reclute, che non aveva perso una parola.

«Hai ragione, perché avrei dovuto morire con loro, ma era mio dovere pensare anche a chi era rimasto all'accampamento. I barbari erano intenti a dividersi il bottino, colsi l'attimo, mi alzai, e barcollando corsi verso la porta, urtai due di loro che entravano; forse mi scambiarono per un fantasma, perché si trassero indietro. Qui ebbi dalla mia parte la Fortuna: il cavallo del Capo. Mi conosceva, il vecchio *Furiosus*, perché lo accudivo personalmente; lo sciolsi, mi aggrappai alla criniera, e mi lasciai trascinare. Ripeto, non so perché non mi inseguirono, era un bell'animale. O forse lo fecero, ma pensarono che nelle mie condizioni non sarei arrivato lontano; ma qui si sbagliavano.»

Vindicio gli diede una carezza affettuosa sulla guancia e lo affidò all'infermiere, per il poco che poteva.

Radunati gli uomini, inviò gruppi di due messaggeri a tutte le guarnigioni attorno, compresa la nostra. Lui volle a tutti i costi procedere lentamente, per evitare scossoni al valoroso Ermogene, ma l'unico sopravvissuto alla strage morì mentre lo portavano in barella nel *valetudinarium*.

«Cosa farai adesso?» gli chiesi aiutando mio marito a togliersi l'armatura per cambiarsi la tunica madida di sudore, appiccicata alla pelle come se vi fosse stata incollata.

«Oggi c'è mercato, il villaggio rigurgita di gente e non possiamo accoglierli tutti i civili dentro il vallo: siamo già pieni di reclute e di altra gente ancora da addestrare; non poteva succedere in un momento peggiore, dannazione: avrei preferito di gran lunga duecento veterani su cui contare a mille ragazzini più una marea di borghesi terrorizzati.»

«E allora?» chiesi preoccupata.

«Allora, intanto ho fatto richiedere aiuto da tutte le guarnigioni della regione, e ho mandato in giro pattuglie a individuare dove si trovano i barbari, quanti sono, di che razza, e se sono diretti qui o se hanno cambiato obiettivo. Se però dovesse succedere, conto di affrontarli in campo aperto.»

La rivelazione mi lasciò senza parole.

«Non so se sia la cosa giusta, di sicuro è quella che non si aspettano.»

Gli strinsi forte il polso, per trasmettergli la più totale fiducia in lui e nelle sue scelte. «Tu sai quello che bisogna fare. Ora però ascolta tua moglie: devi cambiarti, o ti prenderai un accidente.»

Lui mi sorrise, e mi abbracciò senza curarsi troppo di schiacciarmi il seno sulla sua ispida armatura di maglia, ma giuro che non ci feci caso.

«Dai, entriamo. Hai mangiato? Ti faccio preparare qualcosa.»

La notte era stata afosa e anche il mattino avanzava ricoprendo il cielo di un velo lattiginoso, ma secondo Rufo prima di sera sarebbe piovuto.

Con l'aiuto della fedele Arite lo lavammo e lo asciugammo, mentre gli ufficiali entravano e uscivano.

Uno storico antico, che peraltro militava in un esercito avverso al nostro, aveva scritto che i romani non agiscono mai senza riflettere e non lasciano nulla al caso. Di solito è così, ma il mio Vindicio aveva poco tempo a disposizione per elaborare un piano, e troppi elementi sarebbero dipesi dalla fortuna. D'altro canto, non poteva stipare l'intera popolazione più i soldati all'interno delle fortificazioni, e nemmeno evacuare i civili in tempo, e non era buona politica lasciare quella gente in balia dei barbari: sarebbe stata la fine dell'insediamento di *Herculia* e di tutti gli sforzi fatti da zio Gesimundo e da lui stesso per pacificare e romanizzare la regione, oltre che della sua carriera.

Quindi, si sarebbe dovuto combattere.

Gli scontri tra i romani e i loro nemici, almeno per come li descrivono gli storici e i poeti, vedono quasi sempre un numero inferiore dei nostri sconfiggere eserciti enormemente superiori dei barbari.

Stavolta invece eravamo di più noi, ma la gran parte dei militari presenti aveva ricevuto solo i primi rudimenti dell'addestramento, e quel che era peggio, i loro ufficiali ancora non li conoscevano, neanche di nome, e perfino tra di loro non s'era ancora stabilito quel legame tutto speciale che si crea in chi trascorre i mesi e gli anni nella stessa tenda, in compagnia di camerati che diventano più cari delle stesse, lontane famiglie. L'unico punto di riferimento per loro era il centurione o l'*optio* che li stavano addestrando, e ovviamente le insegne del gruppo e il suono delle trombe e dei corni, anche se qualcuno poteva non averne ancora appreso il significato esatto.

Tutti i manuali di tattica suggerivano, in questi casi, di evitare la battaglia e ricorrere piuttosto ad espedienti, agguati, inganni atti a seminare confusione tra i nemici, ma qui non c'era alternativa ad uno scontro in campo aperto. Una volta avevo letto quella frase famosa: "in guerra la condizione è tale per cui ciò che avvantaggia il tuo avversario è utile a te, e ciò che nuoce a te diventa utile al tuo nemico". Eppure, qui si stava verificando una situazione paradossale, ma tutt'altro che inedita: entrambi i contendenti volevano che la cosa si risolvesse in fretta; le bande di questo tipo erano aggregazioni fragili, per cui chi le comandava doveva arrivare quanto prima allo scontro, perché c'era il rischio che ogni gruppo di guerrieri che seguiva un capo prestigioso si prendesse la sua parte di bottino e si dileguasse; inoltre, dovevano quanto prima ritirarsi dalla provincia per rifugiarsi in una zona sicura col frutto delle razzie: gli animali predati e gli schiavi incatenati inevitabilmente avrebbero rallentato la marcia.

Allo stesso modo, anche Vindicio non poteva reggere a un assedio, né era in grado di manovrare con soldati raccogliticci, e dietro le spalle centinaia di civili spaventati a cui badare.

Quindi, si sarebbe deciso sul campo.

Ma prima doveva parlarne con gli ufficiali, almeno i pochi presenti.

Io mi allontanai senza dire nulla, ma dalla stanza vicina potevo ascoltare tutto.

«Com'è il morale?» domandò a Rufo.

«Quello delle reclute è alto perché hanno piena fiducia in noi e perché non hanno mai visto cos'è veramente una battaglia. I veterani sono preoccupati ma non lo danno a vedere; però su di loro potrai contare, almeno quelli in grado di reggersi in piedi.»

«Di' al medico castrense che faccia di tutto per dimetterne quanti più possibile; non mi interessa che spacchino le montagne e saltino il Danubio per il lungo, basta che restino in piedi fino a stasera.»

«Dall'ispezione di stamattina risultano dieci malati o feriti gravi e venticinque in via di guarigione o convalescenti, con obbligo di riposo» disse l'*optio* di servizio.

«Riposeranno dopo. Vuota le cucine, i servizi, richiama quei due idioti che abbiamo messo in punizione. Abbiamo bisogno di tutti. Elpidio: possiamo schierare i *tormenta*?» domandò rivolgendosi evidentemente al responsabile delle macchine da guerra, un semplice fabbro passato di grado dopo la morte del *praefectus* titolare.

«Due balliste e sei *scorpioni*, ma non abbiamo il personale per manovrarle.»

«Lascia perdere i pezzi pesanti: quattro *scorpioni* sul campo saranno sufficienti; per far forza sull'argano bastano anche delle reclute o dei civili con un po' di muscoli. Il punto dove le collocheremo sarà qui» e probabilmente indicò la posizione su una cartina «mi raccomando, i barbari dovranno accorgersi che sono lì solo quando arriverà la prima salva di dardi.»

Seguì un lungo silenzio: forse stavano pensando a possibili obiezioni, ma evidentemente non ne trovarono.

«Almeno conosciamo bene il terreno» disse Terenzio Mauro, un giovane di belle speranze, gentile ed educato, arrivato una settimana prima «o almeno lo conoscete voi. E se non sbaglio, avremo il sole dalla nostra parte.»

«Bravo, ragazzo, ma secondo il nostro amico Rufo prima di sera potrebbe scatenarsi un temporale estivo, e dobbiamo tener conto anche di questa possibilità. E ora statemi bene attenti, perché è la parte più importante e la più rischiosa» e qui si interruppe.

«Le reclute» continuò. «Non le voglio nello schieramento che opporremo ai barbari, chiaro? Qui ci saranno solo uomini sperimentati, niente ragazzini entusiasti o paurosi. Avranno tutta la vita per dimostrare di che pasta sono fatti, ma non qui e non oggi.»

«Non ho capito» disse una voce che non riconobbi: «se il sopravvissuto che abbiamo raccolto ha parlato di alcune centinaia di barbari, come possiamo affrontarli con una centuria scarsa di veterani e qualche decina di convalescenti?»

«Le reclute si nasconderanno nella macchia di frutteti delimitati dalle siepi, ai lati della strada, per questo ho scelto il punto più stretto per affrontarli. Loro avranno solo una cosa da fare: starsene buoni buonini, immobili fino a quando i barbari arriveranno a contatto con noi, dopo di che usciranno fuori e colpiranno con le frecce e i giavellotti; per fortuna, di quelli abbiamo una buona scorta.»

«Sì» disse Rufo perplesso «anche se non sono sicuro che sappiano lanciarli in modo efficace, ma sono ragazzi robusti, e l'importante è che creino un po' di confusione. Dico bene?»

«Non solo, ma anche se non hanno l'addestramento sufficiente, dovranno attaccare con le lance e, se saranno costretti, con le spade. Sto parlando di corpo a corpo. Mi dispiace, vorrei evitarlo, ma non abbiamo alternative.»

Altro silenzio. Un bisbiglio mi fece capire che uno dei presenti aveva mosso qualche obiezione.

«Lo so, ma dovranno almeno provarci. Rufo, ci sarai tu con loro. Terenzio, tu ti collocherai sulla destra dello schieramento dei veterani. Ti dico subito che sarà la più pericolosa delle posizioni, perché se hanno un po' di pratica del nostro modo di combattere, sanno che lì, di solito, si sistema il comandante.»

«Sono un soldato di Roma» disse il ragazzo.

«Bravo. Io starò al centro, con i migliori, e cercheremo di penetrare il loro schieramento. Ma vi ripeto, noi siamo solo l'uccello da richiamo: il grosso lo dovranno fare le reclute. E naturalmente, la cavalleria.»

«Perché, abbiamo una cavalleria?» disse una voce che non riconobbi.

«Proprio perché sono pochi, non possiamo pretendere che li investano dai lati o li circondino, basterà che i barbari lo credano. Ho parlato con i decurioni, si stanno già posizionando dietro la *villa* in rovina. C'è una valletta che dovrebbe nasconderli.»

Qui persi qualche battuta, perché una delle mie schiave aveva terminato di riordinare la stanza da letto e aspettava ordini. Le dissi di fare colazione e riposare.

«... e soprattutto, se i barbari dovessero ritirarsi in ordine o anche farsi prendere dal panico e scappare, lasciamoli pure andare al loro destino; se proprio avremo l'occasione, possiamo provare a inseguirli: quando uno fugge, dà la schiena e anche un ragazzo appena arruolato non ci mette molto a passarlo da parte a parte.»

Prima che avessero terminato, uscii dalla porta secondaria e mi portai all'altare del Dio cristiano, che non solo mi pareva il più affidabile, ma anche il meglio disposto verso chi non era dei suoi, e lo pregai col cuore in mano di conservarmi in vita quel testone di mio marito.

Quando tornai da Vindicio per prepararlo alla battaglia, capii dal suo sguardo disteso che il piano era bello e predisposto.

«Tu sali sulla torre del portone e parla alle donne per tranquillizzarle: ti vogliono bene e ti ascolteranno» mi disse.

Prima di mettergli l'elmo in testa, gli presi il viso tra le mani e lo baciai sulle labbra, come avevo imparato a dodici anni e migliorato con la pratica; poi avvicinai la bocca al suo orecchio e gli sussurrai le magiche paroline che voleva sentirsi dire.

«Insomma, dovrò per forza tornare vivo e in perfetta salute» riassunse lui sorridendomi.

«Guai a te se non lo farai.»

20. Vittime di guerra

Per prima cosa, Vindicio fece trasferire le reclute e tutti i soldati in grado di reggersi in piedi fuori del forte, con l'armamento completo, ordinando di circondare la zona del mercato e bloccare le vie d'accesso; una squadra si incaricò di separare i maschi adulti dal resto e accompagnò venditori e clienti all'interno delle fortificazioni, usando le buone come le cattive.

«L'armeria è piena di ferraglia pronta da buttare nella fornace, oltre che del bottino fatto a spese dei Sarmati» spiegò Vindicio quando li ebbe radunati «ma per quello che vi servirà, è anche troppo. Da questo momento tutti i maschi fra i sedici e i sessant'anni sono mobilitati e si faranno consegnare dai responsabili un'arma e una corazza. Non agitatevi» disse vedendo che qualcuno si guardava intorno in cerca di un'improbabile via di fuga «dovrete solo restare sugli spalti a far finta che ci sia qualcuno a vigilare sul forte. Dei barbari ci occuperemo noi. Però, se qualcuno ha un minimo di addestramento militare, si faccia avanti che è il benvenuto.»

Il discorso non li convinse del tutto, ma di mio marito si fidavano, e la prospettiva di aspettare il nemico al sicuro dentro le mura era molto più allettante che non dover scappare per la campagna coi cavalieri nemici ad incalzarli; così si incolonnarono davanti alla porta del deposito.

Le donne, intanto, alla notizia del prossimo arrivo dei barbari, si stavano pigiando davanti alla porta principale, picchiando coi pugni i battenti.

«Pensaci tu» mi disse Vindicio: «io avrò abbastanza da fare con i miei ragazzini.»

Rapidamente salii le scale di legno che portavano sulla terrazza della torre. Quando mi videro sulla seconda piazzola, quella all'altezza del cammino di ronda, le donne cominciarono ad indicarmi col dito, a sussurrare il mio nome l'una all'orecchio dell'altra, qualcuna agitava le mani per farsi riconoscere.

Bene, c'era da dar coraggio a tutta quella povera gente, e non potevo mostrare la fottutissima paura che avevo in corpo.

«Donne, amiche, fra qualche istante vi verranno aperte le porte. Vi prego... per favore, vi prego» gridai cercando di dominare il trambusto «non accalcatevi, non fate ressa, che tanto non le chiuderemo fino a quando anche l'ultima di voi non sarà entrata. Aiutate i vecchi, i bambini e i malati, siamo donne, è compito nostro; occuperemo le camerate dei soldati e ce ne staremo buone buone ad attendere che tutto sia finito. D'accordo?»

Anche le donne si mostrarono disciplinate, forse più dei loro uomini, e si impossessarono degli alloggi dei soldati, delle stalle e del *praetorium*, perfino della mia camera. Di sicuro in mezzo a tante persone per bene ce n'era qualcuna con le mani lunghe, ma pazienza: i pochi gioielli che possedevo li avevo addosso, il denaro era depositato nella cassa militare e Sabina era al sicuro; di tutto il resto mi interessava ben poco.

Ora si trattava solo di aspettare.

Vindicio sosteneva che, per sperare di vincere una battaglia, e non solo, dovevi metterti nei panni dell'avversario e guardare il tuo schieramento come lo vedeva lui. Il ragionamento di quei predoni era più o meno questo: i romani avevano evacuato la popolazione civile facendola rifugiare al sicuro e rassegnandosi ad abbandonare il villaggio al saccheggio. Il grosso delle truppe era chiuso anch'esso all'interno del forte, ma il Comandante romano aveva schierato un velo di fanti per provocare i barbari e attirarli sotto le mura; a quel punto, gli altri sarebbero usciti dalle porte secondarie piombando sui fianchi dei nemici mentre erano intenti a saccheggiare o mentre si scontravano con la retroguardia romana. Dall'alto intanto li avrebbero tormentati con le macchine da guerra e gli arcieri.

Ragionamento impeccabile, ma, come s'è detto, sbagliato.

Il punto scelto per bloccare l'avanzata dei barbari era un rialzo naturale del terreno a un quarto di miglio esatto da *Castra Herculea*, su cui nei millenni si erano susseguite costruzioni, distruzioni e riedificazioni di villaggi, quindi i barbari avrebbero dovuto faticare per risalire la china, ma a ben vedere era un vantaggio da poco: con i loro muscoli da atleti, appena scesi da cavallo e quindi riposati, non avrebbero avuto difficoltà a percorrerlo. Lì Vindicio avrebbe schierato i suoi uomini migliori per bloccare la strada d'accesso: se avessero deciso di aggirarlo, avrebbero dovuto impantanarsi nei campi molli di pioggia o peggio avvilupparsi tra gli sterpi della foresta, col rischio di perdere compattezza ed essere ammazzati uno dopo l'altro appena districati.

Vindicio si apprestò a raggiungere la postazione con alcuni *numeri* di semi-barbari, più i feriti in grado almeno di camminare e i convalescenti della Legione. A tutti era stato ordinato di indossare le armi lucidate, i pennacchi svolazzanti e i mantelli scarlatti arrivati nuovi dal Deposito, e possibilmente mostrarsi in salute e pronti alla battaglia.

Quando fu informato dagli esploratori che i barbari puntavano contro di noi, inviò la cavalleria nell'avvallamento nascosto dai muri sbrecciati dell'antica villa, all'interno di uno stagno prosciugato abbastanza profondo da occultare uomini e animali.

Alle reclute rivolse un discorso di poche parole, anche perché difficilmente sarebbe stato capace di imbastirne uno più complesso. Ricordò che erano anche loro soldati romani, che i barbari erano forti ma meno numerosi, e raccomandò di guardare quello che facevano Rufo e Terenzio, e di attendere il segnale delle due trombe prima di sollevare un ciglio o muovere un dito.

«Fidati di noi, signore» disse uno dei ragazzi, piccolo e senza un pelo sulle guance.»

«No, ragazzo: dovete voi aver fiducia in voi stessi.»

Mentre gli passavano davanti, Vindicio squadrò una per una

le giovani reclute: qualunque eroismo avesse compiuto il suo gruppetto di veterani, e se pure la cavalleria fosse intervenuta al momento opportuno, era da loro soprattutto che dipendeva l'esito della battaglia.

Dall'alto vidi i ragazzi con i loro addestratori inoltrarsi in silenzio tra le piante e le siepi fino a scomparire alla vista.

Gli ultimi esploratori di ritorno confermarono che la colonna dei barbari non superava le cinquecento unità, ma erano tutti montati e armati bene, anche con le armi sottratte ai nostri commilitoni.

Stavolta, però, i romani avrebbero cambiato le regole del gioco.

Ora, se non tutto, certo molto era in mano agli dei. Me lo ripetevano fin dal primo giorno i centurioni e gli ufficiali superiori: anche uomini con anni di addestramento e pratica della guerra potevano finire nel panico senza una ragione apparente, all'improvviso, così come ragazzi nuovi alle armi si dimostravano talvolta di un coraggio e di una tenacia da veterani. E soprattutto, ogni battaglia era in primo luogo una sfida alla Fortuna, la vera *Imperatrix Mundi*.

Normalmente il comandante avrebbe dovuto rimanere in una posizione adatta a impartire gli ordini e correggere lo schieramento, ma per questa volta il mio signor marito avrebbe fatto l'eroe omerico, ed era questo che mi preoccupava.

I barbari, com'era da attendersi, arrivarono convinti di ripetere il colpo già riuscito con Festo; i prigionieri e i beni saccheggiati li avevano lasciati al sicuro a dieci miglia di distanza, sotto buona sorveglianza e sui carri. Sembravano sapere il fatto loro, almeno per come potevo giudicare da povera profana e per di più donna.

Vindicio, collocato in prima fila, e riconoscibile dal suo mantello azzurro, si era circondato degli uomini più validi ed esperti, tutti muniti di lancia, scudo ovale e con la spada al fianco.

I nemici si avvicinarono al passo, incerti se affrontare quel manipolo di legionari a piedi, com'era più congeniale per loro, o sfruttando la potenza del cavallo. Provarono a lanciare delle grida, ma senza troppa convinzione.

Il manipolo condotto in campo da Vindicio era immobile, perfettamente allineato come per una parata, lo scudo sollevato all'altezza del petto, la lancia stretta in mano; ognuno vedeva con la coda dell'occhio il volto del suo compagno, il vecchio amico fidato; i convalescenti si reggevano con fatica e alcuni dei feriti portavano ancora vistose fasciature; queste però non volevano essere un segnale di debolezza, quanto piuttosto di sicurezza in se stessi, esperienza di guerra e fiducia nel Capitano che li aveva schierati.

Alla fine, i capi barbari decisero che i loro cavalli non meritavano di suicidarsi su quella selva di punte, e li affidarono ai loro servitori e scudieri, subito imitati dai loro uomini, che si radunarono attorno alle insegne. Le asce e le spade affilate sarebbero bastate a recidere o spezzare le aste dei romani.

Il sole era arrivato al suo culmine, e la giornata si presentava torrida: della pioggia promessa da Rufo non c'era traccia nel cielo pallido.

Le armi dei due eserciti luccicavano, mantelli e pennacchi si agitavano al muoversi dei combattenti.

In risposta all'invocazione dei barbari alle loro sanguinarie divinità, i romani presero a battere gli scudi con le aste, un gesto che eccita la collera dei combattenti avversari, e le grida dei feroci nemici divennero in breve un unico brontolio di fondo; il loro comandante, o uno dei loro comandanti, fece suonare i corni e cinquecento bocche si spalancarono insieme.

«Ci vengono addosso schiamazzando perché hanno paura e vogliono farla finita in fretta» disse Rufo al ragazzo che gli stava vicino, o almeno così mi riferì in seguito Vindicio.

Le grida salirono di tono, la massa dei nemici fluttuò, poi come un'onda che si scaglia sulla spiaggia, sembrò ritirarsi per prendere più energia.

I romani abbassarono le lance e misero in posizione i grandi scudi, che offrirono un fronte compatto di punte contro i petti e le lame dei barbari.

Chiusi gli occhi e pregai.

A questo punto, in un esercito romano di una volta i legionari avrebbero lanciato il *pilum*, ma era una pratica dimenticata da tempo, e udii solo il fruscio di qualche freccia scagliata da alcuni ragazzi che avevano pratica del tiro con l'arco, fra cui il mio Marco; quando poi ebbero i nemici a portata di tiro, anche gli scorpioni, celati dietro un riparo di foglie, si scoprirono e scagliarono i loro mortiferi dardi.

Mio malgrado, fui costretta a riaprire gli occhi udendo lo stridere dei ferri che entravano in contatto: era iniziato lo scontro vero e proprio.

Il primo lavoro di macelleria lo svolsero le picche, e quella che agitava Vindicio non trafiggeva solo ventri e colli nudi, ma forava scudi e trapassava corazze. Quando, dopo aver reso il loro servizio, furono spezzate dalle asce dei nemici o abbandonate perché il combattimento s'era fatto ravvicinato, entrarono in azione le spade.

Non so chi fosse a comandare le reclute del lato sinistro della strada, ma l'ordine di entrare in azione fu impartito nel momento stesso in cui il contatto dei barbari con gli uomini condotti dal loro Comandante s'era fatto così stretto da non distinguere quasi i combattenti dei due schieramenti. Dal frutteto e dal bosco di querce uscirono le reclute urlando a squarciagola per darsi coraggio; il *barritus* barbarico che avevano appreso i primi giorni di addestramento si levò altissimo dai nostri ragazzi.

Colti completamente di sorpresa e chiusi nella morsa dei nuovi arrivati e dei veterani di Vindicio, i barbari oscillarono, si sbandarono e persero compattezza; qualcuno delle ultime file che era rimasto montato scese da cavallo, qualche altro cercò di caricare i nuovi arrivati, ma non era facile far prendere velocità ai loro animali, e le lunghe lance dei giovani soldati usciti dal frutteto li infilzavano o li disarcionavano.

Se il rapporto fosse stato favorevole ai nemici, non avrebbero avuto difficoltà a respingere e volgere in fuga i *pueri*, come li chiamavano i nostri centurioni, ma stavolta la superiorità dei nostri era di tre a uno; quando poi irruppero anche i cavalieri, la battaglia ai lati si trasformò in una serie di duelli individuali, in cui ogni avversario veniva circondato da almeno tre reclute, isolato dai compagni e abbattuto.

Io però seguivo soprattutto Vindicio, almeno per quanto mi era consentito dalla posizione dove mi trovavo assieme a Delia. Anche se non distinguevo i singoli rumori, percepivo l'infrangersi degli scudi sotto i colpi di spada, lo sfrigolare del filo delle lame che si incrociavano, il lamento di chi veniva ferito e le urla di quelli calpestati dalla suole ferrate dei romani.

Non potendo fare altro, cercavo di incoraggiare il movimento del braccio dei nostri soldati quasi potessi sostenerlo anch'io con le mie forze; ormai le ultime lance erano state abbandonate a terra, e anche le giovani reclute impegnavano il nemico da vicino con le spade.

Era impressionante il numero di quelli che, feriti e mutilati, si allontanavano dalla mischia, per andarsi a stendere sui prati vicini o rantolare prima che la morte gli cogliesse.

Di lontano, un cupo brontolio annunciava l'arrivo tanto agognato della pioggia. Il cielo s'era fatto livido, e come pronosticato da Rufo, il vento soffiava la polvere sollevata dai piedi contro i nemici. Le frecce scagliate da Marco e dai suoi compagni venivano trasportate dal vento sino alle ultime file, dove i barbari si sentivano più sicuri.

All'improvviso, del tutto inaspettato, si aprì tra le fitte schiere dei barbari uno spazio dove potevano penetrare i nostri; un veterano della *Macedonica* si fece largo, subito accompagnato da due compagni che gli proteggevano il fianco. Il varco si allargò quando nuovi legionari, più freschi, sostennero l'attacco. I barbari si sforzavano di chiudere la falla, ma i loro furiosi attacchi si infrangevano negli scudi dei romani: Vindicio aveva collocato al centro quelli in condizioni migliori e con maggiore esperienza; gli altri, almeno per il momento, gli bastava che trattenessero l'impeto degli avversari. Si trattava solo di vedere chi avrebbe tenuto duro più a lungo.

Ai lati, si stava facendo sentire anche l'effetto della pressione esercitata dalle reclute, che avanzavano lentamente e fra mille cautele, erodendo e sfilacciando il gruppo dei barbari. Le prime gocce di pioggia portarono un po' di ristoro ai combattenti, ma nel giro di pochi istanti si trasformarono in un acquazzone violentissimo, che impediva di vedere a pochi palmi di distanza. Qualche piede iniziava a scivolare nella poltiglia.

Quando, con la coda dell'occhio, colse un leggero sbandamento davanti a sé, anche Vindicio iniziò il suo personale attacco al centro nemico: accompagnato da quattro ausiliari goti di cui aveva sempre parlato molto bene, che gli proteggevano i fianchi, penetrava tra i giganteschi barbari aprendosi una via che, dietro di lui, si ricopriva di cadaveri e agonizzanti. Sembrava un uro scatenato che prendesse a cornate tutto quello che incontrava, e confesso che mi fece paura: senza alzare la spada, colpiva di punta il primo avversario che gli si presentava davanti, per tornare ad affrontarne un altro, e subito un altro, senza mai stancarsi, senza perdere la concentrazione e la visione della battaglia.

Un fulmine cadde su una casa con uno schianto orrendo, ma nessuno dei contendenti sembrò averlo visto o sentito.

Uno dei giganti osò sfidare Vindicio, chiamandolo per nome: le piastre di ferro della vecchia armatura romana che avrebbe dovuto proteggere il barbaro non bastarono ad impedire alla *Figlia del Sangue* di passarlo da parte a parte. Un secondo Ercole, armato di una clava metallica, stava menando strage tra i romani; la sua protezione era migliore di quella del suo compagno, e né le lance, né le spade riuscivano ad arrivare al ventre o al cuore. Vindicio afferrò un'asta caduta e stavolta la forza che vi impresse forò il bronzo di cui s'era cinto come se fosse stata una corteccia di betulla. Un ragazzo, forse il fratello o un fedele compagno, cercò di proteggerlo col suo corpo, ma il mio uomo gli spinse la spada sotto il mento, e sempre più su, fino a fargli scoppiare il cervello dentro le ossa del cranio.

La massa dei barbari, che all'inizio s'era allargata per accerchiare i legionari di Vindicio, s'era ora ricompattata, ma la pressione dei *ragazzi* e l'energia inesauribile del Comandante e dei suoi compagni rendeva difficile persino muoversi, alzare la spada, smontare da cavallo o salirvi.

Disperando ormai di uscirne vittoriosi, un gruppo di barbari si aprì un varco tra le reclute e si sottrasse con la fuga passando per il frutteto, prontamente inseguiti dai nostri cavalieri. Altri gettarono gli scudi e scapparono, scivolando nelle pietre umide della strada romana o affondando nella mota dei campi.

Altri ancora, più coraggiosi o avveduti, combatterono fino alla morte, ovvero si arresero con la promessa di avere salva la vita.

Ma non era ancora finita: Vindicio, temendo che prendessero vendetta sui prigionieri romani e goti, inviò una squadra a liberarli, ma quando giunsero all'accampamento dei barbari, constatarono che era stato già raggiunto dalla cavalleria di Allenio.

Tutta la zona era coperta di cadaveri sozzi di fango e sangue; giacevano fra questi alcuni feriti gravi, che i nostri finivano con un pietoso colpo di lancia. Altri, trapassati da frecce oppure dalle aste che s'erano spezzate, cercavano invano di strapparsele. Incredibilmente alcuni nemici barcollavano con le teste spaccate da un fendente o tenendosi le viscere fra le mani.

«Rufo, ordina ai prigionieri di seppellire i cadaveri dei loro, e ai ragazzi di fare lo stesso coi nostri. Nessuno dei combattenti di oggi merita di finire divorato dai lupi o dai corvi.»

Avrei voluto scendere e abbracciare il mio uomo, ma ero la

moglie del Comandante e dovevo dare l'esempio, perché adesso c'era lavoro anche per noi.

Il temporale si spense quasi di colpo al tramonto. I primi feriti, i più gravi, arrivarono sui carri, su barelle improvvisate o sostenuti dai compagni; altri barcollando e trascinandosi i piedi o le gambe, avanzavano da soli, lentamente, come una processione di fantasmi.

Gli spazi della fortezza, anche dopo essere stati sgombrati dalle donne e dai bambini che li occupavano, non sarebbero stati sufficienti per tutti, perché erano in corso lavori di ristrutturazione e il *valetudinarium* era stato demolito, o meglio, sostituito da un bugigattolo che poteva ospitare sei o sette ricoverati al massimo.

Fummo costrette ad utilizzare anche gli alloggi degli ufficiali, e Alessandro, il medico castrense, adoperò senza troppi complimenti il nostro tavolo di noce per operare i feriti più gravi.

Lo conoscevo poco, perché era arrivato solo da qualche mese, e non avendo moglie o concubina, dopo le presentazioni ufficiali i nostri rapporti si limitavano a un saluto molto formale quando ci si incrociava per via. Mi fidavo molto di più del vecchio dottore, Ampelio, un greco che, dopo il congedo, s'era fermato al villaggio dove aveva comperato una casa e delle terre e sposato la sua schiava Isaura.

«Posso rendermi utile?» domandai comunque.

«Cosa sai fare?» disse Alessandro senza sospendere l'esame del ferito, un ragazzo romano che conoscevo di vista.

«Ho curato i miei figli e gli schiavi di casa» proposi.

«Beh, allora va' a disfare le treccine a tua figlia e lasciami lavorare.»

Me ne andai col magone. Se non aveva bisogno di me, d'accordo, ma che necessità c'era di offendermi?

Subito all'uscita però mi bloccò Afrodite, una delle ragazze di Etna:

«Ti prego, c'è bisogno di tutte, al villaggio» mi supplicò.

«Non di me, a quanto pare. Tanto, non so fare nulla.»

«*Domina*, il medico Ampelio mi ha chiesto espressamente di te: sta operando nella locanda di Etna, e ha necessità di qualcuno con la mano delicata che lavi i feriti prima di intervenire.»

Non dissi nulla, e mi feci accompagnare alla zona dei lupanari.

Mi meravigliò che quei cubicoli fossero dignitosi, quasi come lo sarebbe la cameretta di una ragazza per bene: un letto che fino a poche ore prima era stato pulito, l'anfora e una bacinella, una mensola. Scritte sui muri dimostravano che il breve soggiorno era stato apprezzato dai molti ospiti di passaggio. In ogni stanzino c'era un soldato, talvolta addirittura due nello stesso lettuccio.

«Va bene, cosa devo fare?» domandai ad Afrodite.

«Io ti passo le spugne e tu detergi il sangue, senza toccare la ferita. Se c'è una freccia infilata, girale attorno. Così mi ha detto il medico.»

Ormai il sangue non mi dava più alcun particolare orrore o ripugnanza, era solo roba rossa da ripulire. Quei poveri ragazzi urlavano e piangevano, e io non potevo far altro che tenere le loro mani tra le mie, sussurrare qualche parola di incoraggiamento esortandoli ad affrontare da uomini l'intervento, e assicurando che tutto sarebbe andato bene. Afrodite per ordine di Etna faceva portare otri di vino per ripulire e disinfettare le piaghe e per dare un po' di stordimento ai feriti. Per quelli che proprio non ce la facevano a reggere le incisioni dei ferri, Ampelio ci ordinò di somministrare con molta prudenza dei sedativi ricavati da piante, a metà fra il farmaco e il veleno.

Fu un'esperienza breve, ma che mi segnò dentro. Anche se ero lorda di sangue come un macellaio, a darmi orrore era il pensiero che Vindicio o Marco un giorno avrebbero potuto trovarsi su un tavolo ed essere amputati o frugati dai bisturi.

A tarda notte Ampelio ci congedò ringraziandoci. Le ragazze dei postriboli erano state delle vere mamme e sorelle per quei disgraziati, e anch'io, per quel poco che ero riuscita a fare, mi ero meritata la gratitudine del corpo medico.

«Non badare troppo al mio collega» mi disse prendendomi da parte: «è un buon uomo, ma è nervoso come un aspide; non s'è mai sposato e invece avrebbe bisogno di una donnina caritatevole che lo facesse rilassare un poco.»

«Per questo, se la mia padrona è d'accordo, ci posso pensare io» propose Afrodite con un sorriso. «No, non sono troppo stanca; nel mio lavoro non bisogna mai esserlo.»

«Vedete voi, siamo nelle vostre mani» disse il medico. «Ah, donne, donne: guai se non ci fossero.»

Al termine dell'esperienza volli che Ampelio mi impartisse alcune lezioni di pronto soccorso per le emergenze, soprattutto belliche, e lui fu ben contento di insegnarmi i trucchi del mestiere. Alle lezioni, pretesi che prendessero parte tutte le mie schiave e invitai quelle fra le amiche che se la sentivano.

I barbari, interrogati con l'aiuto degli interpreti, fra cui mi annoveravo ormai anch'io, risultarono alla fine un garbuglio di germani, sarmati, alani, indigeni della Dacia, disertori romani, più simili a banditi che a guerrieri.

Vindicio mantenne comunque la promessa, e riservandosi una trentina dei più robusti come possibili reclute, da mettere alla prova, affidò gli altri prigionieri ai mercanti di schiavi. I disertori avrebbe dovuto condannarli a una morte infame, ma preferì credere alla loro storia che erano stati fatti prigionieri dai barbari e obbligati a servirli, e li riammise nell'esercito come se fossero stati strappati al nemico.

A Valeria avevo già scritto, per narrarle in estrema sintesi delle mie avventure, ma questa volta ne avevo da raccontare!

Non c'erano segreti da nascondere, la storia della moglie del giovane Vindicio che s'era recata al campo dei barbari per trattare la pace era diventata di dominio pubblico e persino a Roma se ne chiacchierava, ed anche il fatto che io, la moglie del Comandante, ed Etna, l'ex schiava tenutaria di un bordello, eravamo state nominate centurioni *ad honorem* per aver assistito centinaia di feriti, romani e barbari. Le raccontai così di mio marito, di Marco e di come cresceva la piccola Sabina.

Non ricevetti altro messaggio che fredde congratulazioni.

"Ma che le ho fatto, stavolta?"

21. Il Cenacolo delle femmine

I quattro anni successivi alla mia prigionia tra i barbari e alla *Battaglia della Strada*, come la chiamava mio marito, furono di piatta normalità, almeno come potevano esserlo quelli passati in una guarnigione, quasi sempre nelle postazioni avanzate. Rufo, dopo essere stato inviato per un anno nelle missioni più rognose e comandato alle guarnigioni più isolate e fetide, era stato infine perdonato e riammesso all'amicizia di Vindicio. Quanto allo zio *dux*, ormai risiedeva più spesso in città che nei *castra* di frontiera, per cui mio marito andava considerato il Comandante a tutti gli effetti, e non solo della nostra guarnigione.

Ogni tanto, come un temporale estivo, si scatenava qualche scaramuccia di confine: i barbari, se non arrivavano per tempo i "donativi" dell'Imperatore, venivano a far rifornimento di grano nei campi nostri o dei nostri alleati, noi reagivamo compiendo incursioni di rappresaglia in territorio barbaro tornando con un po' di bestiame e di schiavi; un paio di incontri coi responsabili delle due parti, l'immancabile banchetto di riconciliazione, la restituzione dei prigionieri, e già l'inverno era alle porte. Sì, poi c'erano le solite controversie intestine, che stavano trascinando in guerra l'intera discendenza del grande Costantino, ma per fortuna noi non ne fummo coinvolti se non marginalmente.

A seguito di un avvicendamento di ufficiali, ereditammo un'altra adepta per il "Cenacolo delle Femmine", come lo chiamava la vulcanica Etna, ossia le periodiche riunioni di sole donne, a turno a casa dell'una o dell'altra, per mangiare un boccone insieme e scambiarci le ricette, assieme alle poche novità e agli ancor meno pettegolezzi che si sussurravano al campo.

Lucilia era la schiava concubina di Attalo-Athal, un germano mal romanizzato ma che s'era fatto un certo nome per aver risolto a colpi di spadone alcune scaramucce con altri barbari più barbari di lui. Al campo c'era rimasto solo un paio di mesi, abbastanza però perché la sua donna si ammalasse piuttosto seriamente. Lui le voleva anche bene, ma d'altra parte gli ordini erano stringenti, e prima dell'inverno avrebbe dovuto essere trasferito in Siria, dove le tensioni con la Persia rendevano necessaria la presenza di buoni cavalieri.

Così Lucilia era stata affidata alle buone donne del campo, con una dotazione di ottocento denari che avrebbero dovuto bastare per il mantenimento e le cure mediche, e con l'intesa che, se fosse sopravvissuta, sarebbe diventata proprietà di chi se ne fosse preso cura.

Contrariamente alle aspettative, la donna si ristabilì, abbastanza da potersi impiegare nella locanda di Etna.

Io le avevo fatto visita nei giorni in cui era a letto, e avevo anche pregato il nostro buon medico di seguirla, allungandogli pure dei soldi miei per le medicine; poi però l'avevo persa di vista, perché sia Vindicio che i bambini s'erano ammalati e dovevo fare l'infermiera per loro.

Mi sembrò strano che Etna l'avesse invitata al nostro Cenacolo, visto che le cameriere vi venivano ammesse solo per servirci le bevande e gli stuzzichini. Lucilia però parlava un ottimo latino e sosteneva di essere romana purosangue, discendente dei coloni di Traiano in Dacia, e come prova esibiva i capelli neri e ricci, e un certo portamento aristocratico, che contrastava con i mestieri che era costretta a svolgere alla locanda. Lei poi accentuava questo suo ruolo con un trucco impeccabile, una grande pulizia negli abiti, e dei modi di fare da donna di classe. Ad Etna andava bene così, perché faceva colpo sui clienti più danarosi e spillava parcelle più alte per i suoi servizi; in compenso, non la trattava come tutte le altre ragazze, ma si rivolgeva a lei con un certo rispetto, e quando facevano i conti a fine mese, le dava l'illusione di un'equa ripartizione dei guadagni e delle spese. A volte la chiamava "la mia socia" o persino "la mia sorellina".

Nel nostro gruppo era l'unica di condizione servile, ma

quando le donne sono poche, e ancora meno sono quelle rivestite di abiti decenti e non di panno rozzo o addirittura di pelli di capra, non è il caso di fare le schizzinose.

Quel giorno, contrariamente al solito, c'eravamo trovate solo io e lei, perché Etna stava sbrigando un ubriaco grosso come una montagna che non voleva o forse non riusciva a sradicarsi dal suo tavolo, e le altre donne sarebbero arrivate solo più tardi.

Lucilia era preoccupata perché, diceva, quella mattina pettinandosi aveva trovato un paio di capelli bianchi. Era, la sua, un tipo di bellezza in cui l'artificio contava molto più della Natura, e lei era abbastanza intelligente da rendersene conto.

Cercai di consolarla, confessandole che anch'io ne avevo scoperto uno, ma non era esattamente il tipo di cose che gli uomini notano, soprattutto quando si spegne la luce.

«Dici bene tu, che hai un marito. Ma io me ne devo procurare uno ogni giorno che Dio manda sulla terra» sospirò.

«Sei cristiana?» chiesi incuriosita.

«Più o meno» disse vagamente. «Mio padre lo era, ma era anche uno sfaccendato senz'arte né parte, e io con i miei sette fratelli campavamo grazie all'aiuto di nostra zia e al lavoro di mia madre: due sante, che il Signore le abbia in gloria. Se non che, un giorno lo sfaccendato decise che sua figlia valeva meno di un boccale di birra all'osteria e mi vendette a un mercante. Mi ci accompagnò lui tenendomi per mano, ci pensi?»

Non sapevo cosa dire. «Quanti anni avevi?»

«Più o meno come Etna, ma almeno lei può prendersela col destino e coi pirati. Io devo maledire mio padre. Lo sai che ebbero il coraggio di infilarmi le catene al collo e ai polsi, in sua presenza? Come se potessi scappare. Per andare dove, poi? Così, fui esposta anch'io sul palco con tanto di prezzo scritto nel cartello appeso al collo. Per fortuna il mercato degli schiavi era in città, a dieci miglia dal mio paese, dove nessuno mi conosceva, se no sarei morta di vergogna..»

Non aveva torto: anch'io evitavo di passarci vicino, a quei sozzi mercati di carne umana; lo so, sono un'ipocrita, perché possedevo e possiedo schiavi, ma una cosa è averli già in casa, un'altra vederli nudi su una tribuna, con i compratori che li palpano, gli fanno aprire la bocca e sollevare le palpebre.

«Prima di arrivare ad Attalo» proseguì «mi feci tre anni in una fabbrica di drappi, ad annodare fili per dieci ore al giorno, poi due anni a servizio in una famiglia di brava gente che mi trattava come una figlia, un vero Paradiso, ma poveretti morirono di malattia e i creditori mi vendettero a un lenone, che mi fece apprendere tutti i segreti del letto, anzi, del pagliericcio, fino a quando si ritirò dagli affari. Altro palco, altro cartello col prezzo e divenni la donna di quel goto.»

«Mi dispiace che ti abbia abbandonata qui.»

«Che ci vuoi fare? È la vita. Lo sapevo da sempre che se fosse capitato qualcosa mi avrebbe dovuto lasciare al mio destino. I primi tempi con Attalo mi angustiavo di non avergli dato un figlio, ma adesso ringrazio Dio, o gli dei, di non averne messi al mondo. Ci mancherebbe altro.»

Così erano fatte, anzi, eravamo fatte noi donne di confine: mogli e amanti, passatempi e trastulli dei soldati, consolatrici e consigliere, infermiere e vivandiere, sopportate e indispensabili, perché senza di noi quei disgraziati che arrivavano a diciotto anni con i primi peli della barba e se ne andavano quando avevano ormai i capelli bianchi, sarebbero diventati ancora più pazzi di quel che erano. Eroi o delinquenti, spesso entrambe le cose insieme, sopravvivevano aggrappati ai bordi del Nulla solo perché a tenere loro la mano c'eravamo noi.

Purtroppo, se uomini come mio marito e i suoi ragazzi vigilavano in armi per mantenere una precaria pace sul confine, nel resto dell'Impero i conflitti sbocciavano come i crochi a primavera, e non solo tra imperatori, parenti di imperatori e usurpatori di imperatori, ma anche tra i cristiani, per stabilire in modo definitivo l'esatta natura del loro Cristo, e contro i poveri seguaci della vecchia religione: erano state proibite le pratiche di magia e i sacrifici, due faccende che tutto sommato non mi interessavano, ma nel contempo s'era dovuta promulgare una legge per impedire ai fanatici del nuovo Dio di demolire i templi, una pratica diventata di moda soprattutto fra le imprese edilizie che approfittavano dello zelo dei *galilei* per procurarsi materiale da costruzione a prezzo di favore.

Certo che, se il Cristianesimo era stato adottato per la forza e la compattezza che doveva dare all'Impero, i risultati erano con tutta evidenza inferiori alle attese, ed anche la moralità dei nuovi imperatori lasciava molto a desiderare: se Costantino aveva fatto ammazzare mezza famiglia, di suo figlio Costante si sussurrava che tenesse un harem di bei ragazzini barbari a proprio uso e consumo, e i suoi favoriti avevano trasformato ogni nuova nomina di funzionari, a qualunque livello, in un lucroso mercato.

22. Wulfila

Marco era ormai un giovanotto fatto e Sabina veniva su bellissima ma, come profetizzato da papà, poco femminile, anzi decisamente selvaggia, ancor più del fratello, tanto che mi chiedevo se non fosse il caso di trasferirci a Roma, o anche alla nuova capitale, Costantinopoli, per darle un'educazione confacente al suo rango e al suo sesso. Ad anticipare ogni decisione e troncare qualsiasi dubbio fu l'ordine perentorio di trasferimento, per Vindicio ed altri ufficiali, in una guarnigione sul confine coi persiani, i quali, dopo aver subìto le vittoriose campagne di Diocleziano e Costantino, tornavano ad alzare la cresta.

Come dicevo, i figli di Costantino non mostravano la stessa stoffa del padre, ma quanto ad amore per i parenti erano senz'altro del suo sangue, e nel corso degli anni avevano provveduto ad eliminare gli equivoci sui loro nomi elidendosi a vicenda. Alla fine, a sopravvivere era stato il solo Costanzo, un personaggio duro e ambiguo, sospettoso di tutto e di tutti, ma non privo di qualità, soprattutto militari.

I due fronti caldi del settore orientale erano quello dell'Armenia, uno stato-cuscinetto fra noi e l'Impero sassanide, e della Mesopotamia, dove i due imperi si toccavano direttamente. Mio marito e i suoi colleghi passavano le serate a disegnare col carboncino su pergamena mappe con città, *castra* e strade, indicando le fortezze e il dislocamento delle legioni, e cercando di congetturare dove saremmo finiti. Si sapeva che l'Imperatore aveva scelto di rinunciare agli attacchi in profondità, a favore di una difesa semi-rigida, basata su fortilizi di un certo rilievo e città murate; pertanto, prevedevamo di trasferirci in un centro abitato di qualche dimensione. Il che, se da un lato mi consolava, mi dava altresì qualche preoccupazione per i due discoli che avevo inutilmente cercato di dirozzare: con quell'aspetto da barbari, l'impaccio a usare il latino e l'ignoranza del greco, parevano proprio i figli di una prigioniera di guerra.

A proposito di prigionieri di guerra, nel nostro giro di saluti agli amici e di omaggio alle diverse autorità, dovetti accompagnare il mio marito e padrone nonché Comandante in visita a tutti gli accampamenti e a tutti i villaggi gotici con cui avevamo rapporti; la fama che ci eravamo costruiti in quegli anni, ognuno per la sua parte, ci costrinse ad allungare il percorso anche a tribù che non avevamo mai conosciuto, se non dai rapporti degli informatori.

Questa volta però avevamo lasciato in stalla i cavalli per utilizzare il servizio di pattugliamento fluviale del Danubio.

I marinai ci accolsero a bordo come se fossimo stati la coppia imperiale, e il *trierarco* Paolo Eustorgio Retico mi abbracciò con una confidenza sospetta, che avrei trovato sconveniente in altre circostanze, ma che mi assicurarono essere normale nella Marina imperiale.

Scendemmo il grande fiume, gonfio per lo scioglimento delle nevi alla sua sorgente e a quella dei suoi numerosi affluenti, approdando dove si concentravano diversi agglomerati di case, tanto romane quanto di goti. Diversamente dai feroci guerrieri delle terre semiselvagge, questi erano in genere pacifici contadini, che le armi le impugnavano solo per difendersi da altri barbari o quando i giovanotti più robusti e avventurosi chiedevano di essere arruolati nell'esercito.

In un centro più grosso e popoloso degli altri, rimasi colpita dalla frequenza di edifici cristiani e dal fatto che molti di quei goti ostentavano ornamenti che si richiamavano alla fede del nostro Imperatore.

Quando venni invitata a pranzo, lo feci osservare al capovillaggio, che mi raccontò a grandi linee la loro storia: molti abitanti erano discendenti di *cives romani*, che vivevano nelle sventurate terre dell'Asia e della Grecia saccheggiate dai barbari goti una settantina di anni prima, e mai riscattati.

Ora si sentivano in tutto e per tutto goti, anche se avevano più di qualche goccia di sangue anatolico o ellenico. In qualche misura e fra mille difficoltà erano riusciti a conservare la fede cristiana, molto diffusa tra di loro, e avevano anche convertito diversi barbari.

«Ma il nostro amico Claudio Saturnino ti farà conoscere un uomo che ti racconterà questa storia meglio di come potrei farlo io.»

Avevo sentito parlare del "vescovo dei Goti", ma non mi era mai riuscito di incontrarlo.

Fu quel Saturnino, mercante romano e gran maneggione, che da anni viveva in quell'embrione di cittadina, a presentarmelo. Mio marito era impegnato in un'accesa discussione con il capo locale sulla mancata fornitura di un carico di frumento, mio figlio stava gareggiando nel tiro con l'arco coi ragazzotti locali e Sabina s'era addormentata fra le braccia di Arite.

L'uomo mi accolse in una capanna appena un po' più grande di quelle dei contadini dei dintorni:

«Il tuo servo Wulfila ti dà il benvenuto nella casa dei poveri, che è anche la casa dei miei fratelli e quindi di nostro Signore.»

«Temo di averti disturbato» dissi osservando le dita nere d'inchiostro. Confesso che in quel momento mi ricordò tanto mio padre, anche se il Vescovo doveva avere più o meno la mia età.

«Oh, scusa, *domina*» disse ripulendosi le mani su un grembiale striato di nero; «prego, accomodati di là.»

Ma io mi fermai al tavolo che occupava la gran parte di quella stanza, su cui erano stesi rotoli e codici, in latino e in greco.

«Fa parte del mio lavoro di prete» disse quasi a volersi giustificare.

«Wulfila significa "piccolo lupo, mi pare".»

«Vedo che conosci la nostra lingua» si complimentò lui.

«È difficile sopravvivere in un posto di frontiera se non si è disposti ad imparare come vivono, mangiano e parlano le persone.»

Gli occhi gli si illuminarono, come se avesse trovato in me una corrispondenza misteriosa.

«Padrone, forse è il caso di offrire da sedere a questa signora. Avrai agio di spiegarle tutto.»

A parlare era stata una vecchina di una settantina d'anni, forse più; doveva essere la serva di casa a cui avevano diritto i vescovi.

«Anche Eulalia ha una storia da raccontare, lo fa con tutti; intanto mi rendo presentabile.»

La donna mi fece sedere su uno sgabello:

«Il mio figlioccio ha così tante cose per la testa, che se non ci fossi io a badare a lui, non si ricorderebbe neanche di mangiare.»

Le presi le mani e gliele strinsi.

«Se non ci fossimo noi donne, eh?»

«Eh sì, lo diceva anche mia madre. Io sono nata nella terra dei Goti, ma sono stata concepita ad Atene: papà era una specie di filosofo, con pochi allievi e pochi soldi in casa perché era troppo onesto, così almeno mi raccontava la mamma.»

«Conosci il greco?»

«Sì. Mamma mi parlava in questa lingua, ma oramai uso il gotico e il latino; quando i Goti irruppero nella nostra casa, mio padre ci fece da scudo col suo corpo, e quei barbari me lo ammazzarono come un cane rabbioso, ma forse non erano neppure goti, piuttosto schiavi raccolti chissà dove. Mamma dice che non la trattarono male, e quando rivelò che era incinta le risparmiarono le catene. Fummo anche fortunate, parlo per me, che il viaggio lo facemmo tutto sui loro barconi, altrimenti non sarei qui a raccontarti la mia storia. Sono nata schiava e ho servito nella casa di un capo ricco, e questa è stata un'altra fortuna. Mamma era ancora molto bella, nonostante la tristezza per la morte di mio padre, e così ogni anno mi trovavo nuovi fratelli e sorelle biondi come l'oro, e io che ero la sorella maggiore dovevo servirli, perché non ero figlia di un capo. Un giorno, avevo quindici o sedici anni, vidi una barca di mercanti romani e senza neppure pensarci, vi salii sopra nascondendomi sotto la merce. Mi mostrai a loro solo quando fummo lontani da casa.»

«E cosa successe?»

«Successe che le catene risparmiate dai goti me le infilarono due romani: spiegai in greco che ero una donna romana e libera, ma quelli risero e mi ficcarono sotto il carico di pellicce che trasportavano. Al primo porto dell'Impero fui venduta.»

«Io non me ne intendo molto, ma non credo sia una procedura legale» obiettai.

«Infatti, alla prima occasione scappai dalla casa di quello che mi aveva comprato e mi rivolsi al magistrato. Quello fece finta di ascoltarmi, biascicò che ero solo una bugiarda e mi restituì al mio padrone, che mi fece fustigare con le verghe, ma solo perché non voleva rovinarmi la schiena col flagello. Così, ero scappata per essere libera, e ora mi trovavo schiava di uno della mia nazione, oltre tutto cristiano come me e mia madre. La Giustizia arrivò quando dilagò la persecuzione di Diocleziano: il mio padrone fu arrestato con tutta la famiglia, e io approfittai del trambusto per darmela a gambe. Le guardie incaricate dell'arresto rubarono tutto quello che poterono, ma io sapevo dove aveva nascosto del denaro per tutte le evenienze.»

«Beh, per come stanno le cose, direi che hai fatto bene a prendertelo.»

«Certo che feci bene» insorse alzandosi in piedi: «calcolando che avevo servito per undici anni, mi ripresi fino all'ultimo spicciolo quello che avrebbe dovuto pagarmi se fossi stata una lavoratrice libera, detratte le spese di mantenimento, e il resto lo consegnai ad un servo del vescovo, perché lo usasse a favore di quei disgraziati finiti in carcere. Dopo di che, con la dovuta cautela, feci ritorno a casa mia.»

«Atene?»

Lei fece un gesto di ripulsa:

«No, sarei stata una demente a farlo: non l'avevo mai vista, non conoscevo nessuno e c'era il pericolo che qualche parente mi vendesse di nuovo. No, *domina*, l'unica casa era qui. Trovai un barcaiolo compiacente che mi fece passare il Danubio per poche monetine, e mi presentai a casa. Non ti dico la sorpresa e la gioia di mia madre.»

«E il padrone?»

«Ascoltai il consiglio di mia madre e ci presentammo entrambe con la schiena nuda per ricevere la punizione, ma con a fianco la mia sorellastra più piccola che teneva il libro delle *Epistole* di Paolo, aperto alla lettera di Paolo a Filemone, quella dove lo scongiurava di riaccogliere lo schiavo fuggitivo Onesimo. Il padrone si stava accostando al Cristianesimo, e invece di frustarmi mi abbracciò e ordinò di fare festa perché aveva perduto una figlia e ora la ritrovava. Io piansi come una fontana e fui riaccolta nella famiglia. Coi soldi portati via dalla casa del padrone mi feci una piccola dotazione che mi servì per trovarmi un bravo marito, e quando quel sant'uomo se n'è volato in cielo, ho baciato figlie e figli, sono venuta qui e mi sono messa a servire quest'altro santo.»

«Eulalia è una brava donna, e senza di lei non so neanch'io cosa farei» disse Wulfila rientrando con addosso una tunica pulita e le mani lavate.

«Sono storie che fanno pensare. Come si fa a rimettere le catene a una donna libera dopo che era riuscita a tornare nella sua patria?» domandai.

Il Vescovo sollevò gli occhi e sospirò rassegnato.

«Ho sentito dire che hai intrapreso un'opera straordinaria» dissi cambiando argomento.

«Oh, mi lusinghi, mia signora, ma non è così, anzi, è tutto il contrario: straordinari sono gli uomini che cercano di penetrare i sacri misteri delle Scritture, non certo i poveri cristiani che ne rendono in qualche modo il senso nella rozza lingua dei barbari.»

«Era a quello che stavi lavorando, vero?»

Wulfila capì che ero interessata e mi portò al suo tavolo da lavoro.

«Questi sono dei manoscritti abbastanza attendibili della

Bibbia. Sono in greco, ma li raffronto anche con alcune traduzioni in latino. Non è un lavoro semplice: la Parola di Dio letta espressa con i suoni barbari ha qualcosa di sgradevole.»

«Nessuna lingua imparata dalla propria madre lo è» lo rimproverai sorridendo.

«Hai ragione. Ma capirai che non è facile rendere i concetti, soprattutto quelli spirituali, in una lingua che non ha la minima tradizione letteraria, a parte i canti dei bardi. A volte mi sento scoraggiato davanti a questa impresa.»

Presi in mano il testo; sembrava greco ma alcuni caratteri non lo erano.

«Noi abbiamo ereditato le rune dai nostri antenati, ma ho giudicato che fossero troppo cariche di simbolismo pagano; ne ho usata qualcuna dove proprio non potevo farne a meno, per esprimere i suoni della lingua, e ho preso qualcosa anche dal latino.»

La traduzione della Bibbia, il libro dei cristiani. Dei buoni, che impresa, altro che le fatiche di Ercole.

Non era così difficile da leggere e provai a balbettare qualcosa.

«Perdonami, signora, questi sono scritti in caratteri migliori. Prego.»

Iniziai a leggere:

atta unsar þu ïn himinam
weihnai namo þein
qimai þiudinassus þeins
wairþai wilja þeins
swe ïn himina jah ana airþai
hlaif unsarana þana sinteinan gif uns himma daga
jah aflet uns þatei skulans sijaima
swaswe jah weis afletam þaim skulam unsaraim
jah ni briggais uns ïn fraistubnjai
ak lausei uns af þamma ubilin
unte þeina ïst þiudangardi
jah mahts jah wulþus ïn aiwins
amen.

«Complimenti, domina: il gotico lo leggi veramente bene. Il soggiorno presso di noi è stato proficuo.»

«È molto bella, mi ricorda qualcosa che leggeva mia cugina; sai, lei è cristiana.»

«Certo, è il Padre Nostro, la preghiera che Gesù il nostro Maestro e Salvatore ci ha insegnato.»

Già, la prima che avevo sentito dalla bocca di Valeria…

23. Costantinopoli e una strana conversazione con Valeria

Ultima notte nel nostro alloggio annesso al *praetorium*, che mi aveva visto signora e prigioniera: il letto dove era stata concepita Sabina, il tavolino su cui avevo pianto di rabbia e nostalgia, rintronata dagli ordini urlati mentre tentavo di scrivere le mie lettere alla volubile Valeria o leggevo quelle cariche di saggezza di mio padre. Era stato il mio mondo: l'avevo maledetto nei giorni in cui Murcia la Terribile mi saturava di nera accidia, e ora che dovevo abbandonarlo, quasi mi mancava il cuore di farlo.

Niente tristezze, guardare avanti, sempre: il giorno dopo ci sarebbero stati i saluti ufficiali e gli addii, ma quella notte doveva essere soltanto nostra. Già dal pomeriggio avevo mandato i ragazzi a dormire dagli amici più cari, chiedendo alle mamme di lasciarli giocare e chiacchierare fino a quando non fossero crollati per il sonno e di riportarceli al mattino, con comodo.

Preparai una cena per due, una cosa leggera, per non appesantirci troppo, ma la più raffinata che mi riuscì di mettere assieme, perché ci apprestavamo a partire per l'Oriente, la terra degli aromi e delle spezie.

Il vecchio baule che aveva contenuto la dote della mamma era l'unica cosa che ero riuscita a portarmi da casa: fungeva anche da sedia, grazie al cuscino che ne ricopriva il coperchio. Siccome sapevo che Vindicio qualche volta ci metteva le mani, avevo nascosto il regalo delle ragazze di Etna sul fondo, avvolto in una vecchia federa.

Prima di metterci a tavola, mostrai a Vindicio con orgoglio la targhetta di bronzo da appendere alla parete, con i nostri nomi e quelli dei nostri figli e una dedica "al Sommo Dio", in greco, in latino e nel gotico di Wulfila, un ringraziamento per quanto di buono e bello avevamo avuto in quegli anni.

Per solennizzare l'evento, finito di cenare gli chiesi di attendere un poco, finendo di sorseggiare il vino mielato.

Nella stanza da letto, mi liberai in fretta degli abiti di tutti i giorni, mi profumai, mi ripassai il trucco e indossai il vestito particolare che le ragazze di Etna usavano per i clienti speciali, una sorta di velo semi-trasparente a molti strati.

«Eccomi qua» dissi semplicemente quando il mio sposo e padrone fu ammesso in camera.

«Sei... sei...» balbettò e fece per smorzare le luci: di solito le tenevamo attenuate o addirittura spente, per timore che qualcuna delle reclute di sentinella curiosasse attraverso gli spiragli degli infissi e delle assi, ma stavolta lo fermai:

«Questa sera, mio signore, tutte le lampade della camera resteranno accese, perché assisterai ad una *nudatio* degna del miglior teatro di mimo dell'Urbe. Che guardino pure, ormai, se proprio ci tengono.»

Iniziai a togliermeli uno dopo l'altro, lentamente, cantando una dolcissima canzone d'amore dei sarmati che Maida mi aveva insegnato. Quando infine sciolsi anche lo *strophium*, lasciandolo cadere con eleganza, come mi aveva istruito Lucilia, lui notò subito quei segni sulla pelle, appena sotto le ascelle.

«Fermati un momento. Cos'è?» disse facendomi alzare il braccio «non l'avevo mai notato...»

Gli sorrisi:

«Ho chiesto a Giasone di farmelo: dopo tutto, i tuoi uomini mi considerano un centurione onorario. Non è stato doloroso, solo un po' di prurito. È bravo, il ragazzo. Spero non ti dispiaccia.»

Lui lesse il tatuaggio:

«*S.P.Q.R. VINDICIUS*. Questo vuol dire che...»

«...che sei il mio comandante e come tale, stanotte puoi ordinarmi tutto quello che desideri e io sarò tenuta ad obbedirti.»

Pagato il tributo di pianti, abbracci, addii, partimmo alla volta di Costantinopoli. Prima di lasciare quella che ormai era diventata la città di *Herculea*, diedi la libertà a Tamura e anche ad Emalia, entrambe in trepida attesa di passare di condizione per potersi finalmente sposare, e mi portai dietro le tre schiave sarmate, anzi, quattro, perché Arite non volle saperne di essere liberata, e minacciava di suicidarsi se non la prendevo con me.

E così mi congedai da quello che era stato per anni il mio mondo, fatto di selvaggi puzzolenti, donne innamorate o mercenarie, feroci legionari malati di nostalgia per le loro case, raccolti da tutto l'orbe romano per vigilare sull'Impero, la radura luminosa di civiltà circondata dalla selva nera della barbarie. Tante volte, quando accompagnavo Vindicio sugli spalti, con addosso una pelliccia d'orso o facendomi vento per la calura insopportabile, avevo l'impressione quasi fisica del nostro mondo dietro le spalle, con le città, i paesi, le terre calde e fertili, i contadini e gli avvocati, gli imperatori e gli schiavi, tutto dietro di noi, ma legato a noi e alla nostra capacità di resistere. Noi, che vigilavamo davanti a un deserto di neve brulicante di vita.

Ora che stavo per lasciarlo, capii che il *limes* con le sue donne piene di speranze o deluse dalla vita mi sarebbe rimasto per sempre nel cuore, ma avanti, Velia, sempre avanti. Intanto, ero contenta per mio marito, che era finalmente salito di grado a *praefectus*, e poteva presentarsi ai suoi superiori con ottime credenziali di uomo coraggioso e affidabile, contenta per i miei figli, che avrebbero sperimentato la vita in una città, e tanto mi bastava. Contenta pure io, per il salutare bagno di civiltà che mi aspettava.

Costantinopoli mi lasciò stupefatta, ma non tanto per la magnificenza degli edifici, quanto per la rapidità con cui erano sorti, quasi fossero spuntati per magia dal terreno; mi sembrava incredibile che in così poco tempo, meno di quindici anni, fossero riusciti a costruire non una città, ma un simile capolavoro. Certo, i lavori edilizi erano ancora in corso, ma già si notavano i palazzi imperiali, il circo, l'*Augustaion*, il foro, e iniziava a elevarsi una grande chiesa cristiana. Dicevano che la città avrebbe raggiunto di lì a poco i centomila abitanti.

Grazie all'autorità dello zio, ci era stato assegnato un alloggio di servizio a uso delle truppe imperiali, in una zona un po' defilata ma non lontana dal centro. Dopo un giorno o due, il tempo di ambientarci, dato che da dodici anni non vedevo una grande città, riuscii a convincere le mie ancelle ad accompagnarmi in giro a fare spese; io soltanto indossavo un vecchio abito romano, sia pure scolorito e fuori moda, mentre le altre donne di casa erano abbigliate in modo tanto barbarico quanto fantasioso, e benché Costantinopoli fosse una città cosmopolita, dove si vedevano genti da tutto l'Impero, gli sguardi dei passanti erano sin troppo eloquenti; così, dopo lo scandaloso concepimento di Marco e il non meno avventuroso soggiorno presso i barbari, per qualche giorno tornai ad essere oggetto di femminili pettegolezzi.

Anche se non mi interessavano i giudizi degli sfaccendati, era chiaro che dovevo provvedere all'abbigliamento dell'intera famiglia; al mercato, girammo per le bancarelle e alla fine trovammo alcune pezze di buon panno; già mi ero fatta consigliare una brava sarta dalla moglie di un ufficiale che mi abitava vicino, e le affidai il compito di rimettere a nuovo me e la mia servitù.

«Adesso però torniamocene a casa» dissi alle ragazze: «per oggi abbiamo dato abbastanza spettacolo. Meno male che qui nessuno ci conosce.»

«Padrona, c'è l'Imperatrice che aspetta fuori della porta.»

Arite era di tutte la più disorientata da quei cambiamenti: non aveva mai superato il trauma della morte del fidanzato e dell'allontanamento dal suo mondo, e a volte le capitava di dire cose prive di senso.

«Sicura che sia proprio l'Imperatrice?» le chiesi dunque alzandomi dalla sedia.

«Viene a vedere tu, padrona.»

Certo che se fosse stata una persona di riguardo, non era il modo migliore per accoglierla.

«Perdonami, signora...» dissi aprendo la porta. E mi arrestai, come se un colpo mi avesse paralizzata.

«Ciao Velia.»

«Valeria?» balbettai stupidamente.

Era lei, non si poteva sbagliare. Di una bellezza sfolgorante, come se le gravidanze non l'avessero sfiorata e il tempo l'avesse portata sulle sue braccia di nuvola attraverso gli anni, senza nemmeno lambirla.

La nuova stola che indossava sopra la tunica era di seta pura e scintillava al sole come il mare al tramonto; un fermaglio con un cammeo raffigurante tre teste umane, forse i ritratti dei figli, gliela teneva sollevata, in modo che si notasse la tunica di tessuto tirio. Al collo, portava una collana di pietre dure; evidentemente, quella con lo smeraldo la teneva riservata per visite più importanti.

Non meno raffinate e gradevoli alla vista erano le ancelle che la scortavano; quanto ai quattro giovani Ercoli addetti alla portantina che completavano il seguito, dovevano godere di una dieta da gladiatori.

Io, in casa, vestivo ancora gli abiti barbarici: ormai ci avevo fatto l'abitudine e li trovavo più comodi; e poi, i pochi buoni che avevo, volevo tenermeli risparmiati; che figura, povera Velia, chissà cos'avrebbe raccontato di me a Roma.

«Non fai proprio entrare tua cugina?»

La abbracciai con affetto non simulato: erano anni che non vedevo né lei né alcun altro della mia famiglia, e il mio mondo mi mancava.

Dopo aver dato gli ordini alla servitù per i portatori e per le ancelle, la feci accomodare nello studio di Vindicio, che serviva anche da sala da pranzo.

«Come hai fatto a sapere che ero in città?» domandai.

«Diciamo che frequento persone che sanno molte cose, alcune addirittura tutto. Aggiungi che si è chiacchierato un poco di una bella signora arrivata in questi giorni dalla Frontiera.»

«Però potevi farmi avvertire» la rimproverai stringendole le mani tra le mie. «Hai visto in che condizioni mi hai trovata?»

«E la sorpresa? Non eri tu a dire che ti piacevano le improvvisate, o ricordo male? E poi, sei bellissima come sempre, lasciatelo dire da chi non ti vede da una vita.»

Le feci a mia volta i complimenti per l'eleganza e per come si era mantenuta, ma lei ebbe una smorfia di fastidio:

«Lascia perdere. Dove sono i tuoi gioielli? I ragazzi, intendo.»

Marco si trovava lontano con suo padre, e quanto a Sabina, stava già irrompendo dal cortile, con le dita impiastricciate di fango.

«Ciao, signora. La vuoi una torta di terra fatta da me?»

Le ordinai di lavarsi immediatamente le mani, ma Valeria, ignorando la stola preziosa, la prese sulle ginocchia:

«Lo sai che ho anch'io dei bambini? Due maschietti e una femminuccia.»

Sabina si fece spiegare per filo e per segno chi erano, com'erano fatti, quanti anni avevano, e quanti giocattoli, e ignorando le mie proteste la trascinò alla sua cassetta di bambole.

«Le riconosco» disse lei con un mesto sorriso; «sai che alcune di queste erano della mamma e ci giocavo anch'io?»

«Sì, ma a me piace tirare con l'arco» precisò la piccola.

Stanca di farmi fare brutte figure, alla fine Sabina si congedò con un bacio e tornò ai giochi.

«Non hai idea di cosa voglia dire allevare dei figli ai bordi del *limes*. Sto cercando di farle dimenticare le parolacce imparate al campo, e anche le barzellette sconce dei militari.»

«Oh, se è per me, non ti preoccupare: in questi anni mi sono data una calmata pure io, e sono diventata molto più tollerante. Soprattutto, ho imparato e capito tante cose che la mamma non mi aveva mai insegnato, sulla vita in generale, sugli uomini e anche su noi donne.»

E per dimostrarlo la cara cugina compì una rapida disanima su Roma e su chi la abitava, parlò di feste, banchetti, spettacoli del circo e dell'anfiteatro; per fortuna, diceva, i giochi gladiatorii non erano stati sospesi, anche se il partito cristiano brontolava come una pentola di fagioli.

Mi sembrò strano, per una che a sei anni aveva bruciato le bambole e ci faceva recitare i salmi. Ancora più singolare fu la dovizia di particolari con cui descrisse i principali scandali cittadini, come se lei stessa vi avesse svolto un qualche ruolo, ma allontanai il maligno sospetto. Cominciavo però a capire che qualcosa in lei era cambiato: forse l'età, forse l'insoddisfazione; era sempre così scontenta di tutto.

«Ma adesso basta parlare di Roma, voglio sapere tutto delle tue avventure all'ombra del *limes*. Ma proprio tutto.»

Cercai di deviare il discorso, e le sfiorai i gioielli.

«Ti piacciono? Vuoi provarli?» disse togliendoseli.

Li indossai e andai a specchiarmi. Dei buoni, se erano belli, brillavano come le stelle che ammiravo con papà nelle notti gelide d'inverno.

«Non credere di sfuggire al grave dovere di confessare alla tua cuginetta i peccati nascosti» mi ammonì riagganciandosi la collana «tutti, nessuno escluso.»

«Temo di non avere scelta» dissi, e le narrai alcuni episodi curiosi, storie incredibili, persone bizzarre che avevo incontrato, esperienze, e anche di come il rapporto con mio marito si fosse rinsaldato. La raccontai dell'uro selvaggio, delle donne del campo, del mio lavoro di infermiera.

«Ma è vero che hai ballato nuda per loro?» mi interruppe.

«Per i barbari?» domandai cercando di guadagnare tempo.

Dovetti arrossire come una giovane vergine, perché mi accarezzò le guance. Purtroppo, gliene avevo accennato in una lettera, pregandola che restasse fra noi, ed evidentemente fra tante cose era quella che più le era rimasta impressa. Lo capivo dove voleva arrivare, quindi preferii andare subito al dunque: «no, amica mia, non è stata una bella avventura essere finita prigioniera dei barbari» confessai abbassando il capo; «ora ci scherzo su, ma mi sono vista tutti i miei compagni morire sotto gli occhi, e ho avuto paura che mi annegassero sul serio in una palude.»

«Povera cara. Però adesso va' avanti, non tenermi sulle spine» mi incoraggiò. «Ma allora è proprio vero quello che mi hai scritto, che avevano deciso di torturarti prima di immergerti nella palude? Ho letto delle cose orribili sui barbari e su come trattano le prigioniere… ti hanno spiegato nei dettagli cosa ti avrebbero fatto, povera stella?»

«No, per fortuna» la bloccai: «ero già preoccupata di mio, e comunque non se n'è più parlato. E poi, non è esattamente quello che ti ho scritto.»

«Ma se fosse successo, cosa avresti fatto?»

Che razza di domanda…

«Non so, immagino che avrei cercato di suicidarmi o di convincerli a darmi una botta in testa… dai, Valeria, come faccio a dirlo? Erano loro, a decidere, non io. Insomma, 'sta storia la vuoi sapere o no?»

«Sì, hai ragione, amore: sarò muta come un pesce di mare.»

Le spiegai lo scopo della missione, cosa ci aspettavamo e cosa non aveva funzionato.

«Ma raccontami di quel famoso ballo… no, scusa, è che proprio non ti ci vedo in veste di danzatrice» disse ridendo «una donna seria e per bene come te.»

«Ormai lo dovresti sapere che a me queste cose non le devi proprio dire: non si sfida impunemente la figlia di Sesto Paolo Velio Marciano. Aspetta un po' e vedrai» e mi sfilai lestamente la tunica, restando solo con l'intimo. Per essere più comoda, mi tolsi anche i calzari, mi portai al centro della stanza, presi un bel respiro e iniziai a muovere qualche passo, dandomi il ritmo col battere le mani, sempre più veloce, e canticchiando un motivo barbarico che avevo appreso dai bardi ai banchetti. «Cosa… ne dici?» domandai ansimando un poco «è vero o no... che nella vita… bisogna saper fare un po' di tutto?»

Mi guardò esitante, volse uno sguardo verso la porta, si morse le labbra, guardò ancora alla porta, poi si decise.

«Dai, mi tolgo anch'io questa roba, che oltre tutto qui dentro fa un caldo da soffocare; tanto siamo fra donne, no?» e si sfilò la stola e poi anche la tunica, rimanendo soltanto con il *subligaculum*, perché lo *strophium*, come immaginavo, l'aveva lasciato a casa; altrimenti, a cosa sarebbero servite le trasparenze dell'abito, se quello che c'era sotto restava invisibile? E poi, non era una che avesse bisogno di supporti artificiali per tenere sollevato quello che generosamente offriva alla vista del pubblico. «È solo un gioco, dopo tutto, no? Era dunque così che danzavi davanti a quegli uomini? Fammi un po' vedere.»

La presi per mano, la condussi nel mezzo della stanza e mostrai i movimenti; lei prese a imitarli, muovendo la testa e sciogliendo i capelli, che presero a danzare anch'essi al ritmo dei miei schiocchi di dita.

Ripresi a cantare, e lei si lasciò cullare da quel canto.

Era proprio bella, dannazione, un gran bel quarto di femmina, avrebbero detto i centurioni all'accampamento: non aveva un solo dettaglio del viso o del corpo che non comunicasse a chi la guardava un senso di perfezione assoluta, di quelle che gli scultori cercano invano nelle loro modelle. "Ma va' in malora, maledetta".

«Chissà cosa direbbero i nostri signori mariti se ci vedessero adesso» disse mentre si esibiva in un sinuoso movimento dell'anca.

«Non so il tuo, ma al mio non dispiacerebbe» replicai; «dai, lo vedi che ci sai fare anche tu?»

Ballammo e ridemmo per un bel tratto ancora, poi però il caldo ci obbligò a sederci e sventolarci.

«Certo, però, che sarebbe stato divertente essere noi due insieme laggiù. Ci pensi? Io e te, prigioniere al campo dei barbari, in mezzo a tutti quei guerrieri dai forti bicipiti e dal petto villoso...»

Risi anch'io di gusto. Non avevo ancora sperimentato con lei questa sensazione, e mi faceva sentire bene, perché Valeria era la mia amica, la mia cuginetta, la mia complice, ed era unica, nel bene e nel male.

«Vuoi che ordini qualcosa da bere?» domandai quando ci fummo calmate un poco.

«No, dopo magari, lascia prima che riprenda fiato. Tu intanto continua la storia, che mi sta appassionando.»

Ripresi il racconto, ma ormai l'avevo capito che si disinteressava delle altre donne, delle amicizie, e persino l'episodio dell'uro lo seguì con scarsa partecipazione. A quel punto, non faticai ad immaginarmi dove voleva che arrivassi, e l'accontentai. Cominciò ad ascoltarmi con crescente trepidazione e senza interrompermi mentre le raccontavo di come ero sfuggita per miracolo all'incendio, solo per finire davanti alla punta della spada di Morzos; «per fortuna, poi fui liberata dai nostri bravi soldati...» cercai di concludere, ma lei mi mise la mano davanti alla bocca.

«Eh no, carina, adesso devi dirmi tutto. Ma com'era quel barbaro? Bello? Voglio dire, aveva una mascella volitiva, era forte, gagliardo, bruno? Dai, non c'è tuo marito, a me puoi raccontarlo.»

Glielo descrissi, senza esagerare e facendole notare che fra noi non c'era stato proprio nulla, e anzi mi aveva salvato dal maldestro tentativo del cugino di approfittarsi di me mentre ero incatenata, ubriaca e distrutta dalla stanchezza. Per fortuna non le avevo neanche accennato al bell'Armodio, se no mi avrebbe tenuta inchiodata a quella sedia fino a notte.

Lei però sembrava accalorarsi sempre più, e non solo per il clima soffocante o per i postumi della danza. «Ma cosa ti disse esattamente?» mi domandò con una inquietante luce negli occhi.

Le ripetei le parole testuali del barbaro, spiegandole che, volendo salvare Emalia, avevo rischiato invece di spedirla dritta in una palude.

«Sì, questo l'hai già detto, ma lui, poi, cosa fece?» insistette.

«Non so perché, ma mi risparmiò l'oltraggio» spiegai: «forse era un barbaro ma gentiluomo, ce ne sono anche fra di loro, sai? o forse voleva troppo bene alla sua Arite per incapricciarsi di una straniera. Poi te la faccio conoscere, è una ragazza dolcissima.»

Lei però non demordeva: «e l'avresti fatto, se l'avesse preteso in cambio della vita della tua schiava? O della tua stessa vita? Avresti ceduto al ricatto di quel bruto?»

Cominciavo a sentirmi in imbarazzo; quei suoi discorsi, soprattutto le sue domande, mi sembravano sin troppo strani, anche se in verità mia cugina un poco strana lo era sempre stata.

«Non lo so, Valeria, non lo so e non ci voglio pensare. E in ogni modo, te l'ho già detto, la scelta non dipendeva da me, più di quanto dipenda da me ammalarmi di peste o essere divorata da una tigre. Ero in mano di quell'uomo e lui poteva fare di me tutto quello che voleva. Mi intendi adesso?»

Lei mi sorrise.

«Hai ragione, cara, non voglio certo fartene una colpa, tutt'altro. Però, anche in sua balìa, potevi ancora scegliere se lasciarti andare, rassegnarti al tuo destino, o invece difenderti, combattere fino alla morte, dibatterti, urlare…» qui dovette accorgersi di essere andata oltre.

Sì, era strana, la mia adorata Valeria, pareva eccitarsi delle sue stesse parole, come quando da bambina si illuminava quando mi teneva avvinghiata a sé con carezze, moine e lacrime, fino a strapparmi la promessa che non l'avrei mai abbandonata e lei sarebbe stata per sempre la mia sola e unica amica, oppure quando obbligava una delle sue schiavette a umiliarsi di fronte alla padroncina, in modi che già allora trovavo abbastanza imbarazzanti, oltre che penosi per l'interessata.

Decisi di cambiare tattica e, anziché spostare il discorso, cominciai ad assecondarla: «ricordati in che condizioni ero, dopo una notte in cui avevo veduto svolgersi davanti a me orrori di ogni tipo; per di più, quell'uomo mi aveva legata, e non potevo più oppormi al suo volere» aggiunsi con uno sfavillio di malizia negli occhi; e attesi la reazione.

Lei arrossì ancora di più, tentò di resistere, si morse la punta dell'indice, ma capitolò quasi subito:

«Come... come ti aveva legata?» domandò con un fil di voce deglutendo.

«Beh, gli abiti erano andati a fuoco» spiegai con la massima tranquillità, «a parte qualche lacerto; insomma, ero più o meno come tu adesso. Mi legò le mani da dietro, così: ora ti faccio vedere;» mi alzai lentamente e presi dalla sedia dove avevo steso la tunica il mio cinturino sottile di cuoio «permetti? gìrati un istante e incrocia le mani dietro la schiena.»

Lei obbedì. Il sudore le scendeva in grosse gocce dai capelli disfatti sulla schiena.

«Così?» domandò.

Non risposi e le avvolsi il laccio intrecciandolo più volte, lentamente e strettamente, attorno ai suoi minuscoli polsi; strinsi i capi facendola sobbalzare, credo anche di averla pizzicata, ma non si lamentò. Poi li annodai e diedi un leggero strattone, per verificare che tenessero: «vedi? cosa avrei potuto fare in queste condizioni?»

«Nulla, se non cedere alla violenza di quell'uomo...» sospirò provando a liberarsi; «hai ragione... dev'essere... dev'essere stata una sensazione orrenda...»

Il viso s'era fatto paonazzo e respirava a fatica, tanto da farmi temere che, fra caldo, danza, ed emozioni, le venisse un mancamento; «scusa, ora ti slego.»

«No, no» disse lei ritraendosi e nascondendo le mani imprigionate: «non provarci nemmeno, voglio capire esattamente cosa sentiva la mia sorellina adorata, condividere le tue sofferenze, per quanto possibile; lasciami così, un poco ancora, ti prego» e riprese nei suoi disperati tentativi di liberarsi da sola.

Fatica inutile: nelle lunghe serate in quella tenda, Morzos mi aveva insegnato come eseguire dei perfetti nodi sarmati che, se non sapevi il trucco, più cercavi di scioglierli, più ti stringevano, e più stringevano, maggiore era il dolore che le corde provocavano alle carni piagate. E dall'espressione del viso, la povera Valeria stava soffrendo sul serio; questo però non la faceva demordere, anzi, pareva quasi trovarvi una forma di piacere inusitato, e insisteva a tendere i muscoli e torcere le dita fino allo spasimo. D'accordo, se era questo che cercava, adesso veniva il bello:

«...infine ha fatto lo stesso con le caviglie. Ora ti mostro; alzati, per favore.»

Lei obbedì, barcollando un poco come se fosse in preda a un'ebbrezza dionisiaca. «Cosa devo fare?» balbettò.

«Ecco, ti aiuto io» e la feci prima inginocchiare e poi stendere lentamente sul pavimento a faccia in giù, sostenendola. «Tieni presente che io non ero adagiata su un morbido tappeto. Ora piega indietro le ginocchia, così, e avvicina i piedi più che puoi al didietro, tenendo le caviglie unite, che io intanto vado a prendere qualcosa da...»

In quel momento, sentimmo bussare.

Mi sollevai in piedi e mi avvicinai alla porta: «aspetta, non entrare» dissi.

«Oddio» ansimò Valeria come se si fosse svegliata solo allora da un delirio «fammi alzare... no, prima slegami Velia, ti scongiuro, slegami» implorò con voce stridula.

La sciolsi senza fretta, per non rischiare di farle male; riuscivo quasi a vedere il sobbalzare impazzito delle vene; «sta' calma, Valeria, tranquilla: finché non dico io di passare, qui non entra nessuno. Porta pazienza che in un attimo ho fatto.»

Quando ebbi terminato, la aiutai a sollevarsi, a rivestirsi e sistemarsi un poco i capelli, e anch'io mi infilai la tunica. Lei andò a sedersi e nascose sotto il tavolino le mani e i polsi, impressi profondamente dal cinturino.

«Vieni, cara, adesso puoi entrare.»

Arite fece il suo ingresso con i pasticcini e il vino; finsi di cambiare rapidamente discorso: «tu, piuttosto, raccontami di te...»

Valeria disse qualche banalità, incespicando nelle parole e balbettando; poi concluse col più classico: «fa caldo oggi, vero?»

«A chi lo dici, signora» confermò la ragazza.

Attendemmo che avesse disposto piatti, scodelline e calici sul tavolo. Prima che uscisse, la chiamai a me, le feci una carezza e lei sorrise contenta. «Vai, vai pure adesso, lasciaci ai nostri pettegolezzi di signore. Tieni pure aperta la porta, che faccia un po' di corrente.»

La ragazza si inchinò, sorrise all'ospite e salutò.

«Povera Arite» dissi quando fu uscita; «sarebbe stata una buona moglie per quell'uomo.»

Ma ormai mia cugina seguiva con la mente un suo percorso, e aveva degnato la ragazza solo di un'occhiata distratta. Il volto era rosso come se avesse sudato sotto il sole d'agosto.

Senza dir nulla, aprii il cofanetto dei miei gioielli, estrassi due bracciali di bronzo dorato, dono di un capo sarmata, e glieli passai.

Lei li infilò rapida e mormorò un "grazie" a fior di labbra.

Perfetto, coprivano del tutto i segni del cinturino.

«Cosa dici, vuoi che andiamo in giardino?» proposi.

«No grazie, ora va meglio. Chiedevi di me… no, basta, per oggi direi che mi sono scoperta fin troppo» e la bocca si piegò in una smorfia, che ben presto però si sciolse in un sorriso; «in tutti i sensi; adesso però è ora di andare. Sì, direi che è ora.»

Pensai che fosse una scusa per vincere l'imbarazzo, ma in quel momento notai che una delle sue ancelle s'era posizionata accanto alla porta: «mia signora, ti ricordo il tuo impegno.»

«Avanti, entra pure» le dissi «qui non ci sono segreti.»

«Lidia ha ragione, sono terribilmente in ritardo, e devo proprio lasciarti, sorella, ma ora che ti ho trovata, non voglio più perderti, a costo sul serio di seguirti oltre il *limes*.»

La accompagnai all'uscita. La ragazza andò a chiamare i portatori, lasciandoci sole.

«Aspetta, Valeria» dissi trattenendola per un braccio; «volevo dirti… per quella cosa di prima… per me non è mai esistita, è chiaro, ma se vuoi che torniamo a parlarne, sappi che io sono qua.»

Lei fece finta di cadere dalle nuvole, ma sapeva perfettamente cosa intendevo.

«Sì» disse come sovrappensiero «noi due dovremo parlarne di tante cose, sei l'unica che forse potrebbe capirmi.»

Quando fu sul punto di risalire sulla lettiga, ci rinnovammo saluti e abbracci, sotto lo sguardo perplesso di Antonina, la vicina di casa, moglie anche lei di un ufficiale.

Guardai il corteo allontanarsi. Aveva proprio ragione Mada, anche spettinata e col viso arrossato, sembrava l'Imperatrice in visita.

«Ma era da te?» mi domandò Antonina dopo che la lettiga ebbe voltato l'angolo.

«Sì, è mia cugina; la conosci?»

«Non di persona, ma tutti sanno chi è: una delle più grandi zoccole della parte orientale dell'Impero Romano. È sposata a quel supercornuto di Antemo Priscilliano Mario, che lavora negli uffici del *Magister Officiorum*, una vera carogna; mi dispiace per te, però quella tua cugina ha collezionato più amanti che gioielli.»

Non era il caso di difenderla: per quel che mi riguardava, poteva benissimo avere ragione, ma non era un motivo per cacciarla via dalla mia, vita; se mai il contrario. Direi anzi che ora mi incuriosiva, e avrei voluto saperne di più. La sua reazione al mio racconto, quello che le era sfuggito e soprattutto quello che aveva taciuto era stato imbarazzante ma istruttivo, anche perché in qualche misura spiegava certe sue stranezze di bambina e di ragazza.

"Misteri dell'animo umano".

O anche no.

Papà era convinto che esistessero sostanzialmente due categorie di persone, quelle che cercavano di fare il bene dando ordine al mondo, e quelle che lo percorrevano creando caos e dolore. La mamma era il tipo che aiutava gli altri per principio, e se fosse stata cristiana sarebbe andata dritta filata nel loro paradiso. Qualcuno diceva che avevo preso da lei, e questo non mi imbarazzava, ma non era del tutto vero. Più modestamente, io, mio padre e anche Vindicio, il povero Morzos, e infiniti altri bipedi che sgambettavano in giro per il mondo, si cercava di fare quel tanto di bene che riuscivamo, ma non per questo rinunciavamo a riservarcene un poco per noi, accettando con gioia i piaceri che la vita ci poteva offrire. E perché no? Se gli dei avevano creato e donato agli uomini tante cose belle e buone, non approfittarne equivaleva a offenderli, come quegli odiosi individui che, invitati a pranzo, piluccano appena e ti fanno capire che, se si degnavano di assaggiare qualcosa, lo fanno solo per riguardo al padrone di casa.

C'erano poi nella sua classificazione i malvagi, che vivevano per operare il male degli altri e di solito conducevano una vita grama, perché essere perpetuamente in guerra con il mondo non è mai piacevole, ma forse ci trovavano il loro gusto anche loro. Nerone era un criminale e un depravato, e le sue vittime soffrivano di mali veri e spesso atroci, ma di sicuro quel delinquente in porpora sapeva anche divertirsi.

Poi c'erano i tipi come Armodio, che si faceva i suoi porci comodi, e probabilmente diventava feroce solo se qualcuno gli pestava i piedi impedendogli di togliersi le sue soddisfazioni.

Infine c'erano quelli che mio padre chiamava *heautontimoroumenoi*, dal titolo della famosa commedia di Terenzio, i quali godevano a infliggersi o farsi infliggere sofferenze, tipo, secondo lui, i martiri cristiani.

Ecco: fuori di questo elenco, ma anche a riassumere in sé tutte queste varietà di caratteri insieme, c'era lei, Valeria.

24. Valeria si confessa

La mattina dopo, mi risvegliai che ancora ripensavo alla stranezza della giornata precedente, a ciò che ci eravamo dette fra di noi e alle follie che avevamo fatto insieme, follie di cui non riuscivo proprio a pentirmi.

Poi però i lavori di casa mi catturarono come una preda finita in un labirinto di reti, e la testa si fissò al ritorno di Vindicio e Marco dalla partita di caccia sulle montagne attorno alla Città. Per essere sinceri, dopo anni in cui era stato quasi l'unico divertimento di entrambi, penso ne avessero fin sopra i capelli di cani da caccia, archi e frecce, ma gli alti ufficiali che li avevano invitati potevano fornire informazioni più precise sulla destinazione e sugli incarichi che ci aspettavano, e comunque era gente da tenersi buona.

Certo non mi aspettavo che Valeria tornasse già il giorno dopo la prima visita, abituata com'ero ai suoi repentini cambi di umore e di programma. Fu quindi una sorpresa, quando mi fu annunciata, mentre ancora le ragazze stavano sparecchiando la tavola del mezzogiorno. Sabina aveva giocato tutta la mattina all'aperto, e ora si stava godendo il pisolino pomeridiano.

Stavolta si presentò con la sola Lidia e in abiti molto più modesti. Mi venne spontaneo dirle che la trovavo meglio così, al naturale, e lei mi ringraziò.

«Eccoti i tuoi bracciali» disse estraendoli da una borsa di cuoio. Lei ne indossava una coppia d'oro puro. «Li ho fatti strofinare e lucidare, sono come nuovi.»

Le chiesi per prima cosa se dovessimo esibirci in qualche altro spettacolo da mimo perché, in caso contrario, potevamo usare un angolo del giardino, fresco e ben ventilato.

Mi sembrò, se non risentita, infastidita dell'allusione, ma sia pure a denti stretti riuscì a sorridere. Mi rincrebbe, perché la mia intenzione era di sdrammatizzare la cosa e prenderla in ridere. «Vieni, ti faccio strada.»

I complimenti per com'era tenuto quel piccolo riquadro di verde fiorito non mi toccavano direttamente, ma mi diedero piacere; era così inconsueto sentirla congratularsi con qualcuno di qualcosa, soprattutto senza riserve, perché quasi sempre aggiungeva alle lodi almeno una piccola nota di critica.

Arite ci servì acqua fresca di pozzo e della frutta di stagione e secca, poi si portò via l'ancella della nostra ospite, come le avevo pregato di fare.

«Scusa, spero di non averti offeso. Non so tu, ma in verità era un pezzo che non mi divertivo così. Parlo del nostro balletto di ieri.»

«Certo. Ma pure il resto è stato istruttivo, anche se non sono sicura di volerlo ripetere» disse togliendosi un bracciale e mostrandomi i segni ancora visibili nei polsi. «Sai, ogni esperienza che ci aiuta a capire cosa abbiamo nella testa e nel cuore è comunque un bene. *Conosci te stesso* dicevano gli antichi, no?»

«Ma anche conoscere gli altri è una cosa importante, in particolare quando hai un'unica cugina e un'unica amica; per cui, a costo di legarti le gambe alla sedia, non te ne andrai via da casa mia fino a quando non mi avrai raccontato tutto, ma proprio tutto, di te e di questi anni.»

La meridiana segnava la prima ora dopo il mezzogiorno. Valeria le diede una fuggevole occhiata, appoggiò le labbra sul bordo del calice e bevve un sorso.

«Non sono felice, Velia.»

«Questo l'ho capito dalle lettere; ma esattamente cosa non va?»

Valeria prese un bel respiro.

«Mi ero attesa l'uomo perfetto, dopo il povero Livio. Mario mi vuole bene, pur senza mai eccedere, e ama allo stesso modo suo figlio e i miei, ma...»

«Insomma, capisco che ti manca qualcosa» conclusi.

«Dirai che sono un'incontentabile, che non mi va bene niente...» qui si interruppe per cercare le parole giuste «penserai che sono sempre alla ricerca del nuovo, del diverso, dello stravagante: sii sincera, non è questo che ti sta passando per la mente?»

«Sì, Valeria, sì» sospirai «ma allora mi chiedo se veramente in questi anni hai imparato qualcosa della vita, oltre che di te stessa. A me sono serviti questi quattordici inverni ed estati, in mezzo alle paludi, a dar la caccia alle zanzare o sepolta sotto sei piedi di neve, in compagnia di donne barbare, ma donne, Valeria, donne vere, per tutti gli dei, che si dannavano l'anima per loro stesse, i loro figli e i loro uomini. E credo, o almeno mi illudo, di esserne uscita una persona migliore.»

Lei scosse la testa: «tu saresti una brava donna anche se fossi nata in una famiglia di briganti, è la tua natura. Se solo tu riuscissi a capire come mi sento io...» e sospirò ma lo fece con una voce così caricata, teatrale, che suonava falsa oltre ogni dubbio.

«Mio marito è sempre impegnato» riprese senza far caso al mio fastidio; «quando rientra, ha solo tempo per le sue maledette carte e i suoi fidi segretari. Certo, ho i miei figli, la piccola Prudenziana è già fidanzata, ci pensi? Potrei trovarmi di qui a qualche anno nonna, e invece sono ancora giovane, Velia, e mi sembrerebbe di avere diritto a vivere la mia vita, non quella che gli altri mi hanno imposto, e non posso biasimarmi perché sto cercando di farlo. Certo, chiunque mi invidierebbe i banchetti, i ricevimenti a Corte, una casa che non ha bisogno della mia mano per essere gestita... tutto meraviglioso, ma mi chiedo: che ci sto a fare al mondo, se non servo a nessuno?»

Provai a spiegarle che era una cosa normale che le donne avessero dei compiti diversi dai loro uomini, però ci restava pur sempre un'intera prateria di opportunità per renderci utili e cavarci anche qualche piccola soddisfazione.

Lei mi fece una carezza sul viso; aveva una mano morbida come un tessuto pregiato. «Te l'ho detto, sei buona, Velia, e mi consigli bene, ma io sento... so di avere bisogno di qualcosa di più.»

«Cosa ti dice quel sant'uomo del tuo amico vescovo?» domandai, sentendomi una perfetta imbecille.

E infatti, assunse subito un'aria infastidita.

«Credo che la nuova Fede non abbia da dire molto di più di quelle vecchie. Ma se è per questo, neanche i filosofi in volume di cui ho piena la casa mi aiutano. Forse l'unica a conoscere il mondo sei proprio tu.»

Confesso che mi sentivo imbarazzata e insieme orgogliosa di aver conquistato la sua fiducia fino a questo punto.

«Cattolici, ariani, manichei, gnostici» proseguì «per non parlare delle mille sette fai da te che nascono ogni giorno. Chi di loro ha la verità? Tutti? Nessuno? Magari mi faccio sbranare dalle belve nell'arena credendo di salire al Cielo, salvo scoprire che ho fatto la martire di una fede sbagliata. Sai che risate? Il nostro Imperatore e vice-Dio ha emanato un editto per proibire i sacrifici pagani e chiudere i templi. Capolavori dell'ingegno umano trasformati in case da gioco e in bordelli. Mio marito, per andare sul sicuro, segue sempre la fede di chi comanda in questo momento. A volte mi viene da pensare che in cuor suo sia completamente e allegramente ateo.»

«Naturalmente, tu sai cosa si dice fra gli imperatori...»

«Anche loro oscillano tra una credenza e l'altra, e non escluderei che qualcuno dei Costantinidi decidesse di tagliare la testa al toro e tornare alla religione antica. Il mio diletto coniuge afferma che è possibilissimo, e forse si sta già adeguando. Se ci pensi, è ben curioso che un marito che ha tradito mezza Roma e che sarebbe disposto a poggiare i piedi anche sulla schiena di sua madre per far carriera, accusi me di tradirlo.»

Ecco, c'eravamo, finalmente.

«L'hai fatto, Valeria?» dissi guardandola negli occhi.

Lei accennò di sì, senza distogliere lo sguardo.

«È stata la follia di un istante o qualcosa di più serio?» le chiesi sapendo già la risposta.

E infatti mi guardò amareggiata:

«Veramente, mia dolce sorella, tu non sai fingere. Scommetto che le lettere con tutti i particolari più piccanti su di me che ti sono arrivate da Roma e da Costantinopoli formano da sole un bel volume.»

Giurai che, a parte la velenosa battuta di una vicina, era la prima volta che ne sentivo parlare.

«Comunque, sì, l'ho fatto e non con una sola persona» disse decisa, come se ne provasse vanto. «Ho conosciuto tutte le forme di piacere che una donna può sperimentare, anche se ieri, grazie a te, ho appreso qualcosa che ancora non conoscevo. Quando quel principe indiano venne a rendere omaggio al nostro Imperatore, due anni fa, sedussi il suo consigliere solo per imparare da lui i segreti della famosa arte dell'amore indiana, e ti assicuro che mi sono dimostrata una buona allieva, anzi, ottima, almeno quanto lui è stato un maestro perfetto. E ora, dimmi quello che pensi veramente di me.»

Confesso che mi sentii rabbrividire.

«Io non giudico, Valeria, non sarebbe giusto perché non sono nei tuoi panni, e mio marito non è tuo marito. Vindicio ha mille difetti, è brontolone, sproloquia a vanvera, è testardo e a volte si comporta da barbaro qual è, ma mi vuole bene, e sì: quello che piace a te, piace anche a me, cosa credi? e ne approfitto tutte le volte che posso. La differenza è che il mio uomo mi basta, e il giorno che non mi bastasse, beh, me lo farei bastare. Non ho la tua intelligenza, Valeria, me ne rendo conto, né il tuo fascino, né la tua classe, la tua raffinatezza, e quel poco che avevo conservato me lo sono giocata standu tutti questi anni in mezzo a soldati, ubriaconi e prostitute da lupanare. Non so neanche più in che dio credo, e neppure cosa è giusto e cosa non lo è, quindi, niente consigli. Mi chiedo solo: ti rendi conto di cosa rischi se ti scoprono? Perderai la dote, che se ben ricordo era abbastanza cospicua, e rischi l'esilio.»

«Oh, se è per questo, da quando sei partita i signori imperatori cristiani hanno accresciuto a dismisura le pene per gli adulteri. Ora sono uguali ai parricidi, quindi il *culleus* o il rogo» disse con indifferenza.

«È terribile. Non lo sapevo proprio» confessai smarrita.

«Chi ha tradito il marito è come se avesse offeso la maestà degli dei o del Dio unico, a seconda delle preferenze» e qui si lasciò andare a un sorriso sarcastico: «un mio amico di letto, giurista di qualche nome e buon cristiano, mi ha dottamente erudita sulla questione. L'accusa di adulterio è contigua al *veneficium*, il tipico reato femminile, il terrore segreto di tutti i maschi, quello di essere avvelenati dalla propria sposa. E cos'è introdurre sangue alieno nella discendenza legittima, se non un avvelenamento della stirpe? Impeccabile come ragionamento.»

«E ciò nonostante non hai paura...»

«Non ci penso. O forse amo il rischio. O magari, nel fondo del mio cuore malato e corrotto desidero inconsapevolmente ricevere i castighi che la *Lex romana* minaccia alle donne come me. Magari non c'è neanche tutto il pericolo che immagini, visto che mio marito lo sa benissimo quello che succede a casa nostra quando lui non c'è, o in case altrui quando esco per le devozioni. I servi parlano, i ragazzi sono abbastanza grandi per capire...»

«E ciò nonostante...»

«Lo sai che secondo la nostra legge, se si scoprisse che lui ne era informato e non aveva fatto nulla per denunciarmi, è egli stesso passibile di un'accusa di *lenocinium*? in pratica, di favoreggiamento della prostituzione? Che poi... forse è meglio fermarci qui» disse con un sorriso amarognolo.

«Come vuoi.»

«No, Velia, se non sono sincera con te... diciamo che non vado a letto con il panettiere o con l'arrotino. E lo sai anche tu quanto chiacchierone diventa un maschio quando gli sussurri all'orecchio "micetto" o "topolino". E ad un certo livello, le chiacchiere valgono denaro sonante o avanzamenti di carriera. Diciamo che questo bel corpo è anche un buon investimento, e non solo per me.»

«Se le cose stanno così, mi chiedo solo cosa aspetti a divorziare. Non è una bella cosa, ma almeno saresti libera di condurre la tua vita come meglio ti pare.»

«Mah, ci ho pensato, ma dubito che mio padre mi riprenderebbe in casa, e francamente non sono capace di rinunciare alle comodità di questa vita. E poi, perderei i figli... non so, faccio la donna di mondo e sono confusa come una ragazzina.»

«Non so cosa dirti, io non riuscirei nemmeno a dormire con la prospettiva che mi bruciassero viva se venissi scoperta. Una volta i goti mi hanno condotto a vedere il rogo di due amanti. Lui era uno schiavo, un bel ragazzo, lei la moglie di un capo. Non so se li avessero scoperti in flagrante o se il marito abbia estorto la confessione con la tortura, certo che dovevano amarsi sul serio, perché anche legati al palo, le mani continuavano a cercarsi, e mentre le fiamme li divoravano, riuscirono a stringerle. Lui fu fortunato, perché il calore di una fiammata lo soffocò e morì in pochi istanti. Lei invece era ancora viva e vedeva la sua pelle cadere a pezzi, nera, un lacerto dopo l'altro. Non sono riuscita a resistere, e sono andata a vomitare dietro la prima capanna.»

Valeria non sembrò molto colpita dalla storia dei due amanti infelici.

«Un mio amico, il vicario d'Africa Catullino» raccontò a sua volta «è stato redarguito dai nostri beneamati imperatori per non aver punito con la dovuta severità i rei confessi di adulterio ed avere anzi ammesso i loro appelli, miranti a rinviare il supplizio. Quindi, ai reprobi delle lenzuola neanche il diritto d'appello. E quanto ad orrori barbarici, lo sai come funziona il *culleus*? Anche mio marito mi ha portato a vedere una donna condannata. Non è uno spettacolo frequente, e secondo lui meritava. L'hanno frustata fino quasi ad ammazzarla, poi l'hanno chiusa in un sacco con un cane rabbioso, un gallo e una vipera. Aveva ancora la forza di urlare quando hanno calato il sacco nel Tevere.»

«E questo avviene con gli imperatori cristiani, secondo l'insegnamento d'amore e di perdono del loro Maestro.»

«Che vuoi che ti dica? Io sono stata allevata nella fede cristiana, e sono tenuta a restarci, ma se fossi libera di decidere, non sarebbe di sicuro la prima scelta. Almeno per come la interpretano i nostri augusti imperatori.»

Valeria con questa confessione si stava mettendo nelle mie mani: sarebbe bastata una denuncia, e lo scandalo sarebbe scoppiato come una vescica troppo gonfia. Naturalmente, me ne sarei ben guardata, ma mi faceva bene questo suo volersi aprire con me, condividere i suoi dubbi, i suoi errori, le sue colpe, perché Valeria era la mia amica, la mia complice, ed era unica, nel bene e nel male.

«Domani però vieni tu a trovarmi» fu il nostro commiato.

Le cose purtroppo andarono diversamente: il giorno successivo, senza neppure il tempo di salutarla, dovemmo imbarcarci per Antiochia, su una trireme. La destinazione era segreta, ma si parlava di Edessa o Nisibis, l'ultima città romana prima della frontiera sassanide.

Pregai tanto gli dei che mi concedessero una città qualunque, ma una città vera, con delle botteghe, delle bancarelle, un foro, una biblioteca, le terme, insomma, non Roma o Costantinopoli, certo, ma qualcosa che in piccolissimo vi somigliasse.

Ma quella notte, prima di addormentarmi, rivolsi agli dei immortali una preghiera per lei.

25. Nisibis e una lettera

Il trasferimento a Nisibis, la nostra destinazione, avvenne via mare, costeggiando le regioni asiatiche fino alla foce dell'Oronte.

Seleucia di Pieria era ed è, per Antiochia, ciò che Ostia è stata per Roma e il Pireo per Atene; non solo, ma Costanzo, considerando le necessità della città e dell'esercito, aveva fatto sbancare una collina e introdurre il mare, ampliando e rendendo più sicuro il porto.

Da Seleucia, seguimmo dunque il fiume sino ad Antiochia, l'antica capitale dei re Seleucidi, che per qualche anno era stata una delle sedi imperiali; attualmente vi risiedeva lo stesso Imperatore Costanzo che la riteneva più adatta di Costantinopoli a dirigere le contromosse militari in caso di attacco persiano. Ci fermammo qualche giorno, visitando assiduamente le terme, ma senza trascurare le vie ingombre di mercanzia di ogni genere, ammirammo la mole del teatro, i palazzi signorili, le piazze. Nonostante il bagno di civiltà di Costantinopoli, ne avevo ancora bisogno, io, romana di Roma, dopo tanti anni di barbarica miseria e con la prospettiva di chissà quanti altri da trascorrere in mezzo al deserto.

Per la via di Carre raggiungemmo Nisibis, dopo una lunga deviazione per Edessa, dove lasciammo alcuni colleghi di Vindicio. Mi dispiacque soprattutto per Paola Censorina, la giovanissima moglie di Vibio Tiziano, conosciuta a Costantinopoli, che aveva partorito in nave e con cui avevo stretto amicizia.

Anche lei sembrava destinata ad una vita tranquilla e moderatamente infelice come quasi tutte le donne della nostra condizione, se non che, dopo essere stata sposata quattordicenne a un uomo che aveva il triplo dei suoi anni, era rimasta vedova a quindici, e crescendo s'era fatta di bell'aspetto e inoltre, per una serie fortunata quanto imprevista di altre tragiche dipartite, appetitosa ereditiera. Quando suo padre le aveva presentato il candidato scelto, era quasi svenuta per l'emozione: Vibio aveva ventotto anni, era bello come un dio, forte, estroverso, e sembrava destinato a una carriera fulminante.

Naturalmente, con un marito così doveva mettere in conto una competizione piuttosto assidua con altre donne; purtroppo per lei si era innamorata come una pazza del suo uomo ed era gelosa come una bambina, tanto da seguirlo in tutti i postacci dove quel suo divino marito era stato trasferito di guarnigione.

Oltre tutto, gli sfornava un figlio all'anno, quindi si vergognava a rimproverargli le numerose scappatelle, e si doveva limitare a piangere con le ancelle e rodersi dentro. Finché un giorno accadde il miracolo: durante una scaramuccia, un barbaro più intraprendente degli altri riuscì a farsi largo nel folto del combattimento impegnando in duello il suo eroe, e prima di essere abbattuto dalla sua guardia, gli assestò alla disperata un colpo di spada che gli divise in due la faccia.

Il medico militare fece il possibile per ricucirlo, ma il bel Vibio rimase sfregiato, e solo la paziente opera di ricostruzione morale operata della sua giovane sposa riuscì a rendergli tollerabile la vita. Anche ora la tradiva, ma con donne di rango molto più basso di prima e in modo più discreto.

Promettemmo di scriverci e ci giurammo che, appena si fosse rimessa, ci saremmo trovati da lei o da noi.

Finalmente ecco la nostra meta, nel cuore stesso della provincia mesopotamica, la città da dove partivano le vie carovaniere dirette verso l'India e ancora più oltre. Sin dai tempi di Diocleziano, Nisibis era stata inserita nell'orbita romana, ma il confine con la Mesopotamia persiana le correva vicinissimo, e qualunque operazione militare avviata dall'una o dall'altra parte l'avrebbe coinvolta. Il che era piuttosto inquietante, ma rappresentava altresì la ragione della nostra presenza.

A volte mi trovavo a confrontare il lungo servizio prestato dagli ufficiali, e anche da noi donne, nelle terre barbare oltre il Danubio, con l'attuale sistemazione. Laggiù, che fossero di qua o di là del *limes*, vi erano terre desolate, abitate da barbari o romani mezzi barbari anch'essi. Qui invece si respirava l'eredità di antichissime civiltà, già tramontate e risorte infinite volte quando ancora Roma non esisteva, e città dal nome famoso si alternavano a riquadri di deserto dove l'occhio si perdeva su un orizzonte sempre uguale.

A oriente, un *limes* vero e proprio non esisteva, e l'intera regione era esposta a frequenti incursioni dei nostri mortali nemici, per cui cittadine, villaggi, punti di passaggio, erano difesi da stazioni militari. Non sempre i persiani inviavano truppe regolari, più spesso devastavano le nostre province con bande di predoni, apparentemente autonome, che compivano scorribande tra i nostri sudditi; in queste terre, il bottino era rappresentato dalle greggi, ma soprattutto da uomini e donne, carne umana da catena e schiavitù.

Gli abitanti, poveretti, ci avevano ormai fatto l'abitudine, e alzavano le spalle vivendo alla giornata, sopportando pazientemente i disagi della presenza di tanti soldati e accettando i frequenti assedi, così come un contadino patisce la grandine o la siccità.

Il giorno stesso del nostro arrivo, ci vennero assegnati alcuni alloggi nelle caserme, ma già dopo un paio di settimane potemmo disporre di una casetta bianchissima, piccola per le nostre esigenze, ma comoda e pulita; ben presto, imparammo che in Oriente molta parte della vita si svolge negli spazi pubblici, salvo d'estate, quando le temperature riuscivano a far calare gli orecchi anche a una trottola come Sabina.

Vindicio, come primo incarico, era stato messo al comando di un reparto di ausiliari locali di fanteria, e questo lo imbarazzava un poco, anche perché lo costrinse a imparare in fretta la loro lingua, anzi, le loro lingue. I ragazzi che comandava erano stati lasciati a loro stessi per mesi o addirittura anni, e dovette usare un'equilibrata mistura di maniere forti e carisma personale per addestrarli daccapo, senza cedere sulla disciplina, ma largheggiando nel permettere quello che comunque non avrebbe potuto impedire. Quando giungeva la stagione della mietitura o della vendemmia, non aveva difficoltà a concedere licenze agricole, e a loro onore, va detto che nessuno di quei coscritti ne approfittò per disertare.

Quattro anni dopo il nostro arrivo, subimmo il primo assalto persiano, ma quello terribile, in cui rischiammo di essere spazzati via, avvenne quando ormai ci eravamo ambientati e sapevamo come comportarci. Per il resto, tanti incidenti di frontiera, tanta routine, molta noia. E il tempo che passava.

Come dicevo, il mio primo timore fu di fare delle brutte figure con le donne della guarnigione o con le mogli dei funzionari imperiali: negli ultimi anni, ero vissuta come una barbara delle steppe, e certe abitudini, una volta acquisite, sono difficili da togliere. Alla fine, le cose andarono discretamente, anche se mi feci una fama, del tutto immeritata, di donna timida e introversa. Un problema non da poco fu anche la lingua, e non solo per Vindicio: il greco me lo ricordavo bene, ma i miei ragazzi non erano mai riusciti ad impararlo decentemente; peggio: in giro usavano comunemente il siriaco, una lingua ostica scritta in caratteri incomprensibili, tanto che, come dicevo, imparai più facilmente il persiano e un po' di armeno.

Da *Herculea* le donne riuscirono a mandarmi una lettera scritta in comune, nella quale dicevano di ricordarmi con infinita nostalgia. Da mia cugina, invece, nulla di nulla: ogni volta che un corriere o un amico mercante si recava a Roma o a Costantinopoli, gli mettevo in mano un fascio di lettere, ma inutilmente.

Avevo perso ogni speranza, quando un giovane ufficiale arrivato da Roma mi consegnò una lettera sigillata. Gliel'aveva affidata una cognata, amica di un'amica di un pezzo importante. Mi chiusi in camera ordinando di non disturbarmi, neanche se a cercarmi veniva Re Sapore coi suoi cammelli e tutti gli elefanti da guerra.

Valeria alla sua Velia, saluti.

Non ti chiedo perdono del ritardo con cui ti rispondo, perché so già di essere ingiustificabile. Sì, dolce amica e carissima cugina, le tue lettere le ho ricevute e aperte, e le tengo care come ciò che amo di più, ma – lo vedi come sono? - non ho avuto finora il coraggio di leggerle.

So che ti continuano a parlare di me, e quello che ti dicono di male è tutto vero, fino all'ultima parola; anzi, potrei aggiungere al peso della catena che mi opprime e mi fa strisciare nella polvere come il serpente dannato, altri anelli di colpe e peccati, ancora più gravi e pesanti quanto inconfessati.

Solito modo di esprimersi, anche quando ci trovavamo a tu per tu; persino da bambine, sembrava che detestasse i toni normali della conversazione.

Ho messo in pratica tutto quello che una donna dotata di un'accesa immaginazione può concepire nei suoi sogni malati; e per ottenere questo, ho ingannato, tradito, seminato dolore, procurato vergogna a mio marito e ai miei figli, sono la favola del mio mondo, e ne ride persino l'infima plebe. La mia piccola Prudenziana, sposa di un funzionario di corte, non mi rivolge più la parola; i suoi figli hanno già negli orecchi le espressioni con cui tutti mi bollano, e solo il pudore infantile impedisce loro di ripeterle: la loro nonna, che dovrebbe essere il modello di ogni virtù, è invece la pietra dello scandalo.

Sono arrivata al punto di mettere a rischio la mia vita stessa, nella ricerca di qualcosa che immancabilmente tornava a deludermi. Nella mia follia, ho desiderato la morte, e forse me la sarei inflitta da sola, se in mezzo a tanta immondizia non fosse spuntato un fiore.

Servilio.

Ecco, mi pareva che dovesse esserci un uomo di mezzo.

La verità era che mia cugina non riusciva proprio a starne senza, e nel contempo non ne trovava uno che la soddisfacesse per più di qualche mese. O settimana.

Un uomo di bassa condizione, ma è stato amore a prima vista. Ho lasciato tutto per lui. Sono pazza? Sì, lo sono: ho anch'io superato il "limes", per quanto in senso diverso dal tuo. Pensa all'ipocrisia della gente che mi circonda: per quieto vivere, avevano tollerato che tradissi mio marito con ogni personaggio che mi suscitasse un capriccio, una fantasia, una scintilla di interesse, ma quando mi sono contaminata con un povero, sono stata cacciata dal consorzio umano.

Mio marito mi ha strappato tutto quello che la legge gli consentiva di portarsi via, e dice che devo ringraziare la sua bontà se non mi fa condannare a morte per adulterio. Ora vivo a Roma di quel poco che mi è rimasto, non posso vedere i miei figli, e neppure i miei adorati nipotini. Ma non rimpiango nulla, né la vita sciagurata della mia maturità, né quella ipocrita della giovinezza.

Solo due persone sono rimaste al mondo che possano capirmi: tu e lui, mia diletta Velia.

Ora ho un lavoro, ci pensi? Lavoro assieme al mio uomo, servo i clienti in un'osteria, io che avevo nugoli di ancelle a mia disposizione.

Eppure sono felice.

Porgi i miei saluti al tuo Vindicio e agli adorati Marco e Sabina.

Saluti, sorella, anima a me più cara.

Ti auguro la mia fortuna

Vale!

Cosa potevo rispenderle? Le augurai anch'io di aver trovato finalmente la pace che cercava, ma in tutta franchezza ne dubitavo.

Non ricevetti altre lettere, e infine mi stancai di inviargliene, anche perché non mi aveva fornito il nuovo indirizzo, e le mandavo a parenti o amici comuni, che verosimilmente le gettavano nelle immondizie. Si sarebbe fatta viva lei, se ne avesse avuto tempo e voglia.

Ah, l'amore è senz'altro una cosa meravigliosa, ma che gli dei mi guardino da una fortuna simile.

26. Guerre d'Oriente

Durante il mio soggiorno a Nisibis ebbi la straordinaria ventura di incontrare l'Imperatore Costanzo.

Il Re di Persia Sapore aveva rotto per l'ennesima volta la tregua con noi, passando il Tigri e prendendo Singara, una nostra città. Era una fortezza in mezzo al deserto, difficile da rifornire e quindi facile preda di un attacco appena convinto, ma proprio per questo, non si poteva darla vinta al nemico. Costanzo aveva assunto il comando delle truppe, e Vindicio dovette accodarsi al Grande Capo, portandosi dietro Marco. Questa era una cosa che, pur avendola prevista da sempre, anzi, essendo addirittura ovvia, mi faceva male: il ragazzo aveva più di vent'anni, ormai, ma ancora mi sentivo come se mi strappassero le viscere, quando si allontanava coi suoi commilitoni.

L'Imperatore dunque passò per Nisibis, e per l'occasione venne dato un favoloso ricevimento in cui fui presentata anch'io; credo di non aver fatto o detto nulla di sbagliato, in sua presenza, ma quell'uomo freddo e duro non mi degnò neppure di una smorfia distratta.

"Va be', signor maleducato, stattene pure a cuocere nel tuo brodo di porpora imperiale".

Mio marito, al suo ritorno, mi raccontò della battaglia. Sapore aveva creato un campo trincerato dove aspettare l'Imperatore romano, collocato in modo molto opportuno tra il fiume e alcune colline.

I nostri legionari non s'erano fatti respingere e nemmeno rallentare dagli ostacoli disseminati o dal tiro degli arcieri, e con un attacco a fondo erano penetrati nella prima linea persiana, senza dare la possibilità alla cavalleria nemica di intervenire efficacemente.

Qui però accadde qualcosa di veramente curioso, anche se Vindicio sostiene che l'intera storia militare è costellata di simili episodi: Costanzo aveva ordinato ai suoi uomini di ritirarsi, nella convinzione che fossero stanchi della battaglia combattuta sotto il sole del deserto, ma il suo ordine non fu inteso, oppure ormai ci avevano preso gusto, e quei bravi soldati continuarono l'avanzata investendo l'accampamento nemico. I persiani, che si sentivano sicuri nel loro campo fortificato, davanti all'impeto dei romani cedettero di schianto, dandosi alla fuga. Fu catturato, in quell'occasione, anche il principe ereditario.

Poteva essere una vittoria completa, ma Sapore aveva tenuto di riserva sulle colline delle altre truppe, fra cui i suoi formidabili arcieri.

Mentre i romani erano intenti a saccheggiare il campo, il persiano attese pazientemente il calare della sera, poi diede l'ordine di sommergere i nemici sotto una pioggia di frecce.

Costanzo si vide così sfuggire la vittoria da sotto il naso, e dovette riportare le truppe decimate alle fortezze di partenza. La mattina dopo, con un gesto inconsulto dettato solo dalla rabbia, fece decapitare il principe prigioniero.

Vindicio si era battuto bene, me lo confermarono in molti: dopo tutto, era la sua prima grande battaglia, a quarant'anni di età, visto che fino ad allora aveva assistito e partecipato soltanto a scontri minori di poche decine o centinaia di combattenti, quantunque sanguinosi.

Quanto a Marco, si guardò bene dal mostrarmi la ferita che aveva ricevuto nella gamba, giustificando l'andatura claudicante con un semplice strappo muscolare. Come se una mamma, per giunta con esperienza da aiuto-infermiera in un accampamento militare alle spalle, non sapesse riconoscere gli effetti di una ferita da freccia.

Costanzo avrebbe voluto sfruttare meglio la vittoria, ma la ribellione delle truppe romane sul Reno, sobillate dal solito usurpatore, lo costrinse a rivolgersi verso occidente; non solo, ma il fratello Costante era stato assassinato e si richiedeva la presenza in Europa dell'ultimo figlio di Costantino il Grande sopravvissuto. Come non bastasse, un altro usurpatore di famiglia, Nepoziano, con una banda di gladiatori, predoni e criminali comuni, aveva cinto la corona terrorizzando Roma, prima di finire con la testa infilata in una picca.

Nella mia femminile ingenuità, mi chiedevo per quale misterioso motivo personaggi che avrebbero potuto trascorrere la vita a godersi quello che di bello e di buono può offrirci, si mettevano in testa di capeggiare ribellioni di mercenari o farabutti per regnare qualche anno nel sospetto e nel terrore, e poi finire morti ammazzati. Io, al posto loro, avrei usato quei soldi e quel potere per costruirmi una bellissima villa vicino a Roma, dove collocare piante, fiori e alberi da frutto di tutte le terre conosciute, e l'avrei dotata di una collinetta artificiale con un bell'osservatorio per mio padre, una piscina per nuotare con i ragazzi e un vasto maneggio per Vindicio e per quella selvaggia di nostra figlia; naturalmente, una sala da pranzo immensa per almeno dodici invitati, ventiquattro nelle grandi occasioni. E anche un letto col materasso di piume, in cui sprofondare come in una nuvola e far l'amore con il mio uomo senza ammaccarmi il fianco o sbattere le ginocchia. Insomma, sempre meglio che far morire migliaia di buoni soldati romani e gettare al vento i proventi delle imposte faticosamente accumulate da milioni di disgraziati che zappano la terra.

Purtroppo, l'Impero era fatto a mo' di bilancia: volendo far pesare l'Oriente, si sguarniva l'Occidente e viceversa. E i nostri vicini lo sapevano meglio di noi.

Malgrado l'approccio infelice, dovetti riconoscere che Costanzo era un comandante intelligente ed esperto, ma soprattutto abbastanza realista da capire che doveva evitare ad ogni costo un rischioso scontro frontale col Re di Persia, almeno fino a quando non avesse regolato i conti ad Occidente, per cui non avrebbe neppure cercato di impedire ai persiani di rompersi le corna contro le città fortificate della Mesopotamia romana, contando di far ritorno prima che la situazione si fosse aggravata. Per questo, era interesse primario che Nisibis e le altre fortezze reggessero più tempo possibile.

So che alcuni adulatori hanno messo in giro la voce che ci fosse pure lui al famoso assedio, ma si tratta di una frottola, e lo so perché io ero presente e lui no.

Re Sapore, dunque, era abbastanza informato sulle faccende di Roma e sufficientemente spregiudicato da rendersi conto che questa era l'occasione attesa di rifarsi di insuccessi e umiliazioni, e non fece nulla per nascondere i preparativi in vista di una ripresa in grande stile della guerra.

Da qualche giorno arrivavano al Comando di Vindicio informazioni preoccupanti sui movimenti dei persiani; i primi ad averne sentore furono come al solito i pastori della zona, che si stavano allontanando in fretta dai pascoli di frontiera, e l'esperienza aveva insegnato a valutarlo come un segnale di pericolo o almeno di attenzione.

Poi arrivarono le relazioni degli informatori, seguite dagli interrogatori dei disertori, che si moltiplicavano quando era imminente qualche azione militare, da una parte all'altra. Infine, furono catturate e messe alla tortura le spie, e fu la conferma definitiva di quanto oramai tutti davano per certo, ossia l'imminenza di un'invasione da parte del Re di Persia.

Costanzo non avrebbe esitato a sacrificarci, credo, se fosse stato necessario, ma come dicevo la sopravvivenza di Nisibis era troppo importante per l'intero settore orientale dell'Impero, e devo riconoscere che fece tutto quanto era in suo potere per dotare la città di un eccellente apparato di difesa: macchine da guerra, depositi colmi di armi e viveri, riparazioni d'urgenza alle mura; cercò persino di rafforzare la guarnigione, a costo di indebolire il suo esercito in marcia verso Occidente.

Le mura cittadine erano dominate da una robusta roccaforte e rinforzate da massicce torri; anche i muri mi sembravano sufficientemente solidi, di sicuro più di quelli di *Castra Herculea*, e non aveva torto chi affermava che Nisibis era la città meglio protetta dell'intero settore.

Com'era naturale, neppure noi rimanemmo con le mani in mano, e radunammo tutto quello che poteva essere predisposto in anticipo per un assedio. In questi casi, si preferisce evacuare una parte della popolazione, i cosiddetti "inutili allo sforzo bellico", ma fra alti e bassi, quando fra mille incertezze finalmente si arrivò alla decisione di far partire donne vecchi e bambini, le vie di comunicazione erano già state tagliate dalle prime pattuglie a cavallo del Gran Re.

Vindicio disse che non era un grosso danno: con il pericolo di essere colto di sorpresa da attacchi alle spalle ad opera dei soldati romani rimasti in zona, che di sicuro si stavano raccogliendo da qualche parte, difficilmente i persiani avrebbero scelto di assediare la città, preferendo piuttosto un attacco diretto e deciso. Se fossimo riusciti a resistere ai primi assalti, forse si sarebbero ritirati, aspettando un'occasione migliore.

In ogni caso, fu dato ordine di portare in città un bel po' di animali vivi, soprattutto pollame, e macellare maiali e montoni, salandone la carne. Per i cavalli e i muli c'era abbastanza fieno da tenerli in vita almeno per quattro mesi.

Richieste d'aiuto erano partite verso tutte le guarnigioni dei dintorni, almeno quelle non direttamente minacciate; da Antiochia arrivò l'incoraggiamento a resistere, più qualche contingente di ausiliari barbari di stirpe germanica e sarmata e un po' di reclute locali, con la rassicurazione che le truppe imperiali ci avrebbero soccorso non appena si fossero liberate degli usurpatori. Per il momento, però, ci si sarebbe dovuti arrangiare con quello che avevamo.

Una notizia mi colpì più di tutte: Sapore aveva radunato una folla immensa di uomini, donne, vecchi e bambini, liberi e schiavi. Pensai subito che dovessero supportare i combattenti, o peggio fossero ostaggi romani, ma uno di loro, un servo sfuggito al padrone, ci spiegò che arrivavano da lontano ed erano i futuri abitanti di Nisibis e delle altre città, quando il Gran Re le avesse conquistate. Il che la diceva lunga su quello che ci aspettava, se ci fossimo arresi o avessimo ceduto.

«Sono gli inconvenienti di avere la frontiera così vicina» mi disse Vindicio indicandomi dall'alto della torre *Augusta* il lontano luccichio delle armi e delle armature del Corpo d'armata persiano in movimento.

Finalmente, dopo tanti falsi allarmi, era arrivato il fatidico giorno della resa dei conti.

«Abbiamo speranze?» trovai il coraggio di chiedergli stringendomi al suo braccio.

«Non ti avrei portata qui, con i ragazzi, se non ne avessimo» disse lui sorridendo senza guardarmi, ma non ero sicura che fosse del tutto onesto.

Marco, ben visibile per un suo assurdo pennacchio di struzzo, aveva raggiunto la sua postazione alle baliste, ovviamente nel punto più esposto e pericoloso.

Le porte accolsero le ultime squadre di cavalieri in ricognizione e si chiusero.

L'assedio poteva avere inizio.

Mi guardai attorno: gli spalti erano ingombri di soldati, ma anche di pietre di varia grandezza a disposizione dei singoli difensori e delle macchine, e ogni piazzola appena un po' più ampia del camminamento ospitava una grossa arma da getto o da lancio, ciascuna con una dotazione di decine di proiettili. Nei giorni precedenti, tutto quello che era in grado di scagliare dardi o sassi era stato riparato, verificato, collaudato e quindi issato con gli argani e deposto sulle torri o sugli spalti.

Il lungo braccio di quelle spaventose macchine sporgeva minaccioso sin fuori dal muro di cinta, pronto ad afferrare uomini e macchine nemiche e sollevarle lasciandole cadere dall'alto o ghermendo ignari soldati per catturarli vivi.

Tutti i difensori che si muovevano lungo i camminamenti o nelle piazzole delle torri erano coperti dal capo sino all'ombelico da corazze ed elmi, per consentirgli di lavorare e combattere senza preoccuparsi troppo dei proiettili e delle frecce che arrivavano dal nemico. Tutto era pronto per la battaglia, restavano solo le formalità di rito da adempiere.

Dallo schieramento persiano si fece avanti un cavaliere, forse un nobile, data la ricchezza dei suoi ornamenti, seguito da sei compagni chiusi nelle loro armature argentate.

«Sua Maestà il Re dei Re, l'Imperatore Shapur figlio di Hormizd, prediletto di Ahura Mazda» annunciò con voce tonante «chiede alla guarnigione del suo fratello Costanzo di restituire la fortezza di Nisibis al suo legittimo signore; in cambio, come segno della sua clemenza, l'esercito romano e tutti coloro che lo vorranno seguire potranno lasciare questo luogo in sicurezza.»

Come dicevo, la richiesta di resa era solo parte del galateo istituzionale fra sovrani, e il nobile araldo sapeva benissimo che non sarebbe stata accettata: anche le loro spie erano attive, e il Re dei re conosceva esattamente il numero e la forza dei suoi nemici.

Data in termini rispettosi ma fermi la repulsa, uno dei cavalieri nemici si avvicinò e scagliò una lancia insanguinata, che dopo un lungo arco, andò ad affondare la punta sul primo terrapieno.

"Ci siamo" pensai.

27. L'assedio di Nisibis

Gli storici non sono concordi su questo punto, ma io c'ero e posso testimoniare che quel giorno stesso venne effettuato un tentativo di prendere la città di slancio, al primo assalto. Piuttosto convinto, anche. I nostri avversari, abilissimi nell'uso dell'arco e della cavalleria, stavano rapidamente apprendendo le tecniche romane degli assedi, e la città dove avevano deciso di sperimentarle sembrava proprio la nostra Nisibis.

A un segnale convenuto, un alfiere innalzò uno stendardo color fiamma, e partì la prima ondata. I due eserciti invocarono le loro multiformi divinità e gridarono al cielo i nomi dei rispettivi imperatori. Tutto l'apparato volto a demoralizzarci o terrorizzarci venne messo in scena: una cacofonia di squilli di trombe, rulli di tamburi, canti e grida si diffuse nell'aria ancora fresca del mattino. Da parte nostra, nessuna risposta.

Dal mio posto d'osservazione, all'interno di una torre, potei seguire attraverso le feritoie il volo di una densissima nube di frecce, che in massa compatta oscuravano il cielo, per cadere sugli spalti e fra le truppe di supporto. I soldati erano ben riparati, ma i civili, almeno quelli che erano stati comandati a sostenere la difesa, subirono perdite notevoli, tanto che molti, presi dal panico, si precipitarono verso le scale, ma ne vennero impediti dai legionari e dagli ausiliari, che li rispedirono ruvidamente ai loro posti di combattimento.

Una volta ristabilito l'ordine, Vindicio fece partire la risposta delle nostre armi da lancio, che non fu meno micidiale. I dardi degli arcieri e quelli scagliati dagli *scorpioni* mietevano vittime a grappoli tra la fanteria, meno protetta, ma soprattutto tra gli addetti alle macchine da guerra, impedendo loro di riposizionare le armi e dirigere il tiro.

I persiani, ignorando le perdite, si accostarono con scale, corde e rampini, ma senza una quantità sufficiente di tettoie mobili, con la sola protezione degli scudi, venivano massacrati dalle macchine, dalle frecce e dalle *glandae* di piombo lanciate dalle fionde, e i pochi che arrivavano sotto il muro finivano schiacciati da valanghe di pietre.

Dopo un paio d'ore, stanchi di quel batti e ribatti, i nemici si ritirarono nel loro campo, lasciando di guardia i soldati che non avevano impiegato nel primo assalto.

«Non illudiamoci» mi disse Vindicio «è solo un assaggio: oggi hanno sacrificato la feccia del loro esercito, per vedere come reagivamo.»

Il giorno dopo non ci furono altri tentativi, ma ci preoccupammo vedendo centinaia di contadini rastrellati nei dintorni, oltre ai futuri coloni reclutati dal Re, dirigersi armati di picconi e badili all'ansa dove il fiume piegava verso la città, al fine di deviarne le acque verso la base delle mura per indebolirle e provocare una breccia a beneficio delle truppe d'assalto.

Tale almeno fu il parere di Lucilliano, il comandante assegnatoci da Costanzo, che anche Vindicio condivise.

Questo però smentiva l'ottimistico auspicio di mio marito e di noi tutti per una conclusione rapida: era evidente che i persiani non aspettavano un ritorno imminente di Costanzo, e avevano deciso di prendersela comoda.

Deviare un fiume come il Mygdonio si rivelò un'opera immane, forse superiore alle aspettative degli ingegneri persiani, che tenne impegnato il nemico per settimane.

Purtroppo, da parte nostra non c'era modo di bloccare o rallentare seriamente il lavoro dei guastatori, salvo far uscire dalle porte secondarie qualche gruppo di cavalieri e inviarli a disturbare gli operai.

Quanto a me, trascorrevo la maggior parte delle mie giornate ad aiutare in infermeria, tagliando assieme a Sabina tutte le lenzuola che riuscivamo a procurarci per ricavarne bende.

Quando, due mesi e mezzo dopo, vennero sollevate le chiuse

del fiume, ci trovammo quasi da un momento all'altro confinati su un'isola circondata da una vasta palude, tanto che uno dei nostri, catturato dal nemico, ci disse in seguito che da lontano sembravano emergere solo i bastioni più alti di Nisibis.

Dopo un paio di giorni, la crescita dell'acqua si fermò, ma non il lavoro assiduo dei nostri nemici: per tutta la notte si sentiva nell'aria l'incitamento a uomini e animali, impegnati a trasportare chissà quali infernali macchine d'assedio.

Rinunciando all'idea di riprendere il sonno interrotto, raggiunsi mio marito sulla piazzola della torre.

«Non servirà a niente, ma almeno ti farò un po' di compagnia» gli dissi appoggiando una mano sulla spalla.

«Grazie» disse lui prendendomi la mano e baciandomela.

Pensai che in quella notte molte altre donne stavano anch'esse abbracciando i loro mariti, fidanzati e amanti, promettendo che, una volta finito l'assedio, tutto sarebbe cambiato. La tragica aritmetica della guerra avrebbe reso vane tante promesse di felicità futura, ma era cosa buona che un soldato passasse la sua ultima notte con una donna amata o semplicemente pietosa anziché giocando a dadi e bevendo vino.

Al sorgere del sole, ci fu la prima sorpresa, perché i persiani, popolo di terra e di montagne, s'erano per prodigio trasformati in marinai: su carri giganteschi e usando rulli e tronchi d'albero, avevano portato in riva al lago decine di barche e zattere.

«Non capisco: ma non era lo stesso, e anche meglio se si avvicinavano camminando sul terreno solido?» domandai perplessa a Vindicio.

«Beh, di sicuro ora non dovranno guardarsi le spalle da improvvise sortite da parte nostra. Ma c'è di peggio: ho interrogato alcuni veterani che vivono ancora in città, e dicono che le riparazioni dei vecchi danni alle mura sono state effettuate con laterizio di qualità infima, addirittura ci sono tratti vecchissimi a mattoni crudi, che si sbriciolano tra le dita.»

«Quindi?»

«Quindi oggi o domani proveranno ancora a scavalcare le mura, per cercare di preservarle intatte al loro Re, ma se non dovesse funzionare, ne faranno crollare qualche tratto ed entreranno comodamente attraverso le brecce.»

L'assalto tardò fino a mezzogiorno, tanto che noi donne avevamo iniziato a distribuire il rancio sugli spalti. Quando il sole fu giunto al suo culmine, come in una spedizione navale, salparono decine di barche cariche di arcieri e altri soldati, avvicinandosi alle mura sospinte da vigorosi colpi di remo. Dietro di loro, enormi zattere cariche di macchine da guerra scendevano la lenta corrente, indirizzate dalle pertiche di improvvisati battellieri.

Appena i barconi con le truppe d'assalto si furono staccati da riva, i compagni dalla terraferma iniziarono un lancio fitto e ininterrotto di proiettili d'ogni tipo contro di noi.

I nostri, senza lasciarsi impaurire dal tiro nemico, manovravano le macchine già cariche e tese, facendo scoccare dardi e proiettili infuocati che si infiggevano nel legno delle imbarcazioni, benché il movimento irregolare provocato dai remi e dalla debole corrente rendesse difficile inquadrarle.

Mano a mano che si avvicinavano, però, aumentava la probabilità di colpirli efficacemente, e prima di toccare le mura, quasi tutti i natanti avevano dovuto fare i conti con un giavellotto o una palla di stracci impregnati di resina, e benché si sforzassero di spegnere gli incendi, le fiamme si appiccavano alle macchine di legno e agli scudi dei soldati, diffondendosi da lì sull'intera imbarcazione.

Ma anche le nostre catapulte svolgevano un lavoro eccellente, e soprattutto le barche, meno robuste degli zatteroni, quando venivano centrate da pietre di seicento libbre, affondavano in pochi istanti.

In battaglia, i persiani, soprattutto i cavalieri, sogliono rivestirsi quanto più possibile di ferro o bronzo, divenendo simili alle statue, che possono ridersene delle frecce più aguzze; ma come le statue, se cadono in mare, precipitano verso il fondo. Il livello dell'acqua non doveva superare di molto l'altezza di un uomo, ma questo bastava a condannare all'annegamento i cavalieri corazzati e i fanti protetti dall'armatura, tranne quelli che riuscivano a recidere in tempo le corregge e liberarsi della protezione, salvo essere colti dal lancio delle frecce mentre nuotavano verso la riva o verso una barca vicina.

I rottami delle imbarcazioni e delle macchine d'assedio galleggiavano sulla superficie come i resti di un naufragio dopo la tempesta, portandosi dietro aggrappati gli occupanti. E benché per la maggior parte quegli infelici fossero stati ustionati o avessero le ossa frantumate dalle pietre, il lago s'era trasformato in un orrendo mattatoio rosseggiante di sangue.

Chi riusciva a raggiungere la base delle mura cercava di ripararsi con lo scudo, ma anche questi, colpiti da frecce incendiarie o da materiale infiammabile, prendevano fuoco come torce, e questo spesso si appiccava alle barche o alle zattere.

Mentre contemplavo inorridita la strage dal mio punto di osservazione privilegiato, venne a chiamarmi Sabina.

«Mamma, c'è del lavoro per noi donne: dobbiamo aiutare a sgomberare dagli spalti i feriti, accompagnarli in infermeria e rifornire di proiettili gli arcieri.»

«Va bene; hai visto?» domandai indicando la feritoia.

Sabina guardò dentro, senza mostrare un raccapriccio particolare:

«È orrendo» rispose «ma è la guerra, mamma.»

«Lo so, e non mi piace. Ho visto il macello davanti ai *Castra Herculea*, ho curato le ferite dei nostri ragazzi, ma questo è di un orrore diverso. Mi dispiace perché è il mestiere di tuo padre e di tuo fratello, e lo sarà anche di tuo marito e tuo figlio.»

Lei non disse nulla, mi strinse una mano e mi condusse fuori.

Vindicio venne informato dal servo che gli faceva da attendente che sua moglie e sua figlia avevano trasportato dodici e quindici soldati feriti sorreggendoli e aiutandoli a scendere lentamente gli scalini, col pericolo che qualche freccia vagante le colpisse, e quindi avevano portato sulle mura altrettanti carichi di giavellotti, frecce e materiale incendiario.

«Non so cosa dirvi» sospirò scuotendo il capo: «da un lato, vorrei tenervi al sicuro, ma dall'altro...»

«Voi soldati pensate a tenere duro» lo interruppi: «per quel poco che possiamo fare, sappiate che anche noi donne siamo con voi.»

A sera, i comandanti persiani o forse lo stesso Gran Re dovettero comprendere che da quegli assalti furibondi e scoordinati non avrebbero ricavato altro che perdite, e stavolta non di fantaccini, ma di truppa scelta.

O forse avevano un altro piano in testa.

Il giorno dopo, se ne rimasero rintanati nel loro accampamento a leccarsi le ferite, ripararono le zattere, ne costruirono di nuove e ritentarono l'assalto via acqua, ma con scarsa convinzione ed esiti ancor meno soddisfacenti; una sorta di assaggio delle nostre reazioni.

"Devono avere qualcos'altro in mente» pensai, mentre stesa sul letto cercavo di riassorbire le ammaccature e l'indolenzimento del primo giorno. Nonostante la stanchezza, faticavo a prendere sonno, e mi destavo sobbalzando ad ogni rumore.

Il mattino dopo mi svegliai con la testa che mi scoppiava e dolori a tutte le articolazioni.

Feci colazione da sola: Sabina chissà dov'era, forse lavorava sulle mura o si allenava con il suo arco. Confesso che sarei stata più tranquilla se avesse passato la notte tra le braccia di qualche giovanotto, ma questo non lo dissi a Vindicio, quando lo raggiunsi sul camminamento. Gli chiesi piuttosto se c'erano cattive notizie, come suggeriva l'espressione preoccupata.

«Guarda tu stessa» mi rispose.

Mi sporsi oltre il parapetto: l'acqua stava defluendo, e in diversi punti i resti delle barche e i tronchi delle zattere non galleggiavano più, ma affioravano dal terreno fangoso. Soltanto nel tratto in cui era scavato il vecchio fossato di protezione era rimasta l'acqua, e questo era un guaio, perché, dove si era ritirata e appariva la base delle mura, l'intonaco era saltato via assieme a una o due file di mattoni, e non era da dubitare che sotto la superficie fosse anche peggio. L'acqua, dove era sopravvissuta, aveva assunto il colore grigio-giallastro dell'argilla sciolta.

«Quanto ci vorrà perché crolli?» domandai.

«Forse sono stati loro a togliere l'acqua di proposito, o ha ceduto uno dei loro argini: in montagna a volte i fiumi si ingrossano per le piogge, anche quando qui il sole spacca le pietre. Ma adesso, da brava, scendi e torna all'infermeria, a vedere come stanno i miei soldati.»

Gli diedi un bacio e mi congedai.

Furono contenti, quei ragazzi, che rimanessi con loro: mi davano la mano, qualcuno me la baciava. Alcuni, l'aveva detto il medico, ma me ne rendevo conto anche da sola, non sarebbero arrivati al giorno dopo, perché la cancrena se li sarebbe divorati. Altri erano destinati a rimanere invalidi per sempre, eppure parevano quasi felici. Sarebbero stati i primi a venire sgozzati se le mura avessero ceduto, ma a questo non pensavano.

E dopo di loro, sarebbe toccato a noi donne.

Mentre accarezzavo la guancia di un ragazzo, la terra tremò sotto i miei piedi, come per uno di quei terremoti che di tanto in tanto scuotono quell'infelice regione, e un cupo boato si diffuse nella camerata.

«Non è niente» cercai di rassicurarli sorridendo; «ora vado a vedere e poi torno a riferirvi», ma sapevo di mentire: erano crollate le mura, e l'unica, debole speranza era che il danno non fosse troppo grave.

Nuovi colpi, stavolta secchi come di tronchi che si spezzassero per il gelo invernale.

"Le catapulte". Era logico: una volta prodotto il danno, lo volevano ampliare il più possibile. Quando i proiettili di pietra dei persiani, al posto del fragile mattone, incontravano le pietre poste alla base del muro, si spezzavano reciprocamente e i frammenti aguzzi volavano fin dentro la città precipitando al suolo o sulle terrazze delle case, e se si era sfortunati, si rischiava di ferirsi o peggio. Salii sugli spalti in fretta, coprendomi in modo abbastanza assurdo il capo con il mantello.

Vindicio non c'era al suo solito posto, stava aiutando gli addetti alle macchine a prendere la mira; maneggiava un enorme *scorpione* da solo, come fosse stato un giocattolo per bimbi.

«*Domina*, vattene di qui» mi gridò Eufrasio spaventato. Nella vita civile era stato il nostro fornitore di vini, ma l'arrivo dei persiani l'aveva obbligato a riconvertirsi in soldato dell'Impero.

«Subito, lasciami vedere… oh, dei immortali!»

Un disastro, una rovina: il tratto di mura, per un centinaio di cubiti, aveva iniziato a sbriciolarsi. Ancora pochi colpi, e sarebbe crollato; per questo, i nostri arcieri tempestavano di frecce gli operatori delle catapulte nemiche, rallentando il più possibile il loro lavoro di distruzione.

Lo *scorpione* diretto da Vindicio colpì due uomini, traforandoli come uno stilo piantato per rabbia su un tavolo marcio.

L'arrivo sul camminamento e sulle torri di nuovo materiale incendiario permise di riprendere il lancio di proiettili.

«*Domina*, ti prego…»

«Aspetta, ragazzo: chi è quello lassù?» dissi indicando un rialzo dove stazionavano alcuni uomini, rilucenti d'oro e sete preziose.

«Il Gran Re» ringhiò; «Sapore, il nostro nemico.»

Ripensai a Serse che dalla collina assisteva alla disfatta della sua armata a Salamina, e mi augurai che il precedente fosse un buon auspicio.

Lo scambio di colpi proseguì per buona parte del mattino; le mura ondeggiavano, sembravano sempre sul punto di sbriciolarsi, ma reggevano. Per quanto, non lo sapevo; di sicuro non per molto.

Tornai all'interno della torre, e vi trovai altre donne che aspettavano gli eventi; qualcuna pregava il suo dio, qualche altra consolava quelle più giovani, che piangevano.

Cercai di incoraggiarle come potevo: i nostri uomini avrebbero combattuto fino alla morte per impedire che ci venisse fatto del male, assicurai.

«Le schiave e le femmine del popolo» mi disse la moglie di un ufficiale «possono aspettarsi di diventare schiave ed essere risparmiate, ma per noi metteranno in scena qualcosa di orrendo: mi hanno raccontato che i persiani sono capaci di torturare un essere umano anche per tre giorni di fila senza farlo morire.»

«Non succederà» assicurai. E comunque, non ci saremmo mai fatte prendere vive, ma questo lo tenni per me.

«Guardate!» esclamò la figlia del *centenarius* Giulio Amanteo, con cui avevamo festeggiato insieme il battesimo cristiano e il fidanzamento con un collega di suo padre.

Dalla mia feritoia non si distingueva niente, e feci spostare un po' rudemente la ragazza.

Eccoli, mi pareva che mancasse qualcosa. Erano loro i nuovi protagonisti, gli elefanti da guerra. I Sassanidi avevano conquistato diverse province orientali, e i contatti con l'India s'erano fatti ancora più intensi, per cui nelle loro armate non mancava mai la dotazione di quei bestioni. Alcuni recavano sulla schiena delle torrette rivestite di ferro, stipate di arcieri; una decina di elefanti però erano ben protetti dalle armature, ma senza il castello sul dorso, solo col conduttore, pure lui ben coperto di metallo, e avanzavano lentamente, come montagne in movimento.

Intramezzata a loro, la cavalleria corazzata e gli arcieri, e poi il resto della cavalleria leggera. Dietro, i fanti, non molto apprezzati in genere dai persiani, ma utili anch'essi a far numero. L'impressione generale era terribile, anche se la torre in cui ci trovavamo era un posto relativamente sicuro.

I pachidermi, giunti ad un centinaio di passi dalle mura, presero velocità, senza curarsi di sassi e proiettili che scagliavamo: uno soltanto venne ferito seriamente da un grosso dardo di *scorpione* e si accasciò a terra, ma la carica degli elefanti proseguì, rallentata soltanto dal fango viscido lasciato dal fiume. Un altro bestione cadde rovinosamente, forse scivolato, forse per una ferita. Erano diretti al muro, di questo non c'era dubbio; la fronte era rinforzata da una protezione di ferro, e i conducenti li avrebbero usati come arieti viventi.

Mi raggomitolai tenendomi la testa fra le mani, lo stesso fecero le altre donne.

Preparata alla violenza dell'impatto contro le mura, quando questo avvenne mi parve meno rovinoso del previsto, ma osservando dalla feritoia si notava chiaramente l'apertura di alcune crepe, una in particolare, nel punto di sutura fra due rappezzi vecchi.

In un angolo morto di cui non avevo visuale, si sentì distinta una caduta di mattoni; scesi in fretta gli scalini della torre e uscii sulla strada: l'intonaco all'interno delle mura, in corrispondenza del punto d'impatto, era polverizzato, e i mattoni in vista, tutti rotti o scheggiati.

Per qualche istante ancora il muro oscillò, ma ad una nuova pressione degli elefanti cadde il primo tratto, trascinandosi un pezzo di camminamento. Non era ancora il crollo, ma alla fine, senza neppure ricorrere ai guastatori o a colpi di catapulta, si creò uno squarcio sufficiente per incoraggiare il nemico ad approfittarne.

Al segnale di carica dato dalle trombe e dagli altri strumenti, si fecero avanti tutti, fanti, cavalieri e conducenti di elefanti, poiché ognuno di loro desiderava essere il primo a superare il muro e segnalarsi davanti ai suoi uomini e ai superiori.

«Scendiamo, ci sarà lavoro per noi» dissi alle donne.

Uscite dalla torre, ci venne incontro la vedova di Mario Lampadio:

«Meno male che vi ho trovato: dobbiamo aiutare a chiudere le brecce e rinforzate la cinta.»

«Ma è assurdo, è venuto giù un tratto enorme: i persiani ci metteranno un attimo a entrare» protestò una donna delle nostre.

Nel confuso rumore di pietre che si abbattevano sulla cinta e muri che crollavano, si distingueva il suono delle trombe.

«È l'adunata» dissi: «sono i nostri, si stanno preparando per bloccare i barbari sulla breccia.»

Dai punti meno minacciati, dall'infermeria, dalla stessa rocca arrivarono gruppi di soldati, che si radunavano e si univano ai difensori del muro abbattuto. Una parte era disposta fuori, sul bordo del fossato ancora pieno d'acqua, e gli arcieri avevano iniziato il tiro contro i persiani accorrenti per dare tempo ai nostri di schierarsi, con gli scudi a fare da protezione e le lance rivolte al nemico.

Dietro di loro, i combattenti improvvisati, gli schiavi, i cuochi, mentre i feriti più gravi e i civili inabili al combattimento vennero fatti salire sugli spalti per sostituire i soldati allineati sulla breccia.

Io e le altre donne ferme sulla strada sembravamo paralizzate da un incantesimo: vedevamo accorrere gente, donne come noi uscire dalle case, guardare spaventate e rientrare, soldati spostarsi da una posizione meno minacciata ai punti più pericolosi.

«Sabina! Da dove vieni?»

«Stanno arrivando, mamma, li ho visti dalla torre. Lucilliano ha dato ordine che chiunque sia in grado di camminare si affretti a portare materiale sulla breccia, per tappare il buco.»

«Va bene. Vediamo intanto quello che recuperiamo sul posto. Voi, tirate fuori da casa tutte le donne, le ragazze e i bambini sopra i cinque anni, che diano una mano.»

Arrivai sulla breccia e salii con Sabina sulle macerie. Lo squarcio era veramente enorme. Di lontano, oltre la linea dei nostri difensori, un luccicare di armature e lame di spada preannunciava la cavalleria in avvicinamento. Frustando a sangue i cavalli e sollevando schizzi d'acqua, presero velocità, per arrivare a contatto evitando il più possibile il tiro degli arcieri, ma non avevano tenuto abbastanza conto del terreno fangoso che insidiava il passo dei loro animali, né del fossato cittadino nascosto sotto la superficie, che inghiottì una parte dei cavalieri e obbligò gli altri a rallentare.

Un lancio ben coordinato di pietre e dardi tolse si mezzo i più coraggiosi. I cavalli cadevano e scivolavano nel tentativo di rialzarsi, crollavano sfiniti sotto il peso delle armature che li proteggevano. Anche i loro padroni, una volta caduti, annegavano nel fango senza riuscire a sollevarsi da soli.

I nostri colsero il momento di smarrimento e li attaccarono abbattendo i *catafratti* con le lance e inchiodandoli a terra con le spade. Quando a cadere era un elefante, la rovina era ancora maggiore: le povere bestie cercavano di risollevarsi, ma il loro stesso peso le faceva ripiombare a terra. I nostri si fecero coraggio e li assalivano uscendo dallo schieramento in gruppo e circondandoli. I barriti di terrore e furore degli elefanti feriti spaventavano i cavalli nemici, che si imbizzarrivano e facevano cadere di sella i cavalieri.

Dalle mura i nostri feriti provocavano il nemico, invitandolo con gesti e parole di scherno a salire o forzare la breccia, se ne erano capaci.

I conducenti sopravvissuti alla pioggia di dardi avevano liberato gli elefanti dal carico tagliando le cinture e li stavano riconducendo al campo o li lasciavano al loro destino.

Mentre guardavo queste scene di orrore, non cessavo per questo di ammassare mattoni e pietre.

Erano arrivate anche altre donne.

«Coraggio, i nostri non li lasceranno passare» dissi per incoraggiarle «ma questo muro deve crescere, dai, donne» e loro si misero all'opera.

Il materiale per il muro però non si accumulava abbastanza in fretta.

Stremata, tornai sulla breccia, a sbirciare da dietro una specie di pilastro di mattoni.

I persiani avevano cambiato tattica e ora i loro arcieri prendevano di mira i difensori della breccia, e se potevano anche noi che ci lavoravamo.

Sentii una mano toccarmi la spalla e mi volsi.

«Avete fatto un magnifico lavoro» mi disse il *praefectus fabrum*, «ma il muro nuovo deve sorgere almeno dieci passi dietro quello vecchio, e almeno un'altezza di quattro cubiti. Vi manderò del cemento per fissare le pietre.»

«D'accordo.»

«Abbiamo bisogno di altra gente» tornai a riferire alle donne: «noi non bastiamo e abbiamo le ossa a pezzi.»

«Vacci tu, noi ci abbiamo provato» disse Eugenia, una giovane di antica famiglia greco-siriaca, che ormai s'era spogliata delle sue preziose vesti, rimanendo solo con uno straccio annodato ai fianchi.

Mi guardai intorno, e decisi di cominciare dalle abitazioni più vicine: bussai alle porte, lanciai sassi alle finestre, urlai a squarciagola chiamando fuori le mogli e le amanti degli ufficiali, a dare l'esempio, insultandole, strattonandole perché mi seguissero, spingendole fuori dagli alloggiamenti se si mostravano pigre o incerte; temo anche di averne schiaffeggiata qualcuna, ma non ricordo bene.

«Se quel muro cede, i persiani entrano in città, lo capite? e se succede, saremo impalate sulla pubblica piazza, io per prima, ma subito dopo toccherà a tutte voi.»

«Dove dobbiamo andare?» chiese un'anziana matrona circondata da figlie e ancelle.

«Ci sono due case in costruzione, all'angolo della fontana. Recuperate tutto il materiale che trovate, e se non basta, buttate a terra i muri.»

Pian piano, a vedere noi donne altolocate portare a spalla pietre, mattoni e travi, anche le popolane che s'erano chiuse in casa e si rifiutavano di aprirci, si fecero coraggio e ci imitarono.

Esaurite le case in demolizione o in costruzione, iniziammo ad abbattere i muri di cinta delle ville patrizie, per passare agli edifici pubblici, fra cui purtroppo alcuni templi antichi. I pagani pretesero che si prendesse materiale anche da qualche chiesa cristiana, e ordinai di accontentarli, chiedendo al vescovo cosa ci fosse di sacrificabile. Lui sospirò e mi indicò un ospizio per le vedove e le vergini. Già che c'ero, oltre alle pietre recuperai pure le vergini e le misi al lavoro.

Quando anche Sabina uscì dalla cantina con un'anfora di vino per rinfrescare i soldati, e iniziò a trascinare il suo carico, persino gli ultimi scettici si convinsero che la situazione era grave.

Gruppi di genieri militari avevano intanto scavato una fossa dove gettare le fondamenta del nuovo muro.

«Brave così, voi portate tutte le pietre e i mattoni che trovate, a costo di buttare giù anche l'ultima casa di Nisibis» ci esortò il *Praefectus*, bianco di calcina come un fornaio.

Intanto però la pioggia di dardi aveva iniziato a cadere fitta anche dentro la città: i persiani dovevano sospettare qualcosa, per cui tiravano alla cieca, ma le frecce spesso arrivavano a segno. Qualche donna cadeva trafitta, ma le altre la spostavano e continuavano il lavoro.

Il peggio però erano le valanghe di pietre e sassi che ci piovevano dall'alto, quando riuscivano ad avvicinare le macchine a tiro utile.

Mia figlia, nonostante fosse ancora una ragazzina, si muoveva con l'agilità di un animale e la consumata abilità di un soldato esperto, correndo a perdifiato nei settori esposti, usando portici e tettoie per ripararsi, mentre le frecce persiane piovevano da ogni direzione. Lei guardava in alto, calcolava a occhio la traiettoria e le schivava, indovinando il punto d'impatto. Se non erano danneggiate o infisse troppo profondamente, le estraeva e le ammucchiava perché i nostri *sagittarii* potessero riutilizzarle.

Avrei voluto urlare che si togliesse di lì e si cercasse un rifugio protetto, ma le altre avrebbero fatto lo stesso con le figlie e i figli loro, e ai soldati sarebbe mancato il sostegno: ogni fuscello, in quelle circostanze, era fondamentale per chiudere la breccia.

Un po' alla volta, le frecce si diradarono, e piovvero più frequenti le pietre, alcune grosse come macine, altre piccole come teste di bambino, segno che in qualche modo erano riusciti a far avanzare tutte le loro macchine un bel tratto sul terreno impaludato.

Un grappolo oscurò il sole; vidi soltanto l'ombra che la pioggia di sassi proiettava in terra, e d'istinto riuscii a spingere Sabina sotto una tettoia, ma una pietra arrivata proprio in quel momento da un altro lancio la sfondò e cadde a terra spezzandosi in mille frammenti che ci schizzarono addosso.

«Non mi sono fatta niente» disse subito, «mi ha mancata; e tu, mamma?»

«È solo un graffio» risposi passandomi l'orlo della veste sulle ferite sanguinanti; «tu però continua a guardare sempre in su.»

Riprendemmo a portare materiale dove il secondo muro andava crescendo. Ormai tutta la città s'era mobilitata, compresi i bambini, i vecchi e il clero; un diacono, mentre portava cesti di terra, recitava preghiere e intonava inni.

"Bravo: serve tutto, anche questo."

Approfittando di un momento di pausa, entrai nella torre per fasciarmi da sola il braccio e la gamba senza farmi notare troppo.

Il terreno sembrò tremare, e temetti che fossero tornati in azione gli elefanti.

Dalla feritoia vidi che i persiani avevano ripreso i furiosi assalti alle mura, soprattutto dove i nostri erano schierati a protezione della breccia, ma avevo la netta impressione che il momento decisivo, quello in cui avrebbero potuto indirizzare l'attacco a fondo, gli fosse sfuggito.

Alcuni nemici, trafitti dalle frecce o inchiodati dai giavellotti, ostruivano con i loro corpi il terreno, avvantaggiando la difesa, mentre altri, feriti, si trascinavano o strisciavano per raggiungere i loro commilitoni, provocando ingorghi e rallentando l'impeto degli assalitori.

Una delle poche torri mobili che erano riusciti a far avanzare, colpita da getti di bitume incendiato, prese fuoco e dovette essere abbandonata; un'altra affondò in un tratto di terreno molle, e nonostante venisse trascinata da buoi e braccia umane, non si smosse e divenne il bersaglio dei tiri degli *onagri*, che la perforarono e quindi la disfecero a colpi di pietra.

Dopo un ultimo tentativo delle fanterie, le trombe diedero il segnale di ritirata.

Continuammo a lavorare per l'intera notte, e fu un giorno e mezzo continuo, solo il tempo di riposare qualche istante, prendere un sorso d'acqua dai bambini che ce la versavano, sgranocchiare un tozzo di pane secco e poi di nuovo al lavoro.

Allo spuntare del terzo giorno divenne visibile anche al nemico il nuovo muro, solido come una rupe e alto abbastanza da rendere difficile scavalcarlo.

Il terzo assedio di Nisibis era terminato.

A sera, quando pretesi che Sabina si facesse un bel bagno, vidi la devastazione sul suo fianco: una pietra grande come un melone le aveva lasciato la sua impronta di sangue rappreso.

«Cos'è successo, bambina?»

«Niente, mamma, fa male ma non è niente» cercò di rassicurarmi. «Tempo domani, ed è passato tutto.»

Quando riuscii a convincerla a farsi visitare, il nostro dottore mi confidò che non c'era pericolo, ma doveva aver sofferto le pene dei dannati, a trasportare le pietre con una botta come quella e tre costole incrinate.

E non aveva detto una parola.

Mi chiesi se le stelle non avessero esagerato nel darle un carattere un po' troppo "virile".

In compenso, Marco, che era rimasto esposto a tutti i pericoli e aveva combattuto almeno una dozzina di corpo a corpo con gli assalitori, non s'era neppure sbucciato un ginocchio.

Anche qui mi ero offerta di dare una mano in infermeria, ma il *medicus castrensis* mi dirottò verso il ricovero degli animali dove erano alloggiati i molti civili vittime di crolli di tetti o di proiettili vaganti.

«Stanno arrivando a decine, mano a mano che li recuperano dagli scantinati» spiegò un infermiere «e la metà di loro non vedrà domattina.»

Purtroppo per loro difettavano medicinali e bende, e dovetti sacrificare anche le mie migliori lenzuola, quelle che avevo comperato a Costantinopoli e ad Antiochia. Suscitai anche l'ammirazione della altre pie donne quando steccai in modo più che dignitoso le due gambe spezzate di una povera ragazza. Era anche un modo per allontanare dalla testa l'immagine della patacca scura che deturpava il corpo di bambina di mia figlia.

Restai in piedi tutta la notte e anche il mattino seguente, fino a quando uno dei medici mi ordinò di tornarmene a casa.

«Sto bene, mamma» tornò ad assicurarmi Sabina.

«Ti credo, figliola, ma stanotte tu dormi nel mio letto.»

Ce l'eravamo vista brutta, stavolta, inutile aggiungere del miele per addolcire la pozione: i persiani avevano picchiato duro, e non volevo pensare a cosa avrebbero fatto, infuriati com'erano, se solo fossero riusciti a superare le mura.

Il nostro *Dominus* Costanzo poteva essere soddisfatto di noi, a differenza di Re Sapore, che aveva perso mezzo esercito stremato dalla fatica e decimato dalla difesa delle nostre mura.

Secondo la tipica abitudine orientale, visto che al Prediletto del suo dio non si poteva imputare alcuna colpa o errore, vennero messi a morte satrapi e capitani,

Per prudenza, aspettammo ancora qualche giorno il ritorno in forze del nemico, magari con nuovi soldati, e invece grazie a Dio Re Sapore dovette ritirare l'esercito per trasferirlo sul fianco orientale dell'impero, a fronteggiare alcune tribù ostili; già, perché ognuno aveva i suoi barbari e il suo *limes*, l'avevo sempre detto, io. Chissà se in qualche avamposto di confine con il loro Nulla, una signora Velia vestita all'orientale aveva dedicato la giovinezza a fare da spalla ad un marito guerriero.

Di sicuro, mio padre ci avrebbe impostato una bella lezione.

Il nuovo *Cesare*, un titolo che da alcuni decenni equivaleva più o meno a "vice-imperatore", si chiamava Gallo ed era cugino di Costanzo, suo compagno di consolato e anche cognato. A quanto raccontava mio marito, non arrivava in Oriente con una buona fama, ma a sua difesa posso dire che almeno ebbe il buon senso di non avviare imprese azzardate, anche perché di guai domestici ne avevamo a bizzeffe.

Ma anche Costanzo, mi rendo conto di averlo giudicato in modo poco imparziale, per quel nostro primo incontro, e per altre circostanze su cui ritornerò. In verità, anche nell'affare di Nisibis dimostrò la sua prudenza, e se non strappò territori ai nemici, nemmeno ne perse. I suoi cortigiani lo incoraggiavano a seguire le orme di Alessandro Magno spezzando le reni alla Persia, ma erano sciocchezze: l'Impero non aveva né gli uomini, né le risorse per un'impresa del genere, e Costanzo era il primo a sapere di non essere Alessandro e nemmeno Costantino.

Poco dopo l'assedio di Nisibis, scoppiò una violenta rivolta tra quei sudditi impossibili che sono i giudei. Da un pezzo, gli ebrei si sentivano vittime della nuova religione, soprattutto dei fanatici cristiani che, non contenti di distruggere i templi degli antichi dei, adesso si scagliavano contro le sinagoghe. Costanzo, anziché reprimerle, sembrava incoraggiare tali azioni sconsiderate. La situazione si surriscaldava, prediche sempre più violente eccitavano gli animi da una parte e dall'altra. Approfittando del passaggio di poteri fra Costanzo e il suo vice, un capopopolo, un certo Isacco di Seffori, accese la scintilla che incendiò la Palestina.

La ribellione cominciò con un assalto notturno alla guarnigione imperiale, grazie alla quale i ribelli si procurarono le armi. Poi iniziò la strage di tutti i greci su cui riuscirono a mettere le mani e ovviamente dei samaritani, i loro tradizionali nemici. Ursicino, governatore di Nisibis e *magister militum*, era molto preoccupato, perché conosceva bene il fanatismo dei giudei; anch'io avevo letto gli scritti di Giuseppe Flavio e dei nostri storici, ed ero angosciata che Vindicio ne venisse coinvolto, perché non era il tipo di guerra per cui era preparato. Arrivai a pregarlo - io, l'eroina che s'era consegnata ai barbari per salvare l'onore di Roma - di darsi malato, ma non fu necessario: data la situazione ancora fluida con Re Sapore, non venne subito distaccato a far parte della spedizione punitiva, e arrivò in Palestina solo in un secondo momento, a cose fatte.

Ciò che mi raccontò, di quella campagna, avrebbe fatto impallidire i barbari sarmati: le truppe imperiali avevano dovuto usare le maniere forti, sterminando migliaia di ribelli, comprese donne e bambini, e radendo al suolo un bel po' di città. Non sapeva dire se erano ordini espliciti dell'Imperatore o se Ursicino aveva agito di iniziativa, o ancora se i soldati s'erano lasciati andare, ma per un po' la regione rimase tranquilla. Conseguenza: nuove catene e ulteriore dispersione degli ebrei di Palestina.

«Ne valeva la pena?» continuava a domandarsi e a domandarmi, senza trovare una risposta.

Mi chiedevo anch'io perché gli ebrei non avessero mai accettato Roma, che di tutte le dominazioni e con tutti i difetti, era forse la meno peggio; avevano già perduto Gerusalemme, quindi il diritto di abitare le loro tradizionali sedi, s'erano inutilmente ribellati ai tempi di Traiano e di Adriano, avevano cospirato con i persiani per la nostra rovina... Mistero di un popolo. I miei amici cristiani avevano le loro spiegazioni di ordine soprannaturale, ma non mi convincevano molto, e restavo dell'opinione di mio padre, ossia che gli uomini, chi per un verso, chi per l'altro, sono tutti ugualmente pazzi per natura.

Marco non disse niente, né si mostrò turbato, ma con la mia intuizione di madre avevo capito che qualcosa gli stava gorgogliando dentro.

28. Un santuario antico come gli dei

Fu di ritorno da quella spedizione, che Vindicio mi presentò un giovanissimo collega, un ufficiale di Antiochia di nome Marcellino, anche lui proveniente dalle fila dei *protectores domestici*, destinato provvisoriamente di stanza a Nisibis.

Era curioso di conoscere nei dettagli la nostra avventura tra i sarmati, di cui si parlava tuttora parecchio; nobile di nascita, con alle spalle una buona formazione classica, come molti ragazzi della sua età e del suo ceto, teneva un diario degli avvenimenti. Forse, diceva, un giorno avrebbe potuto scrivere delle memorie o addirittura una Storia di Roma. Fece subito amicizia con Marco e anche con la piccola Sabina.

Uno dei motivi per cui riuscivo a farmi piacere la nostra vita di laggiù, era la possibilità di conoscere e frequentare persone provenienti da mezzo mondo. Erano arrivati alcuni esuli persiani, tutti intellettuali con un'ottima conoscenza non solo della nostra cultura e della loro, ma anche di filosofie sviluppatesi in India o addirittura nella misteriosa terra dei Seres, il popolo degli industriosi fabbricanti della seta.

Fra i tanti ricordi di lunghe chiacchierate serali e incontri con persone singolari, uno, apparentemente banale, mi è rimasto impresso meglio degli altri, un viaggio a Edessa, l'antichissima città dove s'erano svolti tanti fatti dolorosi per il nome romano.

La regione era abitata dal solito miscuglio di razze e religioni tipico dell'Oriente, e i suoi abitanti sostenevano con orgoglio che il loro re, Abgar, era stato in corrispondenza nientemeno che con il Signore dei cristiani, e mostravano la lettera che Gesù gli avrebbe mandato, promettendo di inviargli uno dei suoi discepoli.

Mentre i nostri signori maschi erano impegnati nella loro missione segreta, io trascorsi bellissimi giorni con Paola Censorina, che mi accolse a casa sua e con cui scambiammo un po' di femminili pettegolezzi su amicizie comuni.

«Lo sai? Adesso mio marito ogni mattina mi dice che sono più bella della sera precedente» mi confidò.

Benedetto quel colpo di spada e il barbaro che l'aveva inferto, pensai, ma mi guardai bene dal dirlo.

Qualche giorno prima della partenza, Vibio Tiziano volle condurci in visita ad un luogo isolato nella campagna; c'era una strana leggenda, diceva, legata un sito misterioso.

«Sì, è abbastanza inquietante» riconobbi quando, a dorso d'asino, vi arrivammo verso mezzodì, col sole che ci accecava.

In mezzo a tante colline, ve n'era una che non sembrava naturale, come se una nave giunta per magia, si fosse arenata su un promontorio, per poter dominare la valle, e lì si fosse pietrificata.

Un contadino, raccontò Tiziano, aveva scavato in quel punto, perché in sogno un dio gli aveva rivelato che vi era sepolto un tesoro. In effetti, emergeva un cumolo di pietre, alcune delle quali sembravano sbozzate da mano umana. Con i suoi amici avevano scavato, ma erano uscite solo steli di pietra con animali in rilievo, di aspetto antichissimo. Spaventati e insieme delusi di non aver trovato tesori, avevano ricoperto il sito con la sabbia. Una di queste però era rimasta tuttora insepolta. Quei pilastri in pietra, simili a colonne di un tempio, dovevano aver delimitato un'area sacra a qualche divinità, più antica degli dei di qualsiasi popolo che mangiava pane e coltivava la vite.

«Io un po' me ne intendo» concordò Marcellino «e dal tipo di taglio direi che sono stati ricavati senza l'ausilio di strumenti di ferro o bronzo, solo con altre pietre più dure.»

«È vero. Ne ho una collezione a casa, di quei manufatti» disse a sua volta Tiziano. «I contadini parlano di animali scolpiti a bassorilievo sulle pareti.»

«Che tipo di animali?»

«Leoni, cinghiali, volpi, ma anche uccelli e insetti. A casa ho conservato una statuetta di terracotta con una lupa che allatta i cuccioli. L'ho considerata bene augurante per la maestà di Roma.»

Io però non ero molto d'accordo con quel collezionismo sacrilego: provavo un senso di orrore, quasi fosse stato violato qualcosa di così antico da toccare l'epoca in cui ancora gli dei non esistevano, o forse avevano l'aspetto di animali, com'era per gli egizi.

«Vieni, Velia, questo piacerebbe senz'altro a tuo padre» disse Paola prendendomi per mano e conducendomi al capitello di un pilastro. Con una paletta scavò due o tre palmi di sabbia, portando alla luce un bizzarro rilievo: una gru con le gambe umane. «Cosa significherà, secondo te?»

Valutammo diverse ipotesi, e un amico di Tiziano che aveva viaggiato molto, propose che fosse simile ai sacerdoti dei germani, che si rivestivano di pelli di animale.

«Come i nostri *aquiliferi*» osservò Marcellino.

«Già, chissà come faremo adesso che la religione di Stato è cambiata» disse Paola, ma quasi sussurrandolo. Poi però si fece coraggio: «in questo luogo, tutto parla del sacro e del mistero della vita e della rinascita. Forse era la stessa Dea Madre signora degli animali e delle piante a venire onorata in questo tempio.»

Le sue parole contribuivano ad accrescere il mio turbamento, e anche Marcellino si accorse del mio disagio:

«*Domina*, noi tendiamo per natura a credere in qualcosa che ci trascende, fin da quando eravamo poco più che animali selvaggi; ricordi la descrizione di Lucrezio degli uomini primitivi, nel *De Rerum Natura*?»

«Il fatto religioso è un processo di crescita, fino al compimento, che probabilmente è proprio il Cristianesimo» aggiunse a sua volta Marco.

«Chi ti dice che sia proprio il punto di arrivo?» replicò Paola con una punta di malizia.

«Hai ragione, amica, mi sono espresso male: non è il punto di arrivo, ma quello di partenza.»

Fu quello il primo indizio di un cambiamento che stava avvenendo nel cuore del mio ragazzo, e che l'avrebbe condotto su una strada impensabile e imprevista.

Ma ancora più imprevedibile fu qualcosa che vidi in mio marito.

Aveva superato la soglia critica dei quarant'anni senza traumi particolari, ma da qualche tempo gli strapazzi e le vecchie e nuove ferite gli stavano presentando il conto. Certo, il clima della Mesopotamia era più favorevole ai dolori delle ossa sconquassate rispetto all'umidità e alle nevi della Dacia, ma capitava sempre più spesso che dovesse marcar visita o lasciare il cavallo nelle stalle.

Ma se nel nostro appartamento di *Herculea Castra* sembrava che il letto avesse le ortiche, ora il tempo trascorso a casa non pareva pesargli, e addirittura lo sorpresi a sfogliare un libro, una traduzione in latino delle massime di Marco Aurelio.

Quando ne parlai col medico castrense, la sua diagnosi fu più filosofica che clinica: con l'età si cambia, ma non è detto che sia sempre male, anzi.

29. Efrem

A Nisibis intanto la vita scorreva con i ritmi alterni tipici di una città dell'Oriente, frenetica nei giorni di mercato o quando arrivava un nuovo reparto militare, rilassata e quasi sonnolenta nelle calde giornate estive.

Anche se la vita sociale mi imponeva degli obblighi, avevo molto più tempo per leggere, studiare, e sì, anche pensare; soprattutto al pomeriggio, l'ora in cui si socchiudevano i balconi e la casa si immergeva nella buia immobilità, mi interrogavo su tante cose.

Sabina, ad esempio.

Mia figlia era sempre stata un maschiaccio, ma adesso, con le trasformazioni che avvenivano nel suo corpo, lentamente qualcosa stava cambiando in lei, anche nella sua testa. Io non avevo fatto in tempo a viverli in pieno, quei giorni meravigliosi e tremendi, perché una sera di primavera avevo guardato troppo intensamente negli occhi di un ragazzo, e anziché il tempo dei sospiri d'amore, era iniziato il tempo dell'allattamento e delle pappine. Gli anni avevano dimostrato che Vindicio era l'uomo giusto, o comunque non troppo sbagliato per me, ma Sabina fino ad allora aveva evidenziato interesse solo per esercizi militari e cavalcate nella prateria, e perfino i persiani di guardia alla frontiera la chiamavano *l'Amazzone folle.*

E invece, Arite mi confessò un giorno che le aveva chiesto di provare a truccarla, ma s'era raccomandata che la mamma non lo sapesse. Sorrisi: era logico, si sarebbe vergognata, ma dovevamo tenerla sott'occhio, quello sì, perché non era detto che fosse fortunata come lo ero stata io. Era arrivato il tempo di preparare la dote per nostra figlia, ma c'era una cosa su cui non transigevo, neanche con Vindicio: doveva essere un uomo secondo il suo cuore; ne avevo abbastanza di dover asciugare lacrime di donne mal maritate.

Marco, invece, mi preoccupava da un altro lato. Si avvicinava ormai ai trent'anni e quando gli accennavamo alla necessità di accasarsi, cambiava argomento. Anche in lui qualcosa si stava evolvendo, soprattutto dopo la missione in Palestina, e per la prima volta da quando aveva ricevuto in dono le scarpine militari cucite dai legionari, gli avevo sentito sfuggire dalla bocca espressioni critiche sul mestiere delle armi.

Vindicio restava evasivo, e anche questo era strano, perché sull'educazione dei figli eravamo più o meno in sintonia; «credo stia cercando ancora la sua strada» ammise vagamente.

D'accordo, ma quale poteva essere se non quella delle armi che seguiva sin dalla nascita?

Un indizio lo ebbi quando iniziò a chiedermi del babbo, il mio: ne aveva conservato solo un ricordo vago, ma era interessato ai suoi studi sulle stelle e sulla geografia della Terra. Un giorno mi disse addirittura che avrebbe approfittato della prima missione a Roma per fargli visita.

Quando poi arrivarono a Nisibis i dotti persiani in esilio, non ebbe pace finché non li contattò e strinse amicizia con loro. Il quadro si faceva un po' meno confuso, anche se, mancando ancora la figura centrale, non ne capivo il significato.

Forse ci sarei arrivata da sola o forse no, ma la soluzione mi si presentò fisicamente davanti alla porta di casa.

Viveva in città un diacono cristiano, ritenuto comunemente un santo, chiamato Efrem; l'avevo conosciuto durante l'assedio, quando aveva incoraggiato e sostenuto i suoi correligionari e tutti i cittadini con l'esempio e le esortazioni. I cristiani locali erano sicuri che Dio avesse protetto le nostre mura grazie alla sua intercessione, e mentre rafforzavamo le difese, per darsi coraggio e forza cantavano un inno scritto da lui, dove la salvezza di Nisibis era paragonata all'Arca di Noè, quella del mitico diluvio. Purtroppo, anche se conosceva il greco, era abituato a comunicare in siriaco, e questo mi creava qualche difficoltà. Nisibis era tutta un ribollire di religioni come di lingue: armeno, siriaco, greco, ma anche persiano; era presente un gruppo di ebrei che non davano problemi, ma a dominare erano i cristiani di tutte le sfumature, oltre ai misteriosi manichei e agli eredi di vecchissimi culti tradizionali.

Di sicuro, era l'ultima persona che potessi immaginare di vedere in paziente attesa davanti alla porta di casa nostra. Arite mi riferì che quello strano tipo non si decideva a bussare.

«Vieni, amico» lo incoraggiai.

Efrem era un uomo di cinquant'anni, segnati da digiuni, penitenze e da una vita dura. L'aspetto però era quello di un uomo sereno e benevolo, l'opposto di certi arcigni moralisti che giravano per la città.

Gli offrii il posto più importante, ma lui preferì accomodarsi su un vecchio cuscino, abitualmente usato da Cerbero, il cane di casa. Arite gli servì vino dolce e succhi di frutta, ma lui rifiutò gentilmente e accettò solo un po' d'acqua fresca.

«Mia signora, volevo esprimerti la mia gratitudine per quello che hai fatto durante l'assedio, anche per la comunità cristiana» esordì.

Gli spiegai che, quando c'erano emergenze, non si guardava alla religione.

Lui mi restituì uno strano sorriso e annuì; lo sapeva che non ero battezzata e nemmeno catecumena.

La ragione della sua visita era di illustrarmi un suo progetto: aveva deciso di aiutare gli esuli persiani a fondare una scuola in città, e chiedeva il mio sostegno.

«Come intendi strutturarla?» domandai incuriosita.

«Si pensava a tre dipartimenti: medicina, filosofia e teologia» spiegò.

Un progetto affascinante: un luogo pubblico dove dei dotti preparavano e istruivano persone. Gli parlai di Alessandria d'Egitto, delle antiche scuole della Grecia, di quelle prestigiose della Gallia, e di altre istituzioni che avevo conosciuto o di cui avevo sentito parlare. Benché fossi solo una donna, mi ascoltava con grande interesse.

Ero impressionata dalla straordinaria mitezza dell'uomo, e ad un certo punto glielo dissi.

«Non lasciarti ingannare dalle apparenze, mia signora» rispose: «sono collerico come un elefante da guerra, ma con l'aiuto di Dio riesco a dominarmi.»

«Una grande religione, quella cristiana, se ammansisce persino le belve. Purtroppo, ci sono cristiani anche di rango molto elevato che non accettano facilmente di farsi addomesticare.»

Non so se colse l'allusione, ma preferimmo entrambi lasciarla cadere: nel primo Impero cristiano del mondo, anche solo accennare a persone troppo importanti poteva costare la testa.

«Vedi, *Domina*, Dio ha nascosto nella sua parola tutti i tesori, perché ciascuno di noi trovi una ricchezza in ciò che contempla. Sicuramente fra i libri di questa casa sarà presente un rotolo o un codice con i Vangeli. Io credo che vi potresti trovare la soluzione di tanti problemi.»

Mi chiesi a cosa alludesse. Sicuramente Marco si era confidato con lui, ma non intendevo forzarlo a rivelare quello che gli aveva accennato in privato. Gli chiesi invece dei suoi inni e delle poesie che scriveva, quasi tutte di ispirazione religiosa, ed ebbe la bontà di recitarmene qualcuna.

A quel tempo non credevo, ma quei versi mi colpivano nel profondo del cuore. Non so come spiegarlo, la sua fede aveva qualcosa di diverso da quella tutta teologica in cui i cristiani si immergevano e spesso naufragavano, era una fede semplice, spontanea, molto sentimentale.

«È dunque così che preghi il tuo Signore, Efrem?» gli domandai.

«Beh, di solito quando mi rivolgo a Lui gli chiedo di non darmi uno spirito di ozio, di curiosità, di superbia e di loquacità, e di concedermi invece uno spirito di saggezza, di umiltà, di pazienza e di amore, di vedere le mie colpe e di non giudicare il mio fratello.»

«Efrem, ma se ci priviamo del diritto di giudicare, non finiremo per giustificare tutto e tutti?» obiettai.

Non so per quale ispirazione, senza fare nomi o accennare a parentele, gli raccontai la storia di Valeria, dei suoi contorcimenti e delle sue funeste passioni.

Mi sembrò molto rattristato.

«Cosa devo fare con lei, mio buon amico?» conclusi.

«Amala e basta; non giustificarla quando compie il male e non giudicarla, che per nostra fortuna è compito di Dio. Cerca di esserle vicina, e sarà lei a cercarti. E allora saprai esattamente cosa dovrai dire e fare.»

Parlammo di altro, sorprendendomi che un uomo così avesse tanto tempo da dedicarmi.

«Che meraviglia» disse a un tratto guardando gli orecchini di perla; «posso?» domandò.

«Prego, Efrem.» Lo staccai, e lo posai sul palmo della mano.

«Vedi?» disse lui indicandola col dito: «guardala da qualsiasi parte, e mostrerà lo stesso aspetto da tutti i lati. Così è la ricerca del Figlio, imperscrutabile, perché essa è tutta luce. Nella sua limpidezza, io ho visto il Limpido, che non diventa opaco; e nella sua purezza, il simbolo grande del corpo di nostro Signore, che è puro. Nella sua indivisibilità, io ho visto la verità, che è indivisibile.»

«È… bellissima. Ti prego, recitami qualcos'altro di tuo.»

Lui ci pensò un poco, forse esaminando mentalmente quale scelta operare, poi sembrò decidersi:

«Volentieri. Ma non fermarti alle parole, cerca di seguire il ritmo, la musica; se qualche parola non ti è chiara, poi te la traduco, va bene?

«Il Signore venne in lei
per farsi servo.
Il Verbo venne in lei
per tacere nel suo seno.
Il fulmine venne in lei
per non fare rumore alcuno.
Il Pastore venne in lei
ed ecco l'Agnello nato,

che sommessamente piange.
Poiché il seno di Maria
ha capovolto i ruoli:
Colui che creò tutte le cose
ne è entrato in possesso, ma povero.
L'Altissimo venne in lei
ma vi entrò umile.
Lo splendore venne in lei,
ma vestito con panni umili.
Colui che elargisce tutte le cose
conobbe la fame.
Colui che abbevera tutti
conobbe la sete.
Nudo e spogliato uscì da lei,
Egli che riveste di bellezza tutte le cose»

«È… bellissimo, degno dei grandi poeti latini e greci. Parla di Maria, vero?»

«Sì, ma devo ancora sistemarlo.»

«Lascialo com'è, Efrem, va bene così.»

Quando il venerabile personaggio se ne fu andato, avevo la testa così rimbombante di cose a cui pensare che concessi una mezza giornata di riposo alla servitù, tanto quella sera sia Vindicio che Marco erano impegnati con la guarnigione, e Sabina, da quando era entrata in crisi, con un tozzo di pane, un pezzo di formaggio, una ciotola di verdura fresca e un frutto era sistemata fino alla mattina dopo.

Mi sedetti allo scrittoio, tirai fuori delle vecchie pergamene raschiate fino quasi a consumarle, intinsi la penna nel calamaio…

Niente, non riuscivo a buttare giù quello che mi gorgogliava nello stomaco, nel bene e nel male. Avevo una figlia che mi stava crescendo e non si riconosceva più nella bambina discola che era stata fino all'altro ieri; un figlio che anche lui era alla ricerca della sua strada, nonché un marito che da un momento all'altro poteva tornarmi a casa con un buco in pancia o un braccio monco. Eppure a tornarmi in mente era *lei*: possibile che una cugina, figlia di una zia che detestavo cordialmente, me la occupasse in quel modo? Oltre tutto, una cugina che, salvo il fugace incontro a Costantinopoli, non frequentavo più da quando eravamo ragazzine.

Vindicio contava sei o sette fratelli e un numero imprecisato di sorelle, quantunque di madri diverse, e ormai neanche si ricordava come si chiamavano. Io invece avevo dentro il cuore o dentro il cervello, a seconda delle diverse opinioni dei fisiologi, uno spazio forse non grandissimo, ma interamente riservato a lei, la mancata sorella; Valeria, con la sua innata sfrontatezza, aveva prontamente occupato quell'angolino, rifiutandosi di lasciarmelo libero per altri rapporti più produttivi. Quando vivevo un'emozione o provavo una gioia, anche quando qualcosa mi faceva soffrire, era con lei che l'avrei condivisa prima che con chiunque altro, persino mio marito o mia figlia.

Eppure, fino ad allora mi aveva regalato solo disillusione, la frustrazione di un'amicizia squilibrata dalla parte mia, più qualche scandalo di cui vergognarmi al posto suo. Ma – ecco il punto – Valeria incarnava il disonore della famiglia per sua scelta o perché *non poteva essere diversa da così*? Magari ne soffriva anche lei, e certi suoi impulsi erano soltanto la manifestazione di un disagio profondo. Aveva ragione Efrem: quale giudice, se non Dio stesso, poteva vedere dentro l'anima delle persone?

Di qui però scaturivano altre domande. Perché da bambina voleva punire ed essere punita? Cosa aveva generato in lei il senso così forte della colpa, del castigo, si sarebbe detto addirittura una misteriosa, inquietante *voluttà* della sofferenza? *Heautèntimoroumène*, punitrice di se stessa. L'avevo vista spesso sorridere, di felicità o di rancore soddisfatto, ma l'unica volta in cui avevo letto nei lineamenti del suo viso un piacere autentico, spinto fino al limite dell'estasi, era stato quando assistevo ai suoi disperati tentativi di liberarsi i polsi. Io dell'esperienza tra le mani di Morzos rammentavo una sensazione ben diversa: la paura prima e il sollievo quando s'era rivelato un uomo per bene. Di Valeria ricordavo le mani che disperatamente si torcevano e nel contempo quel sospiro: "solo un poco ancora, ti prego". Era altresì vero che il nostro era, a conti fatti, soltanto un gioco, forse spinto un po' troppo in là, ma non più di una caricatura teatrale e quindi falsa rappresentazione di un dramma autentico, ma comunque...

"No, Velia, non è esattamente così: quel volto ispirato l'avevi già veduto, tanti anni prima, in un gioco infantile".

Sì, credevo di averlo dimenticato assieme ad altri sfogliatisi sotto le dita del Tempo, invece in quel cantuccio di memoria era sopravvissuto: bastava avvicinargli una lucerna ed eccolo illuminarsi di sempre nuovi dettagli.

Aveva forse undici anni, Valeria, ma già cominciava ad assumere l'aspetto di un'adolescente, conservando della bambina solo i tratti dolcissimi del volto.

Per settimane ci aveva indottrinati, io e i nostri amichetti, per una recita che intendeva offrire in occasione del *dies natalis* di non so quale martire cristiana. Io ne era stata entusiasta, almeno all'inizio: amavo molto creare storie e interpretarle, ma mi avvidi subito che il nostro ruolo era solo quello di comparse. Verecondo, il figlio del giardiniere, che già aveva l'aspetto e la robustezza di un adulto, sarebbe stato il feroce carceriere, mentre Antonino doveva recitare la parte del viscido Procuratore che interrogava la martire. "Recitare"... verbo inappropriato o comunque eccessivo, perché in realtà, noi eravamo soltanto il fondale della scena, dominata da lei. S'era fatta procurare non so dove una catena, ma vi aveva rinunciato, perché la impacciava nei movimenti, preferendo farsi legare le mani, come aveva visto in un bassorilievo conservato nella casa degli zii.

Ecco, quando era comparsa così di fronte ai giudici, preda innocente dei suoi persecutori, a rivendicare il suo diritto di praticare la fede in Cristo, aveva il volto illuminato di quella strana luce che le avrei visto tanti anni dopo nel mio appartamento di Costantinopoli.

Io ero la sua fedele schiava - questo era ovvio - che cercava di persuaderla a rinunciare a quella ostinazione, e nelle poche battute che mi aveva concesso, mi sembrava di essere stata abbastanza convincente. Cosa le si chiedeva, in fondo? Un puro atto formale di omaggio a degli dei che neppure esistevano. Anzi, nella prova generale avevo aggiunto un'ulteriore battuta fuori copione: "ma padrona, se fingiamo di parlare con animali e addirittura oggetti che non ci possono comprendere, a maggior ragione non dovresti sentirti colpevole di pregare inesistenti divinità". Mi sembrava una buona osservazione, e proprio per questo me la censurò.

La recita fu un vero successo. Furono invitati parenti, amici, vicini di casa, e mamma Onorata non fece che piangere dal primo ingresso in scena della figlia fino a quando venne sbranata da immaginari leoni. Ciò ovviamente la consolidò nella sua convinzione che la vita religiosa fosse quella che più si adattava a lei. Se avesse avuto gli occhi meno impediti dalle lacrime, però, la sua dolce mamma avrebbe dovuto notare il brivido di piacere che percorreva ogni fibra della sua pargola nel trovarsi al centro dell'ammirata attenzione di tutti.

"Orsù, fate dunque strazio di questo povero corpo" aveva esortato i suoi carnefici quando era stata sottoposta alla tortura perché abiurasse "questi miei patimenti si trasformeranno in gaudio; sì, il mio debole corpo di donna li paventa, ma la mia anima immortale li desidera."

E giù applausi.

La mamma, alla fine dello spettacolo, l'aveva abbracciata con un calore inusuale, e ciò mi commosse profondamente, perché sapevo quanto un bambino desidera l'approvazione dei suoi genitori, e quanto raramente quella madre così cristiana sapeva dargliene. Benché fossi soltanto una ragazzina, pensai che finalmente zia Onorata aveva la prova tangibile di essere riuscita a plasmarla a sua immagine.

Quando ne parlai a papà, alla sera, mi confermò in pieno la diagnosi, ma in fondo non ci voleva molto a capirlo.

Non era affatto insolito, disse: la persona umana è come il lavoro di un artista, c'è la materia grezza di cui è fatta, che può essere la più varia, dall'argilla al marmo pario, al bronzo, allo stagno, ognuna con le sue caratteristiche date dalla Natura, "e qui, cara figliola", diceva sospirando, "noi non ci possiamo fare niente, se non accettare con amore quello che il nostro seme e il calore delle nostre spose hanno prodotto. Poi però c'è il lavoro dell'artista, che sarebbe l'educazione ricevuta, gli esempi che vede in casa, i libri che legge o che non legge; mi intendi?".

Se Valeria avesse ricevuto da Madre Natura uno spirito placido e condiscendente, si sarebbe adeguata alla volontà materna senza entusiasmi e senza ribellioni.

Se viceversa zia Onorata fosse stata una donna meno assillata dalle sue ossessioni religiose, anche un carattere inquieto come quello di mia cugina non ne sarebbe rimasto scosso più di tanto, perché non c'è nulla al mondo che terrorizzi un bambino più della prospettiva di un castigo divino.

Ma una bambina che a sei anni si tagliuzzava le cosce e si incideva le braccia "per scontare i peccati del mondo" come l'avevo vista fare, era il frutto perverso di una materia strana, modellata da una madre dura come l'acciaio del Norico, e non meno rigida nelle sue idee.

Sì, poteva essere quella la metafora della sua vita: volere e insieme disvolere, piacere e sofferenza, infliggere vergogna ed esserne oggetto, punire col rigore di un maestro severo ed essere castigata per qualche colpa di cui lei stessa non era consapevole, dominare gli altri ed essere dominata da qualcuno più forte di lei. Era il suo ritratto, e qui aveva ragione quel sant'uomo di Efrem: solo Dio poteva sapere se la sua era colpa consapevole di cui pagare il fio dopo morta o piuttosto una condanna da scontare in vita.

Cominciai così a frequentare Efrem, ad ascoltare le sue prediche, a cantare gli inni che componeva. Spesso mi chiedevo come sarebbe stata la mia conversione al Cristianesimo, perché era nell'ordine delle cose che prima o poi facessi quel passo; già mio marito era costretto a dire a tutti di essere un catecumeno e di aspettare il momento giusto per il battesimo, ma io passavo per una pagana tosta, e l'insistenza per una conversione, almeno di facciata, era continua e pressante. Di certo, non avrei mai immaginato che sarebbero state la poesia e la musica a portarmi alla nuova Fede.

Quando ritornavo dalle lunghe chiacchierate con Efrem, Marco mi chiedeva quasi con ansia se gli avevo parlato, come se aspettasse qualcosa da me.

Un giorno in cui ci dovevamo incontrare per mettere a punto il progetto della Scuola, trovai il sant'uomo intento a scrivere qualcosa, probabilmente degli spunti per qualche predica.

«Disturbo, vero?»

«Niente affatto, *Domina*. Mi aspettavo una tua visita, per la verità. Non sapevo che sarebbe stata oggi, ma non c'è bisogno dello spirito profetico per indovinarlo.»

Lo ringraziai mentalmente per avermi facilitato le cose.

«Efrem, cosa ti sembra di mio figlio Marco? Sii sincero, ti prego.»

«È un ragazzo profondamente buono...»

«Anche se ha ucciso in guerra?»

Il sant'uomo si rabbuiò.

«Sì, anche se è stato costretto a farlo. Velia, posso parlarti sinceramente?»

«Ma certo, con chi potrei farlo, se non con te?»

«Marco si confida con me, e so che da tempo è incerto sulla sua vocazione.»

Sospirai.

«L'ho notato anch'io. Sono contenta che ne abbia parlato con te» ed era vero: sarei stata gelosa di chiunque altro, non di lui.

«Non ho fatto alcuna pressione perché si convertisse a Cristo, di questo puoi stare certa; la sua inquietudine data da molto prima che mi conoscesse.»

«È cristiano? Intendo, ha ricevuto il battesimo?»

«Nel cuore sì, come lo sei tu, Velia, e anche quel brav'uomo di tuo marito. La bella Sabina non la conosco abbastanza, ma so che mi piacerebbe parlare anche con lei.»

Non so perché, a quelle parole mi si allargò il cuore. «Cosa dobbiamo fare con quel ragazzo perché sia felice?»

«Velia, tu e tuo marito avete un privilegio che è concesso a pochi, ai ricchi e ai potenti, ossia di scegliere il vostro destino e quello dei vostri figli. Usate di questa libertà.»

«Ne parlerò a Vindicio» assicurai.

«Fallo, è giusto che sia suo padre a guidarlo.»

30. Quando temetti che mio marito mi avrebbe spellata viva...

Un giorno il mondo sarà diverso da com'è ora, e questa è una delle poche cose sicure, perché il mutamento è nella natura delle cose, e sarà così diverso quanto lo era la Roma della Lupa e dei Gemelli Fondatori rispetto alla *megalo-polis* che è divenuta oggi.

Ecco, se mai queste righe dovessero giungere così lontane nel tempo, non vorrei aver trasmesso l'immagine di un Impero che, grazie alle sue invitte legioni, riesce a respingere le forze del caos di là del *limes*: con buona pace di mio padre, in certe zone del *Romanum imperium*, terre che pure ci appartengono da tempo immemorabile, vivono nazioni che conducono la loro miserabile esistenza in modo altrettanto barbarico dei sarmati o dei goti. E come con i barbari esterni, l'unico modo per contenere la sfrontata temerarietà dei barbari interni consiste nell'organizzare contro di loro le stesse campagne militari che si pianificano contro i nemici di fuori.

Il *Cesare* Gallo aveva deciso di far muovere l'esercito da Antiochia, contro i persiani, tanto per cambiare, e anche mio figlio era stato mobilitato. Poi, per qualche imperscrutabile ragione, vi aveva rinunciato, ma neanche il tempo di riportare i soldati nelle caserme, e scoppiò la crisi isaurica.

Marco mi spiegò che gli isauri erano sudditi dell'Anatolia romana, ma appunto vivevano come barbari, spesso dandosi al brigantaggio.

«Come se non bastassero i goti, gli alemanni e i sarmati. Mi chiedo come potrà sopravvivere questo povero Impero» commentò Vindicio sconsolato.

Strano che il mio uomo ragionasse così, perché la lotta era la ragione stessa del suo lavoro e della sua vita. Come un insetto, rizzai le antenne e iniziai a mettere insieme tanti piccoli indizi.

Tornando alla campagna contro quei briganti, a quanto si raccontava, un governatore romano aveva sbrigativamente fatto giustiziare un capo locale a Iconio di Pisidia, oltre tutto in quel barbaro modo che era l'esposizione alle belve, ed era scoppiata la rivolta.

Gli isauri, gente feroce in guerra e indocile in pace, si erano ribellati in massa ed erano scesi in armi arrivando fin sulle coste; di lì avevano iniziato un'attività semi-piratesca, integrando con l'abbordaggio delle navi i proventi degli assalti alle carovane. La loro cieca violenza e un indubbio talento militare li portò fin sotto le mura della stessa Seleucia, e ci volle tutta l'energia del *Comes* Nebridio per costringerli almeno a tornare nei loro inaccessibili nascondigli montani.

Vindicio e Marco con i loro uomini dovettero far parte della spedizione per riportare l'ordine, e in seguito raccontarono di quanto fosse difficile stanare quei ribelli dai loro rifugi. Alcune volte i nostri fanti furono costretti, per inseguirli, ad arrampicarsi su altissime montagne, aggrappandosi agli arbusti, ma ovviamente senza la possibilità di schierarsi in formazione di combattimento, anche perché gli isauri facevano precipitare su di loro frane e macigni.

Nonostante il valore e la tenacia della truppa, alla fine si decise di non andare a fondo di quella guerra devastante, costosa e sommamente inutile, e lasciare che il bubbone si incistasse, badando che non diffondesse il contagio a tutto l'organismo.

Certo che era difficile, in tempi di invasioni barbariche, scontri coi persiani, lotte fra imperatori rivali, mantenere anche il controllo delle strade.

Un mattino, proprio al culmine della crisi e coi persiani in effervescenza, fui svegliata da un trambusto inusuale, superiore alle solite liti fra gli ambulanti per la sistemazione delle bancarelle. Mi affacciai anch'io alla finestra. S'era formato un capannello di mercanti, vigili notturni e donne; in mezzo, un ragazzo stava raccontando qualcosa alternando le parole a gesti di disperazione.

Vindicio, come dicevo, non era presente, e mi sentii in obbligo di rappresentarlo, almeno moralmente. «Cos'è successo?» chiesi.

«Sono stati assaliti dai briganti, sulla strada da Singara» spiegò una delle guardie.

«Persiani?» domandai preoccupata.

«No, dal racconto sembrano briganti comuni.»

Visto che nessuno si offriva di dargli almeno una rassettata, ordinai che lo portassero a casa mia.

Il ragazzo fece un po' di resistenza, perché voleva parlare con qualcuno di importante, ma poi si rassegnò.

«Donne, rifocillatelo e ripulitelo» ordinai alle serve «e tu ragazzo intanto inizia a raccontare.»

Con noi entrarono due *centenarii*, veterani di cui Vindicio si fidava come di se stesso, Nonnio Severiano, il comandante dei cavalieri rimasti in città e altra gente, fino a riempire la sala, con disperazione di Arite preoccupata per lo stato precario del pavimento.

«Eravamo partiti da Ctesifonte» iniziò a raccontare, e qui si arrestò: «sia chiaro, con tutti i documenti e le autorizzazioni in ordine, e anche i persiani non ci avevano creato difficoltà. L'ultima città grossa dove abbiamo alloggiato è stata Singara, e l'ultima pietra miliare che ricordo dava Nisibis a venti miglia. Contavamo di arrivarci prima di sera. Ci sono piombati addosso coi loro cammelli da guerra, come dei falchi, ma alcuni avevano anche dei cavalli. Inizialmente pensavamo si trattasse di soldati romani, invece erano briganti.»

«Dove è avvenuto esattamente l'assalto?» chiese Aurelio Buriano detto "il Vecchio Trace", un graduato della cavalleria mai salito di grado per colpa di una lingua troppo libera, ma che fra i soldati contava più di molti ufficiali di prima nomina.

«Fammi un disegno» proposi, e tirai fuori una pergamena e un carboncino.

Il ragazzo aveva una discreta mano e disegnò il percorso rispettando le proporzioni e le distanze, con tante palme quante erano state le tappe da Singara. Intanto, anche Sabina si era alzata dal letto, unendosi al gruppo.

«Ci sono state vittime?» chiesi al ragazzo.

«Non lo so, ero dietro di tutti e sono scappato appena ho sentito le grida. Hanno provato a inseguirmi, ma ero l'unico a cavallo, e hanno rinunciato. Credo però che nessuno degli altri della comitiva sia sfuggito: eravamo in trenta, la famiglia del mio padrone e alcuni mercanti arabi, con una quarantina fra cammelli e asini. Per seminarli, ho dovuto compiere un lungo giro lontano dalla strada, e mi sono anche perso.»

«Se ci muoviamo adesso, forse li prendiamo mentre sono ancora appesantiti dal bottino» propose subito uno dei centurioni.

«Calma. Tolti quelli che ho dovuto fornire a suo marito» disse Nonnio indicandomi «e quelli impegnati nel normale servizio di sorveglianza, non è che mi resti molta altra gente.»

«Possiamo far salire a cavallo un po' di legionari» proposi.

«Sì, ne ho diversi che sanno stare in sella» disse Vario Muciano, uno dei *centenarii*; «intendiamoci però: stare in groppa al cavallo, non combatterci sopra» chiarì.

«In ogni caso, se non interveniamo perdiamo la faccia coi civili» dissi io, «e se non proteggiamo i mercanti, i commerci vanno a rotoli e con loro i dazi e i pedaggi, e poi ci vogliono decenni perché rinasca la fiducia; per cui, qualunque cosa si decida, va fatta presto.»

Ora, a meno che una non fosse la regina Zenobia o la britanna Boudecca, non era molto normale che una donna partecipasse a una riunione di militari, e tanto meno che esprimesse il suo parere, ma tutta la situazione era eccezionale; e poi almeno i più vecchi sapevano tutto di me, di *Herculea Castra*, della mia avventura coi Sarmati, nonché della difesa di Nisibis durante l'assedio di Sapore, e mi consideravano anch'essi un centurione onorario.

«Cosa proponi, Velia?» chiese il Trace.

«Quanti saranno quei briganti, secondo te?» domandai al ragazzo, che ora appariva ancor più frastornato.

«Non saprei. Venti, trenta, non di più.»

«Bene. Allora usiamo tutti i cavalieri a disposizione; Vario: prendi i migliori uomini che hai e procurati le bestie, anche sequestrandole ai civili, se è il caso. Ritrovo fra...» e controllai l'orologio ad acqua «fra un'ora. Armati da battaglia, e viveri per due giorni.»

«Vado anch'io con loro» si propose d'impulso Sabina: «nessuno qui dentro cavalca come me.»

«No, piccola, o meglio, tu ci verrai incontro, ma più tardi: devi organizzare una carovana di cammelli con acqua, viveri, bende e un medico, che ci raggiungerà per via.»

«Meglio che ascolti la mamma» la consigliò Eutropio Antonino, un ufficiale che aveva servito in Dacia e mi conosceva da allora: «perché quando tornerà Vindicio, i colpi di frusta li sentiremo fin dall'ultima torre di guardia, ed è meglio che arrivino sulla schiena di tua madre, che ormai c'è abituata. Tu sei giovane e hai la pelle troppo delicata.»

Avrei dovuto protestare che mio marito non mi aveva mai nemmeno sfiorato con un'unghia, ma chi mi conosceva lo sapeva già, e gli altri non ci avrebbero comunque creduto.

«Eutropio ha ragione. Vai, Sabina. Raduna un po' di pie donne e di servitù, e prenditi i cammelli da quel predone di Rabbel, e se protesta fallo mettere agli arresti.»

«Sì, Eutropio dice bene: stavolta mio marito mi appende per i piedi al soffitto e mi cava la pelle a frustate» confessai ad Arite quando tutti se ne furono usciti.

«Come minimo, padrona.»

La strada che conduceva al confine persiano era in discrete condizioni, anche se avrebbe meritato qualche intervento di ripristino del manto superiore, e forzando un poco l'andatura, giungemmo al posto dov'era avvenuta l'incursione dei briganti in meno di tre ore.

Il Trace, partito subito dopo la riunione con due dei suoi, ci aspettava:

«Qui c'è stata una bella lotta, si vedono ancora macchie di sangue secco.»

«Cadaveri?» domandai guardandomi intorno.

«No, ma se non li troviamo quanto prima, quei tagliagole si sbarazzeranno dei pesi morti. Di solito lasciano in vita i bambini, perché quando li vendono non sanno dire di chi sono figli e da dove vengono, e anche le donne hanno un buon mercato nell'Impero persiano, ma se non sono persone importanti, in grado di pagarsi il riscatto, quelli sono già belli e spacciati. C'erano merci preziose sui cammelli?» chiese al ragazzo.

«Un po' di seta d'Oriente, balsami e pietre dure; ah, sì, anche un paio di danzatrici indiane, ma per il resto era un carico normale.»

Il mio primo pensiero fu che per quelle povere schiave poco sarebbe cambiato, ma fra la cattura e la vendita c'era tutto il tempo e lo spazio per vedere l'inferno scendere sulla terra, quindi dovevamo tirarle fuori prima possibile. «Tracce?»

«Abbastanza evidenti, almeno per il primo tratto; poi però il terreno diventa sassoso, e sarà più difficile seguirle.»

«D'accordo, si va; anzi, andate.»

D'istinto li avrei seguiti, ma non potevo certo infilarmi in un combattimento con la mia bella tunica di lino bianco e il fido pugnale al fianco, contro uomini corazzati e armati di spade e lance. E poi, ne avevo già fatte abbastanza di stupidaggini. Non solo, ma tutti sarebbero stati troppo impegnati a difendermi per avere tempo di combattere in santa pace. «Io aspetto qui mia figlia e gli altri: voi sapete meglio di me che cosa fare.»

Nonnio propose di lasciare due dei suoi a farmi la guardia, ma dissi che sarebbero serviti di più a lui, e che comunque, tempo un paio di ore e avrei avuto compagnia.

L'oasi era formata da un palmeto abbastanza fitto da non lasciar passare la luce del sole, con un pozzo nel mezzo, e un boschetto con alcuni ulivi; un tempo dovevano aver provato a piantare alberi da frutto e coltivare degli orticelli: alcuni ortaggi ormai inselvatichiti spuntavano dal terreno, ma evidentemente i troppi passaggi di eserciti imperiali e altri malintenzionati avevano scoraggiato i contadini che avevano provato a viverci.

Controllai che tutti gli otri fossero pieni e riempii l'abbeveratoio delle bestie. Provai anche a montare la tenda, ma era una fatica e richiedeva una competenza superiore alle mie forze; non mi restava che appoggiare la schiena al tronco di un albero, chiudere gli occhi e pensare. In Oriente ci si abitua presto a non compiere movimenti troppo bruschi e a sfruttare ogni spazio di ombra; prevedibilmente, avrei dormito poco, quella notte, e cominciavo a non avere più l'età per questi strapazzi.

Da lontano, all'estremo orizzonte, spuntò un gruppo di persone, ma dalla direzione sbagliata, quella del confine persiano, ed era un bel guaio su cui non avevo riflettuto: eppure lì avrebbero dovuto fermarsi, almeno a riempire le borracce e far trascorrere le ore più calde; procedevano a piedi, lentamente.

Preparai il coltello per tutte le evenienze, ma lo nascosi sotto una coperta. Ora si distinguevano meglio, erano in quattro e una sembrava una donna. Strano che non avessero almeno un asino.

«Ti serve aiuto, sorella?» mi chiese una voce femminile da dietro il velo.

Quando si liberò il viso, notai che era una bella ragazza, di vent'anni o poco più, dall'aspetto molto orientale.

«Vi ringrazio, ma sto aspettando una carovana in arrivo da Nisibis. Mi hanno incaricato di preparare un po' di accoglienza.»

«Sei la loro *etaira*?» domandò uno degli uomini.

Complimenti, bella battuta, ma me la meritavo tutta.

«Eh, alla mia età» mi schermii ridendo. «No, ho un marito, ma al momento è in guerra, e io sono stata incaricata di recuperare alcuni disgraziati vittime dei briganti. Voi, piuttosto, mi sembrate stanchi. Non ho molto con me, ma quel che ho lo divido volentieri con voi.»

Presero posto sulla coperta che avevo disteso, salvo il più giovane del gruppo, che andò ad attingere.

«Dove eravate diretti?» domandai.

«Intanto a Edessa, dove ci sono dei nostri confratelli, poi ad Antiochia.»

Si guardarono l'un l'altro, e dovettero concludere che non costituivo un pericolo.

«Siamo missionari manichei» disse uno di loro. «Portiamo la parola del Profeta alle nazioni straniere.»

«Ah...»

La donna mi sfiorò la fronte col dorso della mano, tergendo una goccia di sudore:

«Lo so, di questi tempi c'è un sospetto fiorire di sette e religioni, ma noi cerchiamo solo di mettere insieme quanto di meglio gli uomini e gli esseri celesti hanno creato e immaginato. Per questo il nostro Profeta benedetto è venuto al mondo ed è stato ucciso.»

«Come il Gesù dei cristiani» azzardai.

«Sì, è una storia che si ripete. Io sto percorrendo la strada per diventare un'*eletta*, mentre i miei compagni resteranno dei semplici *uditori*.»

«Che differenza c'è?»

«Beh, io sarò tenuta a rispettare tutta una serie di divieti: non uccidere nemmeno gli animali, non mentire mai, digiunare spesso, vivere in povertà, non accostarmi a uomini...»

«Un programma piuttosto ambizioso» commentai «ma non ti rende difficile viaggiare?»

«Sì, ma è nostro dovere portare il messaggio di salvezza nel mondo. E comunque, ho con me questi tre compagni che mi servono.»

Da quello che mi spiegarono, i manichei non appartenenti all'élite degli *eletti* erano tenuti ad un rigido codice morale e a regole alimentari molto stringenti, ma almeno non era loro impedito di condurre una normale vita umana.

«Lo sapete, penso, che da queste parti non è un bel periodo per chi non si adegua ai capricci religiosi degli imperatori. Lo dico perché badiate è quello che fate e a quello che dite.»

«Sei cristiana?» domandò uno degli uomini.

«Ufficialmente… mah, non lo so con sicurezza neanch'io cosa sono. Mi considero alla ricerca, ecco.»

La donna sorrise in modo molto dolce.

«Fai bene a cercare, sorella. Continua, e alla fine troverai la tua strada. Ora però dovremmo recitare le nostre preghiere al Sole, se non ti dispiace.»

Li lasciai e mi ritirai sotto un gigantesco ulivo.

«Vuoi che aspettiamo finché arrivano i tuoi amici?» mi propose uno degli uditori quando ebbero terminato.

«No, non è necessario. È meglio invece che voi vi avviate, perché fino a Nisibis è ancora lunga, ed è meglio che arriviate prima di sera.»

Se ne andarono dopo avermi salutato con orientale cerimoniosità; la donna volle anche darmi un bacio sulla guancia:

«Ti auguro di compiere un felice cammino.»

Mentre le quattro figure scomparivano all'orizzonte, pensai che era proprio vero: non sai mai che gente incontri quando ti metti in viaggio. Ti aspetti di trovare ladri e briganti, e invece eccoti le persone più gentili di questo mondo; ma anche viceversa.

Bene, ora dovevo solo aspettare. Non era un deserto vero e proprio, quello l'avevo visto in altre occasioni, ma quella solitudine assolata mi ispirava a chiudere gli occhi e abbandonarmi alla riflessione. Forse era il motivo per cui qui nascevano tante religioni, e certo l'Oriente con le sue culture e popoli invitava a porsi domande e offriva una miriade di risposte, non sempre soddisfacenti, ma certo ingegnose e stimolanti.

Intanto, Sabina e i suoi si facevano attendere, e già la sera iniziava a distendere il suo manto stellato. La notte di Nisibis era bellissima, ma qui potevo ammirare un cielo che mio padre avrebbe studiato con appassionata invidia. Tutto molto bello, però anche starsene da sola in mezzo al deserto non era molto piacevole; al di là dei pericoli, sentivo il bisogno quasi fisico di un contatto umano.

Finalmente, dopo molti falsi allarme, vedi da lontano delle luci. Speravo che fossero loro, altrimenti sarei stata veramente nei guai.

Sì, la figura era quella di mia figlia, la riconoscevo anche da mezzo miglio e al buio. Il cavallo era il suo baio *Occhioinfronte*.

«Perdonaci mamma» disse non appena scese dal suo animale «non è stato facile mettere insieme un gruppo di volontari.»

«I miei ragazzi erano tutti in permesso» aggiunse Messio Angelino, un decurione degli arcieri, «ma per te e per Vindicio questo e altro.»

Forse questo mi avrebbe salvato la schiena, o per lo meno mio marito avrebbe evitato di appendermi per i piedi mentre mi frustava.

Con pochi ordini secchi venne acceso un bel fuoco su cui i soldati scaldarono le gavette; si stabilirono i turni di guardia e venne montata la grande tenda. Nell'impossibilità di cingere l'intera area con una palizzata, ci stringemmo attorno al fuoco.

«Ecco, è tutta per te» disse Messio indicandomi la tenda.

«No, qui ci vanno loro» replicai richiamando le serve con un cenno delle dita. I nuovi arrivati erano forse dei bravi ragazzi, ma era meglio non metterli in tentazione, e anche le ragazze erano affidate alla mia responsabilità e non sembravano meno furbette. «Dentro, piccole, e non provate a mettere il naso fuori» ordinai.

Sotto l'ulivo, io e Sabina ci parlammo, quella notte: ci raccontammo di quando eravamo ai *Castra Herculea*, della vita di Nisibis, di Roma che lei non aveva mai veduto, toccando anche zia Valeria; ci facemmo qualche risata e ci scambiammo più di una confidenza. La guardavo alla luce del grande falò. I suoi occhi azzurri riflettevano la fiamma, e coi capelli sciolti, biondi come l'oro raffinato, sembrava una dea del Nord, senza avere però i caratteri duri delle donne di lassù. Eh sì, cara Velia: la bambina era proprio diventata una donna adulta.

Il sonno tardava ad arrivare.

Sabina mi fece capire come tante cose stavano cambiando in lei, e forse doveva cominciare a guardarsi attorno per trovare qualcuno con cui dividere la vita. Nel contempo però sentiva ancora forte il richiamo della libertà. «Una notte così, me la sognerei, se fossi sposata» disse a un tratto guardando il cielo stellato.

«Perché?» domandai «io cosa sono?»

«Tu sei la Signora del Confine» disse lei ridendo.

Mi addormentai pensando che quella notte era forse stata la più bella tra quelle trascorse in Oriente, perché finalmente una nuova storia stava prendendo l'avvio fra me e lei, fra una mamma chioccia e una figlia selvatica.

Il mattino fummo svegliati dall'allarme lanciato dalla sentinella appostata sulla palma; non ricordavo di avere dato ordini in proposito, ma evidentemente qualcuno ci aveva pensato al posto mio.

Il comandante ordinò di armarsi e di prepararsi al combattimento.

«Sono dei nostri» urlò il ragazzo della palma: «riconosco il cavallo del Trace.»

Infatti ad arrivare per primo, impolverato come un fornaio, fu lui, Aurelio.

«Com'è andata?» chiesi trattenendolo per la briglia.

«Abbiamo cercato un bel po', ma alla fine li abbiamo trovati; si erano nascosti nel greto secco di un fiume, ben incassato fra le rocce, con acqua sufficiente per bere e umidità da far crescere un po' di piante. Non l'avrei mai trovata senza l'aiuto di Theodoros, che è uno del posto. Una volta ci si rifugiavano le ragazzine che scappavano di casa con i morosi, per potersi sposare senza dote.»

«Già, i peccati tornano sempre utili prima o poi. Erano gente del posto, dunque.»

«Sì, ma quel che è peggio, erano soldati che avevano servito sotto Roma, regolarmente congedati, con il solito contorno di parenti e altri sodali; una banda di cugini. Li abbiamo sorpresi mentre dormivano dopo aver fatto bisboccia, e non è stato difficile, anche se qualche ammaccatura l'abbiamo rimediata pure noi.»

«Perdite?» domandai.

«Un ferito leggero noi, due morti loro. Purtroppo un civile è rimasto coinvolto ed è morto nel viaggio di ritorno.»

«Appunto: come sono messi i viaggiatori?»

«Non benissimo, soprattutto le donne.»

Mandai subito incontro alcuni cavalieri e dei cammellieri, perché potessero caricarsi almeno i feriti.

«Mi raccomando, ci sono donne...» dissi a Sabina; «basta, non c'è bisogno che dica altro.»

Arrivarono un po' alla volta, con l'aria distrutta, anche i soldati che avevano slacciato le armature e appeso gli elmi all'arcione. I briganti erano anch'essi in groppa agli asini o ai cammelli, strettamente legati, e rabbrividii al pensiero che dovevano aver viaggiato così da almeno sette od otto ore, a capo scoperto e alcuni seminudi, col sole ad ustionare la pelle. Eppure, quelli che mi facevano più pena erano i viaggiatori, con le teste che ciondolando e le facce sofferenti. Forse una o due ragazze erano svenute.

Dietro di tutti, la parte del carico che si era riusciti a recuperare.

Mi chiesi se ci sarebbe stata una ricompensa, non per me,

ma per i ragazzi che avevo mobilitato; col senno di poi, non avevo tenuto conto del pericolo rappresentato dai cavalieri persiani, che potevano aver tenuto d'occhio la strada.

"Sia quel che sia, ormai è finita" mi dissi. «Le donne, tutte nella tenda. E voi, ragazze, non siete qui per menare il didietro, datevi da fare e prendetevi cura di questi disgraziati.»

Nonnio mi fece un breve resoconto dell'azione militare, e non potei che complimentarmi per come era stata condotta: rapida, pulita, col minimo di perdite.

Una delle nostre serve venne a chiamarmi: le ragazze indiane volevano parlarmi, ma non si capiva nulla di quello che dicevano.

«Perdonami, torno al mio dovere di donna.»

Dentro il grande padiglione ci si sentiva soffocare: mancava il ricambio dell'aria e i troppi corpi ricoverati, di donne e di feriti, accrescevano il calore dell'ambiente.

«Sollevate un lembo della tenda, devo dirvi tutto io?»

Riconobbi subito le due indiane, erano molto scure di pelle, con capelli neri e lisci, lunghissimi.

«Come va, sorella» dissi rivolgendomi in persiano a quella che mi sembrava più sofferente.

Lei mi rispose usando le poche parole che aveva imparato di quella lingua. Per fortuna, si alzò un'altra, forse la sorella perché le assomigliava moltissimo, che se la cavava un poco meglio.

Con un po' di pazienza riuscimmo a intenderci e potei capire la natura dei problemi.

Spiegai che purtroppo sarebbero rientrate nel pieno possesso del loro padrone, a meno che non fossero emerse delle irregolarità di ordine legale o fiscale. Chiesi se fossero state acquistate o rapite, e loro ammisero di provenire da una sorta di allevamento di giovani danzatrici, che venivano smerciate anche all'estero.

«Mi dispiace, in questo caso non ci posso fare nulla» ammisi «ma vi assicuro che poteva andarvi molto peggio.»

La ragazza ne convenne, e mi mostrò in varie parti del corpo l'esito di un giorno e una notte in mano ai briganti.

«Per questo pagheranno» assicurai; «intanto, cercate di bere, mangiare, riposare senza pensare troppo a domani o a domani l'altro.»

Le mie erano solo parole, lo capivo bene, ma questo era ciò che potevo offrire. Nate in una terra assolata, dove vivevano gli elefanti e le tigri, magari sarebbero finite in Gallia o in Britannia, sotto un cielo di piombo sentendo risuonare lingue sconosciute, indicate a dito quando passavano per le vie della città in cui avrebbero trascorso la vita, forse separate l'una dall'altra.

No, meglio non pensarci proprio.

Usando il latino, chiesi ad Amanda, l'unica che lo intendesse, come stavano i feriti, e in parte mi rassicurò: lei era stata una delle infermiere durante l'assedio, e aveva frequentato il corso di primo intervento. Se ci fosse stato il medico, mi sarei sentita più tranquilla, ma aveva un'epidemia in corso a Nisibis, una delle tante, e non poteva lasciare l'ambulatorio.

«Possiamo riprendere il viaggio, secondo te?» le domandai.

«Sì, ma senza forzare.»

I soldati stavano smontando il campo mentre altri davano l'ultima abbeverata agli animali.

Chiesi l'onore di passarli in rassegna, e li ringrazia uno per uno chiamandoli per nome; non era un comportamento da ufficiale, ma nemmeno pretendevo di esserlo.

Il Trace ci aveva sollecitato a muoverci di fretta, almeno nei limiti consentiti dal carico ed dai feriti: c'era parecchia gente strana in giro, diceva, forse spie dei persiani, forse altri briganti.

Inevitabilmente, il gruppo si andava sfilacciando, e i soldati ne approfittarono per regolare alcuni conti coi prigionieri, in particolare con gli ex camerati che, dopo aver servito nell'esercito romano e ricevuto una *honesta missio*, avevano usato la loro competenza militare per terrorizzare la regione.

Un ausiliario tentò anche alcuni ruvidi approcci con una delle danzatrici, e dovetti intervenire per riportarlo nei ranghi.

Mentre cavalcavo immersa nelle mie preoccupazioni per come avrei giustificato quella uscita del tutto non conforme ad ogni regola, mi affiancò Sabina.

«Madre, posso chiederti una cosa?»

«Dimmi figliola.»

«Mamma, tu che hai visto tante cose, perché succede tutto questo? A noi donne, dico.»

Compresi quello che intendeva dire, ma rispondere non sarebbe stato altrettanto facile.

«Non lo so, bambina; forse è un modo per ricordarci quello che siamo e qual è il nostro posto nella società, e che qualunque cosa succeda, noi avremo bisogno sempre dei maschi.»

«Ma tu lo trovi giusto?»

«No, non lo è. Non lo è affatto, ma non per questo è meno vero.»

La ragazza tacque, ma capivo che stava rimuginando qualcosa:

«Mamma, anche quella di nostra cugina Valeria è una ribellione?»

Già, poteva esserlo? Una donna ricca, di famiglia onorata, sposa di un uomo potente, bellissima e ammirata, che molla tutto per andare a vivere come una miserabile.

«Perché no? Ma non più di una ragazza che decide di voler essere un uomo, anzi, un guerriero» replicai.

«Oh, le amazzoni sapevano essere donne e maneggiare l'arco, basta farlo con eleganza, senza spettinarsi e senza rovinare il trucco. Io, ad esempio, ci riesco benissimo.»

A Nisibis arrivammo che ormai era notte fonda, e fu un bene perché evitammo di suscitare spiacevoli curiosità. Feci sistemare i mercanti, i bagagli e la loro mercanzia, comprese le schiave, in albergo, e congedai gli altri, ringraziandoli di cuore.

I briganti vennero condotti nelle carceri cittadine.

Quando arrivò il magistrato, alcuni giorni dopo, vennero sottoposti a tortura per far confessare altri crimini e scoprire dove tenevano nascosti i proventi del loro brigantaggio, ma quella era diventata ormai una normale operazione giudiziaria, che non mi riguardava.

Una scoperta interessante fu che uno dei ragazzi della banda in realtà era una donna, imparentata con il capo e compagna di uno degli ex ausiliari romani.

A parte i due ragazzi più giovani, condannati al lavoro forzato a vita nelle cave di pietra, gli altri vennero spediti *ad bestias*: per una fortunata coincidenza, erano state catturate alcune leonesse coi cuccioli, che avevano divorato i pastori di un gregge senza quasi toccare le pecore, e la stranezza del fatto aveva convinto il magistrato a organizzare in fretta e furia una pubblica esecuzione con annesso spettacolo.

Occorre dire che in quelle zone i leoni vivono e prosperano, cacciando e tendendo agguati agli animali selvatici e alle greggi fra i canneti dei fiumi e le fitte boscaglie. Marcellino mi diceva che erano abbastanza innocui durante l'inverno, che in Mesopotamia è sempre mite, ma quando i raggi del sole cominciano a bruciare e si sollevano sciami enormi di zanzare, le povere belve impazziscono per le loro punture, al punto che a volte annegano nel fango e nelle acque dei fiumi dove cercano ristoro, o si graffiano gli occhi, la parte più delicata e dove quelle maledette bestioline alate pungono di più, fino a diventare ciechi.

La sera prima dell'esecuzione, Sabina mi chiese una delle anforette di vino invecchiato che tenevamo in cantina. Pensai che avrebbe festeggiato con le amiche, per cui rimasi di sasso quando seppi che avrebbe trascorso la notte con la donna dei briganti, in carcere, nella sua stessa cella. La sua spiegazione fu chiara:

«Credo che come pena bastino i denti delle leonesse, anche

senza altri supplementi di sofferenza, e almeno fin che ci sarò io con lei, nessun maschio verrà a tormentarla. E credo pure che, se un giorno dovesse succedere a me, sarei grata che qualcuno mi aiutasse a passare la mia ultima notte.»

Tornò a mezzogiorno, quando per tradizione l'esecuzione dei criminali doveva aver termine, e non mi raccontò nulla della notte trascorsa, o di come quella sventurata ragazza avesse affrontato la morte, né io mi premurai di domandare alcunché ai molti curiosi e appassionati che avevano assistito allo spettacolo. Con quello che avevo rischiato di passare nel campo dei Sarmati o nella stessa Nisibis se i persiani avessero scavalcato le ultime difese, vedere una donna come me sbranata dai denti di una belva era l'ultima delle cose che avrei fatto.

Nei giorni successivi, fui molto impegnata con Nonnio a redigere la relazione; alla fine ne uscì un resoconto abbastanza attendibile, sia pure con qualche forzatura e molte omissioni.

«Ti ringrazio di cuore, sei un amico» conclusi.

«Guarda che ci teniamo alla schiena della nostra imperatrice.»

«Non dirlo neanche per scherzo: sono tempi infami e se certe parole arrivano all'orecchio del nostro Imperatore, ci finisco io a sfamare le leonesse.»

Quando finalmente mio marito rientrò, ricevetti i complimenti per come avevo aiutato a gestire la situazione.

«Niente catena dunque?»

«No, stavolta non ce n'è motivo. O per caso c'è?» mi domandò con uno sguardo inquisitorio.

«Scherzi?»

31. Come diventammo tutti cristiani

Nei giorni successivi Vindicio fu impegnato a riprendere in mano le redini del comando e non ebbi molte occasioni per parlargli, ma finalmente una sera, sulla veranda, mentre prendevamo il fresco, trovai modo di discuterne. Nonostante fossimo sposati da tanti anni, era ancora così difficile inchiodarlo su una sedia e parlargli da donna a uomo.

«Vindicio, ti sei reso conto di quanto Sabina sia cresciuta?»

Lui accennò di sì.

«Come donna e come madre, credo che a diciotto anni una dovrebbe avere già un marito, o almeno un fidanzato. Tu cosa dici?»

«Dico che quando verrà il momento, sarà lei a dirci cosa ha deciso.»

Rimasi interdetta. Ma come? Era un ragionamento da commedia di Terenzio, non da padre romano. D'accordo, ma fin che il ferro era caldo, dovevo batterlo:

«Un'altra cosa. Credo che anche nostro figlio non sia felice.»

Lui scosse la testa:

«Io non lo credo, lo so. In questi mesi l'ho avuto a mio fianco e ci siamo confrontati, con le parole e negli atti; anche Marcellino, Ursicino, e i colleghi hanno espresso la stessa opinione.»

«Ossia?» domandai.

«Che non è adatto per questa vita. Per lui essere un militare è stata una scelta naturale, obbligata, come per una donna fare figli e curare la casa; solo che ora gli sorge il dubbio se sia anche quella giusta.»

Provai a immaginare come poteva sentirsi mio marito, soldato figlio di soldati, tradito nelle sue aspettative dal suo stesso figlio. Eppure, in quei giorni da quando erano ritornati li vedevo pensosi entrambi, dubbiosi, taciturni, ma mai tristi.

Lo confesso, fui quasi ingelosita di quella che sembrava una confidenza a due, ma Marco era anche suo figlio, erano due uomini, due soldati, due commilitoni. Questa volta non avrei dovuto avervi parte, se non al termine, eventualmente per fasciare qualche ferita o asciugare le lacrime.

Una notte, al termine del turno di ispezione, Vindicio mi svegliò e mi annunciò che avevano deciso: Marco si sarebbe congedato. Ne avrebbe parlato coi superiori, ma contando il curricolo del ragazzo, era cosa fatta.

«Mi onora più questa scelta della conquista di dodici città» lo assicurai.

La Pasqua dell'anno seguente, dopo un lungo percorso catecumenale, fummo battezzati tutti e quattro, compresa Sabina, e fummo cristiani.

Una sera, Vindicio tornò da una cena con gli altri ufficiali più nero del solito:

«Se un giorno sotto tortura dovessi accusarti di qualche delitto, ti chiedo perdono in anticipo.»

«Beh, con un po' di preavviso, eviterò di farmi beccare: se riesco a raggiungere il Danubio e a passare il *limes*, sono salva» scherzai; «ho ancora molti amici fra i goti, e persino tra i sarmati.»

«Temo per te e per i nostri figli, Velia. Stiamo servendo un Augusto impastato di sospetti e un Cesare che incrudelisce sui suoi stessi servitori.»

«Gallo, vero?» dissi pianissimo.

«Chi altro? Fa straziare innocenti per procurarsi prove inesistenti di complotti che maturano solo nelle fantasie interessate dei suoi cortigiani. Ursicino stesso ha torturato due disgraziati che probabilmente non c'entrano con nessuna congiura. Siamo arrivati all'assurdo di aver arrestato della gente di Tiro perché fabbricava panni di porpora.»

«Aspetta, aiutami a ricordare: ma non sono stati i fenici i

primi a produrla?»

«Non lo so; ma se hai qualcosa che somigli a quel colore, disfatene all'istante, perché ti accuseranno di voler diventare imperatrice o di aver nascosto sotto il letto un aspirante imperatore.»

«Cos'è successo a quei disgraziati?» domandai.

«Erano solo operai, e hanno negato. Per me, neanche capivano il senso delle accuse. Alcuni sono morti sotto gli uncini dei torturatori.»

«Ma sua moglie che tipo è? Pensi che possa moderarlo?»

«No, è come lui: terrorizzata soprattutto dalle pratiche magiche e astrologiche.»

«Oddio, dovrò riferirne a mio padre.»

Lui mi afferrò il polso:

«Non scrivere neanche una riga: oggi come oggi, su ogni parola scritta o sentita puoi essere messa in croce. Chiaro?»

Nonostante cercassimo di evitare accenni alla politica, fra noi donne il discorso inevitabilmente cadeva sui mariti delle nostre amiche arrestati; era vero quello che sosteneva Vindicio, tutti eravamo sospettati, e tutti i sospettati colpevoli.

Finalmente, un bel giorno venne arrestato lo stesso Gallo e sbrigativamente fatto fuori dall'Imperatore, secondo la miglior tradizione famigliare. Si parlò di congiure di cortigiani, il che può essere anche vero, intendiamoci, ma molto aveva contribuito lui stesso a rendersi sospetto presso il sospettosissimo parente nonché cognato, atteggiandosi a nuovo *Augustus* e poi, una volta nei guai, cercando di gettare la colpa dei suoi errori addosso alla defunta Costantina, la sorella dell'Imperatore.

Così va il mondo. O almeno, così andava ai tempi di *Flavius Iulius Constantius*, *Sarmaticus maximus*, *Persicus*, *Gothicus maximus*, *Adiabenicus maximus*, *Germanicus maximus*, *Germanicus Alamannicus maximus*, nonché *Victor ac Triumphator*.

Quello che più angosciava era il clima di incertezza e l'assoluta precarietà delle nostre vite: un pezzo grosso era condotto in prigione, un imbecille qualunque elevato a una carica cui mai avrebbe osato aspirare, salvo finire alla tortura dopo aver gustato qualche mese di potere. E come accade in queste situazioni, c'era chi si arricchiva sfrenatamente con un abile dosaggio di minacce e di denunce.

Marcellino, che aveva le mani in pasta con la grande politica, ci aveva ammonito già da tempo a non fidarci di nessuno, ma in particolare, di guardarci da tante persone comuni: schiavi, piccoli commercianti, osti, barbieri, individui di bassa condizione, di cui non avresti sospettato l'attività vera, e che venivano inviati dagli scagnozzi dell'Imperatore a raccogliere le chiacchiere che circolavano e riferirle.

«Questi si comportano come fossero solo di passaggio o lavorassero lì, e quando si formano capannelli di persone ragguardevoli, ci si infilano, ascoltano, e poi fanno la loro relazione, ben remunerata, e tanto più assurde sono le accuse che muovono, tanto più denaro intascano. Ce ne sono alcuni diventati abilissimi ad infiltrarsi nelle case dei ricchi, dove colgono ogni allusione, ogni parola sospetta, persino gli sguardi o i sorrisi di disapprovazione, e a sera vengono introdotti di nascosto nella reggia per le porte di servizio, a riferire a chi di dovere.»

«Insomma, non siamo sicuri neanche a casa nostra» dissi dopo essermi guardata attorno.

«Nemmeno se sei sola: soprattutto qui, ma anche a Roma, ad Antiochia o a Costantinopoli, persino le pareti hanno orecchi per ascoltare e bocche per riferire.»

Come non bastasse, a preoccuparmi c'era mia figlia. Sinceramente, temevo che volesse percorrere le strade della cugina Valeria, a partire dalla sua attrazione-avversione per i maschi, anche se non potevo immaginare due persone più diverse.

Pensavo che non avrebbe mai trovato uno straccio di fidanzato e mi sarebbe rimasta in casa fino alla morte, invece mi accorgevo con stupore che erano molti gli uomini che si interessavano a lei, e tanto più quanto meno lei dava l'impressione di curarsene.

Certo che, se noi donne siamo strane, anche i signori maschi sono fatti della nostra stessa pasta, come dice la Genesi. Probabilmente alcuni preferivano un tipo femminile diverso dal consueto: gli uomini, si sa, sono affascinati da quello che appare fuori della norma e rappresenta per loro una sfida.

Alla fine, l'unico candidato che riuscì a domarla fu il legato Flavio Vittorino, un egiziano di Tebe, tranquillo come il fluire placido del Nilo, almeno quanto Sabina somigliava a un impetuoso torrente di montagna, ma con un carattere d'acciaio. Non era bello, con la pelle abbronzata, quel naso così importante e quelle labbra gonfie, quasi da etiope, ma gli occhi, neri e vivacissimi, avrebbero riscattato qualunque difetto.

Un po' scherzando un po' no, dicevo a Vindicio che mi ricordava certi miti in cui l'eroe doveva superare la donna guerriera in una gara o un combattimento, per ambire al suo letto. Spesso, pena la morte.

Per mia figlia la gara fu a parole. Le fasi furono in sequenza: "odio quel maledetto egiziano"; "mi sta cordialmente antipatico"; "mi diverte prenderlo in giro"; "il tempo mi passa in fretta quando sono con lui"; "oddio, mamma, cosa mi sta succedendo?"

E così, nei mesi del fidanzamento, io e le fedeli ancelle fummo costrette a farle un rapido corso di buone maniere e conduzione domestica.

"Che Dio ci aiuti".

32. Partenza per Roma

Fu un gran bel matrimonio cristiano, il suo: il primo nella nostra famiglia, al quale fu invitata l'intera guarnigione. E dall'alto qualche santo o martire dovette esaudire le mie calde preghiere, perché, nonostante i suoi disperati tentativi di litigare, lui si mostrava più impenetrabile di una legione schierata, e con due parole riusciva a sciogliere la povera Sabina come cera d'api.

Fu il nostro genero a consigliarci caldamente di allontanarci quanto più possibile da tutto quanto potesse generare visibilità: dai posti di potere, dalla vicinanza con uomini collocati troppo in alto o in predicato di salire a fastigi pericolosi, da amicizie imprudenti.

Vindicio aveva cinquant'anni, un'età onorevole per ritirarsi a vita privata, ma il solo pensiero di lasciare l'esercito lo abbatteva come una malattia: solo io sapevo quanto dolore c'era in questo distacco, e quanto amava il suo lavoro, ma se lui stesso si rendeva conto di non avere più alternative, voleva dire che il limite era stato superato. Intanto, s'era fatto diagnosticare dal medico le diverse malattie di servizio, e questo lo esentava dal prendere parte a imprese troppo gloriose, quelle che suscitavano i sospetti di Costanzo.

Anche qui seguendo i saggi consigli di Vittorino, pianificammo un'uscita di scena che non desse adito a sospetti. Certo che trovavo paradossale essere rimasta a fianco di mio marito quando i feroci sarmati e i bellicosi goti minacciavano i confini, averlo seguito nei deserti della Mesopotamia e sopportato accanto a lui gli assalti dei persiani e dei loro spaventosi elefanti, e dovermene separare perché un imperatore ossessionato dai tradimenti vedeva nemici ovunque attorno a sé, ma capivo anch'io che disperderci su strade diverse ed entrare quanto prima in un poco glorioso anonimato era la soluzione migliore.

Avevamo dunque deciso di procedere per gradi: prima me

ne sarei andata io, con la giustificazione di un vecchio padre ormai alle soglie della morte; poi mi avrebbe raggiunto Marco, congedatosi con onore e dedito ormai a innocue ricerche filosofiche sul significato della vita; benché avesse una ragazza con cui si vedeva da anni, lasciava intendere di voler precorrere la carriera ecclesiastica. Infine Vindicio avrebbe implorato di poter trascorrere a Roma i suoi ultimi anni.

Quanto a Sabina, la sua posizione era garantita da quel suo accorto marito.

Salutai Efrem, promettendo che avrei pregato sulla tomba degli Apostoli Pietro e Paolo, e avrei raccontato ai cristiani di Roma come vivevano i loro fratelli d'Oriente; da Edessa, venne a trovarmi Paola Censorina, che mi promise di spedirmi una lettera ogni mese.

Feci piangere tutte le mogli e le compagne del circolo ufficiali, e piansi anch'io con loro, ma ormai la decisione era presa.

Vindicio mi accompagnò fino a Seleucia, dove salutai mia figlia, che risiedeva stabilmente ad Antiochia.

Non ci dicemmo nulla di veramente importante, ma ricordo di aver pensato che era la prima volta da quell'incontro furtivo nel giardino di casa mia che aveva deciso del futuro mio, di Vindicio e anche di Marco, che mi trovavo sola, padrona del mio destino, ma senza un braccio al quale appoggiarmi, tranne quello della fedele Arite.

Mi pesava in particolare il distacco da Sabina. Era sempre stata così diversa da me, a volte così distante, e adesso che anche lei era donna, e moglie, e oltre tutto già madre di due bambini, il primo dei quali arrivato con sospetta celerità, me ne dovevo separare. Credo l'abbia capito anche lei, perché mi promise di scrivermi spesso, e con le lacrime agli occhi mi ringraziò di tante cose, ma soprattutto di averle permesso di essere quello che il suo cuore e il suo sangue le domandavano.

La nave che mi trasportò era una trireme della Flotta di Miseno, e potemmo viaggiare non solo veloci, ma anche relativamente comode. Io avevo diritto ad uno spazio solo per me, ma accettai di dividerlo con altre due donne, una delle quali incinta, una siriana simpaticissima che parlava solo la sua lingua e un po' di greco, e si recava a Roma presso suo fratello.

Nel grande porto militare della Campania facemmo scalo, ma già ad attenderci c'era un'imbarcazione diretta a Ostia.

Era la prima volta che arrivavo dal mare, all'andata c'eravamo imbarcati a Brindisi, e rimasi senza parole allo spettacolo del porto, che ora aveva preso il nome di *Civitas Flavia Constantiniana Portuensis*. Era una di quelle cose che facevano riflettere su quanto fosse grande e complesso l'Impero in cui avevo avuto la fortuna di nascere. I miei amici goti dicevano che loro erano liberi e senza padroni, ed ero disposta ad ammettere che la libertà fosse una bella cosa e che alcuni Cesari erano veramente degli esseri impossibili, ma non l'avrei mai scambiata per tutte le comodità che mi offriva la civiltà. Una cosa che mi colpì dolorosamente furono le mura. Se si era sentita la necessità di fortificare anche l'accesso al porto di Roma, voleva dire che anche chi comandava non aveva troppa fiducia in uomini come mio marito, mio figlio, ed anche io stessa, perché anche noi donne del *limes* contribuivamo a tenere in piedi la difesa dell'Impero.

Ora si distinguevano gli immensi magazzini che raccoglievano il frumento e le altre derrate per avviarle a Roma, tramite le strade o la via d'acqua. Fin che i rifornimenti avessero nutrito la Città Immortale, il cuore pulsante dell'Impero avrebbe continuato a pompare il suo sangue fino all'ultimo capillare.

E così rividi Roma. Mi sentivo come se non mi fossi mai allontanata, eppure erano quasi trent'anni che non calpestavo la sua polvere. Poche le novità, salvo le statue di oscuri politici erette nei fori, a sostituire quelle trafugate per arricchire Costantinopoli; ammirai la mole dell'Anfiteatro, salda nella sua struttura di travertino, così imponente che lo sguardo umano non può quasi vederne la cima, e il Pantheon, il foro, il teatro di Pompeo. Da lontano, mentre risalivamo il Tevere, avevo intravisto qualcosa della nuova basilica di San Pietro eretta da Costantino. Niente da dire, anche se gli imperatori raramente vi bazzicavano, Roma restava la Città per eccellenza.

33. Roma, mio padre e una pietra caduta dal cielo

Di mio padre avevo chiesto già ad Ostia, ad un comune amico incontrato per caso; mi aveva riferito che secondo lui non c'era più molto con la testa.

Invece, papà mi riconobbe subito, nonostante mi avesse visto l'ultima volta quando avevo diciassette anni. Dopo i baci e gli abbracci, chiesi di poter fare un lungo bagno, e lui mi mise a disposizione una delle vecchie ancelle di casa, Lucia, che ricordavo di aver lasciato giovanissima alla mia partenza.

Una volta sistemata, tornai a fargli visita nel suo studio, circondato dagli scaffali colmi di libri, molti dei quali in tutta evidenza acquistati di recente.

«Mi hanno detto che non studi più le stelle...»

«Già, pare che in questo nostro Impero e in questo tempo sia diventata un'attività sovversiva. Non che abbia paura per me, ma ci siete ancora voi, e avete il diritto di vivere. Del resto, come vedi non mi mancano i libri. Magari arriverà un giorno in cui li bruceranno.»

«Siamo arrivati al punto» dissi citando una battuta dell'amico Ammiano Marcellino «che se qualcuno consulta un indovino a proposito dello squittio di un topo o sull'incontro con una donnola o se per lenire un dolorino alla spalla richiede un piccolo incantesimo, finisce denunciato da chi meno se l'aspetta, processato e magari condannato a morte.»

Mi sedetti vicino, ma si alzò da solo senza apparente sforzo e mi offrì il braccio, quasi fosse lui a sostenermi.

Uscimmo nel cortile della villa.

«Ricordi la mamma, come ci teneva a questo giardino? Lei veniva dalla campagna e aveva voluto portarci qualcosa di casa sua.»

«Ti manca ancora, vero?»

Non disse nulla, ma era già una risposta. Dopo tanti anni, era come se fosse morta quel giorno. Mi chiesi se valesse la pena vivere un amore tanto fedele e assoluto, ma per lui sicuramente era stato così.

«Sai, quando di notte non riesco a dormire, penso alle cose più strane. La scorsa settimana mi chiedevo quale fosse il rapporto, intendo un rapporto banalmente numerico, fra i miei cari vivi e quelli che sono morti. Ho voi, certo, e ancora qualche amico, ma quasi tutti quelli che ho amato ormai sono dall'altra parte, qualunque sia il senso di questa parola. A volte, soprattutto quando mi addormento di pomeriggio, sogno di intonare un canto, ed è curioso, perché non ho mai saputo cantare, e in qualche modo so che è il canto di Orfeo; a quel canto, i morti tornano a vivere, ma non sono stupiti, semplicemente tutto riappare com'era una volta, quando c'erano i templi degli dei, e le processioni dei sacrifici, e i trionfi degli imperatori, e Roma era Roma. Mi vedo piccolo, e tutti mi danzano attorno. Poi capisco e sorrido: non sono tornati loro, li ho raggiunti io, e sono felice, anche se vedo te e i bambini che mi tendete le mani dalla terra dei viventi.»

Mi misi a piangere.

«No, Velia, non sono triste; e come potrei esserlo, con te vicino? Quegli zucconi di parenti raccontano in giro che sono svanito. Dimmi la verità, che te ne pare?»

Mi asciugai le lacrime e riuscii a sorridere:

«Dico che sei sempre tu, anzi, sei meno distratto e disattento di una volta. Come il vino, migliori col tempo.»

Si sentì inorgoglito dalle mie parole, tanto che affrettò il passo. Adesso percepivo chiarissimo quanto gli volevo bene, e come gliene avessi sempre voluto, e che niente fra noi era andato perduto.

«Eccoci arrivati» annunciò.

La piccola esedra non c'era quando ero ragazza, ma mi piacque subito: era come se ci fosse sempre stato lo spazio per lei e finalmente anche l'ultimo elemento di un mosaico perfetto si fosse incastrato al suo posto.

«Lo vedi quel sasso?» disse indicandomi una pietra scura e

scabra, delle dimensioni di un uovo di struzzo.

«Cos'è?»

«Credici o no, è un pezzo di stella. È caduta in una zona desertica dell'Africa, lasciando dietro una scia rosso-gialla, che ha illuminato il cielo per qualche istante, come se fosse giorno. Sono sicuro che se l'avessero vista gli indigeni, le avrebbero dedicato come minimo un altare e arruolato un paio di sacerdoti stipendiati dalla comunità, e invece l'ha trovata il mio amico Livio Mardonio, un mezzo filosofo anche lui, completamente agnostico; mi ha assicurato che era caldissima, tanto che non è riuscito neanche ad avvicinarsi, e ha lasciato due legionari più coraggiosi degli altri a farle la guardia. Il giorno dopo l'ha recuperata e me ne ha fatto dono alla fine del suo servizio. Lo sai perché era calda?»

«Perché era parte di una stella?» proposi.

«No, bambina. Quando tieni una corda che ti sfugge, senti le mani bruciare per l'attrito. Immagina cosa dev'essere penetrare a velocità quasi infinita anche attraverso un elemento poco denso come l'aria. È stato un prodigio che non sia bruciata tutta.»

«Questo cosa vuol dire, padre?»

«Che per tutta la vita ho studiato il corso di pezzi di pietra sospesi sopra la nostra testa, credendo che potessero determinare il nostro destino. Forse lo fa la Luna, sicuramente il Sole, ma dubito che dei semplici conglomerati di pietra abbiano il potere di forgiare il futuro.»

«Oh, papà... e tutto il tuo lavoro?»

«Beh, è servito per farmi passare il tempo e impedire al mio cervello di diventare come quello di un barbaro dopo una mazzata sul cranio. E poi, le misurazioni, le orbite, le distanze, sia pure di grossi pezzi di pietra, sono comunque importanti, e soprattutto esatte.»

«Senza dubbio. Lo sai che tuo nipote ha deposto la spada e lo scudo e intende seguire le tue orme?»

Sì, lo sapeva e ne era oltremodo orgoglioso.

«Ecco perché devi pazientare a raggiungere i tuoi amici di là» dissi prendendolo per mano «almeno abbastanza perché il ragazzo possa ripartire da dove sei arrivato tu. Capisci?»

«Non sarà facile, ma ci proverò.»

34. Pettegolezzi femminili alle terme di Caracalla

Un pomeriggio di agosto, con un sole che ci scioglieva, alle terme di Caracalla incontrai Libania, nostra parente, che non vedevo da quando ero ragazza. In verità, non ci andavo spesso, alle terme, ma come dicevo era una giornata caldissima e avevo una voglia matta di dare qualche bracciata in piscina. I bagni caldi erano esclusi, ovviamente, anche perché sarei schiattata. Insomma, dai Velia, mi dicevo: non hai ancora cinquant'anni, e sei una bella signora, tanto che i ragazzi ti guardano con qualche interesse. Anche Libania però se la cavava discretamente: il corpo era un po' appesantito, dagli anni e da una dieta non proprio rigorosa, ma quello che ti rendeva una bella figliola da giovane, difficilmente si perde del tutto con l'età.

Beh, magari i ragazzi no, però qualche nonnetto sono sicura che ci faceva un pensierino. Ma ero io che non ci sarei stata: preferivo di gran lunga un marito lontano a un amante a portata di mano, checché ne pensassero certe signore. E poi, ora ero cristiana e dovevo adeguarmi.

Libania, dicevo. A parte qualche lettera di saluto, con poche righe per le informazioni importanti, non c'eravamo più sentite, e avevamo un bel po' di cose da raccontarci. Mentre ci facevamo asciugare dalle schiave, mi disse che era in partenza per Milano, e questo mi dispiacque.

«Pensavo che avessi messo le radici a Roma, come gli alberi; certo che sei un bel po' dispettosa: ora che torno a casa io dopo tanti anni, te ne vai tu.»

«Sono tempi strani, Velia: una volta Roma era sul serio il centro del mondo; ora ci sono troppe capitali, troppi imperatori, troppe corti e troppi eserciti; adesso che ho i figli grandi, preferisco seguire mio marito dove lo trasferiscono. Non è quello che hai fatto anche tu?»

«È vero. Ma allora in questi giorni dovrai riassumermi tutto quello che è successo.»

Roma era stata in subbuglio per la visita del *Dominus Noster*, il Nostro Signore l'Imperatore, che per la prima volta si degnava di rendere visita, assieme alla moglie Eusebia, alla città che dava il nome al suo impero mondiale. Le visite erano molto gradite ai romani, perché erano occasione di feste speciali e distribuzioni di denaro. Mi raccontò che l'ingresso nel cuore della città era stato degno di un faraone egizio o un re dei persiani, su un cocchio aureo, addirittura.

«Sai che l'ho conosciuto?» dissi.

«Non mi dire… ah, sì hai ragione, era anche lui in Oriente. Che ti è parso? Io l'ho visto da molto lontano.»

«Niente di speciale, un antipatico. Però sono sempre stata del parere che non fosse tutta colpa sua. Troppi omicidi in famiglia, troppi morti: come si fa a vivere così?»

«Insomma, non è il caso che lo invidiamo.»

«Quanto è rimasto in città?»

«Un paio di mesi, anche meno, poi le solite guerre se lo sono portato via. Ha ordinato di far trasferire a Roma un obelisco vero, egiziano autentico.»

«Obelisco? Ah, sì, quelle steli con i geroglifici. E cosa ce ne facciamo qui da noi?»

«Per commemorare la sua visita, ovvio. E la vittoria sull'usurpatore, caso mai ce lo dimenticassimo.»

«Beh un monumento in più a Roma fa sempre comodo, visto che lui e suo padre l'hanno spogliata per adornare la nuova capitale.»

«Ora poi si aggiungono le basiliche cristiane. In genere non mi piacciono, ma qualcuna sta venendo su discreta. Credo che migliorerà l'urbanistica della città.»

«Speriamo» dissi scettica.

«Ahia, mi sa che anche tu sei cristiana solo di nome…»

«Non è vero» protestai: «sono diventata una brava signora che frequenta l'assemblea e rispetta le regole. Solo che l'arte dei nostri architetti del passato mi piace di più di quella moderna, tutto qua.»

«Costanzo fa chiudere i templi, ma è solo scena, sostiene mio marito: i governatori provinciali e i membri delle curie municipali sono tutti più o meno pagani, figurati l'impegno che ci mettono ad abbattere i santuari dei loro dei.»

«Parlando di questioni meno pericolose, hai notizie di Valeria?»

Libania sorrise, poi disse alle ragazze che si allontanassero a mangiare un boccone.

«Ci vorrebbe una biblioteca per descrivere quello che le è capitato» mi sussurrò piano, quasi dentro all'orecchio; «se fossi una cristiana convinta, parlerei di una punizione divina, ma siccome sono solo una povera donna di poca fede, preferisco pensare che se l'è cercata, e alla fine ha trovato quello che cercava.»

«Risparmiami gli antefatti» tagliai corto «conosco un po' la storia; però le notizie si fermano a due o tre anni fa.»

«Bene. Hai presente allora quel Servilio? L'uomo della sua vita?»

«Sì, so a grandi linee come è andata, ma vai avanti.»

«Bene, tutto esattamente come un copione di teatro: sarà durata sei mesi, se è durata, il tempo di capire con chi aveva a che fare. Adesso lui la tradisce, la umilia, sono quasi sicura che la picchia, perché lei, poveretta, cerca di mascherare la faccia e le braccia con creme e colore, ma a una donna queste cose non sfuggono.»

«Una come te, poi...»

«Devo prenderlo come un complimento? Tutte si chiedono perché non lo molla e si presenta a casa sua, da suo marito, con la cenere sulla testa; tanto, la parte della pecorella smarrita le riuscirebbe alla perfezione. Invece, è sparita dalla circolazione, sempre assieme a quel farabutto.»

«Troppo orgogliosa per tornare indietro?»

«È probabile. Io continuo a chiedermi perché certe donne sono attratte da uomini così; un vero mistero: quelli della dea Iside in confronto sono dimostrazioni matematiche chiare ed evidenti.»

«Cosa possiamo fare per aiutarla?» domandai.

«Non cercarla, Velia, non darle la mano e lasciarla andare a fondo; è l'unica cosa sensata da fare, credimi. Una volta arrivata coi piedi che non toccano più e il fango che le comincia a gorgogliare nella strozza, forse si degnerà di alzare la sua minuscola manina e agitarla per chiedere aiuto, e allora saremo pronte tutte a dargliela.»

Pensai alle streghe che mi volevano annegare nel fango, e provai un senso di soffocamento. Oltre tutto, non mi pareva molto cristiano, da parte sua; o forse aveva ragione lei? «Insomma, amica mia, ti sei convertita o no, alla fine?»

«Eh, cosa posso risponderti? un po' sì, un po' no. Qua non si sa mai chi comanda, e noi povere donne dobbiamo adeguarci ai nostri signori mariti, e i signori mariti ai loro signori imperatori.»

«Non tutte le donne» osservai: «ci sono state ragazzine che hanno preferito finire in pasto alle belve, come altre che, per voler fare di testa propria, si sono date all'uomo che amavano.»

Lei emise un sospiro, che pareva di compassione.

«Le martiri non le posso giudicare, quelle stanno nei cieli e sugli altari. Ma una come Valeria è il punto di arrivo di una degenerazione provocata da troppi secoli di libertà per noi donne. Prima o poi doveva succedere.»

«Cosa intendi?» Libania era sempre stata piena di sorprese, e capace di sostenere le tesi più bizzarre, ma stavolta non mi pareva volesse scherzare.

«Beh, la donna ha una sua natura, una missione, una vocazione, chiamale come vuoi. Persino il nostro corpo è fatto per questo: noi portiamo i figli, li partoriamo e li alleviamo per creare una nuova generazione. In definitiva, fatta la tara di tutte le chiacchiere dei retori e dei poeti, il nostro scopo sulla terra è questo. Quanto agli uomini, dovrebbero essere come i fuchi delle api: una volta svolto il loro compito, vanno tolti di mezzo perché non pesino nell'economia dell'alveare.»

Non sapevo se ridere o indignarmi, anche perché sembrava convinta.

«L'uomo è fatto per l'avventura?» continuò «buon per lui, e buon viaggio. Ma le cose importanti, se ci pensi, sono quelle che curiamo noi. Senza chi si prende la briga dell'andamento della casa, della salute e del nutrimento dei servi e dei famigliari, dell'educazione dei figli e della trasmissione dei valori, della conservazione del patrimonio, crolla tutto: l'impero romano, quello persiano e pure l'ultima tribù selvaggia della Caledonia. Per questo, noi donne amiamo i periodi poco interessanti. Un tizio, non so chi, ha scritto che senza guerre, ci sono solo pagine bianche, nella storia. Ma io sai cosa ti dico? Benedette le pagine bianche, amica mia.»

Ci sedemmo a fianco di una fontanella, spruzzandoci l'acqua in viso.

Era bella, però, la civiltà. Per carità, avevo meravigliosi ricordi della Scizia e della Dacia, ma andavano bene per chi era giovane, e io dovevo rassegnarmi che l'itinerario della mia vita aveva preso ormai la strada della discesa.

«Io però ho passato la maggior parte della vita in accampamenti militari, in mezzo a uomini» obiettai.

«Tu hai fatto quello che si addice a una brava moglie, e tuo marito sta cercando di impedire alle forze del Disordine di tracimare, così come il mio quando tiene in ordine i conti dello Stato. Ed è per uomini come loro che deve battere il cuore delle donne, non per gli idioti che seminano guerre e rivoluzioni, i profeti e gli eretici di religioni strane e incomprensibili, insomma, quegli spiriti incapaci di starsene tranquilli al loro posto.»

Avrei voluto farle notare che il suo, anzi, il nostro Gesù aveva seminato una rivoluzione non da poco, ma lei era un tetragono di convinzioni, solida come marmo di montagna e altrettanto inattaccabile. Ma la lezione non era terminata:

«E sai cosa succede quando il mondo è scosso dalle fondamenta?»

«Cosa succede?» domandai preoccupata.

«Succede che le donne o si lasciano andare, trascinando nel

precipizio la famiglia, o sono costrette a interpretare nuovi personaggi e a inventarsi nuovi ruoli, estranei alla loro vocazione. Ebbene, dai bei tempi andati dei grandi imperatori, quelli come Traiano o Marco Aurelio, cosa abbiamo visto? Poteri sempre più deboli, barbari ovunque, persino a Corte, conflitti fra imperatori e usurpatori, religioni rivali. Risultato? Milioni di donne costrette ad assumersi responsabilità sconosciute o quasi nelle epoche precedenti. E non penso a regine come Zenobia o imperatrici come Giulia Domna e Giulia Mamea, o a tutte le martiri che giustamente veneriamo, ma anche a tante donne di frontiera come te, che non si sono lasciate cadere nella disperazione o nel quieto vivere. Ma queste donne, ti ripeto, sono la conseguenza delle disgrazie comuni, e il tampone che arresta l'emorragia, non il mondo come dovrebbe essere.»

«E come dovrebbe essere, questo tuo mondo?»

«Un impero che funzioni: uomini che facciano il loro dovere in silenzio, nei campi e sotto le coperte, e donne per bene che non vadano in giro a menare il sedere nelle terme pubbliche, anziché starsene a casa a filare la lana.»

«Come noi due?» dissi dandole un sonoro schiaffo nel didietro un po' flaccido.

Anche se ormai ero cristiana, non per questo avevo smesso di credere a quelle inesplicabili coincidenze che il mondo pagano soleva considerare messaggi o presagi divini. Non mi meravigliai quindi di trovare a casa ad aspettarmi una misteriosa ospite.

Il grado di parentela con Prudenziana, la figlia di mia cugina Valeria, era in fondo piuttosto lontano e, contando che non l'avevo mai vista se non in fasce, quasi evanescente. Non so come o da chi avesse saputo del mio ritorno, visto che avevo cercato di passare più inosservata possibile, e confesso che la cosa un poco mi disturbò. Arite l'aveva fatta accomodare e papà la stava intrattenendo con vecchie storie di famiglia.

Non somigliava molto a Valeria: era più alta di sua madre,

di una magrezza sofferente, come se fosse stata reduce da qualche malattia. Di bello aveva quasi soltanto gli occhi verdi, da gatta, che spiccavano sull'incarnato scuro, eredità di suo padre e soprattutto dei nonni di lui, quelli che mia cugina chiamava con disprezzo "gli africani". Vestiva con grande sobrietà, ma con quel gusto che sicuramente sua madre le aveva trasmesso e che non era riuscita a cancellare.

«Vi lascio alle vostre confidenze» disse mio padre alzandosi.

Notai che sul tavolino erano stati appoggiati tre calici, un'anforetta di vino dolce, una di acqua e degli stuzzichini.

Mi abbracciò senza particolare trasporto.

«Perdonami se ti ho fatto attendere, ma anche tu, bambina mia, potevi ben farti annunciare, che ti avrei preparato qualcosa con le mie mani.»

«Hai ragione, cugina» disse lei sorridendo, «ma appena mi hanno informata che eri a Roma, ho voluto vederti. Hai saputo di mamma?»

Annuii.

«Lo immaginavo: neanche il pudore di tener nascosta la sua vergogna» sibilò; «posso?»

«Certo, serviti pure.»

Ecco un'altra cosa che aveva ereditato da sua madre, osservai fra di me mentre tracannava una coppa di vino puro. "Mettersi nei panni degli altri, Velia, e indossare i loro calzari prima di giudicare. Hai ragione, papà, hai sempre ragione tu".

Cercai di prenderla da lontano:

«Lo sai quanto siamo state amiche, io e Valeria, ma proprio per questo non riesco neppure a figurarmi cosa sia stato per te, che sicuramente sei una brava moglie e una buona madre, assistere alla degradazione della mamma. Di una cosa però sono sicura, anzi, due: che è sempre stata più degna di pietà che di biasimo, e che vi ha sempre voluto bene.»

In un istante, il suo volto triste mutò in una maschera tragica deformata da un riso sarcastico:

«Voluto bene? Per amare bisogna essere almeno capaci di

uscire da se stessi, e la mamma è l'essere più egoista che abbia calcato il suolo di questa città. Mio padre dicono che fosse un gaudente; non lo so, è possibile, ma ci lasciò gli stessi soldi che aveva ereditato; non è mai arrivato a spendere l'equivalente di una campagna con la villa in mezzo, per comprarsi una collana, come fece invece la mia signora madre. Mi ha maritata a un uomo sciocco e vanesio, quando non avevo ancora quattordici anni, solo perché si accontentava di una dote da miserabile, e perché quel porco non le serviva più come amante; eppure l'ho amato e rispettato più che se me lo fossi scelto io fra cento principi di sangue come fece Elena di Troia, e questo perché ero una ragazza per bene. Gli ho dato sei figli, sei, li ho allevati e curati come un'orsa coi suoi cuccioli, ogni notte con l'amministratore ho contato fino all'ultimo spicciolo per far quadrare i conti di casa che non tornavano mai, ho indossato gli stessi vestiti per anni; facevo persino credere di soffrire di tutti i malanni del mondo per non essere costretta a partecipare alle feste o invitare gente in quella casa spoglia. E questa è la verità, qualunque cosa ti abbia raccontato.»

Cosa potevo dire, se non che aveva ragione su tutta la linea?

«Come andavano le cose col patrigno, Mario?»

«Oh, il potente Mario. Quando ci portò a casa sua ci sembrò di sognare: se era ricco nostro padre, lui era un'altra cosa, difficile da descrivere. In questo devo essere sincera e ammetterlo: il sorriso perfetto e gli occhi neri di mamma Valeria erano due chiavi che aprivano forzieri rigonfi. Purtroppo, ad attingere a quel forziere era solo lei. Non posso lagnarmi troppo del mio patrigno, quello no: quando finalmente si decise a cacciar via nostra madre, si ricordò di me e mi aiutò, e dopo che ero rimasta vedova e miserabile, ebbi la possibilità di sposarmi un marito scelto da me, non ricco nemmeno lui, ma almeno onorato. Si chiama Giunio Modiano Filippo, e possiede alcuni orti fuori città. Ho avuto due figli anche da lui.»

«Era dunque vero già allora quello che si diceva della mamma?»

«L'ho odiata per questo, Velia, per la sua vanità, per l'indifferenza verso di noi, per aver disonorato il suo nome e di riflesso il mio e quello di mio fratello. Lei ha scelto la sua strada? Buon pro le faccia; ma non è la mia.»

«Quindi tu non sai ora dove si trovi.»

«No, e non lo voglio sapere. Comunque, mi ha fatto piacere conoscerti: dicono tutti che sei una bella persona, e ora ne ho la prova. Ero venuta per portarti una lettera della mamma...»

Mi sembrò che qualcosa le si bloccasse in gola a pronunciare quella parola, e le accarezzai il volto.

«Una lettera per me?» chiesi.

Lei annuì.

Quando si fu ripresa dal turbamento, spiegò che l'aveva trovata sul fondo di un cofanetto, frettolosamente vuotato dei pochi gioielli che ancora conteneva. Probabilmente era solo la minuta di una lettera che poi non aveva scritto, o forse l'aveva inviata ma s'era persa per strada.

«Ora devo andare: i bambini mi aspettano» disse alzandosi in piedi. «È stato un piacere conoscerti, cugina.»

La abbracciai stretta, e chiudendo gli occhi mi sembrò di sentire il cuore di Valeria che le batteva dentro.

«Arite...»

«La padrona non vuole essere disturbata, ho capito.»

«Brava.»

La lettera, dunque. Non riportava nessuna data, ma forse precedeva quella che mi aveva inviato, o ne era una versione differente.

A Velia, unica e carissima

Incipit vita nova

Ho incontrato un uomo.

Lo so, è cosa di tutti i giorni, ma nel momento in cui l'ho visto per la prima volta, ho capito che la mia vita era cambiata, come un serpente che si fosse liberato della vecchia pelle. Non ha nulla di speciale, è volgare nell'aspetto e nella parlata, probabilmente violento; ho pensato con un brivido che solo tu, mia amata cugina, potevi intendere il mio sentimento. Non stava facendo nulla, bighellonava per il mercato, corteggiava una schiava che sceglieva la frutta al banco per la padrona e nel contempo strizzava l'occhio a una liberta.

Mentre gli scivolavo vicino, mi sono sentita afferrare da una mano ardente come ferro arroventato; l'ho guardato per pochi attimi, eppure so che potrei descrivere ogni sua minuscola cicatrice.

Quell'uomo mi farà morire, lo so, ma so anche che senza di lui non potrò più vivere.

Che gli dei, se esistono, mi assistano.

La tua beatissima, infelice

Valeria

35. Si rivede Valeria

Una lettera mi preannunciò che il ritorno di Vindicio era ormai deciso, ma quando mi preparavo ad accoglierlo, ecco una nuova, imprevista guerra. Aveva ragione Libania, dannazione a tutti i re, gli imperatori e i generali ambiziosi. Re Sapore aveva conquistato Amida, una delle città di confine, con un'armata mai vista, e i pochi sopravvissuti, fra i quali Ursicino e Marcellino, erano stati raccolti e salvati da mio marito, che dopo aver deposto l'armatura, era stato costretto a indossarla di nuovo.

Quindi, di ritornare non se ne parlava, almeno per il momento.

Finalmente una novità a casa nostra: la schiava Arite, dopo tanti anni di fedele castità, aveva trovato un compagno, o per dir meglio, aveva ammesso con se stessa di aver pianto abbastanza a lungo il suo amore di gioventù.

Narsete, pure lui servo, apparteneva a una famiglia di nostri conoscenti che lo trattava in modo molto umano; io ero abbastanza ricca da poterlo riscattare, ma lei stessa mi diceva di non preoccuparmi, che sarebbe venuto il momento per entrambi, e che servire in famiglie diverse non creava problemi a nessuno dei due. Non sapevo esattamente cosa prevedessero le leggi romane e cosa consigliasse la mia nuova fede, ma credo di non aver fatto male a permettere che quei due si vedessero; quando poi giudicarono che fosse arrivato il momento, si sposarono e vennero a vivere da noi.

«Non sono sicura» disse un giorno tornando dal mercato con il cestino pieno di verdure, «ma credo di aver visto la signora che avevo scambiato per l'Imperatrice; ricordi, padrona?»

Un brivido mi attraversò dalle spalle alle caviglie: Arite era analfabeta, ma il Cielo l'aveva dotata di una memoria perfetta, tanto che ricordava facce viste di sfuggita anni prima. Era stata lei a riconoscere il gladiatore sarmata a prima vista.

Le chiesi dove l'avesse incontrata, e lei mi parlò di una *popina*, in una delle zone più malfamate di Roma.

Era un pomeriggio di fine ottobre, un freddo che rapprendeva i muscoli; una pioggia insistente cadeva da diversi giorni, anche se chi se ne intendeva pronosticava la comparsa a breve di un tiepido sole autunnale. Indossai mantello e scialle e le ordinai di seguirmi; per prudenza, volli che venisse anche il suo uomo, una montagna di muscoli con alcuni anni di addestramento da gladiatore, prima che una lesione alle ginocchia lo rendesse inabile al combattimento.

Aspettai un bel tratto che si affacciasse; il sole intanto aveva fatto capolino ed era uscita una di quelle magnifiche giornate autunnali di Roma. Ed eccola, era proprio lei: stava asciugando il pavimento; forse delle infiltrazioni convogliavano la pioggia dai piani superiori, o il vento aveva fatto entrare l'acqua. La vidi piegarsi; alzandosi, si teneva la schiena con le mani. Volse il viso verso di me, ma ero in ombra e non poteva vedermi. Io sì, però, e potei constatare la rovina di quel corpo da dea greca: il fisico s'era sformato, come un dolce troppo elaborato crollato su se stesso; gli occhi brillavano ancora, ma non bastavano a illuminare una faccia pallida, due guance cascanti; trovai che riusciva ad essere nel contempo pingue e patita.

Quando però la vidi uscire di nuovo per gettare dell'immondizia, riconobbi immediatamente la postura; anche i capelli erano rimasti quelli, solo striati di grigio.

Chiusi gli occhi; mi faceva troppo male vederla così.

«Non andiamo da lei?» domandò Arite.

«No, credo stia già soffrendo, non voglio aggiungere al dolore anche l'umiliazione.»

Mentre rientrava, un uomo, il primo avventore dopo il ritorno del sole, le sollevò la veste e le posò la mano sul didietro nudo; lei sembrò ignorarlo, e si limitò a chiedere ad alta voce cosa ordinava; "una salsiccia e un orcio di vino" disse lui senza togliere la mano.

«Va' a farti un goccetto anche tu» ordinai a Narsete «e quando nessuno ti vede, mettile in mano questo biglietto... accidenti...» cercai invano un pezzo di pergamena, ma niente. Raccolsi allora da terra un coccio d'anfora e vi incisi con un sasso appuntito il messaggio e l'indirizzo. «Ecco fatto.»

Mentre tornavo a casa, pensavo che difficilmente sarebbe venuta: una donna orgogliosa come lei, sarebbe morta piuttosto. D'accordo, era stata diseredata, infamata e cacciata dalla comunità cristiana; ma giusto Cielo, come aveva fatto a ridursi così?

La risposta la ottenni due sere dopo.

Era l'ora di andare a letto, e con le ancelle stavamo recitando insieme alcune preghiere: se dovevo essere cristiana, era il caso che ci mettessi almeno un po' di impegno; e poi mi piacevano quelle di Efrem, tradotte in latino.

Il servo portinaio venne a chiamarmi, avvisandomi di una visita "strana". Inizialmente pensai a un'altra persona, una ragazza che mi voleva parlare di un "grosso pasticcio" che aveva combinato. Chissà perché quel tipo di richieste le appioppavano tutte a me. Andai ad aprire.

«Non ti è ancora passata l'abitudine di far aspettare fuori tua cugina, eh?»

La guardai alla luce della lanterna; vestiva un abito sgargiante, con spacchi che le arrivavano sino all'ombelico, ossia dove terminava la scollatura. Trovai che fosse eccessivo anche per una donna di malaffare.

«Scusa se non sono venuta con gli abiti da festa» mi anticipò leggendomi nel pensiero «ma l'unico motivo per cui *lui* mi lascia uscire è per lavorare, e se non riesco a portare a casa la pagnotta di giorno, devo fare gli straordinari di notte.»

Le diedi la mano trascinandola dentro. Stupidamente pensai a cosa avrebbero detto quelle pettegole delle vicine, che di sicuro spiavano dalle finestre.

Si guardò intorno, mentre la scortavo verso lo studio che avevo predisposto per Vindicio.

«Pensare che in altri tempi la giudicavo una casa modesta. Ora mi pare una reggia» disse senza imprimere alcun tono nella voce.

«Vuoi lavarti?» le chiesi.

«Perché, puzzo così tanto?»

Mi misi a piangere, un pianto insieme di stizza e di pietà: «non voglio metterti in imbarazzo, dannazione, voglio solo che tu stia bene, capisci? Ma se non mi permetti di aiutarti, come faccio?» e ripresi a singhiozzare come una bambina punita per una colpa di cui era innocente.

Mi abbracciò stretta, ma non sentii le sue lacrime sulla mia faccia. Sospettai che avesse esaurito da un pezzo la dotazione naturale.

«Scusa se sarò costretta a chiederti del denaro, ma quando ritorno devo pur giustificare il tempo che sono stata fuori. A divertirmi…»

Estrassi il borsellino e lo rovesciai sul tavolo: «prendi, prendi tutto quello che vuoi. Se hai bisogno di altro, vado a vedere se c'è rimasto qualcosa in cassaforte.»

Lei ne scelse alcune guardandole da vicino, una la morse, anche, per controllare che non fosse falsa, ne intascò cinque, lasciando le altre.

La incoraggiai a portarsele via tutte, ma si rifiutò.

«Anche se sono caduta in miseria, sono rimasta onesta, almeno per quel che riguarda gli affari. Lo riconoscono tutti i miei clienti.»

La feci sedere.

«Dimmi cos'è successo.»

«Ti racconterò una storia, Velia: quella di una donna che diventa pazza di un uomo, che accetta da lui tutto, che la umili, la sfrutti, la tradisca, purché non la lasci. E alla fine, anche questo» disse indicando l'abito.

«Lui ha ancora il negozio?»

Rise.

«Non faceva nulla prima, figurati ora che è bloccato su di

un letto, a lamentarsi tutto il giorno e tutta la notte.»

«È ammalato?»

«Il tipo di malattie che colpiscono chi vive in quel modo. Più meno come il mio primo marito, ma almeno lui era ricco, e ha avuto la buona creanza di togliere il disturbo in un mese scarso.»

Non sapevo veramente cosa dire, avevo l'impressione che qualunque cosa facessi o dicessi sarebbe stata sbagliata. «Posso farti un regalo?» proposi infine.

«Se sono soldi, no, te l'ho detto.»

Chiamai Arite:

«Lei la conosci: è silenziosa come una freccia mortale, quindi quello che diremo o che vedrà, muore con lei. Adesso, lei ti richiamerà alla memoria cosa si deve fare a beneficio delle buone cugine in visita. E tu farai tutto quello che ti ordinerà, da brava bambina.»

Sorrise; finalmente, quel volto s'era disteso.

Mentre erano via, preparai qualcosa in cucina, senza svegliare il personale. Lo facevo spesso di ospitare poveri e pellegrini, in suffragio dell'anima della mamma e anche per i peccati miei e della mia famiglia.

Valeria tornò dopo una mezzora, ripulita, pettinata e rivestita di un semplice abito da casa.

«Arite ha detto che intanto mi laverà gli abiti da lavoro e li asciugherà davanti al fuoco. Anche se mi hai pagato per tutta la notte, dimmelo quando vuoi che me ne vada via.»

Mangiammo in silenzio, con un gagliardo appetito mia cugina, io giusto per compagnia. Fu lei a riprendere la parola:

«Potrebbe essere una storia edificante, la mia, per insegnare alle brave ragazze ad essere obbedienti e morigerate» qui si interruppe e tracannò un calice di vino.

«Io ho smesso, dopo quella volta dei barbari, e bevo solo nelle grandi occasioni;» me ne versai due dita, che però corressi subito con l'acqua.

«È buffo, non trovi? Ci siamo scambiate le vite, da quella

volta che feci bruciare le bambole;» si interruppe e si versò dell'altro vino: «scusa, ma in osteria per far bere i clienti, devo dare l'esempio, e ho preso il vizio. Tante volte mi sono chiesta se magari era proprio questo che volevo. La mia matrigna diceva sempre che ognuno nella vita ha uno scopo, una vocazione come dicevamo noi cristiani. Forse questo» e si indicò il vestito, dimenticando che l'aveva lasciato in lavanderia «intendevo, forse l'abito che porto è quello che ho sempre avuto nell'anima.

«Sei stata felice con lui?»

«Non lo so. Forse no, forse era un'illusione, di breve durata oltre tutto, ma quando si sbaglia bisogna avere il coraggio di essere coerenti con le proprie scelte. E poi te l'ho detto, è il castigo che mi sono meritata passo dopo passo, e lui ormai è diventato parte di questo castigo, al punto che non riuscirei a farne a meno.»

«Vorrei aiutarti in qualche modo» dissi stringendole la spalla.

Lei posò lo sguardo su un simbolo cristiano appeso alla parete, un agnello con una croce.

«Prega per me. Io mi sono dannata l'anima, e l'ho fatto consapevolmente, ma non si sa mai, dicono che Gesù avrebbe perdonato anche Giuda, se gliel'avesse chiesto.»

«È vero, Valeria, si può sempre tornare indietro.»

«No, amica mia, no: ci sono strade che è possibile percorrere solo in discesa. Cosa credi, che non abbia bussato a tutte le porte, prima di ridurmi in questo stato? I miei ricchi amanti, gli altissimi funzionari, le amiche dell'alta società con cui dividevo la camera dei miei adultèri clandestini… spariti, tutti.»

«Mi dispiace. Ma perché non ti sei rivolta ai tuoi? O anche a mio padre? Ti avrebbe senz'altro aiutata.»

«Ho dovuto accettare tutte le condizioni poste da mio marito, soprattutto quella di sparire dalla vita sua e dei miei figli, dei nipotini che adoravo. Tutto mi hanno portato via, tutto, perché mio marito avrebbe potuto allegare prove e testimoni della mia infedeltà, e purtroppo Servilio non è uno collocato così in alto da poter essere graziato con un tratto di penna. Mio padre con l'estremo gesto della sua mano ormai paralizzata, mi ha diseredata. Ho compiuto un ultimo atto di dignità: alla riunione di famiglia, con la reproba davanti al tribunale dei giusti, mi sono spogliata di tutto, anche dei gioielli, ho tenuto solo una tunica per non suscitare l'inutile scandalo di rimanere nuda, e me ne sono andata senza volgermi. Mi ha raggiunto per strada Anna, scongiurandomi di accettare i pochi soldi che aveva nel borsellino, e promettendo che mi avrebbe procurato un appartamento in un'*insula*, in affitto. Povera donna.»

«Dio mio, mi dispiace. Se solo avessi saputo...»

«Eppure, Velia, mai come in quel momento mi sono sentita libera. A lui che mi chiedeva come fosse andata, risposi che ora eravamo liberi. Già, liberi. Di morire di fame. E tutto per cosa, alla fine?»

Anche lei ora mi stringeva la mano, fino quasi a farmi male.

«Non lo so, Valeria: quando ero in Siria, ricordo di aver risalito sentieri che avrebbero spaventato una capra di montagna. Si fa fatica, ma prima o poi si arriva in cima.»

«Sapessi come ti ammiro, Velia. Ma poi penso che magari la religione o la morale non c'entrano niente, ed è tutto un problema di complessione fisica: semplicemente, le tue spalle sono più robuste delle mie.»

Trascorremmo l'intera notte a raccontarci il passato, i bei tempi dei giochi, la gioia dei figli, le bizzarrie della Fortuna, la volta che avevamo ballato nude in una villetta di Costantinopoli.

Verso l'alba, Arite tornò con i vestiti asciutti:

«Li ho profumati, perché sapevano di fumo.»

«Ora devo proprio andare: il principe ereditario aspetta la colazione, e la *popina* si prepara ad aprire.»

La salutai, senza avere neppure il coraggio di guardarla mentre si allontanava.

«Arite, chiamami quel pelandrone di Malco, e poi torna qui, che ho un biglietto da far recapitare a Sidonio. Hai presente chi è?»

«Marco Sidonio Mercuriale, abita due case dopo il senatore Flavio Ipparco; il portiere si chiama Filocrate, ma tutti lo conoscono come Caronte; ho detto bene?»

«Cosa farei senza di te?» sospirai. «Domani mattina dev'essere tutto pronto.»

36. Un agguato a fin di bene

Il tempo di rigovernare gli ultimi piatti e cacciare via i clienti ubriachi, e Valeria era pronta per la seconda parte della sua giornata lavorativa. Forse aveva già indossato gli abiti da *lupa* sotto i normali vestiti da ostessa, o forse li teneva da parte, in un sacco.

Uscendo, guardò verso il cielo che prometteva pioggia. Rimase incerta, poi si avvolse lo scialle.

«Hai capito quello che devi fare?» domandai abbassando la voce.

«Non ti preoccupare» mi disse Sidonio; «non sono sempre stato il buon samaritano che hai conosciuto, e so come si tratta con quelle donne.»

Giusto: nell'opera di aiuto ai bisognosi, spesso si conoscono persone strane, e le competenze acquisite mentre si stava dall'altra parte della linea bene-male diventano preziose. Sempre ammesso che quel confine esista.

Il modo che ebbe di abbordare mia cugina fu perfettamente coerente con la parte che stava interpretando. I due contrattarono un poco, e lei gli andò dietro senza altre domande. Mi chiesi come potesse una donna fidarsi a seguire uno sconosciuto, ma pure io l'avevo fatto con una banda di barbari balordi, quindi silenzio, Velia. E poi, lui ostentava un modo di fare da gran signore. Forse Valeria pensava di aver avuto il colpo di fortuna della serata.

Fecero un giro più lungo, per darmi il tempo di precederli a casa di Sidonio.

Mi appostai nella stanza attigua alla sua camera da letto, nel cubicolo dove di solito dormiva il ragazzo addetto alle pulizie. Sul muro avevano praticato un piccolo foro, ben mascherato da un arazzo egiziano nella camera di Sidonio.

Le voci arrivavano smorzate, ma riuscivo a seguire bene la scena.

Lui le stava facendo i complimenti di rito, come un cliente che vuole convincersi di aver fatto un buon acquisto, lei si guardava attorno con un'aria stanca e remissiva che mi strappava le viscere.

«Senti, *puella*: quanto chiedi, per fare qualcosa di un po' particolare?» le domandò ad un tratto.

Lei non si informò neppure di cosa si trattasse e lanciò la sua offerta, che non mi sembrò neanche un granché.

Lui, come previsto, prima storse il naso, contrattò un poco, e alla fine si accordarono.

«Aspettami qui» disse uscendo dalla camera.

«Come sto andando?» mi chiese infilando la testa nel cubicolo.

«Meravigliosamente» risposi «ma ti prego di non entrare troppo nella parte.»

Lui sorrise e si fece consegnare il sacco da Arite.

Quando rientrò, Valeria s'era già spogliata.

«Bene» disse lui rovesciando il contenuto del sacco sul materasso. «Hai capito di cosa si tratta?»

Lei guardò con indifferenza la catena: «cerca solo di non farmi male, che poi mi restano i segni» disse con voce rauca «e per il resto, avrai quello per cui hai pagato.»

Sidonio la fece sedere sul materasso e le imprigionò la caviglia, poi collegò l'altro capo alla sponda del letto.

«Ecco fatto. Ora che sei mia prigioniera, dovrai aspettare una persona.»

Lei non domandò nemmeno chi fosse l'invitato, e si distese sul letto, più che rassegnata, indifferente.

Adesso veniva la parte difficile. Arite mi diede un'occhiata di assenso; respirai a fondo "vai, Velia: ne hai viste e fatte di peggio".

Quando entrai, sembrò che gli occhi le schizzassero dalle orbite; tentò anche di scendere dal letto, ma la catena la bloccava.

«Adesso tu mi ascolti» le dissi «e non azzardarti a parlare prima che abbia finito, se no ti imbavaglio, e sai che sono capace di farlo. Tu questa notte la passi qui, anzi, noi due la passiamo qui, e non dirmi che non ne ho diritto, perché ho pagato per questo. Questa è la chiave della catena: al primo canto del gallo aprirò la serratura e deciderai in piena libertà cosa fare, ma fino ad allora sei mia, capito? Mia. E infilati questo» aggiunsi gettandole una tunica pulita, che lei non raccolse.

«La proposta che ti faccio è seria e semplice» ripresi: «tu da domani mattina, anzi, da oggi, lavori per me. Ti ho già trovato un incarico perfetto, quello di occuparti del guardaroba, mio e della famiglia: con la pratica che hai di vestiti, è il lavoro che fa per te. Domani mattina, il mio amico Sidonio riferirà al tuo padrone che si cerchi un'altra donna per servire i clienti, e vedrai che non avrà difficoltà. E tutte le volte che quel tuo mezzo uomo deciderà di farti uscire di notte, tu invece verrai da me e io ti pagherò per dormire su un letto pulito.»

«Liberami, subito» disse cercando di strapparsi la catena dalla caviglia.

«Lascia perdere, è più probabile che ci rimetta il piede: infezione, cancrena, amputazione. L'ho già visto un numero infinito di volte, in guerra.»

Lei smise immediatamente, ma si lasciò cadere di schiena, affondando la testa sul cuscino.

«Non fare la bambina viziata e ascoltami, che non ho ancora finito. Gemina è una liberta che lavora per me; è una brava donna e mi aiuta ad assistere gente come quel tuo uomo. Siamo già d'accordo che io la pago e lei passa per casa tua tre volte al giorno, per cucinargli il mangiare, per le pulizie di casa, il bucato, e anche per lavarlo. È grossa come una montagna e non ha paura neanche dell'Orco. Oltre tutto, non abita neppure troppo lontano.»

Valeria non rispose, ma mi accorsi che piangeva. Lo trovai un buon segno.

«Adesso, voi andate tutti a dormire, e grazie Sidonio dell'ospitalità.»

Mi adagiai a suo fianco e parlai, parlai fino ad avere la gola riarsa. Lei non rispondeva una parola, e quando provavo a prenderle la mano o ad appoggiarla sulla spalla, me la allontanava. Credo sia stata la notte più lunga della mia vita, peggio ancora di quando aspettavo che le streghe mi gettassero nella palude con una pietra al collo.

Quando spuntò l'alba, risvegliandomi dall'assopimento, vidi che lei aveva posato la gamba libera a terra e s'era tutta distesa col corpo e con le braccia per raccogliere dal tavolino le monete del compenso.

Senza dire niente, infilai la chiave nella serratura e le liberai la caviglia.

«Ecco fatto. Tu sei stata pagata, io ho avuto la mia parte del tuo prezioso tempo, ora siamo pari.»

Lei non mi guardò neppure; si rivestì e aprì la porta.

La accompagnai fino all'ingresso, senza che spicciasse parola.

«E piantala di far sentire in colpa chi ha solo il torto di volerti bene» la investii «basta, capito? hai stufato un Impero con le tue bizze. Vuoi continuare a rovinarti? Rovìnati, continua a servire un farabutto, ammazzati di lavoro, fatti mettere le mani addosso da mezza Roma. Io ci ho provato, lo sa il Signore se ci ho provato, e con me altre persone che ti volevano bene. Adesso ci pensi Lui, che ha più pazienza di noi.»

Lei gettò uno sguardo indifferente ai miei piedi e si allontanò. Inutile dire che piansi per tutto il percorso da casa di Sidonio a casa mia.

«Basta, basta sul serio» dissi ritrovando le cose famigliari. «Basta sul serio» ripetei.

La sera, però, quando Arite aprì la porta per far pisciare il cane, lei era lì, in piedi, che aspettava lo sa Iddio da quanto.

La vidi dal corridoio, e corsi fuori.

«Ho deciso di accettare quel lavoro» disse «se è ancora libero.»

«Va' a morire ammazzata, bestia che sei» le urlai prima di abbracciarla e inzupparla di lacrime.

Al di là della carità cristiana, dell'amicizia e della parentela, Valeria fu un aiuto prezioso in casa. A volte era un po' bisbetica, ma negli anni, a furia di ordinare agli altri cosa dovevano fare, aveva imparato ad eseguire molti compiti domestici, e l'aspetto di casa nostra migliorò tantissimo, come ordine e anche come eleganza. Papà aveva ereditato da sua sorella abbastanza denaro contante da poter risistemare la *domus* e le sue adiacenze, com'era nelle intenzioni del nonno, e mia cugina diede un contributo essenziale alla scelta di mobili, pitture murali, pavimenti.

«Adesso aspettiamo soltanto che arrivino i miei tre Magi dall'Oriente, così riuniamo la famiglia.»

37. I miei nipotini e una bruttissima storia

Purtroppo, come accennavo, erano quelli tempi in cui poteva succedere che anche persone al di là di ogni sospetto venissero coinvolte in assurde accuse di congiure contro il nostro Imperatore. Vindicio, ad esempio, era malvisto per la sua franchezza e le sue critiche aperte; tuttavia, molti lo ritenevano solo un mezzo barbaro mal dirozzato, imprudente nella lingua quanto privo di ambizioni, quindi innocuo, anche perché prossimo ormai ad uscire di scena.

Certo che con quest'aria avvelenata pure le mogli, se non agivano con grande prudenza, mettevano a rischio la testa dei mariti, e qualche volta pure la loro.

Tipica del clima di quegli anni la vicenda di Barbazione, un personaggio rozzo e arrogante, creato Comandante della *Guardia* da Gallo, che aveva tradito il suo benefattore prima alimentando con le sue maldicenze i sospetti di Costanzo, e quindi arrestandolo e uccidendolo su ordine dell'Imperatore.

Non fu però la sua malafede né tanto meno bastarono le ripetute dimostrazioni di incompetenza a rovinarlo; fu invece la stupida imprudenza di sua moglie Assyria, che scrisse al marito riferendo che uno sciame di api aveva invaso la loro casa, un segno che si prestava a molteplici interpretazioni, potendo anche alludere a una disgrazia che incombesse sull'Imperatore. In questo caso, scriveva sciaguratamente la donna, scongiurava il marito, una volta salito al trono, di non ripudiarla per sposare la bellissima Imperatrice Eusebia. Come non bastasse, la lettera era stata redatta in codice ad opera di una schiava che conosceva la crittografia, a cui aveva affidato anche il compito di recapitarla in segreto al marito. La donna, che in precedenza era appartenuta ad un altro generale caduto in disgrazia, ne mostrò una copia al *magister equitum* di Costanzo Arbizione. Esito scontato: decapitati tanto Barbazione quanto la sua imprudente consorte.

Vittorino, il marito di Sabina, era invece il ritratto dell'uomo inoffensivo per il potere, un perfetto esecutore degli ordini che scendevano dall'alto. Schivo, attento ad ogni parola e gesto, valoroso in guerra ma senza esagerare ed equilibrato nei giudizi, quando era passato all'amministrazione civile si era dimostrato così scrupoloso e incorruttibile, che i superiori gli affidavano anche beni privati propri e di parenti o amici, e lui restituiva immancabilmente più di quello che riceveva. Oltre tutto, pareva non nutrire ambizioni che non fossero di servire Roma e il suo Imperatore. E fu probabilmente questa la causa della sua rovina.

Del suo arresto venni a conoscenza da una lettera di Paola Censorina, che però non seppe darmi nessun ragguaglio preciso. Ebbi il terrore che avessero incarcerato anche mia figlia, come succedeva spesso in questi casi; ma cosa potevo fare, da Roma? Provai a sondare con cautela tutti i conoscenti di un certo rilievo, ma non ebbi fortuna, o forse erano troppo vili o spaventati per ricordarsi di vecchie e ormai inutili amicizie. L'unica speranza era Vindicio, a meno che non fosse finito nei guai pure lui.

Mentre mi arrovellavo in questi dubbi angosciosi, una mattina mi si presentarono alla porta due bambini accompagnati da una serva sarmata. Erano vestiti di stracci, smagriti e coi visi sporchi. Pensai che fossero dei bisognosi da assistere, e andai incontro al terzetto senza particolare trasporto, perché pensavo di avere fin troppe angustie di mio per occuparmi anche degli sconosciuti.

«Padrona, loro sono Vittoria e Marciano, i tuoi nipoti» disse da lontano la schiava, spingendoli con le mani verso di me.

«Oh mio Dio, entrate.»

Chiusi la porta. Sì, non c'era dubbio, erano i figli di Sabina.

«Sapete chi sono io?» domandai loro.

Annuirono.

«Adesso la vostra nonna vi preparerà una stanzetta tutta per voi, piena di giocattoli... a proposito, avete mangiato?»

I bimbi scossero la testa.

«Arite...»

«So tutto» disse lei offrendo loro le mani «venite con me.»

La schiava, Maiosara era il suo nome, sembrava stordita; probabilmente non aveva trascorso una notte di sonno riposato dalla sua partenza. Le parlai in sarmatico, ma sapeva benissimo anche il greco.

«*Domina*, tua figlia è stata arrestata. Ormai se lo sentiva che la stavano braccando, ma non voleva allontanarsi troppo da suo marito e mi ha affidato i bambini. Siamo rimasti nascosti un paio di giorni, poi abbiamo viaggiato su una nave da carico diretta a Ostia. Non aver paura, sono sempre stati bene, solo che dovevamo passare inosservati; c'erano decine di famiglia di poveracci a bordo, e ci siamo confusi con loro.»

Questo, anche se mi preoccupava, almeno semplificava le cose: raggiungere Antiochia, a questo punto, passava in secondo piano, anzi, era da escludere: era evidente che Sabina me li aveva consegnati perché li custodissi a Roma, e la nostra casa poteva essere un posto abbastanza sicuro, almeno per il momento.

Purtroppo, Maiosara non fu in grado di dirmi nulla o quasi di mia figlia, anche perché aveva provveduto a imbarcarsi sull'ultima nave in partenza prima della pausa invernale.

Quella sera, chiesi alla Comunità che si pregasse per lei e per altre vittime innocenti, ma un diacono, bello e azzimato, mi interruppe, sostenendo che era peccato pregare per chi aveva tradito il proprio Principe. Ci voleva giusto un imperatore cristiano per rinnovare i tempi delle catacombe e delle preghiere mormorate a filo di labbra.

Se non avessi avuto i nipotini, avrei trascorso il tempo a mordermi le mani per l'ansia, ma dovevo essere forte anche per loro.

Di Vindicio non avevo notizie, e davo quasi per scontato che avessero incarcerato pure lui. Seppi solo molto più tardi che non era nemmeno stato informato dell'arresto di Sabina e di suo marito: era stato comandato di un'operazione tanto segreta quanto delicata, ossia raccogliere notizie sui prigionieri romani in mano persiana per sapere a grandi linee quanti erano e se valeva la pena aprire trattative per il loro riscatto. Purtroppo, molti erano stati trasferiti nelle regioni orientali, e di alcuni schiavi romani, inviati a colonizzare le terre ai confini dell'India, si erano perse le tracce.

Quanto a Marco, sapeva che aveva progettato di trasferirsi ad Alessandria, ma anche di lui non ebbi notizie.

Riuscii a farmi ricevere dal papa, ma a dire il vero, non sapevo neanch'io chi fosse quello giusto, fra Felice e Liberio; per sicurezza, li contattai entrambi, ma ottenni solo la promessa di preghiere e di un vago interessamento.

Più utile mi fu Valeria, che veramente conosceva tutti, qualcuno per parentela, molti di più per esserci andata a letto ai bei tempi. Credo sia arrivata al punto di strisciare come un serpente davanti alle loro soglie, ma alla fine uno di quei portoni sorvegliati si aprì. Fu uno di loro a fornirmi il nome di un cortigiano, un essere viscido e venale, ma che mi mise in contatto con la Segreteria particolare dell'Imperatore.

Nella lettera ricordai a Costanzo quello che io e mio marito avevamo fatto per Roma; che Dio mi perdoni, ma dando ormai Vittorino per spacciato, mi concentrai su come avrei potuto salvare mia figlia.

38. Come recuperai mia figlia

Forse non fu quella lettera a smuovere le acque, ma lo credetti fermamente la mattina che me la trovai davanti a casa, mentre mi preparavo ad accompagnare i bambini alla passeggiata.

Non la riconobbi subito, era invecchiata da far paura, e gli occhi, quei meravigliosi occhi verdi di Sabina, erano diventati trasparenti come acqua.

E mostrava una pancia da otto mesi almeno.

«Grazie per tutto quello che avete fatto» disse abbracciandomi senza trasporto, come se inscenasse una parte di cui non era convinta.

Si accese un poco solo vedendo i suoi bambini; li strinse a sé e loro cominciarono a raccontarle dei giochi e della nonna. Poi la piccola Vittoria le chiese di papà, e lei disse che avrebbe spiegato tutto.

«Vuoi che ci sia anch'io? Domandai.»

Lei fece segno di no.

Rientrammo in casa. Lei, i vicini non l'avevano mai vista, e poteva benissimo essere una delle tante mamme abbandonate che venivano a chiedermi del pane; ma era meglio non destare sospetti.

Ero troppo felice di averla riavuta, e non volevo riaprire ferite dolorose, per cui attesi che fosse lei a raccontare.

Per la prima volta la vidi commuoversi quando papà la abbracciò; non ne fui però gelosa, perché lui era l'inizio della catena che arrivava ai suoi figli, come loro erano la garanzia della continuità della stirpe.

Due sere dopo, messi a letto i bambini, mi chiese dove potessimo parlare senza essere ascoltate. Ci pensai un poco, e indicai l'esedra.

Era una bella sera di maggio, rinfrescata dal vento di ponente, che portava il profumo dei fiori del nostro giardino.

La feci sedere davanti alla misteriosa pietra di stelle.

«Ci credevamo al sicuro» iniziò a raccontare «vivevamo una vita normale, almeno come può esserla di questi tempi per chiunque sia un gradino più su di un povero pezzente: un silenzioso sospiro di commiserazione quando un amico veniva arrestato, gli occhi che si sollevavano preoccupati, ma poi si diceva che un altro giorno era passato, e prima o poi la follia dei Cesari e degli Augusti si sarebbe placata. Invece era come un incendio che si alimenta da solo, si estende, e non si arresta fino a quando qualcosa di più forte non lo blocca.»

Arite ci aveva portato del vino. Mio padre diceva sempre che non faceva bene alle donne incinte, e di sicuro anche lei lo sapeva, ma non cessava di versarsene.

«Noi ci credevamo sicuri, dicevo, e invece le carte del nostro arresto erano già in viaggio. Non so chi fu a denunciarci, forse un disgraziato messo alla tortura che diede il nostro nome in pasto agli aguzzini per far cessare il tormento, o un malevolo che aspirava al posto di mio marito; forse ad architettare tutto fu lo stesso Andragast, l'uomo che assistette agli interrogatori e decise delle nostre vite, un mercenario vomitato da qualche foresta della Germania, che si era fatto largo a furia di delitti e adulazioni. Fummo portati via in piena notte. I bambini dormivano da un amico, con Maiosara, e solo per questo non vennero arrestati anche loro. Fummo separati.»

La sua mano si portò alla misteriosa pietra, come se qualcosa la attirasse, e la accarezzò. Nei regni infuocati dell'etere, storie come questa dovevano apparire semplici miserie di un'assurda razza di bipedi.

«Non so dire dove mi portarono, era una specie di carcere; al momento, non subii violenze, ma nessuno rispondeva alle mie domande, e i guardiani parlavano solo di "ordini superiori". Dopo tre pasti, ma non so dire a quanto tempo corrispondessero, venni condotta nelle segrete.»

Le strinsi forte la mano; lei cercò di sorridere, ma le labbra sembravano inchiodate.

«La prima cosa che vidi» riprese «fu Vittorino, steso sopra una trave di legno, con le braccia e le gambe in tensione. Sapevo bene di cosa si trattava, lo conosciamo tutti, ormai questo attrezzo: era l'orribile *eculeus*, la macchina che stira le braccia fino a strappare le ossa dai legamenti. Al mio arrivo, allentarono le corde, e il corpo scivolò sotto la trave; nonostante lo strazio, non emise un lamento. Uno degli aguzzini gli afferrò la mascella e lo costrinse a volgere la faccia verso di me, per essere sicuri che mi avesse riconosciuto. Andragast si avvicinò e mi appoggiò la mano sulla spalla, come un vecchio compagno di scuola: "visto che non vuoi confessare il tuo tradimento" disse a mio marito "ora vedremo se è vero che le femmine sono più chiacchierone. Non ci è consentito versare sangue di donne nobili, ma ti assicuro che i miei amici sono in grado di strapparle qualunque cosa, senza spargerne una goccia." Mi afferrarono e mi avvicinarono a un'altra macchina simile, iniziando a legarmi, ma lui urlò con voce alterata che convocassero uno scriba, e che avrebbe confessato.»

«Non poteva sopportare che ti facessero del male» dissi tentando di accarezzarla, ma lei mi fece abbassare la mano.

«No, mamma, non lo poteva. Io lo supplicavo di non dire una parola, e che non si preoccupasse per me, che avrei resistito a qualunque cosa, che ero forte, più forte di lui, e che se avessimo tenuto duro alla fine sarebbero stati costretti a liberarci, e che anche lui doveva vivere. Ma era come se non mi sentisse, pareva preda di una malia. "Confesso" disse "confesso tutto quello che volete". Lo sciolsero, mentre io continuavo a dibattermi e urlare. Barcollando, si avvicinò al tavolo, sedette, e iniziò a dettare una confessione, ammettendo cose completamente assurde e prive di qualsiasi riscontro. Io lo imploravo piangendo di non farlo, ma lui aggiungeva dichiarazioni a dichiarazioni, tanto da farmi pensare che le torture l'avessero fatto impazzire.»

Chissà perché immaginiamo che certe cose debbano capitare

solo agli altri. Quante volte io, mio marito, Marco, Marcellino, quante volte, dico, avevamo parlato con poco rispetto dell'Autorità. Sarebbe bastato uno schiavo dall'orecchio più fine, e ci sarei stata io, in quella segreta. «Vai avanti, bambina.»

«Andragast sembrava soddisfatto, aveva raggiunto il suo scopo. "Bene, ora i nomi dei complici" disse mettendogli il foglio davanti. Non so come il mio Vittorino riuscisse ancora a muovere le braccia stirate dalle corde; il viso diceva che soffriva orrendamente, e la mano gli tremava; si fece passare lo stilo; capii quale era la sua intenzione un attimo prima, e chiusi gli occhi, ma quando udii l'urlo, li riaprii. Con un colpo secco aveva infilato lo stilo nella carotide, e lo stava lo agitando per allargarsi la ferita. Furono inutili i soccorsi, non c'era un medico, e nessun tentativo di chiudere lo squarcio impedì che si dissanguasse in pochi istanti. Lo presero a calci, lo punsero con ferri roventi, ma ormai era un cadavere. Si guardarono con l'aria di una muta di cani che si sia lasciata sfuggire il cervo. "Proviamo con lei?" domandò l'aguzzino. "Lei non serve a niente. Riportatela nella cella comune." Quando arrivai, era piena di altre donne come me, mogli, figlie, madri di vittime delle delazioni.»

«Sai se almeno gli hanno dato una sepoltura cristiana?»

«A un suicida?» disse lei con voce rauca. «Ci mancherebbe altro...» e tracannò un calice. «Andragast però non demordeva, e minacciando di vendicarsi sui miei figli, che diceva di avere in pugno, fece di me quello che voleva: quando gli prendeva l'estro, mi portava in una stanzetta con un pagliericcio... Dopo tre mesi, forse si stancò, forse giovarono le tue lettere di supplica, forse semplicemente avevano bisogno di altro spazio, e mi liberarono buttandomi in mezzo a una strada, in piena notte. Fu allora che mi accorsi di aspettare... questo» disse indicandosi la pancia. «Lasciami proseguire, mamma. Non trovai più la mia casa, o meglio, era stata confiscata e già la abitavano due famiglie. Nessuna notizia dei bambini, un vestito stracciato addosso, le budella che si torcevano dalla fame, novanta notti di veglia.»

«Non potevi chiedere aiuto a...»

«A chi, mamma?» ribatté irritata «chiunque avessi contattato, l'avrei condannato alla tortura e forse alla morte.»

Riconobbi che aveva ragione.

«Mi restava solo una cosa da fare, in quel momento la più importante subito dopo i miei figli. Per vie traverse ero riuscita a sapere che Maiosara si era imbarcata. Sentivo una gioia mai provata, un tipo particolare di eccitazione. Non mi servivano soldi, se non pochi spiccioli che rubai ad un mercante, con cui comperare un martello, delle pinze e dei pezzi di bronzo. Conoscevo bene il boschetto dietro la città, ci andavo a cavalcare, esisteva anche una vecchia capanna usata dai cacciatori. Sapevo come realizzare delle punte di freccia, con la scanalatura adatta a raccogliere del veleno. L'arco e le frecce me li procurai usando un coltello che io stessa mi ero forgiata. Dovetti trascorrere settimane prima di riuscire a distillare le piante per ottenere la formula giusta. Rovinai due buoni archi tendendoli troppo, ma non mi importava, avevo tempo; aspettai di avere i tendini di un capriolo per farmi la corda, trovai forse l'unico albero di tasso della foresta; ricordo che trascorsi settimane a riprendere pratica, nutrendomi di frutti, radici e animali catturati. Non smisi di allenarmi fino a quando non fui in grado di colpire una monetina da settanta piedi di distanza. L'operazione di intingere le cuspidi nel veleno fu la più pericolosa, perché erano così affilate che potevano uccidere solo a guardarle» e qui rise feroce.

Ma era ancora mia figlia? O il dolore l'aveva trasformata in uno di quegli esseri raccontati dalla mitologia che aleggiano sopra gli assassini?

Ora sembrava quasi contenta di narrare quella storia:

«Per sicurezza le rivestii di budello d'animale. E rientrai in città. Non fu difficile imparare il suo tragitto da casa, era un uomo abitudinario, un funzionario grassoccio e indolente come un eunuco armeno, anche se aveva gli occhi azzurri e i capelli biondi. Era così sicuro di sé e del suo potere da non voler altra scorta che un suo servo, un losco figuro che avevo visto ridere nella sala dove torturavano mio marito, col compito di portare gli incartamenti e fargli da scorta. Avevo trovato il posto perfetto: il cortile di un tizio circondato da una siepe. Temevo di sbagliare per la rabbia o per la gioia di avere davanti il mio bersaglio, invece fu tutto molto facile; mi sentivo fredda e lucida. Da quasi cinquanta piedi esiste pur sempre un rischio minimo di sbagliare, ma fui fortunata, perché si avvicinò alla siepe, come se volesse strappare qualche fogliolina. Non potevo mancarlo da quella distanza, ci saresti riuscita anche tu, mamma. La freccia gli entrò nella carotide e gli recise il midollo spinale. Sarebbe morto paralizzato se il veleno non avesse fatto effetto prima. L'altro lo colpii in pieno petto, e non ebbe neanche lui il tempo di chiamare aiuto. Per strada non c'era un cane. Mi dispiace che quel grasso maiale non abbia sofferto, ma volevo essere sicura del risultato. Feci un'imprudenza saltando la siepe e scendendo in strada a guardarlo negli occhi finché finiva di morire. Credo di essere stata l'ultima cosa che ha visto. Come dicevo, non c'era nessuno, e recuperai con calma le frecce, allargando poi col coltello la ferita. I medici avrebbero avuto il loro da fare per stabilire le cause della morte. Pensai anche di strappargli il cuore e mangiarlo, ma forse il veleno era già entrato in circolo...»

«Basta, bambina» la implorai. «Come sei arrivata in Italia?»

«Sì, hai ragione. Rimasi nel bosco per un altro mese, finché le acque si calmarono. Nessuno mi accusò della sua morte, ma sono sicura che molti lo sospettarono, e penso che persino Costanzo ne sia rimasto impressionato. Ho motivo di credere di aver fatto anche un piacere al nostro imperatore, eliminando un individuo sgradevole e detentore di troppi segreti. I soldi per il viaggio me li procurai nel modo più banale che si possa immaginare: a casa mia esisteva un ripostiglio segreto, dove io e Vittorino avevamo nascosto un'anforetta con settanta aurei per tutte le evenienze. Mentre la famiglia di bravi cristiani che mi aveva rubato la casa si trovava a spezzare il pane con i confratelli, riuscii a eludere la sorveglianza del portinaio e li recuperai senza lasciare traccia. Vedi, mamma, che le lezioni dei miei sarmati mi sono servite? Quando si hanno in tasca dei soldi, è come se una pennellata cancellasse colpe e sospetti: una nuova città, un alloggio decente, un vestito nuovo, non troppo vistoso, una vecchia schiava acquistata per poco o niente, e un posto riservato sulla prima nave in partenza.»

Ero spaventata dalla freddezza che mostrava. Cosa potevo dirle? Rimproverarla? E in nome di cosa? Se uno non ha più modo di ottenere giustizia per i suoi cari, non è naturale che la cerchi da solo?

Ora però toccava a me parlarle:

«Adesso, figliola, tu mi ascolti. In primo luogo, non esci di qui, capito? Neanche la servitù ti deve vedere, a parte le ancelle più fedeli, perché somigli troppo a tuo padre, e abbiamo dappertutto ritratti tuoi. Ad occhio e croce non manca più di un mese, al parto. Quando avrai il bambino, Marco Aldis, un ufficiale sarmata di stanza a Cremona riceverà un mio messaggio. Lo conosco da quando ero a *Herculea*, e ti ha vista nascere, alla lettera, perché andava avanti e indietro mentre tu venivi al mondo. Lui ti troverà una sistemazione sicura. Ci sono molte donne della loro nazione, e ti confonderai con loro. E ci andrai coi bambini, perché anche qui potrebbe non essere sicuro.»

«Mamma, io questo bambino non lo voglio, capisci? Ho tentato di sbarazzarmene, ma poi ho pensato che sarà una soddisfazione maggiore strangolarlo con le mie mani.»

Mi alzai in piedi e le mostrai i pugni:

«Tu non strangoli nessuno: quel piccolo bastardo ha anche il mio sangue, e non è colpevole delle nefandezze di quel maiale che ti ha...» e finalmente riuscii a piangere.

«Mamma...»

«Finiscila. Tu lo avrai, quel bambino, e se non vorrai vederlo, neanche te lo mostreremo. Una nostra liberta ha partorito tre mesi fa, e ha ancora il latte. Le daremo una buona somma di denaro, e lo alleverà come suo.»

Ci abbracciammo.
«Mamma…»
«Basta, basta così.»

Il parto avvenne solo una settimana dopo, e fu rapido e senza problemi. Ad aiutarla ci pensammo io, Arite e una mammana esperta quanto discreta.

Papà attendeva nervosamente fuori della stanza. Il pianto del bambino annunciò l'arrivo di questo sfortunato piccolo.

Quando uscii con il fagottino in braccio, lui si alzò dalla sedia:

«Lasciamelo tenere sulle ginocchia, solo un istante» disse: «è l'unico nipote che ho potuto veder nascere.»

Arite lo aiutò a sedersi, e io gli passai il piccolo.

«Un maschio» sospirò. «Non ho conosciuto suo padre, ma so che ne sarebbe orgoglioso.»

Un gelido imbarazzo mi paralizzò:

«Padre» dissi «ti ho spiegato che questo bambino è frutto di qualcosa di orribile.»

Lui sorrise e scosse la testa:

«Ha un bel po' di capelli neri e degli occhi scuri bellissimi. Sarebbe veramente strano che da una donna bionda con gli occhi verdi come Sabina e da un germano biondo e con gli occhi celesti sia nato questo piccolo egiziano, non trovi?»

Era un pezzo che non mi scappavano oscenità dalle labbra, più o meno da quando avevo lasciato il campo di *Herculea*. Però, quando ci vuole, ci vuole. Certo che l'intera Corte dei Santi in Cielo dovette tapparsi le orecchie per non sentirmi. Rientrai come una furia nella camera dove Sabina aveva partorito e le rovesciai addosso il resto del vocabolario castrense.

«Come è possibile?» balbettò guardando e riguardando il bambino.

«Già, infatti me lo sono chiesta anch'io, la volta che tuo padre mi ha messa incinta di tuo fratello.»

«È… impossibile, l'avremo fatto forse due volte, nelle settimane precedenti, e Andragast invece mi prendeva tutte le notti.»

«Sai cosa diceva Giulia, la figlia dell'Imperatore Augusto? Che lei gli amanti li faceva contenti solo quando era già incinta di quel super-becco di suo marito, ed era l'unica ragione per cui i figli somigliavano così tanto al loro padre legale. E adesso, muoviti a dar da mangiare a questa povera creatura.»

Il progetto di allontanarla da Roma fu rimandato di settimana in settimana; quando già pensavamo di avviarla segretamente a settentrione, giunse la notizia della ribellione di Giuliano contro il cugino, e dati i precedenti, era probabile che gli eserciti si sarebbero scontrati nella pianura padana.

La morte improvvisa di Costanzo e l'ascesa al trono del nuovo imperatore ci tolse ogni preoccupazione.

Quando si parlava della dinastia di Costantino, soprattutto quando se ne parlava male, Vindicio aggiungeva immancabilmente "eccetto Giuliano". Il fratello dello sciagurato Gallo aveva molte delle qualità del buon imperatore, tranne quella di essere cristiano, ma - mi perdonino i santi e i martiri - nella circostanza attuale, l'importante era che ci fossimo liberati di Costanzo e della sua banda.

Purtroppo, due anni dopo Giuliano ebbe la pessima idea di condurre una campagna militare contro i persiani, benché il Re dei Re gli avesse avanzato profferte di pace.

Per lungo tempo ignorammo l'esito della spedizione, e quando mi giunse la lettera di Vindicio che mi comunicava la sua intenzione di seguire l'Imperatore, a distanza di pochi giorni fu annunziato a Roma che l'esercito imperiale era stato disfatto e l'Imperatore morto per le ferite ricevute in battaglia.

Inutile dire che rimasi profondamente colpita; mi trovavo in chiesa quando fu portata la notizia, e subito, senza neppure attendere l'*ite missa est*, si formò spontaneamente una specie di processione, cui si unirono anche quei signori che, per prudenza, s'erano astenuti da manifestazioni troppo plateali di devozione cristiana. In testa al corteo, una vergine bellissima, vestita di bianco, e un ragazzo poco più che adolescente reggevano la croce.

I pagani, già tanto tracotanti per l'effimero trionfo dell'antica religione, e ora tutti riservati e impauriti, provvidero a scomparire dalle vie, in attesa che la situazione si definisse. Ma dai quartieri dove i cristiani erano più numerosi, i timidi devoti si affacciavano agli usci, lanciando grida di giubilo e congratulandosi l'uno con l'altro. L'Impero era libero, finalmente, l'empio Giuliano ormai non regnava più.

Questa almeno era l'aria che si respirava, ma io ero ben lontana dall'unirmi alla loro esultanza: erano migliaia i soldati cristiani del suo esercito, e comunque, quale che fosse la religione che praticavano, in pubblico o in coscienza, erano tutti romani. E soprattutto, fra di loro c'era mio marito.

Serapione, uno dei diaconi, mi raggiunse mentre mi avviavo sconsolatamente a un'uscita secondaria, e mi trattenne.

«Non lo amavo, quello no: Giuliano era pagano e ci perseguitava, ma era pur sempre uno di noi, e non il peggiore. È una sconfitta per tutti, anche se quelli lì si illudono che non li riguardi.»

Vindicio non era stato obbligato a partire, era vecchio e coperto di ferite, ma pur nella rabbia che provavo verso di lui per non aver pensato a noi, riuscivo a capire le sue ragioni: erano pochi nell'armata romana a conoscere quelle terre e quei nemici come li conosceva mio marito, e sono convinta che, se avessero ascoltato il parere suo e di altri come lui, la campagna non si sarebbe condotta o avrebbe dato dei risultati migliori.

Attesi dunque con ansia sue notizie; stavo quasi per organizzare la partenza per Antiochia, quando mi arrivò una lettera di suo pugno. Era stato ferito, diceva, ma era sopravvissuto al disastro. Non c'era molto altro, pareva scritta su campo di battaglia stesso. Forse da un *valetudinarium*. Mi chiesi se non fosse prigioniero o assediato in qualche città.

Dopo più di un mese di angustie, una seconda lettera, più ampia, mi comunicò che era stato amputato sotto il ginocchio, per prevenire l'avanzare della cancrena, dopo una ferita di freccia. Non molte le parole dedicate alla battaglia, molti invece i buoni propositi per il futuro. Mi inviava i saluti di Ammiano Marcellino.

La cessione ai persiani di Nisibis parve a tutti dolorosa, e forse non indispensabile, perché era una città ben difesa dalla natura e dalle fortificazioni, ma almeno, con l'aiuto di Dio, questa guerra era finita. A farne le spese, l'amico Efrem, che come quasi tutti i cristiani, lasciò la propria casa per andare a risiedere più ad ovest, in territorio romano.

Epilogo

Mio padre da tempo non credeva più negli oroscopi, ma per una volta fece eccezione, e guardò nelle stelle il futuro che ci aspettava.

A me, che ero la sua bambina, confessò in segreto che lui sarebbe morto il giorno in cui fossero stati riuniti nell'esedra del giardino tutti i miei discendenti; non indovinò la data, ma ci andò vicino, perché in effetti dieci giorni dopo la grande riunione di famiglia, ci lasciò, in una notte serena con un meraviglioso cielo stellato che entrava sin nella sua stanza.

L'ultima parola distinguibile fu il nome della mamma.

Quando, dopo un anno esatto, aprimmo le teche sigillate ed estraemmo i papiri, dovemmo ammettere che ci aveva azzeccato in modo addirittura inquietante.

Sabina avrebbe avuto un altro figlio.

Se l'avesse detto nell'esedra, si sarebbe offesa a morte, e invece accadde una sorta di miracolo: tornata ad Antiochia per recuperare i resti del suo Vittorino, conobbe il fratello di lui, Agapito, un ragazzo di vent'anni. Anche in questo caso, dovette passare attraverso una foresta di sensi di colpa, di dubbi, di "è impossibile, assurdo", prima di arrendersi all'evidenza. Vindicio conosceva bene la famiglia, e fu contento di dare il suo beneplacito al nuovo matrimonio. Io ero più incerta, temevo che si fosse innamorata del fantasma di un uomo morto, e invece fu un amore normalissimo, verso un giovane che, a parte una vaga somiglianza fisica, era del tutto diverso dal suo primo marito.

E puntualmente, un anno dopo s'era verificata la profezia di papà. Anche con Marco non andò molto lontano dal vero; mio figlio decise che alla fine non aveva la vocazione di diventare vescovo, e finalmente ci portò in casa la bella Criseide o Minna, come la chiamava famigliarmente sua madre, una liberta di sangue germanico.

Minna portò in dote soltanto la sua giovanile allegria, ma pazienza: a me non serviva di più.

Anche Valeria ebbe il suo papiro. Conteneva un distico sulla Libertà, e anche stavolta le stelle non mentirono: Servilio, dopo una lunga agonia, morì assistito da Valeria, da Gemina e da me, e quella era senz'altro una morte prevedibile. Suo marito, quello legittimo, invece, lasciò il mondo per una ragione alquanto stravagante. In base a notizie riservatissime, aveva puntato tutto su una vittoria di Costanzo. Era possibile, forse persino probabile, se si fosse arrivati a incrociare le lame, ma lo scontro non ci fu, perché Costanzo morì di malattia, lasciando in eredità l'impero proprio all'odiato cugino.

La delusione e l'accesso di collera alla notizia, gli furono fatali. Al momento della divisione dell'eredità, Antemio, il figlio di primo letto, si impegnò a prendersi cura della matrigna. Era sempre stato un uomo dal carattere strano, tanto che alcuni lo ritenevano uno squilibrato, eppure seppe voler bene a quella donna sciagurata molto meglio dei figli che Valeria aveva partorito.

Venendo a noi, quando finalmente rividi Vindicio, gli indicai scherzosamente la gamba del tavolo, e gli mostrai una catena.

Lui mi additò la sua gamba di legno, facendomi sentire un'infame.

«Scusa» dissi «volevo solo fare dello spirito, ma vedo che non ci sono riuscita.»

«Non importa. Comunque, hai ragione, fino a quando Dio ci darà vita, non ci allontaneremo mai l'uno dall'altra. Solo che...»

«Solo che cosa?» domandai mettendo le braccia conserte.

«Beh, quando ero ferito e sanguinante ho fatto un voto a Dio.»

«Che tipo di voto?» domandai sospettosa.

«Un pellegrinaggio, nei luoghi legati alla storia della Salvezza. Ti sembra troppo gravoso?»

No, con quello che avevamo passato, poteva apparire poco

più che una vacanza.

Peccato che, fra tanti avvenimenti e tante sorprese, avessi completamente dimenticato il papiro che papà mi aveva dedicato. Più probabilmente, non avevo mai trovato il coraggio di aprirlo.

Lo lessi quando rientrai a Roma, dopo tre anni, ossia dopo aver visitato il Monte Sinai, la Palestina, Gerusalemme, la Galilea, Antiochia, Efeso, e già che c'eravamo, anche se non faceva parte del pellegrinaggio, il *limes* orientale e quello danubiano.

La mia adorata figlia viaggerà e conoscerà le terre e gli uomini, il bene e il male del mondo.

«Grazie papà» dissi riponendolo. «Magari avrei fatto meglio ad aprirlo prima.»

Fu Vindicio a farmi notare che l'oroscopo era datato nell'anno in cui era console per la terza volta l'Imperatore Cesare Marco Aurelio Valerio Massenzio Augusto.

L'anno della mia nascita.

Appendice

Nonna Velia ci aveva raccontato tante volte la sua storia, che poi era la storia della nostra famiglia; la prima volta, era stata quando ci aveva ospitato a casa sua, in fuga da Antiochia, ma eravamo così piccoli che c'era sembrata tutta una fiaba; l'ultima, il giorno in cui era morta, lo stesso del nostro grande imperatore, Teodosio.

S'era sentita male nell'esedra del suo giardino; le avevamo tanto raccomandato di non prendere freddo, ma la nonna s'era lasciata ingolosire dal cielo sereno e da uno strano sentore di primavera in quella giornata d'inverno. Una morte che tutti le invidiammo, circondata da figli e nipoti, senza rimorsi o rimpianti, dopo un'esistenza trascorsa a fare del bene, ma anche a godersi quello che la vita le offriva, fosse la compagnia di un santo o di una prostituta, un pranzo con l'Imperatore o un banchetto sotto una tenda di sarmati, una dotta conversazione con un padre filosofo come un pettegolezzo alle terme con l'amica del cuore.

Naturalmente, non venimmo a conoscere tutto e subito. Intendo, per certe cose eravamo troppo piccoli, e dovemmo attendere di avere l'età giusta per sapere e soprattutto per capire.

Fui io, Vittoria, figlia di Sabina e del nobile Vittorino, a raccogliere le sue memorie e a trascriverle in modo ordinato, e la sorte mi fu così benigna che potei rileggerla interamente davanti a lei, nell'autunno di quello che sarebbe stato il suo ultimo anno di vita.

Negli anni successivi ebbi modo di ascoltare altre voci e di raccogliere documenti, testimonianze e molto altro sulla vicenda della nonna. Per tre lustri, dopo la sua morte, quel lungo memoriale è rimasto depositato in un armadio nella casa vecchia, e più volte ho avuto la tentazione di riprenderlo in mano e riesaminarlo con ordine, integrandolo con le altre fonti che avevo raccolto e disposto ordinatamente, ma la tumultuose vicende della mia famiglia e dell'Impero me l'hanno impedito.

Ora però ogni possibilità di operare ci è preclusa: da tre anni Roma è sotto la minaccia dei goti del feroce Alarico, in città il cibo comincia a scarseggiare e la pestilenza di sta diffondendo dai quartieri popolari alle nostre case. Per ora non soffriamo la fame, ma il mio cuore è angosciato per ciò che la Città Eterna si prepara a patire. Ricordo la terribile profezia del bisnonno, e prego il Signore che dopo tante sofferenze sia almeno risparmiato alla nostra generazione di vedere la divina Roma percorsa dai cavalieri nemici.

Anche per questo ho ripreso il lavoro di raccolta e inserimento dei documenti, come riconoscimento agli uomini e alle donne che per quattrocento anni hanno difeso l'Impero all'ombra del *limes*.

O forse, chissà, è solo un modo per non pensare al destino che si sta filando per Roma e per i suoi infelici abitatori.

1. AMMIANO MARCELLINO, *"Res gestae", Libro XXI*

... Andragast fu uno di questi. Barbaro di oscura origine, secondo alcuni alemanno, vandalo per altri, era salito ai gradi più alti della milizia grazie alla sua capacità di trovarsi sempre dalla parte del vincitore.

Costanzo l'aveva usato come agens in rebus, un incarico nel quale aveva reso eccellenti servizi nello scoprire complotti e smascherare traditori. Conoscendo l'indole del suo padrone, quando venivano a mancare dei colpevoli, si chiudeva nel suo studio con uomini simili a lui, spesso schiavi o liberti, di solito i barbari, e studiava i rapporti che gli pervenivano individuando i personaggi che, per la loro lingua libera o per il loro ingegno potevano essere invisi al Principe. Dopo di che, si procurava testimoni prezzolati e altri ne otteneva con la tortura, arrivando anche a creare documenti e prove false. A loro volta, i tormenti spingevano le sue vittime a firmare confessioni che coinvolgevano uomini del tutto innocenti e altrimenti inattaccabili.

Fra coloro che non si piegarono, merita di essere ricordato Flavio Vittorino, di antica famiglia originaria dell'Egitto, uomo al di sopra di ogni sospetto nel servizio allo Stato, tanto che Andragast dovette ricorrere a tutta la sua perfidia per mettere insieme elementi sufficienti a muovere un'accusa che paresse almeno plausibile.

Fu tra i pochi che seppero resistere virilmente al tormento, e questo fino a quando gli fu condotta davanti la sposa adorata, Sabina figlia del generale Vindicio. Dimostrando un eroismo pari a quello del marito, la donna, quantunque madre di due figli, lo esortò a sopportare, e giurò che nessuna tortura sarebbe riuscita a farle uscire dalle labbra false accuse: quelle labbra, disse, che s'erano schiuse per pronunciare il suo assenso al matrimonio, ora in nome di quello stesso vincolo coniugale sarebbero rimaste serrate.

Temendo di non poter essere pari alla virtù della moglie, Vittorino, dopo aver dichiarato apertamente la sua innocenza, si trafisse con lo stesso stilo con cui i carnefici lo obbligavano a stendere la sua confessione.

Sabina, quantunque schiacciata dal dolore, mostrando di non tralignare dalla sua nobile stirpe, estratto il gladio a uno dei guardiani, con quello stesso lo uccise e, usando ugualmente fortuna e ardimento, eluse le guardie e fuggì dal tetro carcere.

Sulla morte di Andragast circolarono diverse voci, ma sembrandomi tutte poco attendibili, mi sento soltanto di affermare che i semi di male da lui sparsi a larga mano, germinarono in piante rigogliose che alla fine lo soffocarono. Costanzo, per distogliere da sé l'odio che l'uomo aveva generato fra tutte le persone per bene, fece esiliare i suoi famigliari incamerandone le ingenti ricchezze accumulate con la sua scelleratezza, e giustiziare i principali collaboratori della sua perversità.

Non poche delle sue vittime furono in seguito riabilitate.

Bene, questo il testo del nostro comune amico.

Non avevo mai capito perché la sua redazione differisse, se non nel quadro generale, certo in molti importanti particolari, da quella della nonna, ma se la mamma stessa non volle correggere il grande storico, debbo ritenere che abbia avuto i suoi motivi. In particolare, la versione di Ammiano Marcellino permetteva di omettere le settimane in cui nostra madre, credendo di salvare le nostre vite, si era sottomessa alle turpi voglie di quel mostro. Del resto, la spada sottratta al soldato, quantunque inverosimile, lo è molto meno del racconto fatto dalla mamma alla nonna. Racconto che peraltro, rassomigliando molto alla donna che abbiamo conosciuto e amato, le corrisponde maggiormente.

2. Come nasce una leggenda

Ik gihorta dat seggen...

"Sentii raccontare..."

...che un tempo nelle terre rigate dal Danubio viveva un popolo di agili cavalieri dai lunghi capelli e dai veloci cavalli che spesso devastava i campi e le città dei Goti. Il loro nome era Sarmati.

Re Oduwulf, non potendo resistere al loro impeto, si recò dal Cesare dei Romani alla Città d'Oro, Costantinopoli, e gettandosi ai suoi piedi, invocò l'aiuto di Roma.

Costantino chiese tre giorni per decidere perché il suo esercito era impegnato in una lunga guerra contro i pagani. La terza notte si recò a San Pietro e consultò Papa Silvestro su come dovesse rispondere al re dei Goti.

Il Santo pontefice a sua volta interrogò la Scrittura, e trovò il passo dove si assicurava che a fermare i barbari sarebbe stata una donna. Ma non seppe aggiungere altro.

Il Cesare dei Romani allora, quella notte stessa convocò le sue tre figlie e chiese chi di loro sarebbe stata disposta a recarsi dal Re dei Sarmati, per ordinare ai nemici in nome di Roma e di Cristo di non disturbare più i suoi fedeli alleati goti.

La prima figlia si chiamava Costanza e disse:

«Io non farò questo, padre, perché entro l'anno mi dovrò sposare.»

La seconda figlia aveva nome Elena, e disse:

«Neppure io lo farò, perché tornerei dal campo dei Sarmati disonorata.»

La terza figlia, la minore, di nome Veliana, disse:

«Io farò quello che mio padre e il mio signore mi comanda.»

Il giorno dopo, salutato Costantino e baciata sua madre, partì per Kuningsbaurgs, con la scorta di una sola ancella e dei cavalieri di re Oduwulf.

Quando la principessa fu giunta al Palazzo del re dei Goti, venne bandita una grande festa in suo onore, e tutti i presenti ammirarono la sua bellezza e il suo nobile portamento

Il giorno dopo, una lunga carovana si inoltrò nelle terre dei Sarmati, sotto la protezione di cento cavalieri.

Ad accoglierla fu lo stesso Re, il cui nome era Mazios figlio di Osio, figlio di Sardos uno dei sette re che avevano assediato Tebe.

Il Re la ricevette con tutto lo sfarzo della sua corte, circondato dalle concubine in abiti preziosi di seta e di bisso e con a fianco la regina, una donna di stirpe nobile longobarda il cui nome era Dietlinde.

La Principessa Veliana mostrò i doni che Cesare Costantino recava ai Sarmati: spezie, pepe, oro lavorato, un'armatura d'oro, due cavalli bianchi e infiniti altri oggetti di pregio.

La Regina cinse al collo della Principessa una collana di smeraldi d'Oriente del valore di mille aurei. «Sii la benvenuta» disse e le baciò la guancia.

Veliana si inchinò profondamente davanti al Re e disse:

«Cesare mio padre e tuo buon cugino vuole che la pace regni fra i nostri popoli, e ti offre questi doni in segno di amicizia.»

Il Re rispose:

«Benedetto dagli dei chi regna sulla terra dei Romani, ma ancor più felice il re che ha una simile figlia seduta ai piedi del suo trono. Doloroso sarà per lui darla in sposa, ma grande onore ne verrà a Costantino e a tutto il popolo romano.»

Venne imbandito un banchetto che durò tre giorni e tre notti, con carni speziate, vini del Ponto Eusino serviti da bellissime fanciulle di stirpe nobile, canti e danze; non c'era piatto o calice in tavola che non fosse d'oro o almeno d'argento.

Ma la perfida Discordia, di cui i poeti scrivono:
tre volte l'arsero,
tre volte rinacque,

e altre tre volte,

ma è ancora in vita!

colei che, come un piolo nella fessura spacca il macigno, così essa divide gli uomini quantunque legati siano da vincoli di fratellanza o da patti giurati sulla spada, fece cadere un sonno profondo su Fefir il Nero, il figlio minore del Re, e ne prese le sembianze, al punto che neppure la cara madre, la Regina dalle belle braccia, sarebbe stata in grado di riconoscerlo.

Disse dunque la Madre dei conflitti alate parole:

«Orsù, così degenerati sono i Goti che hanno bisogno di nascondersi dietro una donna, anzi, una fanciulla, per salvarsi dal furore della battaglia?»

Rispose Teia figlio del saggio Beremund:

«Se non fossi legato dai vincoli sacri dell'ospitalità, non lascerei correre le parole imprudenti di Fefir il Nero senza che la mia spada provasse sul suo filo il sudore purpureo della vendetta.»

Disse allora la Discordia parlando dalle labbra del giovane Principe:

«Abili sono senza dubbio i Goti a cercare sempre nuove appigli cui aggrapparsi per tenere le spade accuratamente riposte nei foderi.»

Replicò allora Teia il Valoroso:

«Se le spade non fossero state consegnate ai vostri servi, senza dubbio ti mostrerei come taglia il loro filo.»

Discordia si sfilò dunque una corta spada dal fodero e la gettò al prode Teia.

La spada-doppio taglio cadde ai piedi dei guerrieri goti con orribile clangore.

«Ora hai la tua spada» furono le parole che pronunciò Discordia, il cui altro nome è Ebbrezza dell'oro.

Come descrivere la furia che si scatenò nella sala del palazzo, se non paragonandola all'antichissima guerra tra i Wani e gli Ansi?

I guerrieri goti si impadronirono di ogni oggetto adatto a ferire, e le grida fecero affluire i servi e gli scudieri che recarono ai loro padroni le spade, avide di rossa rugiada.

Nel cozzare dei brandi, invano la Principessa si gettò con ardimento in quella festa di sangue e fuoco, invano cercò di dividere i contendenti, invano supplicò che cessasse l'infame cupidigia di morte.

Già i bracieri caduti appiccavano il fuoco alle tende ben connesse e alle fini tovaglie, apprendendosi alle belle vesti degli uomini e delle fanciulle e ardendo le giovanili carni.

Un guerriero goto, quantunque ferito da un crudele colpo di punta, la trascinò fuori assieme ad Emalia la sua ancella, effondendo poi il generoso spirito sulla soglia stessa.

«Mia buona amica e fida compagna» disse allora la Principessa «ora è il momento di raccogliere il nostro animo e salvare le nostre vite. Per questo, dovremo attraversare la palude. Sii dunque coraggiosa.»

«Ahimè, mia principessa» gemette la bella Emalia «come potremo noi tornare alla città di re Oduwulf, senza cavalcatura né alcun uomo che ci faccia da guida, e senza neppure abiti che proteggano il nostro pudore?»

«Ci assisterà il Signore» disse Veliana con ardore.

Mentre percorrevano i sentieri che fiancheggiavano la palude, ecco apparire un cavaliere con un seguito di prodi. Era il figlio del re, di ritorno dalla razzia compiuta nei campi e nei villaggi dei Gepidi.

«Chi siete voi che nude vi inoltrate in questa foresta? Siete forse due nixen delle acque? Perché solo così si potrebbe spiegare che siate sopravvissute alle belve e al gelo del mattino.»

Disse la Principessa:

«Mio signore, io ero ospite di re Mazios, ma certo Discordia dal pallido volto gettò un suo incantesimo sugli uomini e scoppiò una furibonda contesa. Molto fu il sangue sparso, e noi due restammo senza protezione.»

L'uomo contemplò le due giovani alla luce delle fiaccole.

«È legge antica e santa presso i Sarmati» disse «che qualunque cosa o persona venga catturata nella Palude divenga proprietà di chi l'ha trovata. Ma se dici di essere stata protetta dal vincolo di ospitalità, questo nodo lega più di ogni altra legge. So che la figlia del Cesare Costantino era ospite presso mio padre il re, e sarà mia cura questo giorno stesso di farla accompagnare dai miei cavalieri fino al primo avamposto dei Romani. La sua schiava però rimarrà con me quale preda di guerra. Chi dunque di voi è Principessa Veliana?»

L'infelice Emalia scoppiò in pianto, al pensiero del destino che l'attendeva, ma Veliana seppe raggirare le menti dei barbari con un astuto inganno:

«Lo vedi anche tu, mio signore, quanto una padrona ama le sue fedeli ancelle e come soffre a separarsene!»

Il giovane principe annuì, e fece salire l'ancella Emalia su un cavallo:

«Sia portata in salvo la Principessa» disse.

Prima ancora di essersi avveduta di quanto la sua padrona aveva ordito, già il cavallo che l'aveva presa in groppa galoppava lontano, perdendosi nella nebbiosa pianura.

Alla nobile figlia dell'Imperatore furono legati i polsi con una ruvida corda, come una donna qualunque colta in flagrante a rubare, e a piedi nudi dovette seguire il corteo.

Grande meraviglia suscitò l'arrivo al villaggio del figlio del re. Di bocca in bocca nobili, guerrieri e popolani si chiedevano chi fosse la bellissima donna che il giovane principe conduceva come preda.

Una voce infine gridò

«È la nobilissima Veliana, la figlia dei Re dei Romani.»

Il Principe arrestò il cavallo, scese e la interrogò:

«Mi hai tu dunque mentito?»

Veliana sollevò il capo arditamente:

«Mai ho affermato di essere quello che non sono. Ho solo lasciato che tu credessi a quello che ardentemente desideravi credere. E ora, fa' di me quello che pensi giusto.»

Il Re, oltremodo triste per la strage avvenuta nella sua reggia, così si rivolse alla divina Veliana:

«Grande sciagura è sopraggiunta in questo regno. Ora di sicuro tuo padre vorrà muovere guerra al popolo dei Sarmati.»

«Mio re, ciò non accadrà, se solo potrò spiegare che non è stata tua la volontà, ma della crudele Discordia.»

Fu ancora la Perfida a parlare, questa volta per bocca del fido consigliere Sauro:

«Io dico invece che i nostri dei ci hanno offerto l'occasione per la guerra che da tempo aspettavamo. Non l'abbiamo cercata, ma ora che ci si presenta, la dovremo cogliere, perché troppa è l'offesa che abbiamo arrecato alla Maestà dell'Impero, e di sicuro Costantino vorrà trarre vendetta di noi.»

«Dovrò parlarne con i nobili del Regno» disse il Re ponendo fine alla ridda delle contrastanti opinioni.

«Cosa farete dunque di me?» chiese Veliana.

«Portatela nella torre del castello e rinchiudetela. Ma le siano liberati i polsi e sia decentemente rivestita, e servita da fide ancelle.»

Per lungo tempo languì la Principessa in quella prigione, e solo il principe figlio del re, il cui nome era Guidobaldo, saliva di tanto in tanto a consolarla del suo destino. Dalla torre, Veliana udiva i preparativi per la guerra imminente, cavalieri e fanti giungevano da tutti i nobili vassalli del Re, per la spedizione contro i Romani.

Un giorno il re annunciò che sarebbe stato bandito un combattimento al primo sangue fra i migliori e più nobili capi, il cui premio era la mano della Principessa.

Condotta davanti all'assemblea, la Principessa Veliana dichiarò a fronte di tutti che avrebbe sposato solo un nobile cristiano, scelto da suo padre il Cesare.

La trascinarono allora al tempio del loro dio, ma lei senza temere minacce né cedere ad allettamenti affinché ripudiasse Cristo e scegliesse di adorare i vani idoli, diede la sua bella testimonianza davanti a tutti. Furono allora introdotte tre streghe, affinché la costringessero a forza di incantesimi a piegarsi alla volontà del Re, ma quando quelle furie di Hell si avvicinavano, non riuscirono nemmeno a sfiorarla, perché una cappa invisibile la proteggeva.

Dissero pertanto le tre streghe al Re che la straniera meritava di morire nella Fossa Nera. Era un luogo nel profondo della foresta dove venivano gettate vive le misere vittime offerte ai loro dei.

«Ebbene, fate quello che avete minacciato» disse semplicemente lei, senza che la voce le tremasse.

«Sia gettata nella fossa nera» gridarono come un sol uomo tutti i nobili.

Solo il figlio del Re dichiarò che mai si sarebbe macchiato di sangue innocente, e partì per una terra lontana con il suo seguito.

Veliana fu fatta rivestire di un abito bianco e condotta al luogo del sacrificio.

Mentre le streghe cantavano le loro bestemmie, venne spogliata delle vesti e fatta avanzare verso la fossa.

Gli uomini che la trascinavano però sembrava incapaci di smuoverla, e dovettero far arrivare due muli dalla città; ma questi, per quanto li frustassero, non riuscivano a spostarla.

Il Re minacciò allora di tagliare la testa a tutti i prigionieri e gli schiavi romani e goti presenti e fece condurre dieci vergini bellissime, che la precedessero nel sacrificio.

Veliana allora avanzò a passi lenti verso fossa; prima di lasciarsi cadere, si rivolse alla folla con queste parole:

«Affronto il mio destino, ma testimonio che muoio innocente.»

In quell'istante un rumore come di tuono estivo annunciò l'arrivo di un esercito, condotto da Winfrido figlio di Gesimundo. Lo seguivano mille cavalieri romani e mille goti.

La battaglia fu aspra, perché i sarmati non volevano mollare la preda e le streghe li esortavano a combattere, ma Winfrido era come l'invincibile Thor, e in un prodigioso duello affrontò e vinse anche il feroce Sauro.

La Principessa fu liberata e rivestita, e il castello conquistato dopo un breve assedio. Il Re dei Sarmati, non tollerando la sconfitta e l'umiliazione, si diede la morte.

Il bottino riportato dai Romani e dai Goti fu così grande che per tutto l'anno si poterono comperare oggetti d'oro e argento al prezzo di pochi denari.

Tanto fu felice Cesare Costantino del ritorno di sua figlia che si dichiarò disposto a dividere il suo Impero col Giovine Eroe, ma questi chiese come unico premio la mano di Veliana.

Era un principe di grande bellezza, oltre che un valoroso guerriero, e lei fu ben contenta di assentire.

Divenne così un grande generale di Roma, conquistando la Persia e l'Africa.

«Certo, così suona decisamente meglio» fu il commento di mia madre, quando riuscì a smettere di ridere.

Ancor oggi considero una delle mie più grandi fortune quella di aver sentito e trascritto questa storia composta da un vecchio cantore cieco della nazione degli Iutungi, diventato punto di raccolta, con i suoi racconti di eroi e imprese straordinarie, di altri connazionali, liberi e schiavi.

Anche la nonna pretese di risentirla dalla sua viva voce, e non ebbe pace fino a quando, in un vicolo di Roma, non trovammo l'uomo, a cui regalò di che vestirsi più una somma di denaro. Nonna Velia capiva a sufficienza la lingua germanica, anche se l'alamannico del cantore era un dialetto molto diverso dal gotico parlato al campo.

«Le leggende camminano» osservò mia figlia Ippolita: «quando questa storia sarà arrivata in Ibernia, fra mezzo secolo, altro che figlia dell'Imperatore, nonna, sarai diventata come minimo una divinità.»

3. A proposito di Antemo Priscilliano Mario

È stato il mio genero Sicionio a segnalarmi un testo che, altrimenti, mi sarebbe rimasto ignoto, e comunque, anche mi fosse passato sotto gli occhi, mai mi avrebbe attraversato la mente l'idea di collegarlo alla nostra storia.

Sicionio, devo dirlo a lode di mio marito e pure di mia figlia che l'ha voluto a tutti i costi, è il genero ideale di qualunque suocera: discreto, affezionato alla mia Ippolita, pochi grilli per la testa, alieno dalla politica e nemico della gloria militare, ragionevolmente ricco ma senza esagerare, con solo la passione per i libri.

Del poeta Manlio Agatone non avevo mai sentito parlare, ma non era il caso che me ne facessi un problema, diceva: era solo uno scrittore minimo fra i minori, con una discreta capacità di imitare stile e temi dei grandi, ma senza un briciolo di originalità.

In un'opera intitolata *Saturae*, che vagamente richiamava Giovenale, Persio e anche Marziale, non senza qualche incursione nei metri e nelle tematiche oraziane, si trovava un richiamo che solo un occhio allenato come quello di Sicionio poteva cogliere:

L'imperatore chiama, *rispondono al dovere*
Le serve e le matrone, *le monache e le lupe*
spiranti amor di Patria: *far figli è loro ufficio!*
Gagliardi, sani, forti *li chiede la legione.*
Se barbari ancor meglio *dichiara il Generale.*
Color che Mario uccise *– imprevidente duce –*
Teutòni, Cimbri, Amboni, *risorgono bambini:*
la sposa d'altro Mario *ne generò in gran copia.*

Non era un gran che come poesia, anzi, faceva proprio schifo, ma l'allusione alle numerose avventure sentimentali della moglie di quel Mario, soprattutto con muscolosi gladiatori e giovani barbari, doveva aver fatto fischiare gli orecchi al nobile Antemo Priscilliano Mario, il secondo marito di zia Valeria.

Zia Valeria la ricordavo abbastanza bene, era una brava donna affezionata a noi. Che avesse questa fama, in gioventù, lo si sussurrava, ma quando le chiedevamo spiegazioni in proposito, la mamma diceva soltanto che era "allegra" e noi credevamo che fosse perché ci raccontava le barzellette.

Questo però spiegava come nessuno dei figli l'avesse voluta fra i piedi; non era molto cristiano, ma comprensibile.

4. Informazioni desunte da iscrizione funerarie:

DMS
Mi chiamo Marco Caninio Proculo,
soldato nell'esercito di Roma,
centurione della Legione II Herculia,
mi comportai sempre da valoroso in guerra.
Scampai da giovane a cento battaglie.
Mi uccise ormai vecchio la perfidia dei barbari.

DMS
Fui chiamata Arite, di stirpe sarmata.
Promessa sposa di un principe,
sposai uno schiavo, schiava io stessa.
La libertà mi raggiunse benché tarda.
La vita mi insegnò ad essere felice
di quello che ancora mi lasciava
Mi depose in una tomba onorata
secondo il rito antico della mia nazione
Accanto a Narsete, sposo amatissimo
La mia patrona Velia.

DMS
Eretto a memoria di Eithna figlia di Feidlimid,
chiamata Onesima negli anni della triste schiavitù,
Etna in quelli della sua libertà, di nazione ibernica,
liberta di Paolo Gemisto Aurasio,
ad opera e spese di Lucilia,
sua liberta e amica carissima.
Io so, dolce Lucillia, che mai ci fu l'ombra
di un dissapore tra me e te.
Mai una nuvola passò sopra la nostra amicizia.

Io giuro agli dei del cielo e degli inferi
che noi lavorammo lealmente e amorevolmente insieme:
niente avrebbe mai potuto separarci
eccetto questa fatale ora.

DMS
All'adorabile, benedetta anima di Vibio Tiziano.
Ci conoscemmo, e ci amammo fin dalla giovinezza:
ci sposammo ed uno spietato destino
ci separò improvvisamente.
Oh, terribili dei, siate benevoli e clementi con lui,
e consentitegli di apparirmi
nelle silenziose ore della notte.
Ed anche consentite all'infelice Paola Censorina
di condividere il suo destino.
Che noi possiamo essere riuniti dolcemente e celermente.

Una Menorah fra due foglie di palma

Sii consolata Anna, che vivesti bene col tuo cuore
e colla tua anima, per grato marito
Shalom

DMS
Qui giace Valeria Donata
donna di stirpe non ignobile
Possa o madre la tua anima
trovare in cielo quella pace
che in vita hai tanto cercato
Antemio inconsolato supplì
all'ingratitudine dei figli

DMS
Finalmente ne sono fuori.
Speranza, fortuna, promesse, delusioni,
non ho più niente a che fare con voi.
Se lo volete, prendetevi gioco di qualcuno altro
Vi ha gabbati tutti
Livio Crasso Feliciano
che a sessant'anni due mesi e dodici giorni
lasciò a mezzo la partita

DM
Alla carissima nostra nonna Velia
Sposa amatissima, madre impareggiabile,
amica fedele, devota servitrice dell'Impero
centurione onorario della Legione V Macedonica
Molto ricevette da Dio, molto ha restituito
Non fece mai del male a nessuno,
molti furono da lei beneficati
Ha combattuto la buona battaglia
ed è morta in Cristo sazia di anni
Riposi in pace

Indice

ENKI – Collana di Saggistica

Riccardo Gobbi, *Dal circolo vizioso al circolo virtuoso*
Corinna Tania Gallori, *Il Monogramma dei Nomi di Gesù e Maria*
Rino Cammilleri, *Il Kattolico 3*
Roberta Lugoli, *La Mente Cosmica – Una metafisica del pensiero*
Riccardo Gobbi, *Memoria e conferme su Dio e sulla fede*
Fausto Bertolini, *Gesù e il Super-Io*
Michele Garini, *MESSA così è tutta un'altra cosa – Rito, esperienze, suggestioni*
Francesco Burlini, *Eresie ambientaliste*
Fabio Terraroli, *Leggende di Lonato*
Giorgio Pavesi, *Leone de' Sommi hebreo e il teatro della modernità*
Christian Monti, *Viaggio critico nel Mistero – tra Cattedrali gotiche, Templari e Massoneria*
AA. VV., *La Cattedrale di Asola*
Lidia Gallico, *Una bambina in fuga – Diari e lettere di una ebrea mantovana al tempo della Shoah*
Fausto Bertolini, *E se Dio non ci fosse?*
Alberto Zanoni, *I temi della vita tra Sacra Bibbia e miti*
Carlo Salvoni, *La Fonte*
Dante Chizzini, *Luci e ombre nei rapporti tra Viadana e Mantova – dalle Additiones agli Statuti (1430/1724)*
Marianna Maiorino, *Il canto dell'arcobaleno: La sinestesia*
Fabrizio Tassi, *Come il volo lontano degli uccelli nella pace della sera – Mistica domestica* di Fabrizio Tassi
Ferrante Bandera, *Diario di una breve stagione*
Sara Ascoli, *Cenerentola: L'inganno, l'anima e il Sang Real*
Mario Cattafesta, *Come bevevano gli antichi*
Lamberto Gherpelli, *Parma – I segreti e gli amori di una capitale*
Michele Garini, *Arte e catechesi*
Emilio Reghenzi, *San Giuseppe – La vita nello spirito dello sposo di Maria*
Giuseppina Tratta – Susanna Migliorati, *Enneagramma in corso – Lezioni semplici per saggi principianti e nevrotici esperti*

NIDABA – Collana di Filosofia

Luca Cremonesi, *La filosofia della natura nel* De incantationibus *di Pietro Pomponazzi*
Ivan Pozzoni (a cura di), *Frammenti di cultura del Novecento – Nietzsche, Vailati, Simmel, Schlick, Arendt, Zubiri, Bateson, Dell'Oro, Warburg, Dávila, Garin, Melandri raccontati da dodici filosofi contemporanei*
Primavera Fisogni, *Ontologia della speranza*

ANUNNAKI – Collana di Narrativa

Daniele Vazquez, *La comunità dei sogni*
Fausto Bertolini, *Telebordello – Storie da far rizzare l'antenna*
Silvia Peroni, *Cruciverbar*
Maurizio Ferrante Gonzaga, *Assalto al castello*
Mariarosaria Capaccio, *Il mare all'improvviso*
Luigi Schifitto, *L'uomo con lo zainetto*
Mauro Acquaroni, *Piccioni*
Carolina Giorgi, *La rosa di Ledmore Vale*
Anna Viale, *La camera celeste*
Ana Kramar, *Il ritorno – Storie migrabonde*
Angel Luís Galzerano, *Cronache sentimentali di un italiano a metà*
Floriano Rubiano Fila, *Appuntamento tra due anni*
Carla Menaldo, *Il re del tango*
Fausto Silva, *Il grande firlinfù*
Guido Manuli, *Lassù qualcuno mi ama?*
Lisa Ben, *Chicche spudorate*
Adriano Bernasconi, *Omocrazia*
Sara Bellingeri, *Cartoline dal muro*
Stefano Iori, *La giovinezza di Shlomo*
Massimo Forte, *Peccato averla già consegnata*
Fausto Bertolini, *L'amore ai tempi del colesterolo*
Mauro Novellini, *Re infecta*
Michela Tafelli, *La stirpe di Zoltan*
Michela Tafelli, *I segreti di Zoltan*
Carla Magnani, *Acuto*

Mauro Acquaroni, *De La Tour*
Davide Rubini, *Il fischio finale*
Enrico Ratti, *Il taccuino dei dannati*
Leone di Candia, *Panama Caffè*
Antonio Della Rocca, *La bambina in rosso*
Augusto Bolther, *L'assedio di Asola, 1516 – La morte di Riccino Daina, 1522*
Marisa Pezzella, *Freddo fuoco bruciato*
Elena Aldi, *L'anima viola*
Ruco Magnoli, *Sharon trova*
Lidia Masci, *Anno bisestile*
Angel Luís Galzerano, *Storie lunghe una canzone*
Carlo Salvoni, *Menamato – Storie di un cane a tre zampe*
Ruco Magnoli, *Sharon pesca*
Fausto Bertolini, *Il caso Satanas*
Mauro Novellini, *Nella legione di confine*
Otto, *Rêves*
Celine Finco, *Due razze*
Riccardo Bassi, *La nostra prima vera estate*
Giulia Deon, *Novelle in decrescendo*
Ruco Magnoli, *Sharon vola*
Maurizio Salva, *Omicidio in Cittadella*
Alessandra Perugini, *Blu oceano*
Francesco De Siena, *Le variazioni degli spiriti*
Carla Menaldo, *Rosastrega*
Alberto Costantini, *Le astronavi di Cesare*
Chiara Donà, *In ognuno di noi*
Erminio Giavini, *Con un capello biondo si può vincere il premio Nobel*
Genny Sabbadini, *Ovunque sei*
Alessia Moneta, *Dagli occhi di Alice*
Milena Ziletti, *Visano e la maledizione del rogo*
Neronte, *La Vedova Grigia*
Antonella Presutti, *Nevica poco e male*
Alberto Sogliani, *Una squadra lunga dieci anni*
Florino Rubiano Fila, *Di veleno e di sogno*
Luca Bonaffini, *Eterni secondi*
Mauro Acquaroni, *L'Utile – à la recherche de –*
Emiliano Caiani, *Criminose illusioni – Delitti e destini –*

Luca Pipitone, *Papao*
Pierangela Rubes, *Donne in silenzio*
Augusto Bolther, *I racconti del sabato*
Marisa Gianotti, *La collana di Miràm*
Ruco Magnoli, *Sharon scia*
Ruco Magnoli, *Sharon protegge*
Luigi Schifitto, *Delitti di stagione*
Gilberto Cavicchioli, *Mosaico*
Ruco Magnoli, *Sharon studia*
Lidia Masci, *Le ali di Alì*
Ruco Magnoli, *Sharon alleva*
Ruco Magnoli, *Sharon balnea*
Ruco Magnoli, *Sharon villeggia*
Ana Danca, *Patrie interiori*
Eliana Fusai, *Il tempo dell'anima*
Luca Ragazzini, *Le misturanze – Dormiveglia irlandese*
Nadia Bellini, *Un cancello a chiudere il vento*
Silvia Peroni, *Gatti, Stregatti e Aristogatti*
Sergio Rossi, *Una questione di naso*
Ruco Magnoli, *Sharon ritorna*
Ruco Magnoli, *Sharon suona*
Alessandro Gianesini, *La brigata della speranza*
Monica Ferraioli, *Cenerentola oggi calzerebbe il 41*
Guendalina Bosio, *Destinazione felicità*
Luca "Splash" Guarneri, *Sigla*
Maristella Bonomo, *Navel*
Fausto Bertolini, *Giulietta deve morire*
Riccardo Bassi, *Sognando Bologna*
Simone De Bernardin, *Lettere*
Paolo Pisi, *Il meccanico di Nuvolari e altri personaggi di genio*
Ilaria Arpella, *Le cronache dei Regni Perduti – Le Regine dei Regni Perduti*
Giorgio Corvi, *Il fiore dell'eternità*
Ruco Magnoli, *Sharon fiuta*
Ruco Magnoli, *Sharon nuota*
Raffaella Azzini, *Vento d'autunno*
Laura Coghi, *Innamorarsi del possibile*
Angel Luís Galzerano, *Naufraghi*

Elisabetta Baraldi, *Sono tornate le pecore*
Floriano Rubiano Fila, *Scritto in Nicaragua*
Aquilino, *Passione di Fedra*
Silvia Peroni, *Tutto in un mese*
Mauro Acquaroni, *Ho visto – J'ai vu*
Stefania Lamanna, *Il rimpianto perfetto*
Sergio Rossi, *La bella età*
Maria Giovanna Farina, *Non siamo solo cagnolini*
Ariel Shimona Edith Besozzi, *Qualcosa per cui correre*
Lina Calogera Alaimo, *Stella Fruttidoro*
Cornelia Campidelli, *L'ignoto capovolto*
Fausto Bertolini, *Gli omicidi del Colosseo*
Adriano Bernasconi, *Eterofobia*
Ruco Magnoli, *Sharon visita*
Ruco Magnoli, *Sharon sconfina*
Lorenzo Zani, *A. Strano*
Alice Cesarini, *Abraham*
Edoardo Francesco Taurino, *Ātman e Poesia*
Maria Renata Sasso, *La cardatrice*
Cristina Brutti, *Un cammino, il mio*
Nicola Calza, *L'eredità degli uomini*
Andrea Bucci, *La leggenda del dono di Taon*
Chiara Furlotti, *Lacrime d'inchiostro*
Martino Malgesini, *Morfina*
Marisa Gianotti, *Un giardino veneziano*
Franco Brighi, *Il giorno in cui morì Alejandro Jodorowsky*
Roberto Tondi, *Sulle ali*
Alberto Costantini, *La donna del tribuno - L'avvincente storia di una donna ai confini dell'Impero Romano* di Alberto Costantini
Paola Azzoni, *La Piccola*
Jennifer Hamilton, *L'ultima ninfa*
Gabriella Paola Zurli, *La maison qui touche aux bois*
Luigi Randaccio, *I quesiti di novizio Calabrone*
Denise Ferri, *Senza te*
Claudia Melegari, *Di visione*
Claudia Mereu, *Il mondo a culo in susu – Quando l'amore non ti lascia morire in pace*

Ruco Magnoli, *Sharon rifiuta*
Ruco Magnoli, *Sharon esorcizza*
Claudio Fraccari, *Le spine della rosa – Commedia breve in prosa*
Francesca Bonetti, *Un mare d'amore*
Vivien Zinesi, *Sogni di carta*
Fabio Giagnoni, *Infernorama*
Fausto Bertolini, *Negli occhi delle donne – Vita sentimentale di Cartesio*
Ana Danca, *La voce del silenzio*
Maria Beatrice Bandera, *Banda bandera*
Antonino Moschella, *Il sarto di Zeus*
Emilio Salgari, *Il corsaro nero*
Fabrizio Ferloni, *Il mare di Cristobal*
Stefano Iori, *I semi dell'incanto. Racconti 1972 – 2020*
Massimo Petrilli, *Io sono colui che sono*
Massimo Baraldi, *Nagottville*
Alberto Costantini, *Donne ai confini dell'Impero*

GEŠTINANNA – Narrativa classica

Italo Svevo, *L'assassinio di via Belpoggio*
Augusto De Angelis, *Sei donne e un libro*
Carolina Invernizio, *I misteri delle soffitte*
Giulio Piccini (Jarro), *L'assassinio nel vicolo della luna*
Edgar Wallace, *La porta dalle sette chiavi*
Marie Adelaide Belloc Lowndes, *La dama di compagnia*

ARALLU – Collana Eterodossa

Fabio Segala, *Tranquillitudine – Tranquille inquietudini oniriche*
Francesco Torreggiani, *Burn City – L'ospite indesiderato*
Fabio Segala, *Dopo un paio di squilli*
Francesco Torreggiani, *Burn City – Lo spettro assassino*

ISHTAR – Collana di Poesia

Ana Kramar, *Il passaggio fra le mani*
Ivana Magri, *Echi d'anima*
Augusto Bolther, *Labirinti di luce*
Andrea Garbin, *Croce del Sud*
Giulia Deon, *Piccolo Bestiaire*
Paolo Savani, *La ricerca dell'aria dalla A alla Z*
Giulia Deon, *Omaggio naturale*
Monica Palma, *Senza fini di logos*
Carlo De Raffaele, *Luci notturne*
Giulia Deon, *Poesie a regola d'arte*
Carlo Sturani, *suonoSettenari*
Emidio Montini, *I Vecchi di Colono*
Andrea Garbin, *Genesi dei sensi*
Floriano Rubiano Fila, *L'osteria del tempo che passa*
Emidio Montini, *Cronache dalla macchia*
Giulia Deon, *Variazione sui temi*
Carlo Sturani, *Cometa – Uno sguardo sul mondo*
Lina Luraschi, *Scucita voce*
Luca De Risi, *L'acqua bassa delle rive*
AA. VV., *Antologia Premio Naz. di Poesia Terre di Virgilio 2015*
Gianluca Moro, *I poeti non sanno scrivere*
Massimo Padua, *Con pelle di spine*
Manuel Paolino, *Carmina Lapidea*
Giorgio Bolla, *La quintessenza del gioco*
Lara Lorenzini, *In rebus*
Emidio Montini, *Il tempo e le maree*
Nadia Alberici, *Terre incolte*
Lilli Sanna, *Foglie d'ortica*
Alessandra Chiavegatti, *Dietro agli occhi in fondo all'anima*
AA. VV., *Antologia Premio Naz. di Poesia Terre di Virgilio 2016*
Gabriella Montanari, *Si chiude da sé*
Giorgio Corvi, *Antologia*
Emidio Montini, *Nostalgia del padre*
Massimo Novaga, *Sguardo sul nuovo mondo*
Maurizio Salva, *Così*

Massimo Padua, *Il contrario della meteora*
Mattia Venturini, *Il teatro delle attese*
Carlo Sturani, *Alci*
Simonetta Fantoni, *Ricreazione*
Marjio Durmishi, *Aral*
Anna Vercesi, *Mi t'aspet chi*
Anna Vercesi, *Trasparendo*
AA. VV., *Poesia – La vertigine della bellezza*
AA. VV., *Antologia Premio Naz. di Poesia Terre di Virgilio 2017*
Floriano Rubiano Fila, *La ballata di via degli Orti e altre anomalie*
Maurizio Maffezzoni, *Passione di un arrogante innocente*
Ruggero Campagnoli, *Sonetti da tavola I. Per Liana* (nuova versione)
Ruggero Campagnoli, *Sonetti da tavola VIII. Per Sara*
Ruggero Campagnoli, *Sonetti da tavola IX. Per Tessa*
Laura Coghi, *La dolce amazzone giapponese e il giardiniere della piccola bellezza*
Emanuela Dalla Libera, *Lo sguardo altrove*
Paolo Bartalini, *Piccola corrispondenza fuori sacco*
Domenico Perigni, *Orlando Magno e la testa tagliata*
Simone De Bernardin, *Porpora e amaranto*
AA. VV., *Young Poetry*
AA. VV., *Antologia Premio Naz. di Poesia Terre di Virgilio 2018*
Claudio Fraccari, *Nittalopìa*
Marilucia Dui, *Briciole sparse*
Rodolfo Vettorello, *Rondini a Milano*
Andrew S. Marini, *Il visitatore*
Angelo Lamberti, *Poesie con il fiato corto*
Giulia Deon, *Inedito ritorno*
Ruggero Campagnoli, *Sonetti da tavola X. Per Ubalda*
Ermanno Prandini, *Al di là della porta*
AA. VV., *Young Poetry 2019*
AA. VV., *Antologia Premio Naz. di Poesia Terre di Virgilio 2019*
Enrico Ratti, *Blasfemie*
Alberto Cappi, *Mamanto – Poesie per una città / La città dei poeti – Poesie per un poeta*
Angela Cresta, *Curriculum*
Mariangiola Mangiagalli, *Viaggio tra poesia e realtà*

Luca Bertuzzi, *Carta in tavola*
Carlo Sturani, *Cavalieri*
Stefano Prandini, *Il sale della terra*
Lina Luraschi, *Di pari passo*
Paolo Breviglieri, *Lodi e altri incanti*
Santo Atanasio, *Frammenti di un sogno d'estate e altri versi*
Rosa Pierno, *Istoriato*
Alberto Costo Lucco, *Piazza Libertà*
Francesco Chinaglia, *Sonata per soli notturni*
AA. VV., *Antologia Premio Naz. di Poesia Terre di Virgilio 2020*
Gianluca Moro, *Il pianeta dei Navigli*
Dalila Mancusi, *Stagione d'amore*
Elisabetta Salemi, *L'ultima lacrima del fiume Simeto*
Elisabetta Salemi, *Il silenzio di un fiume*
Fenissa Holden, *Medea era una fanciulla*
AA. VV., *Young Poetry 2020*
Roberto Tondi, *Poesie sul cielo e sulla terra*
Umberto Bellintani, *La mia pianura vasta e sonora*
Maria Ernani, *Oltre*
Silvia Favaretto, *La notte dei corpi*
Emanuela Dalla Libera, *ἡσυχία – Sedimentare il tempo*
Angelo Lamberti, *Poesie in italianese*
Giulia Deon, *Cento sonetti d'amore (in versi liberi)*
Floriano Rubiano Fila, *Il raccoglitore di sogni*
Santo Atanasio, *Versi di un anno (in grigio e in verde)*
Carlo Sturani, *Finis terrae*

LE ZANZARE – Poesia civile

Nenad Glišić, *Nella pancia della bestia*
Beppe Costa, *La terra (non è) il cielo!*
Ivana Maksić, *La mia paura di essere schiava*
Alejandro Murguía, *Offerte di carta*
Basir Ahang, *Sogni di tregua*
Leyla Patricia Quintana Marxelly, *Questo amore, più forte del tuo silenzio*
Serse Cardellini, *Dell'inutile*

Alessandra Bava, *A rima armata*
Benny Nonasky, *La città delle mosche*
Xanáth Caraza, *Le sillabe del vento*
Valbona Jakova, *Richiamare al bene*

POETHREE – Collana di Gemellaggi poetici

1) Andrea Garbin, Rosana Crispim Da Costa, Viorel Boldis – Poetre (një vibrim dallgëzues flatrash – una vibrazione ondeggiante delle ali) – Traduzione e introduzione di Valbona Jakova
2) Valeria Raimondi, Beppe Costa, Jack Hirschman – Poetre II – Traduzione e introduzione di Valbona Jakova

AN – Collana per bambini e ragazzi

Loredana Rossetti, *La principessa del parco*
Silvia Ziliani, Silvia Spagnoli, *Mina, piccola e potente cacciatrice*
Felix Ferrara, Helga Micari, Chiara Anicito, *Il Regno di Golosonia*
Alunni "Casa dei Bambini", *La ballata di Fortunata*
Milena Ziletti, *Reston, l'unicorno dorato*
Carlo Salvoni, *Cavalletti e cavalli*
Silvia Spagnoli, *Prove di volo*
Hans Christien Andersen, *Il porcellino salvadanaio*
Carlo Salvoni, *Zooinferno*
Carmela Mantegna, *L'Albero di Salomone*
Milena Ziletti, *Reston e il ritorno dei Cronnis*
Milena Ziletti, *Reston e le lacrime del drago*
Antonella Astori, *Orsetto, dove sei?*
Sara Pellucchi, *Contrariolandia*
Annalisa Molaschi, *TVB Benedetta*

Printed in Great Britain
by Amazon